李劼人说成都

小说的近代《华阳国志》

李劼人 著

曾智中 尤德彦 编

四川文艺出版社

图书在版编目（CIP）数据

李劼人说成都 / 李劼人著；曾智中，尤德彦编. —成都：
四川文艺出版社，2018.10（2022.1重印）
（双城记）
ISBN 978-7-5411-5127-9

Ⅰ. ①李… Ⅱ. ①李… ②曾… Ⅲ. ①散文集—中国—
当代 Ⅳ. ①I267

中国版本图书馆 CIP 数据核字（2018）第 221708 号

LIJIEREN SHUO CHENGDU

李劼人说成都

李劼人　著　曾智中　尤德彦　编

责任编辑　卢亚兵
内文设计　史小燕
封面设计　叶　茂
责任校对　蓝　海

出版发行　四川文艺出版社（成都市槐树街 2 号）
网　　址　www. scwys. com
电　　话　028-86259287（发行部）　　028-86259303（编辑部）
传　　真　028-86259306

邮购地址　成都市槐树街 2 号四川文艺出版社邮购部　610031
排　　版　四川胜翔数码印务设计有限公司
印　　刷　三河市嵩川印刷有限公司
成品尺寸　148mm×210mm　1/32
印　　张　13.25　　　　　　　字　　数　320 千
版　　次　2018 年 10 月第一版　　印　　次　2022 年 1 月第三次印刷
书　　号　ISBN 978-7-5411-5127-9
定　　价　58.00 元

独守千秋纸上尘

曾智中

　　我曾在三圣街小学读过书，从这条街街口东行数百步就是崇德里。里在成都街巷中是罕见的另类，而以城东南居多，如这一带的兴业里、章华里、崇德里等，其辟建和得名多在二十世纪初叶。有趣的是，抗战军兴，大批贫寒无告的下江人舍舟登岸后，他们发现不像那些有力者有自己惬意的去处，故大多栖息于这几条窄巷狭弄内，今日在此转悠，有心者仍不难发现那带有江浙味儿的一院一房、一门一窗。而我对崇德里记忆最深的是巷子中央的那口井，四季清亮，全巷人家都挑来饮用，经年累月，弄得半边巷子都潮乎乎的；与井一墙之隔的人家，干脆墙上凿一洞，临井一面砌一水槽，井水倾入槽中，直接流入自家水缸，这种方式，大约是对江南水乡一种遥远的追念吧？少年的我们曾无数次琢磨，想用什么脏东西塞住那洞口，只是一见那挑水人的身影，立即作鸟兽散。此外，我初中时候的班长就住东侧的一家院子里，他为人厚道，其经典笑话之一：班上弄文娱节目，他和漂亮的文娱委员挨户去动员文娱骨干，他不会骑自行车，又不敢搭着走，只好跟在那姑娘的车后傻乎乎地跑。

　　不像成都街巷通常的范式那样，崇德里两头入口处分别筑有结实的骑楼，并建有陡而高的梯子以通上下，供人居停。近些年，为追寻我们这座城市所失落的记忆的碎片，读了一些书，听了一些故老言，方知崇德里南头骑楼正是当年李劼人先生主持的乐山嘉乐纸厂成都营业处——

劼人先生一九四七年三月十五日致吴廉铭信欲要回自己的稿件："请烦吾兄即为检出付航邮寄交成都东大街二二号崇德里我公司转我为祷。"

常崇宜先生回忆，他在一九四五年前后奉父亲之命，"给劼人先生送过信，通常是送到盐市口的嘉乐纸厂营业处（此处似可商榷，崇德里北起东大街，但距盐市口还有一段距离——本书编者按），劼人先生曾告诉我，他每天早晨八九点钟在那里。我曾看见找他的人很多，大半是谈生意的。"

有时经过此处，停下来，望一望，我想单凭劼人先生对故乡桑梓贡献之巨，有关方面就该在此立牌以示永久的纪念——但这多半是痴人说梦，整个街区尚且不保，遑论一楼乎？

对于文人最好的纪念是文字的纪念，于是就有了这本书的编纂。"千秋寂寞纸上尘"，这本书也许不会轰动，但它毕竟是一种实在的纪念。

> 读者原谅，我是成都土著，游踪不广，见闻有限，故每每举例，总不能出其乡里，至多也在四川省的大范围内，这应预先声明的。
>
> （《漫谈中国人之衣食住行》）

——这段话，可以视为劼人先生于不经意中对自己的写作前提的一种郑重声明。

的确，在中国文化史上很少有人像李劼人一样为母城而倾其一生，这不由人不想起西蜀深山中那啼血的子规。

何以至此，学界多有论及，在此不一一缕述。值得重视的是周华先生的意见。他注意到了劼人先生三十年代的一段话："对目前内忧外患交迫的中国，应该采取国家主义，分析言之，是本于'乡'的感情推及而于'国'。凡有害于'国'与'乡'的恶势力，不论在内在外，一概极端反对到底。"周华认为劼人先生"首先强调乡的感情，由乡而推及国。由此我们可以看出他对四川的深厚感情，他与养育它的故乡的血肉关系。"（《论巴蜀文化与李劼人小说》）

除此以外，我注意到劼人先生对法国"风土画"派代表作家巴散的特别关注。他论及法国作家对以巴黎为中心的"左拉学派"的不满，认为"这派下作家的眼光，总难看出巴黎以外。所以反抗左拉学派的潮流起后，专一描写地方风俗的，也成了一种新趋势。这一类的人物颇不少，而较为专门的，恐怕要数巴散一人了。""他的小说完全描写法国各地方的风俗人情、山川景致，地方色彩染得非常的浓重。""可以说他的著作真是一面最好的镜子，由不同样的反光中，射出全法国的地方光景来。所以有人说，巴散是一个地方社会的小说家，却也是一个画师。"（《法兰西自然主义以后的小说及其作家》）

不能说李劼人完全受了巴散的影响，但明眼人不难看出二者的相通之处，而前者对后者艺术的概括，某种程度上也可移作对前者艺术的概括——李劼人说，巴散的"艺术却极精良，正确、简单、明了而又富诗情。"（《法兰西自然主义以后的小说及其作家》）

李劼人的小说，除极少数的篇章外（如写法国留学生活的中篇小说《同情》），几乎全都是以成都为背景——他是一辈子死守家园的老农，固执地汲自己家的深井，浇自己家的园子，开自己家的花，结自己家的果。

正是基于这种不可遏止的乡邦之恋，再加上对法兰西自然主义文学独特的细致入微的细节处理方式的痴迷，李劼人在小说中对成都包罗万象的日常生活场景，进行了准确而繁复的描述。试看他为《大波》所拟的写作提纲，其中的第一章第六节的"地点"——

　　　　一节　二节　皆在田老兄家里　其家可能在青石桥　口头提到少城公园布后街孙家花园小福建营龚家花园
　　　　三节　总府街第一茶楼劝业场华兴街纯阳观　口头提到总府街广腴园暑袜街白仙楼冻青树冻青宅玉沙街醉霞轩东玉龙清音茶园（灯影）
　　　　四节　五节　六节　皆在醉霞轩　叙述到西三倒拐铁路公司

——他引我们穿行于晚清的成都街道，去观活的史剧。他仿佛意识到了后世健忘症将大行其道，因此不厌其烦，津津乐道，作为记载成都这座都市的"实情"的"一般文化史"才因而得以保全。

基于此，本书从李劼人小说中分门别类，节录出有关成都文明发展的大量文字，如清末的叽咕车（鸡公车）到抗战时的木炭汽车，足以见出成都交通的一个侧面。所有这些变迁的实录，后人完全可以视为一代信史。

在小说之外，李劼人还俨然是一位成都地方史志的专家。

一九四九年，他写了约十五万字的《说成都》，分为一、说大城，二、说少城，三、说皇城，四、说河流，五、说街道沟渠以及名胜古迹，此书稿现存部分章节，其余大部分在"文革"中已下落不明。除此之外，他还著有不少有关成都饮食文化和风物故实的散文、随笔等。

我们将先生这方面的文字汇拢，将《说成都》的思路加以拓展，形成更细致的门类来说成都。这项工作受惠于先生，如能得到读者的认可，将是我们极大的满足。

收入本书的《成都是一个古城》和《旧帐》，都是一九四九年后没有公开发表过的。特别是后者，详细记载了成都当时社会生活的方方面面，形形色色——

从中可见丧葬习俗，"光是那办丧事的排场，也就看得出百年前一般小布尔乔亚的生活情形"（李劼人《旧帐》按语）。从中可见饮食风尚，既有繁复的满汉全席，特别是成都与扬州在这方面的比较，又可见质朴的民间小食，如释"稍美"，"即烧卖，又谓之烧麦"。释"樱桃肉"，"将猪肉切成指头大之丁块，而加红酱油烧熟，貌似樱桃，故有此称，绝非以樱桃煨肉也。"可见币制变化、物价升降、度量改易。可见服饰衣着、饮啄洗沐、举止投足。可见风物故实，时尚流俗、世道人心——在这庞杂的"旧帐"中，仅办丧事时一笔"家内祠堂男女客打牌借帐五千七百四十文"的记载，就可以使人对今日成都麻将之风的渊源、做派和神韵会心一笑。

这"真可算是一部社会组织和社会经济的变化小史了。"（李劼人《旧帐》按语）。它的丰富的内容，将令各个学科的学者各有所得，各个层面的读者各有所悦。

李劼人说："我的用意，是想把这东西当成一种生料，供献给有心的读者。"（同上）但他的这份苦心在很长一段时间却遭到一种有意无意的漠视。本书现在重新刊发《旧帐》，既是对先贤的一种告慰，也是对乡邦文献的一种珍视。

李劼人先生实为老成都的代言人，随着作为他的观照对象的古典城市命运的终结，他写成都的文字终将成为一种文化绝唱。推而广之，再也不会产生像他这样倾其一生为母城歌唱的歌手了。

二千年秋编者于成都少城窄巷子

新版附跋：

《李劼人说成都》初版于 2001 年 3 月，当时作一编后记，中有一处云："读了一些书，听了一些故老言，方知崇德里南头骑楼正是当年李劼人先生主持的乐山嘉乐纸厂成都营业处"。

近年识者多倾向此说有误，嘉乐纸厂成都营业处当在崇德里三号院，而非此骑楼。揆之以理，劼人先生当年生意做得"海"（读如嗨 hāi，川语，喻似海之大。成都民间至今尚存"生意做得海，天天去出差"之谣。），其营销公关，招呼应酬，似非一小而陡之骑楼可容，如是院落，方称得当。

今次本书再版，出版方拟将当初编后记前置作为代序，眉目更清，故略志数语，以免再误读者。流光数十载，方晓一谬，能不叹岁月之不居，伤吾人之不敏乎？

二零一八年九月初，时炎天如蒸，智中识于锦西抚琴

目录

说庙宇

说川菜

说茶铺

说历史

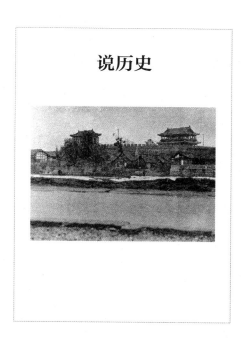

四川成都，1917 年。摄影：［美］西德尼·甘博

成都是一个古城[①]

（古代及近、现代）

　　成都是中国西南部一个古城。还在三千多年前的部落时代，已有相当高的文化。那时部落号为蚕丛氏，国名叫蜀。蜀就是蚕蛹的古义。以氏族和国度名称来看，可说中国蚕丝的发明便在这地方。

　　蚕丛氏时代的蜀国幅员相当庞大。川西大平原是它的根据地。但那时川西大平原尚是一片沼泽地带。由灌县漫溢出来的岷江江水，尚无一定过流河床。所以在蚕丛氏以前的部落号为鱼凫氏，它的意义就是说明了那时代的人民还生活在水中。

　　蚕丛氏后为开明氏。这时的蜀国与秦国有了交通。公元前三一六年，蜀国在秦岭南部开辟通道，可以驰行车马。之后，秦国遂派大兵侵蜀，灭开明氏。那时统率大兵的是秦大夫张仪和司马错。

　　蜀灭之后，张仪和司马错为了统治和镇压土著人民，便相度地势，在重要地点筑了三座土城，专门用来屯驻军队和官吏。这三座土城，一为邛城，在今邛崃县；一为郫城，在今郫县；一为成都城，在今成都旧城内。据书籍所载，成都城因土质恶劣，筑成了又圮，圮了又筑，直到公元前三一〇年方才筑成。并因曲折不规矩颇似龟形，故

---

① 本篇为李劼人先生佚文，未曾发表过，由易艾迪整理，原题为《成都历史沿革》，本书编者改为此题。

在早又叫龟城。后来不知在何年代又在龟城之西筑了一座较小的城，用来居处平民和商贾，称少城。龟城称为大城。

尚在秦朝时代，蜀国改为蜀郡。曾有一郡守李冰是中国历史上有名的治水专家。他在四川的功绩人人皆知。治理灌县的都江堰，成都城外的两条河也是他疏治的。于是，四川西部平原的积水才有固定的排泄河床，并成功了沟渠网。成都城外两条河因地形关系都是由西北并流向东南，到今九眼桥地方才合而为一。从这时起，交通更为方便。秦朝时代最为考究的能走四匹马并排拉车的"驰道"，已纵横于川西地方。从而手工业也发达起来了。成都城南便有了两处手工业集中的小土城，一为专门造车的车官城；一为专门用川西特产蚕丝制锦的锦官城。经过若干年这两座城都消灭了，但因制锦为成都特殊的手工业，故成都又称锦官城，简称锦城，并把城外两条河之一称为濯锦江，简称锦江。其余一条呼为流江，又呼沱江。

到西汉武帝时代（公元前一四一年至公元八七年）为了沟通西南少数民族（即今茂县专区、西康、云南、贵州省的大部分），以成都为重点，遂在公元前一一五年扩大成都大城、少城。经以前少少几道城门开辟为十八门，而使四川许多地方都筑了城，并以成都为模范，造了许多防御工事，如楼橹雉堞之类。

西汉之末，中国大乱。公孙述据蜀称王（公元二四年）。到公元三六年为东汉大将吴汉所灭。这是成都建城后第一次城下之战，也是第一度作为帝王之都。

成都第二次作为帝王之都是在魏、蜀、吴三国鼎立时代。从蜀汉先主刘备于公元二一一年攻入成都算起，到公元二六三年后主刘禅出降于魏国大将钟会之时止，成都作为蜀汉都城四十八年。

直到现在尚确可指为蜀汉遗迹的只有公元二二一年刘备筑坛即皇

帝位于五担山之南的那座差不多已将坍平的、由开明时代遗留下来号称五担山的土丘和可能作过蜀汉丞相府第中的一口水井，即今东城锦江街的诸葛井，以及曾经是蜀汉丞相诸葛亮的桑园，并且是刘备的陵墓所在，即今城南外面的武侯祠和昭陵（一般称为皇坟）。

蜀汉时的成都，仍然是大城少城两座城，仍然是大城住官吏，少城住平民商贾。蜀汉的宫殿也在大城。当时蜀汉全国人口不上二百万，成都是国都，据估计两座城的人口绝不会超过十万。这是张仪筑城之后五百七十年中人口最盛的一个时期。

成都第三次作为帝王之都，是在公元三〇四年到三四七年，当中国西晋到东晋的时候，也是四川和成都在历史上最为衰败的一段时间。那时正是少数民族散处中国，纷起割据，由陇西侵入到四川来的巴西氐人李氏。侵入原因是由于饥荒，侵入人数不过三万。李氏夺得政权自立为蜀主，当地人民不能相安，四川土著曾经一次举族流亡到湖南湖北等地去的便达四十万家。因此，川西平原和成都人口在这四十三年当中减少得很厉害。所以在公元三四七年东晋朝大将桓温溯江伐汉时，如入无人之境。并且在灭李氏之后，便因成都人口太少，用不着分住两城，仅保留了一座大城，而将少城拆为平地。这是成都筑城以来第一次大变更。经过二百三十五年的南北朝，虽然变乱频频，但四川却因是边疆地方，尤其是成都偏在西陲，没有遭到许多大兵灾，人口反而渐渐增多了。因此，隋统一中国之后，在公元五八二年，隋文帝杨坚封他第四子杨秀为蜀王兼益州总管。他到成都时，便感到一座城太小。据书籍记载，杨秀遂附着大城的西南，增筑了一道城墙，说是"通广十里"，也称少城。不过与秦汉时少城不同之处在于附着大城而非与大城相犄角。

杨秀所筑少城，也是土城，而所取土就在少城内。取土既多，其地遂天然成为一个大池，名摩诃池，在唐宋时是有名的胜境，不亚于今天北京的三海。元、明时，已渐淤塞。清代二百八十多年中还剩有"水光一曲"。最近四十年来，已无踪影，只是摩诃池的名字还在。成都在唐宋二朝都是中国西南部一个大都会。当时全国最富庶繁荣的，一是扬州，一是成都。尤其在唐玄宗李隆基时代（公元七一三年到公元七五五年），所谓天下四大名城（长安，成都，扬州，敦煌），成都便居第二。成都恰又处在当时首都长安之南，故在李隆基逃避安禄山之乱，迁居成都时，还一度将成都改称为南京。稍后中国大诗人杜甫从甘肃避兵到成都，所作诗还题为"南京道上"。而且唐朝二百八十三年中（公元六一八年到九〇五年），西川节度使大都是由负有全国威望的大臣出任。又因常与西藏云南少数民族作战，今天的茂县专区和西康省的西昌专区，都是那时的战场，成都是兵粮转运据点，故又是当时的重镇。在公元八五七年南诏国（今云南省大理地方的白族，后即更号大理国）大兵从会理、西昌越过大渡河，由宜宾、乐山沿岷江攻到成都城外，大肆杀掠，四郊人民避入城内，不但无屋可居，据史书言，连摩诃池的水都喝干了。南诏兵围城一个半月，才被战败向新津退去，这是成都遭受外患的第一次。又在公元八七四年南诏大兵又进攻，前锋达于新津县，成都又一度恐慌，四郊居民又纷纷入城。据史书载："数十万人蕴积城中，生死共处，污秽郁蒸，将成疠疫"。这是成都遭外患的第二次。距上次不过一十七年。因此，在公元八七五年，唐朝大臣高骈调任西川节度使到成都，把南诏兵逐回大渡河南岸之后，便建议在成都城外当西南一面，再筑一道罗城。

这时成都城只算是一座城。原来的大城和杨秀附着西南增筑"通广十里"的少城，已是混而为一，通名为子城。虽然比起原有一城大了许多，但其中既容了一片很大的摩诃池，又因唐朝信奉佛教、道教，在城内修建了许多占地极大的崇宏寺、庙、观、字，如今天尚部分存留的大慈寺、文殊院，已经没有了的石牛寺、严真观、江渎祠，便是一例，因而容纳人民居住的坊和作商业交易的市　便非常不够。即在两次遭受外患以前，当公元八〇〇年前后韦皋作西川节度使时，便曾在南门内外锦江之南修建过一片可容纳一万户的"廛闬楼阁"，名为新南市。但据史书记载，人口的增加也不能拿今天的情况来推想。因为就在唐朝极盛时代，全中国人口不过五千一百多万，四川绝不会占其十分之一。因为在公元九六五年，后蜀主孟永投降北宋时所缴的户籍才五十万四千零二十九户，从前的户要大些，平均每户八人计，也不过四百二十余万，即以十人以上计也不过五百五十余万。但唐朝末年和五代时候，还因中国大乱，四川是比较安定的地方，长江一带和陕西甘肃等地许多人家不断逃到四川，所以才增加了那么多人口。据这种理由来估计，在唐朝的四川人口绝不会达到四百万。成都固然是繁华地方，也是重镇，那时的人口也不过是占总数的二十分之一。所以当两次外患，四郊居民纷纷躲入城内，连摩河池水都不够供给，然而据史书记载也止"数十万人"而已。

就因为连二十万人都不够容纳的成都之城，所以在公元八七六年高骈便相度地势在西北角上先筑了一道长九华里的高堤，即今天的九里堤，当时称为糜枣堰。把原来的两条像衣带一样的、经由西北流向东南的内面一条河流，即称为流江又名沱江的，从这堤下另掘了一道河床，使它分由西北向正北绕正东流向今天的九眼桥，与剩下的那条外面流的锦江仍然在今天安顺桥口合流。其次，便在干涸的河床南岸，用当时由四郊坟墓掘得的砖石，砌成了一道周长二十五华里的罗城。

成都在唐朝时已很繁荣了。连在子城罗城内所修建的人民居住的坊，即今天所称的街，共有一百二十坊。有东南西北中五处商业交易的市，有全国驰名的手工业如蚕绵织锦，制药、花笺纸绢扇等。但它极盛时代尚不在唐朝，而是在从公元九〇七年到公元九六五年，五十八年的五代时期。在此时期，四川前后有两个独立国，都称蜀国。前一个称前蜀，为唐朝大将王建于公元九〇八年称帝，至九一八年病死，其子王衍即位，至公元九二五年被后唐所灭，计立国十七年。后蜀为后唐大将孟知祥于公元九三四年称帝，九三五年病死，其子孟昶即位到公元九六五年被北宋所灭，计立国三十一年。前后蜀都城都在成都。故成都可算是第四第五次的帝王之都。

这五十八年中，成都的繁荣可谓达于顶点。所以致此的原因，第一，由于四川，尤其成都不像中原和其它城市遭到不停息的战争。第二，四川的财富不但不曾外溢，而且还以四川的特产、尤其是织锦之类，换入许多财富。第三，前后蜀国的两个后主都爱好文艺逸豫，朝野之间，形成一种享乐风气。第四，赋税较轻，劳役较省，人民较安定。第五，前后蜀的灭亡都没有经过城下之战。在这时期中，成都最为显著的事件有：

一、孟知祥时为了加强外御，又在罗城之外加筑了一道比较低而不很厚的土城，用以限制骑兵驰突，当时名羊马城。长四十华里，从东北角起逶迤到西南角止，一则东南西面限于河流不易兴筑，二则也因外患之来止在西北二面。但筑城之后未使用。到孟昶时作为花坛，沿四十华里的土城上种了无数的木芙蓉，甚至连旧有罗城上都种遍了，秋来开花，斓如云锦。故成都又称为芙蓉城，简称蓉城。

二、从王建起就着意兴建宫室苑囿。他们两代帝宫都在唐节度使公署内，即今天成都市人民政府所在地。不过那两代规模却大多了。从今天东顺城街以西，几乎半个成都城的地方都是。似乎比今天北京清朝故宫和三海还为富丽优美的宫苑。从当时一位著名女诗人，即孟昶宠爱的小徐妃的一百首宫词中可以看出。除了原有摩诃池更加扩大外，还在今天半个少城地方掘了一片更大、更曲折、优美，并且具有岛屿、浦、溆、台榭楼阁等许多仙境似的龙池。而达官贵人的园林也到处都是，此外还有供平民大众游玩的胜境，如高骈改流以后那一条包在城内的无所用之的河床，便改成为一片名胜的江渎池（即今天从南较场经由上莲池、中莲池、直到新南五门之西，所谓下莲池那一大带市街的地方）；还有崇楼杰阁的五担山；西门外的浣花溪、百花潭；还有东门外的合江亭、梅园、东山；东城角外的千顷池；北门外的宣华苑，威凤山，学射山等等，都是可以四时去游玩之处。许多地方虽在宋时更为著名和美化，但建基却在这五十八年比较承平的时候。

三、文学艺术盛绝一时。这是因为成都在文艺方面本有良好基础，加以那时中国大乱，许多文人艺匠都避乱来到成都，启发了许多新的东西。今天从书籍所载确可考出的，第一是雕刻书版，在当时不但只有成都有此一门艺术，而且传到今天，还是以那时蜀刻木为最精美。只要得到一页半页，便珍若拱璧了。第二是绘画，无论是画在绢上，纸上，壁上，都以成都为最好，为最多。尤其壁画，除宫殿中的外，凡画在各寺、庙、观、宇壁上的都有记载，可惜从北宋起，历经变化，大都无存了。第三是诗词的著作，那时只有在江南的南唐才能与之匹敌。就在今天，讲五代文学，也不能不以西蜀南唐作代表。

成都在公元九六五年到北宋，仅仅二十九年，便遭了一次大兵灾。据史书言，是由于北宋认为蜀地太富庶了，灭蜀之后，除将孟氏所搜刮储积的财富都全夺去外，对于蜀地人民复想出各式各样花样来尽量剥削。平民百姓简直活不下去了，于是青城县（即今青城山一带）一个平民王小波便率众反抗，不久王小波病死，众人推李顺为领

袖，继续作战四年，于公元九八四年攻入成都。可惜李顺仍不免陷于
历史上农民革命的规律，一入成都便忘了起义的目的，而称大蜀王登
基改元，以四个月的悠长时间，坐等宋朝官吏调兵遣将反攻进成都，
把他捉住了。这次战争中，城市破坏很大，许多好的建筑物烧毁了，
许多难得的文物艺术也破坏无存。尤其古今无匹的壁画，所余也不到
一半。但是不到五年，即公元一〇〇〇年初，又遭一次兵变。起因是
由于统兵官歧视土著士兵，待遇不平，土著士兵愤而生变。打了八个
月，使宋朝官吏很吃了些苦头，几乎从新都方面一里一里地攻到成都
城外，又费了许多劲攻入罗城（是时羊马城已经颓圮了），又几乎是
逐坊逐巷地才从北门攻到南门，奔出南门完事。经过这次激烈巷战，
对城市破坏更大。据宋朝人笔记说：自此以后，由唐朝到宋朝初积累
下来的文物几乎百不存一，数十年前营造得像仙景似的摩诃池，龙
池，在北宋时已荒芜，到南宋便渐渐淤塞。据一位爱国诗人陆游说，
许多地方已经变为"平陆"。

　　不过在整个宋代（公元九六〇年到一二七六年），成都也还有它
特盛处。第一，织锦手工业特别发达，并全部为官营。因为宋朝朝廷
要利用这种特种手工艺品去博取辽、金、元人的欢心，并用它去掉换
马匹。第二，雕刻书版愈多愈好，始终居当时临安的这项手工艺之
上。第三，花笺纸也继续着唐朝余绪，未曾衰败。第四，城市建设除
了前后蜀的官苑限于当时体制未能恢复旧观外，其它很多名园胜境似
乎比唐朝还要多些、好些。第五，城内河流除唐朝已开辟的一条金河
外（即今天的金河，稍有变更），还开辟一条解玉溪（明末已淤为平
陆），解决城内饮水、交通、消防问题。第六，创始地在"红尘涨天"
的土路面上铺石板为全国各大城市取法。这都是由于三百年间除了宋
初两次激烈巷战外，并未经过大变乱，只管黄河、淮河流域，长江中

下流，襄河秦岭等处有过若干次大战，而四川内地尤其成都到底还是小康地方，人民比较得以安宁之故。

从公元一二二五年起，蒙古兵曾三次攻占成都。直到公元一二五八年元人才在成都树立了基础。蒙兵入城之初，杀戮破坏都很厉害，后来安定后也没大的恢复。而且，据书载当时科差繁重，而就成往来者扰民尤重，且军官或"抑良民为奴……"。充分说明了当时四川，也是成都人民的痛苦情况。可这一百余年当中，成都是再度衰败了。

公元一三五七年（元朝末年），四川政权转移到一个湖北起义农民明玉珍手。明玉珍死于一三六六年，其子明升承继，至一三七一年为明所灭。到公元一三七三年（时明已取得四川），曾两度修复了颓圮不堪的城墙。大概城墙范围仍然照唐宋传下来的一般大小或小有修改，但已不可考了。只是唐宋时在正北、正西、南这三方面是两重城墙，故有子城、罗城之分。而从明朝起，便仅止是一道砖石土混合筑的城墙。

公元一三七八年朱元璋封他第十一子朱椿为蜀王，并在一三八〇年大修城墙时起，派人在五代前后蜀国宫苑遗址上，即是在摩诃池的东边，即今天成都市人民政府所在地，给他修了一座藩王府第。虽然规模比五代时宫苑小，但以今天街市情况考起来，还是相当大的。北起今天骡马市街，南至今天红照壁街，东至今天的西顺垴街，西至今天的东城根街，以今天成都街道来看，恰在城中心占了个大长方形地方。藩王府有两道城墙，内面一道在今天正在恢复的御河内沿，正南有三洞城门，一座名端礼门，上有两重城楼。此门楼今已修复，不过比原样低了三至四尺。上半截的龙形琉璃砖瓦更无法恢复。门楼还未修复。当明朝时这中间有十几殿，很多崇楼杰阁，并有比往昔小一些的摩诃池。外面一道墙名夹城，只有东、北、西三面用以隔绝平民百姓。内城之外，夹城之内为园苑。但在明朝中叶有一位蜀王还越前夹城范围，修建了一些别馆，今天在西顺城街南段之东已变为中心菜市场的安乐寺，和北段之东处在鼓楼南街，今天已改为交通所和商业所的一部分的太平寺便是一例。南面端礼门之外，原有拱桥三道，跨于御河之上。再南又有大桥三道，跨于金河之上两侧。当东御街口上原有鼓吹亭两座名龙吟和虎啸亭，一九五二年修建人民南路始发现二亭石基。大三桥之南有长达二十余丈的影壁一座，故此街称为红照壁，在一九二五年方为当时军阀拆卖无余。

从明朝起，成都又渐渐繁荣起来。丝织特产在元时也未消灭，到明朝因为民生安定，需要量大，便又兴旺了。其它许多内外销的手工业品也是这样。故成都在明朝除了藩王府建筑外，其它官署寺庙园林名胜一般地都修得很好，尤其在今天的华西坝和新村一带，是当时最有名的中园，梅花极多，并有唐宋遗留下来的号称梅龙的古梅。虽然明朝二百七十五年间四川别的地方发生过几次战事，但成都还是安静的。不过那时成都人口也并不多，因为城市并没比宋时大，而城内也是除了藩王府占去一大片地面外，东城一个大慈寺就有九十六个院落，西城一个圣寿寺就占去今天少城南面一大半，北门除了五担山和今天的文殊院外，东北角还有一个绝大的益州书院。此外，官署也大也多。而为人民居住处和商场所用的地方很少，而且限于体制，平民百姓的房子大都是平房，没有高楼。以此估计在明朝算是复兴了的成都，它的人口也不过十万上下，顶多十五万罢了。

明朝复兴的成都是在公元一六四六年上半年被消灭的。事情是由于张献忠。因为大半个四川既为明朝和各地土豪据守着，不但不能征取，而且颇有联合起来向川西进逼之势。同时清兵业已进入山海关，与他同时起义的李自成退出北京，撤向山西陕西，有向湖北发展的情形。他便率领大军想由川北去湖北。但他恨极敌人，故决计绝对不留一人一物给敌人。因此，在公元一六四六年初开始有计划地将成都和川西平原上所有未曾跑散的人民都集中起来，所有城墙都拆平，所有房屋东西都烧毁。单以成都而言，在他彻底破坏了六个月，将人民和军队一起带走后，城内城外几乎全光了。古代的遗迹只剩下五担山和金河以及城外的邱陵河流，那是无法变更的。至于人力建设的只有藩王府的端礼门，跨越金河的三座大桥，桥南两只大石狮，一道影壁，这都是明朝的建筑。有些较古艺术，如铜铁佛像等，大抵在他攻入成都时埋藏在土内，尚零星保存了一些。据书记载，就是公元一六四六年起一直到公元一六五九年，十三年中成都是一片荒芜。城内只有野兽而无一个人的踪迹的。到公元一六五九年清四川巡抚高民瞻奏请将省会由阆中仍移成都，才开始有了人烟。城墙和房产才因陋就简逐渐修建。到公元一六八三年，据当时最可靠的记载说：因为奖励外省移民到此的结果，城内"通衢"才有了"瓦屋百十所，余皆诛茅编竹为之，而北隅则颓垣败砾，萧然惨人"。这是在大破坏之后三十七年的景象。又经十五年到公元一六九六年，距大破坏后又五十年了，据书籍所载，成都的"人民廛市"已增多，然而也不过几千人口瓦屋数百家而已。

　　成都的恢复是在公元一七一六年前后，才陡然增加了进度。一是地方安定，出产丰富，生活较易，使人民住得下去。二是交通不便，因而凡是从前作官吏、商贾的外省人，到成都一住定就不愿再走。三是这一年清朝为征伐西藏，从湖北荆州调来满洲蒙古兵二十四旗，一千五百名连同家属约计六千人到成都来协助后防，后来就驻成都，因而人口疾遽增多。其次是公元一七七五年清朝对大小金川的用兵，公元一七九一年对廓尔喀的用兵及那时前后十八年川北、陕南、鄂西白莲教的战争，成都一直是大后方兵粮转运据点。求名、求利、求安定生活的都麇集于此，故成都又很快复兴起来，但距大的破坏之年，也经过了一百四十五年。过此，每逢四川省内外一次变乱，成都人口就有或多或少的增加，一直到对日抗战发生以后也没有变更这条规律（所以成都人口全都是外来客籍）。故成都这地方在公元一九四九年解放以前，无论怎样繁荣，人口怎样增多，到底是个消费城市。虽然它也有相当数量和不少的手工业（但从历史上传留的手工艺如织锦、制花笺纸、制扇等，经战争的消灭，特别是张献忠那次破坏，果真就消灭了）却始终进入不到大的手工业生产。

在清朝时代（从公元一六四四到一九一一年），成都比较可说的建筑物计有：

一、大城城墙。据公元一八七三年重修的成都县志载，第一次修复在公元一六六二年，系土筑，周长二十二里三分，计四千零一十四丈（旧营造尺），高三丈又八尺，厚一丈。东西南北四门，外环以壕。第二次大改修由当时四川总督福康安奏发币银六十万两，全部用大砖大石砌成，从公元一七三三年开始，经过三年到公元一七八五年竣工。据同一成都县志载：周长二十二里八分，计四千一百二十二丈六尺，垛口八千一百二十二垛，砖高八十一层，压脚石条三层，大雉房一十二座，小雉房二十八座，八角楼四座，炮楼四座。四门城楼顶高五丈。又记说在一八六二年四角添筑了小炮台二十四处。周围的城壕也浚深浚宽了。

二、贡院。公元一六六五年，四川官吏奏请就明朝旧藩王府原址改修为三年一次的，由全省秀才考取若干定额举人的考试院。因为考取举人要于当年贡到北京去考进士，故又称贡院。各省贡院也一样有至公堂，明远楼，但都没有成都的崇宏伟丽。因为成都贡院的至公堂是就明蜀王府端和殿原址建成，明远楼就是端和门原址建成。一六六五年以后，曾有若干次重修补修，以公元一七四五年增修为最好。以今天成都市人民政府大礼堂（即至公堂改建的）外那一座有石刻乾隆十年御制诗的石坊为例，足见一斑。贡院最后重修在公元一八六三年，成都县志上有所记载，特录于下："同治元年壬戌，各大宪因贡院多所倾圮，通省筹款，彻底重修。以二年癸亥三月创始（即公元一八六三年），越三年甲子七月告竣（即公元一八六四年），共成堂楼院所大小五百余间，如明远楼、至公堂、清明堂、衡文堂，文昌殿及监临主考提调、监试、内外帘官住院，虽牵循旧制，但高大宏敞。又添建弥封所一院，抄录房十五间，受卷所、布科所共十余间，统用银七万两有奇"。只是没提到每三年秀才们最欣喜而又最烦恼的仅仅三尺高，照千字文编了号的一长列一长列用木板钉成的考棚子一万三千九百三十五间。但贡院范围已比蜀王府为小，御河之外，已是民居，仅止端礼门外直到红照壁，在科举未废，贡院未改为学堂以前犹留下一片大广场，平时客人搭棚小贸。到科举时就必须拆光，故后来三桥以北虽已改称贡院街（即今天人民南路的北段），但至今一般人尚呼为皇城坝。

三、满城。在清朝恢复成都大城墙时，仍照明时的规模，在原有基础上修建的一个完整的城。公元一七八一年，因由荆州调来之满洲蒙古兵丁及其家属要长住成都，以防御和镇压汉人和边疆少数民族，便在大城西部修了一道较为低薄的砖墙，一般称为满城。《成都县志》说：满城"周四里五分，计八百一十一丈七尺三寸，高一丈三尺八寸。门五：御街小东门（今天祠堂街东口与西御街正对）；羊市小东门（今天东门街东口与羊市街正对）；小北门（在今长顺街北口与宁夏街正对）；小南门（在今小南街南口与君平街斜对）；大城西门。城楼四，共十二间（只小北门无楼）。每旗官街一条，披甲兵丁小胡同三条。八旗官街共八条，兵丁胡同共三十二条"。满城修建当时是有整个计划的。据书籍载：凡划入满城区域内的汉人官署和住宅，一律迁移到大城。满洲将官一家占地若干平方丈，骑兵、步兵每家占地若干方丈，都有一定制度。甚至房屋修建格式高低也是定制划一了的。在今天成都街道图上，还可明显看出长顺街是一条主要大街，俨然如鱼的脊背，几十条胡同分列东西，俨然若鱼刺。在公元一九一二年革命后，打破满汉界限，改称满城为少城，改胡同为街巷以来已经变了，变得顶厉害的是把一个近二百年的极为幽静的绿阴地区变为个极不整齐、杂乱而不好整理和改建的住宅区。

四、河流沟渠。清朝时代成都建设最足纪录的便是金河、御河的随时修理疏浚。考明朝时候成都城内除金河御河外，还有一条是在金河入城后分出一支绕由中城东流到铁板桥仍合于金河；还有一条是从西北城角流入、横经北城向东，在今天落虹桥处出城。这两河可能都是宋朝的遗迹，到清朝都淤塞了。有些变成没水道的大塘，叫淖塘，有些变为洼地，叫淖坝。后来便只剩下一些桥名湖名。但就这仅有的金河、御河言在清末前，不惟是成都城内风景河流，且对于交通、饮用，消防都发生过一定作用。其次是沟渠（即今天所称下水道）。当时的官沟即干沟是全用条石砌得相当深广的。以前的官沟图有二份，一存成都府衙门，一存藩台衙门内，至清末都不存在了。据老人言，以前的官沟也是分北城中城南城三个系统，独满城没有官沟，不知何故。三个系统的总汇在今天劳动人民文化宫西侧，当时各大阳沟和今天的沟头巷一带。据说六十年前，即当公元一八九〇年时候，那带总沟还像小溪一样，水流涓涓。也从那时起，政治更趋腐败，官吏只知贪污。以前的一些善政，没能维持，加以成都人口日益增加，地面使用迫切，当时腐败政府既没规划也不干涉，一任私人侵占，因此河流就越来越窄，原有两岸都变成屋基，官沟就越退越后。原规定官沟以外的公地都是商店和住宅，不惟街道变为小巷，而且从宋朝以来一直没有遭过洪水的城市，在公元一九〇九年和一九一〇年竟两次因为河流沟渠不通畅，而且在豪雨之后，许多较低房屋都曾被淹过好几天。

清朝一代成都人口，在公元一九一〇年前无统计。直到一九一〇年，成都已经开办了几年警察，做了一次户籍调查。虽不很精确，大体还可靠。据正式发表数字，在城内为二十七万七千二百零三人，在城外的（当时只有北门外、东门外多一些街道，南门外较少，西门外更少），为三万七千七百七十一人，共计三十一万三千九百七十二人。也因仅止为数二十七万多人，城内便显得十分拥挤，许多园林胜地都被破坏，变作住宅，许多菜园荒地及城脚淖坝都变成了低帘矮户、简陋污秽的若干小街巷。因此更足证明唐宋明三代时候成都人口总之从不可能超过十五万。

由公元一九一二年起推倒清朝专制统治后，直到一九四九年年底解放时止，三十八年当中，成都的变化太大，但不是变好，而是向坏的方向走。虽然在清末时候已渐渐有了一些小型的机器工业，如造枪弹的兵工厂，造纸厂，造银元、铜元的造币厂，也渐渐有了一些现代设备如有线电报局，直流电发电公司等，但毕竟由于没有铁路，没有重工业，创造不出有利条件。更由于一九一一年以后军阀的争权夺利，有人统计从一九一三年起四川省的军阀土匪的战争便达四百多次。成都是一省的政治中心，凡有野心的军阀都想霸占它。因此，争城之战（连围攻和巷战在内），前后大小有二十多次，对日抗战期中日本飞机前来轰炸又若干次。每次焚烧杀掠的结果，还是人民吃亏，而且长期处在被帝国主义经济势力、军阀的武力压迫和剥削阶级压迫之下，人民日益穷困。而军阀政客匪徒特多，投机倒把的奸商们只知自私自利剥削压榨，过他腐化堕落生活，根本不想建设。所以在此段时期中，总的说来，成都是继西晋末巴西氏人李氏入侵之后，是继宋末蒙古兵侵入之后，是继明末张献忠夺占之后第四次衰败了。不过这次衰败与前有所不同处，是看起来好像有些小小的建设，但事实上都是甚至都破坏了。例如：

一、大城城墙。这是从一九二四年开始被破坏的，直到现在一大半已成了摇摇欲坠的黄土堆，一小半已不完整，现在尚未决定如何处理。

二、满城之墙。从一九一三年就陆续拆毁了。原来墙基已改为许多街道，今天的东城根街就是其间一大段。

三、皇城城墙。从一九二七年破坏，现在只剩一座三洞城门，还是一九五一年初才彻底培修，成为今天的模样。但城门的楼还未设计。

四、贡院内部和红照壁。红照壁系一九二五年拆毁的。贡院是从一九〇六年科举废后就改为若干学校和一所官署。从一九一五年起，几次改为官署，并曾作过两次战场，最后划为四川大学校舍。抗日战争起后，四川大学迁走，曾遭日本飞机轰炸，原有建筑物被毁不少，一般平民遂移住其中。到一九四九年解放之初，整个贡院除一部分仍是实验小学，一部分改为博物馆，一部分驻公安部队外，几乎全为私人霸占，并化为几千家贫民窟。一九五一年，成都市人民政府迁入后，始逐渐建立一人民新村将贫民移去，并首先将半圮的至公堂改为大礼堂。其次将博物馆移到人民公园，整修了明远楼作会议之用。一九五二年底复将部分贫民移去新村，以那地段建修一个可容纳五万观众的运动场。

五、金河和御河。金河早已变成一道窄窄的阳沟。到一九五二年整修人民公园时,始将祠堂街的一段加以整理,祠堂街靠金河西的铺房西头一段是一九一五年以后修建的,东头一段是一九四一年修建的,把一长段金河风景破坏了。御河是一九一二年起便逐渐为人侵占,创成无数条极其卑陋的小街巷,是成都几次大瘟疫的发源地。现在已着手修复。

六、沟渠街面。官沟系统自清末业已紊乱,难于清理,但总沟尚部分完好。从一九二四年城内开始修建马路,始完全破坏。也从这时起,城内街面才渐渐拓宽,将全城石板街面完全改为三合土路。但拓宽街面并无整个计划,两畔街房有在三年中拆让到五次之多,使人民财产浪费不少。因而改修的街房都甚为简陋。现在几乎半数都成为危险建筑物。路面也因偷工减料之故,几乎无时无刻需要修补。雨天烂泥满街,晴天尘土飞扬,使成都成为一个不清洁的城市。现在下水道和路面工程已经有计划地开始了。

七、全城所有的中等庙宇、名胜古迹,大会馆、大官署都是从一九二四年起逐渐被侵占被破坏,被改修成私宅、大街、小巷、弄堂式的租佃小屋和贫民窟。如臬台衙门修为春熙路、藩台衙门修为藩署街、华兴东街和几条弄堂与私人住宅(今天四川日报社的房子便是其间的一部)。从唐朝著名的江渎庙改修为弄堂房子(现改为卫生学校),上、中、下三个莲池都填平了,修成大型住宅和若干小街。这太多了,举不胜举。

总的说来,成都在解放前确是在向坏的方面变。以前良好的具有民族风格,历史意义的建筑物,无论公的私的,全都受了殖民地码头建筑的恶劣影响,而向坏的方面变。虽然成都是有二千四百多年历史的一座古城，就因为在历史上经过三次的衰败时期和近三十八年的无意义的破坏，它需要重新建设，需要有规划的，某些可以恢复，某些可以不恢复，全面的使它发展成一个适合将来环境条件的现代化城市。

说称号

四川成都，1917 年。摄影：［美］西德尼・甘博

成都城也有别号[①]

（古代）

　　一人一名。这是近几年来，因了编制户籍，尤其因了在财货方面的行为，便于法律处理，才用法令规定的。行得通否，那是另一问题。

　　中国人从"书足以记姓名"起，每一个人的称谓，就不止于一个。例如赵大先生，在他的家谱上是初字派，老祖宗在谱牒上给他的名字叫初春，字元茂。到他学会八股，到县中小考时，自嫌名字不好，遂另取一名叫德基，是谓学名，或称榜篆，除谱字元茂外，又自己取个号，叫启成。后来进了学堂，并且还到日本东京留了八个月的学，人维新了，名字当然不能守旧，遂废去德基、元茂，以肇成为名，另取天民二字为号，同时又取了两个别号，一曰啸天，一曰鲁戈。后来作了县知事，还代理过一任观察使，觉得新名字和别号都过激了一点，于是呈请内务部改名为绍臣，号纯斋。中年以后，转入军幕，寄情文酒，做官弄钱之外，还讲讲学，写写字；讲学时，学生们呼之为纯斋先生，写字落款，则称乐园，乐园者，其公馆之名也。据说，公馆的房子倒修得不错，四合头而兼西式，但是除了前庭后院有几株花树外，实在没有园的形迹。近年，赵大先生渐渐老了，产业已

---

① 　节选自《二千余年成都大城史的衍变》第一节。

在中人之上，声誉著于乡里，儿子们不但成立，还都能干，大家更是尊敬他，称之曰纯老，纯公，或曰乐园先生。总而言之，统赵老大一生而计之，除了写文章用的笔名，除了不欢喜他的人给他的诨名而外，确确作为他的正经的名称，可以写上户籍，以及财产契约上，以及银行来往户头上的，便有赵初春、赵元茂、赵德基、赵肇成、赵天民、赵啸天、赵鲁戈、赵绍臣、赵纯斋、赵乐园，足足十个，还不必算入他的乳名狗儿、金生两个，与夫三个干爹取的三个寄名。

中国人名字太多，遂有认为是中国人的恶习。我说，不，中国人的恶习并不在名字之多，而在生前之由于崇德广业，以地名人，如袁世凯之称袁项城，冯国璋之称冯河间，和以官名人，如李鸿章之称李宫保，或李傅相，如段祺瑞之称段执政，甚至如章士钊之在《新甲寅杂志》上之寡称执政；至于死后之易名，只称谥名，无数的文忠，无数的文正，无数的文襄，这才是俗恶之至。

名字多，倒不仅只中国"人"为然，一座城，一片地，一条街，也如此；有本名，有别名，有古名，有今名，还有官吏改的雅名，还有讹名。

成都南城，由老半边街东口通到学道街的一条小巷，本名老古巷，一音之转，讹成了老虎巷；从前的成都人忌讳颇多，阴历的初一十五，以及每天大清早晨，忌说老虎鬼怪，不得已而言老虎，只好说作"猫猫儿"，而土音则又念作"毛毛儿"；原来叫老虎巷的，一般人便唤之为毛毛儿巷。东门外安顺桥侧的毛毛儿庙，其实也就是老古庙。少城内有一条街，在辛亥革命以前，少城犹名为满城时，此街叫永安胡同，革命后把胡同革成了巷，改名叫毛毛儿巷（即猫猫巷），到一九二四年（即民国十三年），四川督理杨森尚未经营"蓉舍"以前，曾卜居此巷，于是随员副官和警察局员都紧张了，他们联想力都很强；毛毛巷即猫猫巷，即老虎巷；杨、羊同音，杨督理住在毛毛巷，等于羊入虎口，不利，幸而杨森那时还带有一个什么威字的北洋政府所颁赐的将军名号，于是才由警察局下令将巷名改过，并升巷为街，改为将军街焉。

一条街，有本名，有别号，而且也有其原委。一座挺大的城，难道就不吗？当然，城，也如此，有它的别号，例如成都。

成都，这名称，据《寰宇记》讲来，颇有来历。它说："周太王迁于岐山，一年成邑，二年成都，故名曰成都。"意若曰，成都这城，建立不久居民就多了起来。这名字是否该如此解，暂且不管它，好在它与人一样，本名之外，还有几个别号，读读它的别号，倒满有意思。

目前顶常用的一个别号叫芙蓉城，简称之曰蓉城，或曰蓉市，一如今日报纸上常称广州为穗城，或穗市一样。

芙蓉，本应该唤作木芙蓉，意即木本芙蓉，犹木棉一样，用以别于草本芙蓉，和草本棉花。草本棉花之为物，我们不待解释即知，而草本芙蓉，大约已经没有更多的人知道即池塘中所种的荷花是也。荷花的名字颇多，最初叫芙叶，一曰芙蓉，古诗云：涉江采芙蓉，即涉江采荷花；唐诗云：芙蓉如面柳如眉，即是说杨玉环之脸似荷花，也如说四川美人卓文君的美色一般。大约即自唐代起，才渐渐把木本芙蓉叫做芙蓉，草本芙蓉便直呼之为荷花，为莲，为藕花，为菡萏去了。

芙蓉城的来历如何呢？据宋朝张唐英的《蜀梼杌》说，则是由于五代时，后蜀后主孟昶于"城上尽种芙蓉，九月间盛开，望之皆如锦绣。昶谓左右曰：'自古以蜀为锦城，今日观之，真锦城也！'"这只叙述芙蓉城的来源。另外一部宋人赵抃的《成都古今记》，就稍有渲染的说:"孟蜀后主于成都城上遍种芙蓉,每至秋,四十里如锦绣,高下相照,因名锦城。"

木芙蓉一名拒霜,叶大丛生,虽非灌木,但也不是乔木,其寿不永,最易凋零;在孟昶初种时,大约培植得还好,故花时如锦,高下相照,但是过些年就不行了。明朝嘉靖时陆深(子渊)的《蜀都杂钞》便说:"蜀城谓之芙蓉城,传自孟氏。今城上间栽有数株,两岁著花,予适阅视见之,皆浅红一色,花亦凋瘵,殊不若吴中之烂然数色也。"同时另一诗人张立,咏后蜀主孟昶故宫的一首七言绝句,也说:"去年今日到成都,城上芙蓉锦绣舒,今日重来旧游处,此花憔悴不如初!"岂不显然说明在南宋时,城上芙蓉已经是一年不如一年?自此而后,所谓芙蓉城,便只是一个名词罢了。大约这种植物宜于卑湿,今人多栽于水边,城墙比较高亢多风,实不相宜,故在清乾隆五十四年,四川总督李世杰曾经打算恢复芙蓉城的旧观,结果是只在四道瓮城内各剩一通石碑,刊着他的一篇小题大做的《种芙蓉记》;民国二十二年拆毁瓮城,就连这石碑也不见了。幸而文章不长,而且又有关于城墙历史,特全钞于下,以资参考。

李世杰《成都城种芙蓉碑记》:"考《成都记》,孟蜀时,于成都城遍种芙蓉,至秋花开,四十里如锦绣,因名锦城。自孟蜀至今,几千百年,城之建置不一,而芙蓉亦芟薙殆尽,盖名存而实亡者,久矣。今上御极之四十八年,允前督福公之请,(按:福公即福康安,在李世杰之前的四川总督。)即成都城旧址而更新之,工未集,适公召为兵部尚书。余承其乏,乃督工员经营朝夕,阅二年而蒇事。方欲恢复锦城之旧观，旋奉命量移①江南，亦不果就。又二年，余复来制斯土，遂命有司于内外城隅，遍种芙蓉，且间以桃柳，用毕斯役焉。夫国家体国经野，缮隍浚池，以为仓库人民之卫，凡所以维持而保护之者，不厌其详；而况是城工费之繁，用币且数十余万，莅斯土者，睹此言言仡仡②，宜何如慎封守、捍牧圉，以副圣天子奠定金汤之意！然则芙蓉桃柳之种，虽若循乎其名，而衡以十年树木之计，则此时弱质柔条，敷荣竞秀，异日葱葱郁郁，蔚为茂林，匪惟春秋佳日，望若画图，而风雨之飘摇，冰霜之剥蚀，举斯城之所不能自庇者，得此千章围绕，如屏如藩，则斯城全川之保障，而芙蓉桃柳又斯城之保障也夫？是为记。乾隆五十四年五月立。"

另有一个别号以前常用，现在已不常用，锦官城是也，简称之曰锦城。这也和广州的另一别号一样，以前叫五羊城，简称之曰羊城，而今也是不常用之。

锦官城原本是成都城外相去不远的一个特别工业区的名字。据东晋蜀人常璩的《华阳国志》说，夷里桥直走下去，"其道西，城、故锦官也。"另一东晋蜀人李膺的《益州记》说得更为清楚："锦城在益州南，笮桥东，江流南岸，昔蜀时故锦官处也，号锦里，城墉犹在。"益州，查系汉武帝元封二年（公元前一〇九年）分牂牁郡的一部分加于蜀，故谓之益，益者加也，一曰益者隘也，现在由陕西宝鸡县南渡渭水，相距四十华里之益门镇，古称隘门，即就一例云。汉晋之益州即今日之成都，"在益城南"即在成都之南。所说锦城方位，与《常

---

① 量移：唐时，官吏犯错误被贬到远方，后来遇赦才酌量移到近处任职。——原编者注（本书节录文字，见诸李劼人作品的多种版本，故原版编者所加注释，统称"原编者注"；本书所加注释则不再标明，以避免冗繁。以下均遵此例。）

② 言言：高大貌；仡仡：同屹屹，高耸状。——原编者注

志》同。略异者，只《李记》说是在笮①桥东，《常志》说是在夷里桥南。笮①桥是古时成都西南门外有名的索桥，夷里桥则在南门外，此二桥都是李冰所建的七桥之二，早已无迹可寻，不过此二桥皆跨于大江之上。大江即锦江，一名流江，故林思进所主修的《华阳县志》，以为李膺《益州记》所说的"江流南岸"，实即"流江"之误，这是很合理的。

成都在古时李冰治水之后，有两条江绕城而过，一曰流江，一曰沱江。以前代记载看来，这两条江并不像现在的样子：一由西向北绕而东南，一由西向南绕而东南，这样的分流，是在唐僖宗时高骈建筑罗城后始然。之前，这两条江都是平行并流，都是由西向南绕而东南流去，故左思的《蜀都赋》才有这一句："带二江之双流"，言此二江并流，如带之双垂也。同时刘逵为之注释亦曰："江水出岷山，分为二江，经成都南东流经之，故曰带也。"

我们必须知道流江、沱江是平行而并流，才能明白《华阳国志》所说："锦工织锦，濯其中则鲜明，濯它江则不好，故命曰锦里也。"所谓濯其中者，乃濯于流江之中，所谓濯它江者，即指其并流之沱江也。魏郦道元的《水经注》，虽引《常志》，而就老实这样说了："夷里道西，故锦官也。言锦工织锦，则濯之江流（照林修《华阳县志》，实应写作流江，已见前。）而锦至鲜明，濯以它江，则锦色弱矣，遂命之为锦里也。"倘若沱江在城北绕东而南流，那吗，锦工在城南江边织锦，无论如何，也不会特别跑到城北或城东去洗濯，而又批判他不好。即因流江适于濯锦鲜明，所以此一长段流江，也才称为濯锦江，简称之曰锦江、曰锦水。此一片地方，即名锦里。锦工傍流江而

---

① 笮：读 zuo，用竹篾编织的缆绳。——原编者注

居，特设一种技术官员来管理之，并在工厂周遭筑上一道挺厚的墙垣，一用保护，一用防闲，这就叫锦官和锦官城，简称锦城。

如此说来，锦官城实在成都之南，夷里桥大道之西的流江之滨。在西汉以后，这种组织已废，锦工们便已散处成都城内，故《常志》、《李记》说起这事，才都作故事在讲。然而何以会把成都傅会成锦官城呢？说不定在隋朝蜀王杨秀扩展成都时，旧的锦官城故址竟被包入，或者挤进郊郭，混而为一，因而大家才把成都城用来顶替了这个特区的名字。林修《华阳县志》以为由于宋朝欧阳忞的《舆地广记》有成都旧谓之锦官城，一语之误，则是倒果为因，于理不合了。

锦官当然是管理织锦的一种专贾，像这类的官，汉朝相当多，犹之抗战中间，孔祥熙这家伙在四川所设的火柴官、糖官等等一样。汉朝的四川，除了锦官外尚设有工官、铁官、锦官、橘官、盐官，但皆不在成都附近，可以不谈。在成都城外，接近锦里左近的尚有专门管理造车的官，叫做车官，而且也像锦官样，有一道挺厚的墙垣，以为保护防闲之用，叫做车官城。《华阳国志》说："西，又有车官城。其城东西南北，皆有军营垒城。"看来，规模比锦官城大得多。当时四川初通西南夷，而车道通至夜郎国外，平常交通以及军戎大事，无不以车，故汉时在成都造车，确是一桩大工业。不过车，毕竟是普通工业，不如锦之特殊，其后湮没了终于就湮没了，所以不能如锦之保有余辉者，即普通与特殊之判别故也。

织锦是成都的特殊工业，其所以致此者，由于成都在古代有这种特产：蚕丝。此事且留待后面说到蚕市和蜀锦时再详。现在我要告诉大家的，即是这种特殊工业已没落了，虽然在历史上成都曾被南诏蛮人围攻过几次，并掳走过若干万巧工，但是终不如张献忠在清顺治三年由成都撤走时，把所有的技工巧匠剿杀得那么罄尽，故丹稜遵泗的

《蜀碧》乃说:"初,蜀织工甲天下,特设织锦坊供御用。……至此,尽于贼手,无一存者;或曰,孙可望独留十三家,后随奔云南,今'通海缎'其遗制也。"

《蜀碧》系清嘉庆十年(公元后一八六〇年)出版的,所谓今之"通海缎",不知是指清初而言吗,抑指嘉庆年间而言?总之,"通海缎"绝迹已久,无可稽考。

岂止"通海缎"绝迹,即光绪年间曾经流行过一时的"巴缎",和民国初年犹然为人所喜爱的"芙蓉缎",也绝迹了。迄今尚稍稍为人称道的,仅止作为被面的一种十样锦缎,以及行销西藏的一种金线织花大红缎,然而持与偶尔遗留的宋锦比起来,则不如远甚!

蜀锦已落没了。关于锦官遗迹,只有东门外上河坝街还有一个锦官驿的名称,大约再几年,连这名称也会澌灭了。成都县衙门侧近的锦官驿,不是早随驿站之裁撤,而连名称都没有了吗?

此外,成都尚有一个不甚雅致的别号,叫龟城。龟本来是个好动物,中国古人曾以龙凤麒麟配之,尊为四灵;又说龟最长寿,与白鹤相等,故祝人之寿,辄曰"龟鹤遐龄";并且以龟年,龟寿取名者也不少,明朝人尚有以龟山为号的。大约自明末起,规定教坊司①只能戴绿头巾,着猪皮靴,骑独龙棍,到处缩头受气,被人形容为龟之后,这位四灵之一,于是方被世俗贬抑得不屑置诸口吻。我说,这未免太俗气了!

谓成都为龟城,始于扬雄的《蜀本记》。此书已失传,惟散见于各家记载所引,其言曰:"秦相张公子筑成都城,屡有颓坏,有龟周

---

① 教坊司:从唐代开始设置,掌管除雅乐以外的音乐、歌唱、舞蹈、百戏的教练、演出等事的官署。明代隶属礼部,直到清雍正时废置。——原编者注

旋行走，巫言依龟行迹筑之，既而城果就。"到宋朝乐史作《太平寰宇记》，便演化得更为具体了，大概后来的传说都根据于此。他说："成都城亦名龟城。初，张仪、张若城成都，屡坏不能立，忽有大龟出于江，周行旋走，巫言依龟行处筑之，城乃得立。所掘处成大池，龟伏其中。"这种传说，在古代原极平常，因为筑城乃是大事，如其不能一次成功，其间必有什么原由，而在屡筑屡坏之余，忽然又筑成了，这其间必又有什么神助。比如胡三省注《通鉴》引晋《太康地记》说马邑之所以名为马邑一样："秦时，建此城，辄崩；有马周旋走反覆，父老异之，周依次筑城，遂名马邑。"马邑是山西之北、雁门关外，由大同到朔县铁路旁边的一个小城，现在虽不重要，但在历史上倒是一座名城。北方是干燥的黄土高原，故于筑城不就，云得其助者为马；成都泽沴多水，云得其助者，便是龟了。马邑、龟城，情形相同，恰好又可作对联。

龟城又称龟化城，一写作龟画。扬雄所言，是否可信？我以为只是故神其说而已。五代时，李昊作《创筑羊马城记》有云："张仪之经营版筑①，役满九年"，成都城之初筑，虽不见得就费了九年之久，想来一定花费了不少时间。为什么呢？就因为成都当时在李冰治水之前，满地尚是洳泽，土质疏劣，筑城极不容易，屡筑屡坏，便因此故。唐僖宗时，王徽作《创筑罗城记》，就曾说道："惟蜀之地，厥土黑黎，而又硗确②，版筑靡就。"这是实情。至何以会说到龟的身上？王徽《记》上比较说的颇近情理，他说："蜀城即卑且隘，像龟形之屈缩。"这更明白了，换言之，即是说成都城虽建筑在平原上，却为

---

① 版筑：用木夹板修筑土墙。——原编者注
② 硗确：地土坚硬而不肥沃。——原编者注

了地形水荡所限，不能像在北方平原上那等东南西北的拉得等伸而又廉隅①，却是弯弯曲曲，弄成一种倒方不圆，极不规则的形势，很像龟的模样，故称之曰龟城。龟城者，像龟之形也；再一演绎，便成为"依龟行迹"，于是龟就成为城的主神了，似乎成都城之筑成，全仰仗了乌龟的助力。

先是傅会一点乌龟懂得筑城术，倒没什么要紧，顶不好的就是还要在龟的身上，傅会出一些祯祥灾异的色彩，那就未免无聊。例如通江李馥荣在清康熙末年所著的《滟滪囊》，叙到流寇摇天动、黄龙等十三家，和张献忠将要屠杀四川时，便先特提一笔说："崇祯十七年，成都濯锦桥下绿毛龟出，约五丈为圆，小龟数百相随，三日后入水不见。"同样，在叙到吴三桂将要反叛清朝，派兵入川之年，又先特提一笔说："康熙十二年癸丑，成都濯锦桥下绿毛龟现，大如车轮，见背不见首；有小龟数百，浮于水面，三日后乃不见。"

如果《滟滪囊》所记二事都确切可信的话，那就太稀奇了！三十年间，同样大小的绿毛龟，带着几百只龟子龟孙，特为向大家告警，不上不下，偏偏在东门大桥的顶浅而又顶湍激的水中浮上来，也不怕喜欢吃补品的人们将其弄来红烧清炖，居然自行示众三天，悠然而逝，这岂是物理？也不近乎人情！大约只是由于成都原有龟城之说，不免把龟当做了成都的主神，认为主神出现，便是这一地方有刀兵的先兆。但李馥荣也并非故意造谣，说大龟出现，本亦有据，王士禛的《陇蜀余闻》，就有一条同样记载说："成都号龟城，父老言，东门外

---

① 廉隅：有两种解释：一为行端志坚；一指算术开方，以边为"廉"，角为"隅"。这里意指方方正正。——原编者注

江岸间，有巨龟大如夏屋①，不易见出，出则有龟千百随之。康熙癸丑，滇藩未作逆时曾一见之。"按王士祯即清初有名诗人，号贻上，别号渔洋山人者，是也。此人曾两次入川，第一次是康熙十一年，奉命到成都来当主考，是时成都才被清兵收复不到十三年，城郭民舍都还在草创之际，他作了一部《蜀都驿程记》，描写当时大乱后的情形，颇为翔实；第二次是康熙三十五年，奉命到陕西祭华山，到成都来祭江渎祠。这时是在平定吴三桂之后，四川业已步入承平阶段，他作了一部《秦蜀驿程记》，描写成都，较第一部游记为详。此外，他又写了三部笔记：一曰《香祖笔记》，一曰《池北偶谈》，一曰《陇蜀余闻》，都有关于四川的耳闻目睹的记载。尤其最后一部，记得更多，上面所引记大龟那段，便是一例。

可见成都东门外，在康熙十二年癸丑，出现主神大龟一事，实在由于故老传说。《陇蜀余闻》尚能比较客观的说是出现在江岸间，不过太大了，是否有关灾异，他还未曾确定，只是说明其与成都号称龟城为有关联而已。事隔二十余年，到李馥荣的笔下，于是就由一次出现，演为二次；由泛泛的江岸间，演为确指的东门大桥之下；由与龟城的偶合，演为主神的预兆。我说，《滟滪囊》的话，诚然不可靠，《陇蜀余闻》的话，其可靠也只有一半，即是说，成都城外江水中或有几头较寻常所见为大的大乌龟，偶尔浮游水上，但是绝不能大如夏屋，大如车轮，大至周圆五丈；如其不在流水中的老龟，或许背壳上生有一些苔藓之类的东西，乍眼看来，好像是绿毛，但若潜伏在湍激的水中，尚未必然，则绿毛之说，显为傅会，至于前后两次都在水面自行示众三天，那更说不通。

---

①　夏屋：夏，大也。——原编者注

总而言之，龟是寻常介类，到处可见，即令大如夏屋，也并非什么了不起的东西。若说它与成都城有关系，则是古人有意傅会，至于引经据典，像一般野老样，说成都人动辄骂人为"龟儿子"，便由于成都初筑城时，是凭了龟鳖之故，那吗，重庆人之开口老子，闭口老子，则又如何解释呢？

说城墙

四川成都，1917 年。摄影：［美］西德尼·甘博

九里三分的来历①

（清、民初）

　　现在的成都城，可以说从福康安、李世杰彻底重修以来，迄至今一九四九年，经过一百六十六年，虽然从前曾小小培修过多次，而现在已到颓堕阶段，但就它的基址说，到底还是一百六十六年前的老地方，这城墙圈子并未丝毫变更。它的全貌，据清同治十二年重修《成都县志》载：

　　　　顺治十七年，我兵平蜀后，巡抚司道由保宁徙至成都，无官署，建城楼以居。康熙初，巡抚张德地、布政使郎廷相、按察使李翀霄、知府冀应熊、成都县知县张行、华阳县知县张暄，同捐资重修。东南北枕江，西背平陆，高三丈，厚一丈八尺，周二十二里三分，计四千一十四丈；垛口五千五百三十八；东西相距九里三分，南北相距七里七分；城楼四；堆房十一；门四；东迎晖、南江桥、西清远、北大安；外环以池。雍正五年，巡抚宪德补修。乾隆四十八年，总督福康安奏请发币银六十万两，彻底重修。周围四千一百二十二丈六尺，计二十二里八分；垛口八千一百二十二；砖高八十一层，压脚石条三层；大堆房十二，小堆房二十八；八角楼四，炮楼四；四

---

① 节选自《二千余年成都大城史的衍变》第三节。

门城楼顶高五丈：东溥济、南浣溪、西江源、北涵泽。同治元年，
四隅添筑小炮台二十四，浚周围城壕。

即因为东西门相距九里三分，许多人遂称成都为九里三分，二十
年前，这几乎成了一个名词，也几乎成为成都的另一别号，甚至有人
误会为即成都周遭的里数，那未免把成都城估量得太小了。

所谓垛口，即古代所称的陴，又曰雉堞，是古昔守城者凭以射箭
的掩蔽物。民国十三年以前，成都城墙的垛口尚极整齐完好，远望
之，确像锯齿。向内尚有一道矮矮的砖墙，约高二尺许，厚八寸多，
名曰女墙，或曰腰墙。堆房大约是特为守城时堆置军需用品之所，在
城墙上面，每隔半里一所，高丈余，深广亦丈余，瓦顶砖壁，一门一
窗。城墙两面皆大砖所砌，向内一面壅以泥土，形成斜坡，便于上
下。城墙顶上之平面，砌砖三层，名曰海面。东南西北四敌楼，皆五
楹二层，即所谓八角楼，极宏丽，也是隔若干年必修理一次，最后一
次之修理，为清光绪二十三年（公元后一八九七年）。敌楼古称谯楼，
谯者望也，即《华阳国志》所称之观楼；大抵古代的谯楼，作兴宏
丽，故谓之"丽谯"，现在看北平的正阳楼，尚可恍然。四瓮城上又
四楼，名曰炮楼，又名箭楼，各高三层，有炮窗，无栏楯，北平前门
上之楼制是也。至成都四城楼名，何以皆取水旁之字？自然是为了以
水制火之故，说不定是在清乾隆五十九年成都一次大火灾后，才这样
改取的名字。（《成都县志》说，那一次火灾，由三义庙烧起，延烧一
千余家。故老相传，则说烧了几昼夜，东大街完全烧光，是一次有名
的大火。）

说皇城

四川成都，1917 年。摄影：［美］西德尼·甘博

皇城、皇城坝、明远楼①

（清末）

说是正午行礼，但从吃早饭时候，各街各巷的人众已一群一浪地向皇城涌来。

好多人都以为这个皇城就是三国时候蜀汉先主刘备即位登基的地方。其实，它和刘备并无丝毫关系。它在唐朝时候，靠西一带，是有名的摩诃池，靠东一小块，是节度使府，大家耳熟能详的诗人杜甫，曾在这里陪严武泛过舟，还做过一首五言律诗。唐末五代，王建、王衍父子的前蜀国，孟知祥、孟昶父子的后蜀国，即就此地大修宫室苑囿，花蕊夫人做了宫词一百首来描写它的繁华盛景。但到南宋诗人陆游来游览时候，已说摩诃池的水门污为平陆，大概经过元朝的破坏荒芜，摩诃池更污塞干涸了许多。明太祖朱元璋封他第十一爱子朱椿为蜀王，特意派人给修一座极为雄伟的藩王府，据说，正殿所在恰就是从前摩诃池的一角。明朝末年，张献忠在成都建立大西国，藩王府是大西国皇宫。张献忠由于情势不妙，退向川北时，实行焦土政策，藩王府在一夕之间化为乌有；而且十八年之久，成为虎豹巢穴。清朝康熙十几年，四川省会由保宁迁还成都，才披荆斩棘，把这片荒场，划出前面一部分，改为三年一考试的贡院，将就藩王府正殿殿基修成了

---

① 节选自《大波》，标题为本书编者所加。

一座规模不小的至公堂，（与藩王府正殿比起来，到底不如远甚。因为摆在旁边未被利用的一些大石础，比至公堂的柱头不知大多少倍，而至公堂的柱头并不小！）又将就前殿殿基，修成一座颇为崇宏的明远楼。史书和古人诗词所记载咏叹的摩诃池，更从明藩王府的西池，缩小到一泓之水，不过几亩大的一个死水塘。然而大家仍称之为摩诃池。犹之这个地方尽管发生过这么多的变迁，贡院也有了二百多年历史，而人民还是念念不忘，始终呼之为皇城，还牵强附会，硬说它是三国时候的遗址，都是一样不易解说的事情！

光绪二十八年废止科举，开办学堂，三年才热闹一回的贡院，也改作了弦歌之所。从前使秀才们做过多少噩梦，吃过多少辛苦的木板号子，拆除得干干净净，使明远楼内，至公堂下，顿然开朗，成为一片像样的砖面广场。部分房舍保留下来，其余都改修为讲堂、自习室与宿舍。到辛亥年止，光是贡院的部分，就前后办了这么一些学堂：留东预备学堂，通省师范学堂，优级师范选科学堂，通省补习学堂，甲等工业学堂，绅班法政学堂，通省师范附属高等小学堂，以致巍峨的皇城门洞外，长长短短挂满了吊脚牌。而且就在皇城门洞两边，面临两个广大水池，背负城墙地方，还修建了两列平顶房子：西边的叫做教育研究馆，东边的叫做教育陈列馆。

还没有到正午，傅隆盛到底忍耐不住，拉起田街正，就随着人群向皇城走来。

一过东御街，向北去的那条贡院街上，人更多了。因为由红照壁、韦陀堂、三桥这一路上来的人，比由东、西御街来的人多得多。并且越走越挤，走到皇城坝"为国求贤"石牌坊和横跨御河的小三桥跟前，人挤得更像戏场似的。

皇城坝有三道石牌坊：正中向南一道，是三架头形式，横坊上刻着"为国求贤"四个大字；东边一道，正对着尚未成为街道的东华门，这石坊小些，刻着"腾蛟"两个大字；西边一道，大小与东边的一样，刻着"起凤"两个大字。东边的东华门虽未成为街道，到底还零零星星有几处人家，而且近年还开了一家教门站房，专住由甘肃、陕西而来的回教商旅。而西边的西华门，简直连街的影子都没有，从一片垃圾泥土荒地望去，可以看得见回教的八寺红墙。

皇城坝在没有开办学堂之前，是一个百戏杂陈，无奇不有的场所。有说评书的，有唱金钱板的，有说相声的，有耍大把戏的，有唱小曲子的，有卖打药和狗皮膏药的，有招人看西湖景的，也有拉起布围、招人看娃娃鱼的，有掏牙虫兼拔痛牙的，也有江湖医生和草药医生。但是生意最好的，还是十几处算命、测字、看相、取钱不多、而招子上说是能够定人休咎、解人疑难、与人以希望的摊子。不过也就由于这些先生说话不负责任，才使皇城坝得了个诨名，叫扯谎坝，和藩台衙门外面那个坝子一样。

自从开办学堂，在三道牌坊外面加了一道漆成蓝色的木栅栏。御河之内，又东西掘了两方水池，修了两列平房。空地无多，即使不由警察驱逐，这些临时摊子也不能不迁地为良。几年以来，这里已相当清静了。

今天，——辛亥年十月初七日，这皇城坝一带，人又挤得像大戏场似的！

田街正虽也六十出头的人，因为有一把气力，人也高一些，瘦一些，还累得；遂挤在前头开路，叫傅隆盛紧紧跟在背后。今天皇城的三个门洞都是敞开的，挤进门洞里面，坝子比较宽大；门洞旁边有两道很窄的石梯，可以通上城门楼，许多人没法进龙门（就是贡院的二门，门基比较高，从前考试时候，点名领卷在这里，故称为龙门），便跑到门楼上去眺望。不过，向龙门涌去的人还是不少。

龙门的台阶上，站了一排穿青色服装的警察，又一排穿黄色服装的陆军。陆军拿的枪上，没有上刺刀，警察连枪都没拿，仍拿着一根黑漆棍子。拦住涌去人群，不让进去。几个声音喊说："等行了礼后，同胞们再进去参观，现在还没行礼哩！……有标记的代表，拿出标记来，……可以进去！"

傅隆盛、田街正连忙从怀里把白布条取出，在脑壳上挥着道："我们有！我们有！"

从龙门到明远楼，是一片横比直大得多的坝子；从明远楼到至公堂，是一片横直俱大的四方大坝子。前后坝子下面是青砖面地，上面是红彩天花，不仅堂皇，而且富丽。

到这里的人已不很多。但是举眼一看，把发辫剪了的，十成中间便占了七成。拖着辫子的也有，却很少很少。其余，脑后只管没有发辫，显而易见，都是傅隆盛所发明的办法，不是盘在头上，便是撒在脑顶上。

说到穿戴，更花哨了。有穿短打的，有一件长袍上面套一件窄袖阿依袋，或一件大袖鹰膀的，甚至还有套一件高领缺襟背心的。有戴瓜皮帽的，有戴遮阳帽的，有类似戏台上家院帽而加一片搭搭的，也有洋人戴的那种有檐的燕毡帽，总而言之，好像开了一个帽子赛会。就中也还有穿洋装而不戴帽子的人。

他们到此，也学着众人，把写了字的白布条拿来，斜系在左肩之上和右胁之下。

人们各自找着熟人，一堆一堆地在广场中游动。傅隆盛在人丛中碰见了商会洋广杂货帮代表之一邓乾元，也碰见了赠送过布伞的吴凤梧。吴凤梧穿一身军装，也佩了一柄指挥刀，头发剪到后脑勺上。他身上并未系有标记，似乎不是代表。他从人丛中经过，步子跨得那么急，以致傅隆盛唤了他两声，他才回过头来，啊了一声，淡淡地点了点头，便一直向至公堂东阶上走去。

傅隆盛很想跟去，可是至公堂露台上站了很多警察与陆军，正在向一群打算上去的代表吆喝："同胞们，这里是礼堂，不要上来了！"

"可是刚才我那个朋友又上来了呢？"

"他是军政府的人，你没看见别个右膀上缠得有出入证吗？"

由明远楼那畔来的人更多了。

至公堂高高的前轩檐口外，撑出两面写有红汉字、画有十八个墨圈的大旗，是白大绸缝制的，在太阳光下闪出缕缕射眼豪光。

至公堂凭中靠前、正对露台上那座雕花的、刻有"旁求俊义"四个大字的石牌坊处，摆了一张大得出奇的桌子，上面蒙着白布。至于桌上放了些什么东西，便无法知道，因为从桌子到露台下面的石陛，既不算近，而又是从下面看上去的原故。

由明远楼进来的人，并不全是各街各巷、各行各业、以及各界的代表，还有整队而来的学生。学生都意气扬扬地踏着正步，一直走到露台下，排列在代表们的前头。把顶好的地位全占了去。

偌大的广场，已是人众济济。强烈的太阳透过染成粉红布匹（即所谓的天花）射到人身上，使得个个都面带喜色，个个都感到小阳春的暖气。傅隆盛的棉瓜皮帽已经戴不住，但是不便揭下，他深悔早晨不该犹豫，"倒是一剪刀把帽根儿剪掉的好！……"

轰隆隆！……轰隆隆！……轰隆隆！三声震耳欲聋的铁铳，很像就在明远楼那畔响了起来。接着至公堂内一派军乐悠扬。广场上人声立刻嘈杂，不管是不是代表，都争先恐后拥向前来，把列着队的学生都挤乱了。只管有人大喊："文明点！文明点！……同胞们，大家维持秩序！……"谁管这些？谁不想逼近露台瞻仰一下都督的风采？顿时，至公堂下的广场也变成了大戏场，甚至比大戏场还加倍的热闹！

军乐声中，至公堂背后的屏门洞然大启。一个穿军装的大汉，双手捧着一面三尺见方的红汉字旗子，首先走出。跟在后面走到桌子跟前的，便是正都督蒲殿俊、副都督朱庆澜，两人都穿着深蓝呢军服，戴的是绣有金缘的军帽，各人手提一柄挺长的金把子指挥刀。接踵走出的，是三十来个外国人，是上百数的、有穿军装、有穿洋装、有穿学生装、也有穿长袍马褂、有剪了发辫、也有未剪发辫，一时看不明白，不知道是一些什么人。

"万岁！……万岁！……大汉中国万岁！……大汉万岁！……中国万岁！……"先从至公堂上喊起。一霎时，广场中间也雷鸣般响应起来。并且此起彼落，喊了又喊。在呐喊声中，还有拍巴掌的，有打唿哨的，有揭下帽子在空中挥舞的。傅隆盛、田街正以及邓乾元一般人，却戴着帽子又鞠躬，又作揖。秩序更加凌乱了！

傅隆盛已经挤到石陛脚下，清清楚楚看见两个都督品排站在桌子跟前。朱庆澜身材高大，军装穿得很巴适；蒲殿俊和他一比，不特瘦小萎琐，就是穿著也不合身，上装长了些，衣袖更长，几乎连手指头都盖过了。似乎有人在司仪，听不清楚吆喝了一些什么。只见朱庆澜两腿一并，向着国旗，不忙不慢地把手举在帽檐边。蒲殿俊也随着举起手来，可是两只脚仍然站的是八字形，而且五根指头也伤得老开，似乎还有点抖颤。

傅隆盛眯起水泡眼看了下，便凑在田街正耳边说道："你觉得吗？正都督仿佛有点诨生的样子。"

田街正也轻声说道："这不叫诨生，这叫怯场。"

"这们大个人，啥子世面没见过，还会怯场，也怪啰！嗯！兆头不好！……”

许多人都拥在两个都督身边。有向都督举手的，有作揖打拱的。洋人便一个一个来跟都督拉手。朱庆澜笑容可掬，蒲殿俊不惟不笑，反而一脸不自在。

军乐悠扬。

“万岁！……万岁！……大汉万岁！……中国万岁！……”

傅隆盛大为诧异地向田街正说道：“你看，那不是路小脚吗？狗日的东西，又有他！”

“我早看见了。还有周秃子，还有王壳子。他们这伙人硬是会钻！”

傅隆盛摇头叹道：“我看军政府开张不利，要倒灶！”

田街正忙用手肘在他腰眼里一捅道：“莫乱说！”

傅隆盛大不高兴，拉着田街正回身便走。

“你不等到礼完再走？听说正都督还要演说哩。”

两个人从人丛中一直挤到明远楼，回头一看，至公堂前果有一个人在演说。却不是穿军装的都督，而是一个穿长袍马褂的人。要是广场里不那么乱哄哄地，也还可以听得见他说些什么。

傅隆盛气呼呼地站在明远楼高台阶上，向至公堂方面把拳头扬了扬道：“老子从此不听你们的球说书！”

田街正看见许多人在注视他们，遂把傅隆盛一推道：“走哟！你才在球说书！”

越走越拥挤，挤到贡院街，几乎寸步难移。因为所有的人都朝皇城走，独他两个人走的是相反方向。

挤到卡子房跟前，马回子的卤牛羊杂碎摊尚没有摆出来。傅隆盛蹦上檐阶，舒了口气，把棉帽子揭下，也不怕人笑他还没剪帽根儿。

一面拿一张布袱子揩额脑上的汗，一面向跟着走上檐阶的田街正叹
道：“这样就叫改朝换代了，你信不信？”

田街正笑道：“你又要说怪话了。”

“不是怪话。光看样子，就不像。”

“难道你看见过改朝换代？”

傅隆盛大张着口，回答不出。

皇城内外①

（清末）

还是一身旧式便装，仅止把头发剪短、齐到后颈窝的黄澜生，心事重重地走出皇城门洞。

他进皇城去找颜伯勤颜老太爷商榷他功名大事时，"为国求贤"石牌坊内外的空坝上，已经摆上了不少赌博摊子。这时节，这类摊子更多了；甚至蔓延到东华门的回回商馆门前，西华门的八寺巷口。当中的过道还留得相当宽。因为从外州县整队开进军政府去庆贺的同志军，一直到今天，还时不时地要排成双行，或者四行，挼着刀刀枪枪，拥着高头大马，打从坝子当中通过，虽然没有前几天那样首尾相接的盛概。

每一个赌博摊子跟前，都聚有一大堆人。每一个摊子，除了骰子掷在磁碗中响得叮叮当当外，照例有呼幺喝六的声音，照例有赢家高兴的哗笑声音，照例有输家不服气的愤恨声音，同时照例有互相争吵，理论曲直的声音。

军政府告示上只说军民休假十日，以资庆贺，并未叫人公开赌博，更没有叫人把赌博摊子摆在观瞻所系的军政府的大门前。但为什么会搞成这种模样呢？叙说起来却也简单。首先，在成立军政府之

---

① 节选自《大波》，标题为本书编者所加。

后，一连几天不安门警，允许人民随意进出参观、游览，表示大汉光复，与民同乐。成都人民的脑子里，老早老早就有一个观念，认为皇城硬是刘皇叔和诸葛军师住过的地方。从前是贡院时候，除了三年一试，秀才们得以携着考篮进去外，寻常百姓是难以跨进门洞一步的；后来改成了学堂，城门洞的铁皮门扉尽管大开着，但平常百姓仍然不能进去，门洞两边砖墙上，不是钉有两块粉底大木牌，牌上刻有"学堂重地、闲人免进"八个大字吗？现在既然允许人们进去观光，谁能不想利用这个机会，看一看金銮宝殿到底是个什么样子？人来得多，自然而然把皇城内变成一个会场。会场便有会场的成例。要是没有凉粉担子、莜面担子、抄手担子、蒸蒸糕担子、豆腐酪担子、鸡丝油花担子、马蹄糕担子、素面甜水面担子（这些担子，还不只是一根两根，而是相当多的）；要是没有茶汤摊子、鸡酒摊子、油茶摊子、烧腊卤菜摊子、蒜羊血摊子、虾羹汤摊子、鸡丝豆花摊子、牛舌酥锅块摊子（这些摊子，限于条件，虽然数量不如担子之多，但排场不小，占地也大；每个摊子，几乎都竖有一把硕大无朋的大油纸伞）；要是没有更多活动的、在人丛中串来串去的卖瓜子花生的篮子、卖糖酥核桃的篮子、卖橘子青果的篮子、卖糖炒板栗的篮子、卖黄豆米酥芝麻糕的篮子、卖白糖蒸馍的篮子、卖三河场姜糖的篮子、卖红柿子和柿饼的篮子、卖熟油辣子大头菜和红油莴笋片的篮子；尤其重要的，要是没有散布在各个角落的装水烟的简州娃，和一些带赌博性的糖饼摊子，以及用三颗骰子掷糖人、糖狮、糖象的摊子，那就不合乎成例，也便不成其为会场。而且没有这一片又嘈杂，又烦嚣，刺得人耳疼的叫卖声音，又怎么显示得出会场的热闹来呢？

两三天后，皇城门洞内换了一番景象。各州县的同志军来了。他们来庆贺军政府，他们尤其要"亲候"一下蒲先生（他们尚不熟习这个崭新的名称：都督）。但是蒲先生忙得很，一刻也难于离开他那间办公事的房间和那一间大会客室。会不到蒲先生，那就"亲候"一下罗先生也罢。罗纶当着交涉局局长，和同志军接洽，正是他的职务，也是他的愿欲。同志军大伙大伙地来，把观光的人同摊、担、提篮全都排挤到皇城门洞之外的空地上。

皇城内没有什么看头，皇城外光是一些管吃喝的摊、担、提篮，也难于满足赶会场的人的心意，因而赌博摊子，应运而生。在警察兴办以前，这也是坝坝会中应有的一种顽意。头两天有不怕事的大爷出来试了试，几张小方桌上尚只悄悄密密跳着三三猴儿，要是警察来干涉，好对付，"跳三三猴儿嘛，小顽意，不算赌博！"不知道什么原故，自从独立，警察一下"文明"了，在十字街口站岗的警察兵，已经不像争路风潮前那样动辄干涉人；热闹地方，更其看不到他们的影子。两天之后，赌博摊子摆多了，三颗骰子变成六颗骰子时候，他们当中甚至有穿上便衣，挤到赌博摊来凑热闹的哩。

黄澜生行近一个赌博摊子，从几个人的肩背缝隙间望进去。一张黑漆剥落的大方桌上，放了一只青花大品碗。上方的高脚木凳，巍巍然坐着一个流里流气的汉子。一顶崭新的青绒瓜皮帽，歪歪扣在脑壳上；松三把发辫，不是长拖在背后，而是紧紧盘在帽子外面。颧骨高耸的瘦脸，浮了一层油光光的鸦片烟气；尖下巴和陷得老深的脸颊，盖满了青郁郁的胡子碴儿。由于浓黑短眉下一双鹞子眼睛骨碌碌转着，把相貌衬托得越发奸险，越发凶恶。一件细面子黑羔子皮袄，并非好好穿着，却是敞胸亮怀披在肩头上；外面套的雪青摹本缎半臂，大襟上一溜串黄铜钮子，只在膈肢窝里扣上了一个。从汗衣到半臂的几层高领，全然分披在一段又粗又黑的脖子周围。这时，两脚蹬在方桌栓子上，从挽着龙抬头的袖口中，伸出的两只骨节粗大的手掌里，搓着六颗说方不方，说圆不圆的牛骨骰子。

三几个似乎是他手下弟兄的精壮小伙子，也都歪戴帽子斜穿衣地拥在他的身前身后，一个个凝神聚气死钉着那些正在下注的赌客。

一个戴破毡帽，穿旧短袄的装水烟的老头，正给那个摆赌汉子装水烟。

两股灰白烟子从鼻孔里呼出，摆赌的汉子开了口，声音虽然有点嘶哑，但颇威严，俗话说的有煞气："婊子养的，主意打定啦！押天门就押天门，押青龙就押青龙，快点！老子掷啦！"

"我要押穿。"一个岁数不大、土头土脑的赌客，神魂不定地把十个当十紫铜元在桌子前方摆成一列，一头指着青龙方，一头指着白虎方。两方都胜，摆赌的赔他二百钱；两方都败，他的注，自然一卡子揽了去；一方胜，一方败呢？平过，没输赢。

但是一般认真赌博的人都瞧不起这样赌法。他们宁肯输掉裤子，也要占个独门，这才是赌四门摊的品德。

桌上已经摆了不少独门注。天门最旺。押角的没有，押穿的只那一个年轻人，注也不大。

"婊子养的，又是穿！老子不打你龟儿这注。捡起来，爬开些！"摆赌的把眼睛一泛。

不但几个帮手在助威吆喝："爬开！爬开！"就那一般讲究赌品的人，也气鼓鼓地叫吼道："输不起，就莫来！手气瘟的人，别带行①了我们！"

那年轻人却不肯收注。说，大小也是一注。并且说，押穿、押

①　带行：理应念作"带胁"，即连累之意。这句方言，至今尚流行于大部分四川地方。

角、押独门，看各人的欢喜，这是场合上的规矩呀。

摆赌的愣起两眼骂道："你欢喜下注，老子不欢喜打你娃娃的注，这也是场合上的规矩！你娃娃还嘴硬！……"

已经斗起口来，进一步就该动手。黄澜生大吃一惊，连忙抽身退出，向贡院街南头，加紧脚步便跑。

一个沙嗓子突然在耳朵边猛喊起来："嗨！走路不带眼睛么？撞翻了老子的东西，你赔得起！"

黄澜生一凝神，才发觉自己的大腿正撞在一只相当大的乌黑瓦盆上。要不是两只大手把瓦盆紧紧掌住，它准定会从一条板凳头上打碎在地。光是瓦盆打碎，倒在其次，说他赔不起，是指的盛在瓦盆内、堆尖冒檐、约摸上千片的牛脑壳皮。这种用五香卤水煮好，又用熟油辣汁和调料拌得红彤彤的牛脑壳皮，每片有半个巴掌大，薄得像明角灯片，半透明的胶质体也很像；吃在口里，又辣、又麻、又香、又有味，不用说了，而且咬得脆砰砰地极为有趣。这是成都皇城坝回民特制的一种有名的小吃，正经名称叫盆盆肉，诨名叫两头望，后世易称为牛肺片的便是。

黄澜生又是一怔，急忙后退一步，偏又撞在一个卖和糖油糕与黄散的菜油浸饱的竹提篮上。卖油糕的老头不比卖盆盆肉的中年汉子火气大，只用没曾揩得很干净的油手，把他攘了下，痰呵呵地叫道："慢点！慢点！打脏了你的狐皮袍子，怪不得我呀！"

其实，黄澜生身上那件豆灰下路缎皮袍面子的后摆上，已着油糕篮子搽上了很宽一条油渍，不过他看得见的，只是前摆当大腿地方的一块熟油痕。

卖盆盆肉的壮年汉子犹然气呼呼地鼓起眼睛在谩骂："妈哟！老子刚摆下来，就遇着这个冒失鬼，几乎买了老子一个趸！……红油的，盆盆肉！两个钱三块！三个钱五块！……"还将一把计数目用的毛钱，从枣木钱盘上抓到左掌上，右手几根指头非常灵巧地抢着、数着。

黄澜生定睛瞅着那汉子，心里怒气仿佛春潮一样，一股接一股直向上涌，耳根面颊都发起烧来。假使有个底下人——不管是年轻力壮的高金山，或是骨瘦如柴的罗升——在身边仗胆，即令不便再摆出官架子来派骂一番，至少也要开几句教训。眼看围绕在四周的，大抵都是不可理喻的下流社会的人，甚至还有几个打扮得稀奇古怪的巡防兵。这不是较量高低的地方。如其不隐忍一下，准定还会遭到奇耻大辱。他猛然想到圣人的教训："君子犯而不校"。又想到韩信甘受胯下之辱的故事，他于是喟叹了一声，把一伙涌过来吃盆盆肉，兼带存心要看吵嘴骂架热闹事情的闲人，环顾一下，一言不发地走了。

说满城

四川成都，1917 年。摄影：[美] 西德尼·甘博

满城是另一个世界①

（清末）

　　他在等待期中，胆子也大了些，敢于出街走动了。又因所挤住的教友家太窄，天气热起来了，不能一天到晚蛰在那小屋里。有人告诉他，满城里最清静，最凉爽，在那里又不怕碰见什么人，又好乘凉睡觉，于是他每日吃了饭后，便从西御街走进满城的大东门。果然一道矮矮的城墙之隔，顿成两个世界：大城这面，全是房屋，全是铺店，全是石板街，街上全是人，眼睛中看不见一点绿意。一进满城，只见到处是树木，有参天的大树，有一丛一丛密得看不透的灌木，左右前后，全是一片绿。绿阴当中，长伸着一条很宽的土道，两畔全是矮矮的黄土墙，墙内全是花树，掩映着矮矮几间屋；并且陂塘很多，而塘里多种有荷花。人真少！比如在大城里，任凭你走往哪条街，没有不碰见行人的，如在几条热闹街中，那更是肩臂相摩了。而满城里，则你走完一条胡同，未见得就能遇见一个人。而遇见的人，也并不像大城里那般行人，除了老酸斯文人外，谁不是急急忙忙地在走？而这里的人，男的哩，多半提着鸟笼，拣着钓竿，女的哩，则竖着腰肢，梳着把子头，穿着长袍，靸着没后跟的鞋，叼着长叶子烟杆，慢慢地走着；一句话说完，满城是另一个世界，是一个极消闲而无一点尘俗气

①　节选自《死水微澜》，标题为本书编者所加。

息，又到处是画境，到处富有诗情的地方。

顾天成不是什么诗人，可是他生长田间，对于绿色是从先天中就能欣赏的。他一进满城，心里就震跳起来了。大家先曾告诉过他：满巴儿是皇帝一家的人，只管穷，但是势力绝大，男女都歪得很，惹不得的。他遂不敢多向胡同里钻，每天只好到金河边关帝庙侧荷花池周遭走一转，向草地上一躺，似乎身心都有了交代，又似乎感觉到乡坝里也无此好境界，第一是静，没一个人影，没一丝人声。也只是没有人声，而鸟声，蝉声，风一吹来树叶相撞的声音，却是嘈杂得很，还有流水声，草虫声，都闹成了一片。不过这些声音传到耳里，都不讨厌。

满城诚然可以乘凉，可以得点野趣，只是独自一人，也有感觉孤独寡味的时候。于是，有时也去坐坐茶铺，茶铺就是与人接触的最好的地方。

满城的街道、胡同和住宅[①]

（清、民国）

在昔，满城街巷，除一条名为大街的街道，很似一条蜈蚣的脊梁形势外，（这条街，今名长顺街。）其余分在两边，像蜈蚣脚的巷道，叫胡同。更早以前，胡同名字并不具备，到清末办理警政，满城也与大城一样，各条胡同才有了显著名字，并订出街牌门牌。

辛亥革命之后，不知是什么人的见解，说胡同是满洲名词，不宜存在，因而废去，一律改名街巷，而且原有名字，也改过了。例如这里的君平胡同，即今之支矶石街，下面的喇嘛胡同（一名蒙古胡同），即今之祠堂街，下面的有司胡同，即今之西胜街是也。

再，以前满城住宅面积，不以亩分计，而是以甲计。一甲地，即是一名披甲人应分得的一片地。地之大小并不平衡，而是以所隶之旗为等差，其中马甲又略大于步甲。等差如下：正黄旗、镶黄旗、正白旗，谓之上三旗，所分地在满城北段，地面较大，大者每甲有七八十平方市丈，小亦在六十平方市丈以上；又镶白旗、正红旗、镶红旗，谓之中三旗，所分地在满城中段，地面较小，大者六十平方市丈，小者不过五十平方市丈；余为正蓝旗、镶蓝旗，谓之下二旗，所分地在满城金河以南，地面虽大，但地极卑湿。此等规划，经历一百余年，

---

① 节选自《大波》，标题为本书编者所加。

也有了变化。到清末变化更大，即是有了兼并的原故，不过不是公开的。辛亥以后，地皮有了买卖，逐渐就面目全非。一九四九年以后，变化更大了。

成都省又多了一个戏园子[①]

（二十年代）

从西御街西口，步入满城小东门的那一道不算高也不算大的城门洞时，顾天成不由大大惊异起来。首先是那座破破烂烂早就要倾倒的城楼，业已油漆彩画得焕然一新；楼檐下还悬了一块新做的蓝底金字大匾，四个大字是既丽且崇。迎面长伸出去的那条喇嘛胡同土道，不但在街牌上改写着祠堂街这个名字，土道两畔许多浓密挺拔的老树大树，也全不见了。那地方，变成两排只有在乡场上才看得见的、又矮又小的铺房，有酒铺，有烧腊铺，有茶铺，有杂货铺，还有一家茶食铺子，双开间门面，金字招牌是苏州老稻香村。

"咦！变啰！"顾天成不管身边有人没人，竟忘形地叫喊起来。

再走过去。那不是关帝庙吗？那不是荷花池塘吗？那不是流水汤汤的金河吗？虽然着一道矮矮的土墙圈了进去，形势还在。何况对面文昌祠门外的那座耸起几丈高的魁星阁，还依然如旧？原来今天的少城公园，就是庚子年闹义和拳、红灯照，杀大毛子、二毛子的时候，他、顾天成为了要报仇雪恨，正正糊里糊涂奉了耶稣教，每日心惊胆战，莫计奈何，时常躲进满城来睡野觉的地方！掐指一算："啊也！十二年了！"难怪从前看不见脚迹的所在，眼前到处是人，从前只有

---

① 节选自《死水微澜》，标题为本书编者所加。

乔木野草的地方，眼前竟出现了许多高高低低疏疏落落的屋宇了！

在公园门外空地上，正修起一个戏园。还没有开张唱戏，招牌已用石灰在门额上塑出了，是万春茶园。

"成都省又多了一个戏园子，连悦来茶园、可园一共算来，有三个园子啦，真热闹！"

到公园门口，看见邓乾元拿出四个当十铜元买了两张门票。顾天成又觉稀奇道："怎吗，游公园还要花钱么？"

"正是要卖票哩。大人每张二十文，未成人的小娃儿十文。玉将军说，这笔钱是拿来养活那些没有口粮的穷苦旗人的。满巴儿因此不再撒豪闹事，大城的汉人也才放心大胆的来了。"

"一天要好多人来买票，才可以养活那些穷满巴儿？"

"到底有好多人，那只有卖门票的才明白。不过我每回来，总见有百把两百人，好几家茶铺都坐满了。平扯下来，一天怕不有三几百人。"

"那吗，通共算成二百五十个大人票。二二得四，二五得一十，一天五吊钱，十天五十吊，三五一百五十吊，一个月一百五十吊，十个月一千五百吊，外加三百吊，啊也！一年一千八百吊，合成银元，足足二千一百多元，拿在崇义桥买大市米，三十二斤老秤一斗的，正好买三百担！……嗨！积少成多，硬是一笔数目！他妈的，才花了千把两银子的本钱，一年里头，连本带利都捞了回去，这生意真干得呀！"

……

两个人已经绕过朱藤架，从一片茂盛的夹竹桃地里来到静观楼前浓阴四合的古柏丛中。稍外几步，还有十几株老榆树，长得奇形怪状，看样子，百多年是有了的。

顾天成当下把一件染过两水、身份还很厚实的嘉定大绸长衫脱下来，搭在左手臂上，又把一柄足有尺二长的老式黑纸杭扇撒开扇着，道："邓大哥，这里比大城凉爽多了。"

邓乾元也正扇着一把时兴小折扇，小得只有巴掌大。点头说道："何消说哩。大城里就找不出一个地方有这么多、这么大的树子。"

"有的。我昨天还跑到文殊院的林盘里去过，那里的树子比这里就多，就大。"

"哪有这些亭台楼阁呢？又哪有这些河流池塘呢？"

不错，真没有，虽然文殊院林盘比这个少城公园大。

顾天成举眼四面一看，在静观楼南面不远，一个孤单单的过厅，叫沧浪亭。再南面，又一座楼，是夹泥壁假洋式楼，全部涂成砖灰颜色，连同楼上的栏杆也的。两座楼遥遥相望，都在卖茶，并且每张茶桌上都有人。北面靠金河岸边盖了一排瓦顶平房，又像水榭，又像长廊，额子偏偏是养心轩。金河之北隔一道堤，就是荷花池塘了，被一道土墙拦进来，显得池塘也小了，也没有什么意思了。只管有满池荷花，却没法走到池边去。惟有关帝庙侧面花园的真正水榭，临着荷花池一排飞栏椅，倒是个好地方。但那里做了满城警察分署，和公园是隔开了的。在养心轩的下游，正对关帝庙花园的金河南岸边，还当真有一座船房，样子很不好看。此外，还有一座茅草盖顶的亭，还有一座倒大不小的院落，一正两厢，一道拢门，很像财神庙。

邓乾元道："天成哥，你看这园子盖造得怎么样？"

"唔！还好！只是……我说不出来，……他妈的总觉得有点不如从前在这里睡野觉时有趣。"

"那咋能比呢？而今到底有歇脚地方了，也有茶铺，也有餐馆。"

"也有餐馆？"

"那不是聚丰园？有名的南馆，还卖大餐哩，就在那院子里。"

顾天成抬头把那财神庙一看，青砖门枋上，果然用朱红石灰塑了三个不大不小的字：聚丰园。"啊！是餐馆！那我们何必去枕江楼呢？"寻思着，又估量了一下，断定他舅子不肯花太多的钱来当东道的。他很想尝尝大餐味道，他也愿意花钱的。可是邓乾元早已说过给他钱行，而今翻过来要他做客，就杀了他，也不甘心输这个面子。"唉！到底是成都儿的脾气呀！"

他们在园里缓缓兜了一个圈子，来到那真正船房跟前。邓乾元指着那砖石砌的尖锐船头，和盘在石桩上的一条手腕粗细的生铁链，慎重其事地道："硬是一只火轮船啦！去年中秋，我在宜昌看见我们川河头一只火轮船蜀通，并不比这大多少，样式也差不多。……看！那楼顶还有桅杆，还有烟筒！……"

岂只有桅杆，有烟筒，甚至楼房正面还悬了一块小匾额，绿底粉字，题着长风万里。

船房的楼上楼下也在卖茶，并且看见有人在吃面条，在吃包子，一定还兼带着卖点心。

说板荡

四川成都，1917年。摄影：[美] 西德尼·甘博

张献忠破城[①]

（明末）

  考之历史，成都城在宋朝，仅仅修葺过两次，并且都在北宋时候。宋末元初，元兵曾几次侵扰四川，两度占有成都，杀人之多，好像比巴西氐人李氏时代还厉害。据旧《成都县志》载：明朝人赵防作的《程氏传》，引元朝人贺清权的《成都录》说："城中骸骨一百四十万，城外者不计；"又引《三卯录》说："蜀民就死，率五十人为一聚，以刀悉刺之，乃积其尸；至暮，疑不死，复刺之。"于是赵防慨叹曰："元人入成都，其惨如此！"《成都录》《三卯录》所记果实，真可谓惨绝人寰，明末清初的扬州十日，嘉定三屠，焉能比拟！《杨升庵遗集》亦有曰："宋宣和中，成都杨景盛一家，同科登进士第十二人，经元师之惨，民靡孑遗，以百八十年犹未能复如宋世之半也！"杀人已如此，其于城市之破坏不顾，当然不在话下。何况终元之世九十九年中，四川省治在成都时少，在重庆时多，省治不在，则于修治城市，当然更不注意。因此，我们方明白明太祖洪武四年，傅友德平蜀之后，何以接着就令李文忠到成都来拊循[②]遗民，建筑成都新城。

---

① 节选自《二千余年成都大城史的衍变》第八节，标题为本书编者所加，原文此节标题为"八　前所未有的大破坏——地上一切全变成了无"。

② 拊循：也写为抚循，意谓抚慰，安抚。——原编者注

这城大约是草率筑成，并不怎么结实，所以在二十二年，又命蓝玉到成都督修城池，因无详细记载，实不知道明初筑的成都城，到底有好大，而且是个什么形势。我们但知道终明之世，成都城曾大大修治过一次，并用砖石砌过。不过一定砌得不周到，北城那方，就没有砌砖石，以致后来张献忠攻打成都，便从这里下手，而将城墙轰垮了的。

大概明朝所建的成都城，其城墙圈子所在，当然不会超越罗城城基，或许还要小些。一则，成都人民经元兵屠杀之余，当然人口大减；二则，前后蜀宫苑废址腾出的很多，以蜀王藩府所占地比起来，不过其中之一角，其余空地，即在南宋时候已开为稻田菜圃，有江村景致，何况再经若干年惨毒的兵燹！地旷人稀，则所筑新城，当然不能甚大。现在我们要谈到它更大一次的变化，即张献忠的屠城史了。

张献忠于明末思宗崇祯十七年阴历八月初九日攻入成都，也即是清初顺治元年的阴历八月九日，当公元后一六四四年，迄至今一九四九年阴历八月，算起来实为三百零五年。三百多年，不算很短的时间，然而四川人至今谈起张献忠，好像还是昨天的样子，而且并没有什么演义小说为之渲染，只凭极少一些记载，而居然能够使他在人们的记忆中，传说中，像新生一样的遗留至今，单凭这一点，也就可以想见其屠杀破坏的成绩。

关于张献忠的平生，和他与李自成，与摇天动、黄龙等十三家，如何起事作乱，如何流窜陕西、河南、山西、河北、湖北、四川，以及他死了之后，余毒流播于西康、贵州、云南、湖南、广西等省的经过和事迹，太复杂了，当然不能去说；即张献忠一股，两次杀到成都城下，以及他从川北杀到川南，从川东杀到川西，仅这一点，牵连也太广泛，不单属于成都方面，也不能说。不但此也，就是他在成都的行为，凡是和成都城市无直接关系的，还是不能牵涉，因为可说者太多，不说倒好，一说起来便不免挂一漏万。设若大家有意思要想多知道一点张献忠乱川的故事，而又不打算零零碎碎在正史去找的话，我这里且介绍几部在今日成都尚能买得到的书，以供浏览罢！一、费密著的《荒书》；二、沈荀蔚著的《蜀难叙略》；三、欧阳直著的《遗书》三种。此三部书的作者，都是明末清初的人，并且都是亲身经历战端，所记大都是直接见闻，极可珍贵。其次为：四、李馥荣著的《滟滪囊》尤详于摇黄十三家，系康熙末年成书；五、孙瘦石著的《蜀破镜》，六、彭遵泗著的《蜀碧》，皆嘉庆年间成书，材料虽然间接一点，但采纳遗闻尚多，而又特详于川西。还有：七、刘景伯著的《蜀龟鉴》，系道光年成书，出世最晚，而是采辑各书，照《春秋左传》例，纂成的一部张献忠乱川编年史。此外零零碎碎，记载张献忠逸闻的东西尚多，但都不成片段，只须看了上列七部，也满够明了张献忠在四川的一切。

我这里虽然不能多用笔墨来写张献忠的平生，但是他的简单履历总得给他开一个。

张献忠，陕西肤施县人，明神宗万历三十三年生，当公元后的一六〇五年。出身富农，本身在县衙门当过壮勇，升到什长。二十三岁，即明思宗崇祯元年，当公元后一六二八年，就因犯事革职，而逃去与陕北的高迎祥、李自成，打起"反"字旗号。不过五年，便有了名，号称黄虎，自称八大王，慢慢就打出陕西，到了湖北，自己就成立了一个独立的队伍。从此与李自成时分时合。但结果还是胜不相谋，败不相救，各自打各自主意，而成为死对头。这中间，张献忠也曾惨败过几次，投降过一次，到崇祯十七年，李自成由山西向河北进攻时，张献忠又第三次从湖北西进，杀入四川的巫溪、大宁、平山等地，正月攻陷夔府，六月二十日攻陷重庆，八月初九日，便攻进了成都。

　　根据《明·通鉴》及各种记载说，当张献忠尚未陷夔府以前，四川情形已经不大好，当时成都县知县吴继善（明末清初有名诗人吴梅村的哥哥）、华阳县知县沈云祚（他的儿子就是著《蜀难叙略》的沈荀蔚）都曾上书或托是时蜀王的兄弟劝蜀王朱至澍，把宫中所储积的钱财拿出来，募兵打仗。但朱至澍一直不肯，托言是祖宗成法，藩王不能干预军政。及至张献忠由重庆西上，一路势如破竹时，朱至澍才拿出钱来，捐作军费，但已来不及了。成都一般有地位有钱的绅士，和闲职官员、蜀王宗人等，早已自行疏散，官眷军眷们也先已送到安全地带。沈荀蔚那时才七岁，也是这样在七月十四日，就同着老太太跑往邛崃县去的。蜀王朱至澍也打算偕同家室兄弟疏散到云南，却为那时的巡按刘之渤阻止，同时守城兵也哗闹起来，大概是：要死得大家死罢！而后朱至澍才留下了。这时，新任巡抚龙文光和总兵刘佳允恰带了三千兵马，由北道到来，大家才赶紧来做防守准备。及至八月初五日，张献忠已到成都城外，扎下了二十几个大营，守城兵已经与之接触了两次，方才发现城壕是干涸的。龙文光才赶快命令郫县知县赵家炜到都江堰去放水，水尚未来，献忠兵已攻到城下。知道东北隅八角楼处的城墙是泥土筑成，没有砌砖石，于是便一面攻城，一面就在这地方挖了一个大洞，装满火药，引线牵到两里以外，上面盖着泥土；一面又用几丈长一段大木头，假装成一尊大炮，来恐吓城上的守兵。到八月初八日，献忠兵忽然退了两三里。守城的人们很是高兴，以为也同前几年，张献忠由泸县回师川北时，围攻成都一样，只几天便各自退走了，认为这次或者也可幸免。但是到八月初九日黎明，献忠兵点燃引线，霎时间，据说："炮声如暴雷，木石烟雾，迷漫数里，城崩数十丈，守陴者皆走，"张献忠挥兵入城。其结果：第一次屠城三天，说是还不怎么凶；朱至澍夫妇先吞了冰片，而后再投井；文武各官有当时就杀了的，有自行解决的，有拘留相当时间，誓不投降而后死了的，也有一部分武官乘机逃脱，再打游击，毕竟把张献忠打跑了的，都与我的题目无关，不必讲它。

这里，只说张敬轩（即张献忠的雅号，但后来一直没有人用过）既入成都，因为明思宗已死，听说李自成已在北京做了皇帝，他不服气，于是在十月十六日，也在成都登了宝位，改国号为大西国，改年号为大顺年，改蜀王藩府为皇宫，宫城为皇城；也有左右丞相，也有六部尚书，四个干儿子，都挂了将军印；几月之后，还开了一次会考，一次科考。但是到底没有政治头脑，虽然打了十几年的仗，却始终不懂得什么叫政治，以为能够随便杀人，便可使人生畏，便可镇压反抗，便可稳固既得地位；尤其将金银尽量收集到他一个人的手上，就是他认为独得之秘的经济政策。这样，只好打败仗了。几次打败下来，地盘小到只有川西一隅，于是动摇了，自言流年不利，又打算跑到武当山去做道士，又打算逃往湖广一带去做生意；一言蔽之，不当皇帝了，只想下野。到顺治三年六月，即是说攻陷成都的一年又九个月，称孤道寡的一年又七个多月，他便决意放弃成都，决意只带领五百名同时起事的老乡，打回陕西去作一个短期休息；于是便宣言必须把川西人杀完，把东西烧光，不留一鸡一犬，一草一木，给后来的人。果然言出法随，立刻兑现，先杀百姓，次杀军眷，再次杀自己的湖北兵，再次杀自己的四川兵。七月，下令堕城，凡他势力所及的城墙，全要拆光，搜山烧屋，不留一木一椽；成都的民房，早就当柴拆烧了。八月，烧蜀王藩府，一直把成都搞个精光，方率领残余兵丁数十万，一路屠杀到西充扎营，听说北道不通，满洲兵与吴三桂已到汉中，他又打算折往重庆，由水路出川。正当他犹疑未决之时，他的叛将统领川兵的刘进忠，已引导着满洲肃王豪格的少数轻骑，袭击前来，于是只一箭，就被射死。关于他的死，有几种不同的记载，随后有机会说到时，再为补充，这里得先说的，乃是他与成都城门的关系。

张献忠和成都城市最有关系的事件如下：

一、命令"省城内外通衢房屋，皆自前檐截去七八尺；两旁取土覆道上，以利驰驱。"（沈荀蔚《蜀难叙略》）

二、"城门出入必有符验，登号甘结，犯则坐①，死者甚众。入城者面上犹加印记，若失之，则不得出。"（同上）

三、"宫中患鼠，忽令兵各杀一鼠，旦交辖，无，代以首。是夜，毁屋灭鼠，门外成京观②焉。"（张邦伸《锦里新编》）

四、"献忠入蜀王府，见端礼门楼（按：端礼门即现在业已半毁的旧皇城门。）上奉一像，公侯品服，金装人皮质，头与手足俱肉身。讯内监，云：明初凉国公蓝云，蜀妃父也，为太祖疑忌坐以谋反，剥其皮，传示各省：自滇回，蜀王奏留之，祀于楼。献忠遂效之，先施于蜀府宗室，次及不屈文武官，又次及乡绅，又次及于本营将弁。……凡所剥人皮，渗以石灰，实以稻草，植以竹竿，插立于王府前街之两旁，（按：即在今贡院街迄三桥一带。）夹道累累列千百人，遥望如送葬俑。（欧阳直遗书之一《蜀乱》）

（按：明史，蓝云系洪武二十六年被族诛，虽无剥皮之文，但《海瑞传》上，却有请后太祖剥皮囊草之语，足见朱元璋实曾剥过人皮。又曾见某笔记——今已忘其名，并作者之名——说：昔满城之奎星楼街，原有小楼一座，其上曾藏有张献忠所剥人皮一张，乾隆某年，为驻防副都统所见，恶之，乃烧灭其迹云云。）

---

① 坐：这里指定罪，或治罪。——原编者注
② 京观：将尸体堆积，用土封盖，以夸耀武功。——原编者注

五、"丙戌(按:即顺治三年,即张献忠退出成都,被杀死的那年,当公元后一六四六年,张献忠出生之四十一岁。)二月,献忠自蜀王府移出城东门中园居焉。……张兵樵采者,尽于城中毁屋为薪"。(费密《荒书》)

六、"焚蜀王宫室,并未尽之物,凡石柱庭栏皆毁。大不能毁,则聚火烧裂之。"(同上)

"王府数殿不能焚,灌以脂膏,乃就烬。盘龙石柱二,孟蜀时物也,裹纱数十层,浸油三日,一火而柱折。"(沈荀蔚《蜀难叙略》)

成都城经张献忠这一干,所有建筑,无论宫苑、林园、寺观、祠宇、池馆、民居,的确是焚完毁尽。但是也有剩余的:一、蜀王宫墙和端礼门的三个门洞,以及门洞外面上半截砌的龙纹凤篆的琉璃砖;二、横跨在金河上的三道石栏桥,和凭中一桥南塂①的两只大石狮;三、一座长十多丈,高一丈四五尺,厚四尺以上的蜀王宫的红色照壁;四、北门一道红石牌坊,南门一道红石牌坊;五、大城的瓮城和门楼,以及没有完全隳尽的城墙。除此之外,未曾毁到的,恐怕只是造在地面之下的古井,和有名的摩诃池与西苑荷池,以及几只为人所不重视的石犀和一头石马了。总而言之,自有成都城市以来,虽曾几经兴亡,几经兵火,即如元兵之残毒,也从未能像张献忠这样破坏得一干二净!

---

① 塂:读 tǔ,桥头靠近平地之处。——原编者注

第三次成都巷战①

（一九三二年）

序

据父老之言，再据典籍所载，号称西部大都会的成都，实实从张献忠老爹把它残破毁灭之后，隔了数十年，到有清康熙时代，把它缩小重建以来，虽然二百多年，并不是怎么一个太平年成；光是四川，从白莲教作乱，从王三槐造反，中间还经过声势很大的石达开的西进，蓝大顺、李短褡褡的北上，以迄于余蛮子之扶清灭洋，红灯教之吞符念咒，凡何不是一个刀兵世界！然而成都的城墙，却从未染过人血，成都的空气，却从未混入过硝烟药味。这不能不说是它的"八字"生得太好了。

星相家有言：一个人从没有行一辈子红运，过一辈子顺境的，百年之间，总不免有几年的蹭蹬②日子。成都城，如其把它人格化了来说，则辛亥年（公元一九一一年）十月十八日兵变，可以算是它蹭蹬运的开始了。

别的城也有被围攻过，也有在城里巷战过。这大抵是甲乙两队人

---

① 原文标题为《危城追忆》，本书编者改为此题。
② 蹭蹬：比喻失意潦倒、遭遇挫折。——原编者注

马，一方面据城而守，一方面拊城以攻。如其攻者占了胜者，而守者犹不甘退让，这便弄到了巷战，但这形势绝不能久，而全个城池终究只落在胜的一方面的手中，这表演法，在成都也是有过的，似乎太过于平常了，所以它还孕育出三次特殊的表演，为它城从没有听闻过的。

三次的表演都是这样：甲乙两队人马全塞在城墙以内，各霸住一两道城门，各霸住若干条街道，有时还把城门关了，把全城人民关在城内参观、参听他们厉害的杀法，直到有一方自行退出城去为止。

一、二两次的表演俱在民国六年（公元一九一七年）。第一次的主要演员是罗佩金与刘存厚；第二次的主要演员是戴戡与刘存厚。两次表演，我都躬逢其盛。那时已经认为如此争城以战，实在蠢极了，战争的得失利钝，哪里只在半座成都的放弃与占领！并且认为人类是聪明的，而我们四川人更聪明，我们四川的军人们更更聪明，聪明人不会干蠢事，至低限度也不会再干蠢事。然而谁知道成都城的蹭蹬运到底还没有走完哩。事隔一十五年，到民国二十一年（公元一九三二年），而我们更更聪明的人们居然又干了一次蠢事，这便是第三次，这便是我此刻所追忆的，或者是末了的那一次——实在不敢肯定说：就是末了一次，我们更更聪明的人们还多哩！

这第三次的演员，是那时所称的国民革命军第二十四军与国民革命军第二十九军，都是四川土生土长的队伍。事隔四年，许多演员的姓名行号都记不清楚了，虽然又曾躬逢其盛，只恍惚记得两位军长的姓名，一位叫刘文辉，一位叫田颂尧罢？

姓名尚且恍惚，还能说到他们为什么要来如此一次表演的渊源？那自然不能了！何况那是国家大事，将来自有直笔的史家会代写出的。如其是值不得史家劳神的大事，那更用不着去说它了。然而，事隔四年，前尘如梦，我又为什么要追忆呢？这可难说了。只能说，我于今年今月的一天，忽然走上城墙，以望乡景，看见城墙上横了一道土埂，恰有人说，这就是那年二十四军与二十九军火并时的战垒——或者不是的，因为民国二十四年（公元一九三五年）共产党的队伍距离很近时，成都城墙曾由城工委员会大加整顿过一次，凡以前一般胆大的军爷偷拆了的垛子，即文言所谓雉堞，也一律恢复起来，并建了好些堡垒，则三年前的战垒，如何还能存在？不过大家既如是说，姑且作为是真的，也没有什么了不起的关系——无意之间遂联想起那回争战时，许多极其有趣的小事情，有些是亲身的遭遇，有些是朋友们的遭逢。眼看着今日的景致，回想到当日的情形，真忍不住要大叹一声："更更聪明的人，原来才是专干蠢事的！"

既发生了这点感慨，而那些有趣的小事情像电影似的，一闪一闪，闪在脑际；幸而亲身经历了三次关着城门打仗的盛事，犹然是好脚好手的一个完人，于是就悠悠然提起笔来，把它们一段一段的写出了。

一九三六年十一月五日

为的公馆

无论什么人来推测这九里三分的成都，实在不会再有对垒的事体了。举凡大炮、机关枪、百克门①、手榴弹、迫击炮、步枪、手枪，这一切曾在城内大街小巷，以及在皇城煤山，在北门大桥，在各民居的屋顶，发过威风，吃过人肉的东西，已全般移到威远、荣县一带去了。

---

① 百克门：一种轻机关枪的音译。——原编者注

"大概不会再有什么冲突了罢?"虽然听见二十九军大队人马,浩浩荡荡从川北一带开来,已经到达四十里之遥的新都;虽然看见二十四军留守在成都南门一只角上的少数队伍,仍然雄赳赳气昂昂在街市上闯来闯去;虽然看见二十四军的留守师长康清,因为要保护他那坐落在西丁字街的第二个公馆,仍然把他的效忠的队伍,分配在青石桥,在烟袋巷,在三桥,在红照壁,在磨子街,重新把街沿石条撬来,砌成二尺来厚,人许高的战垒,做得杀气腾腾的模样。

"康久明这家伙,到底也是中级军官学堂出身的,到底也做到师长,到底也有过战事经验,总不会蠢到想以他这点点子队伍来抵抗大队的二十九军罢?"

"依我们的想法,必不会蠢到如此地步。"

"何况他公馆又不止西丁字街的一院。九龙巷内那么华丽的一大院,尚且不这样保护哩。"

"自然啰!实在无特别保护的必要。我们四川军人就只这点还聪明,内战只管内战,胜负只管有胜负,而彼此的私产,却有个默契,是不准妄动的,因此,大家也才心安理得的关起门来打。"

"何况他的细软早已搬空,眷属也早安顿好了。光为一院空房子,也不犯着叫自己的兵士流血,叫百姓们再受惊恐啦!"

"是极,是极!从各方面想来,康久明总不会比我们还不聪明,这点点留守队伍,一定在二十九军进城之前,便会撤退的,巷战的举动,一定不会再有了!"

大家全在这样着想。所以我也于吃了早饭之后——大约是民国二十一年(公元一九三二年)十二月下半个月的一天——将近中午,很逍遥的从指挥街的佃居的地方走出,沿磨子街、红照壁、三桥这些阵地,随同一般叫卖小贩,和一般或者是出来闲游的斯文人,越过七八处战垒——只管杀气腾腾，而若干穿着褴褛的兵士只管持着步枪，悬着手榴弹，注意的向战垒外面窥探着，幸而还容许我们这般所谓普通人，从战垒中间来往，也不受什么检查——一直到西御街，居然坐上一辆人力车，消消闲闲的被拉到奎星楼一位老先生家来，赴他的宴会。

老先生为什么会选在这一天请客？那我不能代答，或者也事出偶然。只是谈到一点过钟，来客仍只我和珍两个，绝不见第三人来到。

珍有点慨然了："中国人的时间，真是太不值价！每每是约好了十二点钟，到齐总在两点过钟。依照时间这个观念，大家好像从来便没有过！"

于是一篇应时的亡国论，不由就在主客三人的口中滚了出来，将竭的语源因又重新汹涌了一会，而谈资便又落到当前的内战上。

"你们赶快躲避！外面军队打门打户的拉人来了！"中年的贤主妇如此惊惶的飞跑上楼来报了这一个凶信。

老先生在二十一年前果然被拉去过，几乎命丧黄泉，当然顶紧张了，跳起来连连问他太太："为啥子事，拉人？……"

"不晓得！不晓得！只听见打门，说是二十四军来拉人，要'开红山'了呀！……我们女人家不要紧，拼着一条命！……你们赶快躲出后门去！……快！……快……"

自然不能再由我们有思索、有讨论的余地了，尾随着惊慌失措的贤主妇，下楼穿室，一直奔出后门，来到比较更为清静的吉祥街上。

我的呢帽和钱包幸而还在手上。

吉祥街清静到听不见一点人声。天空也是静穆的。灰色的云幕有些地方裂出了一些缝，看得见蔚蓝的天色。日光也这样一闪一闪的漏下来看人。长青树也巍然不动的，挺立在街的两畔。自然现象如此，何曾像是要拉人，要"开红山"的光景！

然而老先生还是那么彷徨四顾的道："是一回啥子事？……我们往哪里去呢？"

珍比较镇静，却是也说不出是一回什么事，也不敢主张往哪里去。他也住在奎星楼的，不过在东头，我想他急于回去看看他家情形的成分，怕要多些罢？

我则主张向东头走，且到长顺街去探看一下是个什么样儿。我根本就不信二十四军在这时候会再进城。如其是开了红山，至少也听得见一点男哭女号，或者枪声啦！当今之世的丘八太爷们，断没有手持钢刀，连砍数十百人的蛮气力的。

大家只好迟迟疑疑的向东头走。十数步之远，一个粗小子，担了担冷水，踏脚摆手的迎面走来。

"小孩子，那头没有啥子事情吗？"老先生急忙的这样问了句。

"没有！军队过了，扎口子的兵都撤了。"

我直觉的就感到定是二十九军进了城，所谓打门打户来拉人者，一定是照规矩的事前清查二十四军之误会也。

老先生和珍也深以我的推测为然，于是放大胆子走到东口。果然整队的二十九军的队伍正从长顺街经过，两畔关了门的铺户，又都把铺门打开，人们仍那样看城隍出驾似的，挤在阶沿上看过队伍的热闹。

我们仍然转到奎星楼街。珍的太太同着他的女儿们也站在大门外，笑嘻嘻述说起初二十九军的前哨，如何打门打户来搜索二十四军的情形。大家谈到老先生太太的那种误会，连老先生也笑了。

老先生还要邀约我们再去他府上，享受厨子已经预备好的盛筵："今天的客，恐怕就只你们两位了！……"

　　我于他走后，心中忽然一动："二十九军这一进城，必然要乘着胜势，将数年以来，便隐然划归二十四军势力范围之内的南门，加以占领的。如果康久明真个不蠢，真个有如我们所料，那么，是太平无事了。但是，当军人的，每每是天上星宿临凡，他们的心思行动，向不是我们凡人所能料定，你们认定不会如此的，他们却必然如此。这种例子太多了，我安得不跟在军队后面，走回指挥街去看看呢！"

　　跟着军队，果就走得通吗？没把握！有没有危险？没把握！回去看看，又怎么样？也说不出。只是说走就走，起初还只是试试看。

　　当我走到长顺街，大概在前面走的军队已是末后的一队。与队伍相距十数步的后面，全是一般大概只为看热闹的群众。他们已经尝够了巷战的滋味，他们已把用性命相搏斗的战事看成了儿戏，他们并不知道以人杀人的事情含有什么重要性！即如我个人，纵然跟随在作战的队伍后面走着，而心里老是那么坦然。

　　渐渐走到将军衙门的后墙——就是二十四军的军部，此次巷战中占着最重要的地位——忽然听见噼呖啪啦一阵步枪声，从将军衙门里面打起来。街上的人全说："将军衙门夺占了，这放的是威武炮。早晓得今天这样容容易易的就到了手，个多月前，何苦拼着死那们多人，还把百姓们的房子打烂了多少呀！"

　　枪声一响，跟随看热闹的人便散去了一半。在前头走便步的队伍，也开着跑步奔了去。

　　我无意的同着一个大汉子向东一拐，便走进仁厚街。

　　这与奎星楼、吉祥街一样，原是一些小胡同，顶多只街口上有一两家裁缝铺，其余全是住家的。太平时节，将大门打开，不太平时节，将大门关上，行人老是那么稀稀的几个，光是从街面上，你是看不出什么来的，除非街口上有兵把守，叫"不准通过！"

幸而一直走到东城根街，都没有叫"不准通过"的地方，而东城根街亦复同长顺街一样，有许多人来往。

我也和以前的轿夫、当前的车夫一样了，只要有一"步儿"可省，绝不肯去走那直角形的平坦而宽的马路，一定要打从那弯弯曲曲，又窄又小的八寺巷钻出去，再打从西鹅市巷抄到贡院街来的。

另外一种理由是西南角也有一阵时密时疏的枪声，明明表示着二十四军曾经驻过大军的西较场，曾经训练过下级干部的什么地方，已被二十九军占去。说不定和残余的二十四军正在起冲突。战地上当然走不通，即接近战地如陕西街、汪家拐等街口，自然也走不通，并且也危险，冷炮子是没有眼睛的。

贡院街上，人已不多。朝南走下去，便是三桥，也就是我来时的路。应该如此走的。但是才走到东西两御街交口处，业已看见当中那道宽桥上，已临时堆砌起了一道土垒，有半人高，好多兵士都跪伏在土垒后面，执着枪，瞄准似的在放，只是不很密，偶尔的一两枪。

我这时就作难了。回头吗，业已走到此地，再前，只短短两条街，便到我们家了。但三桥不能走，余下可走的路，却又不晓得情形如何。

同行的大汉子是回文庙前街的，此时在街口上徘徊的，也只我们二个。彼此一商量，走罢！且把东御街走完，又看如何！

东御街也算一条大街，是成都卖铜器的集中的地方。此刻比贡院街还为寂寞无人，各家铺子全紧紧的关着，半扇门也没有打开的。前后一望，沿着右边檐阶走的，仅仅我们两个外表很是消闲的人。

我们正不约而同的放开脚步，小跑似的向东头走着时，忽然迎面来了一大队兵。虽然前面的旗子是卷着看不出是何军何队，然而可以相信是二十九军。不然，他们一定不会整着队伍，安安闲闲的前进了。我们也不约而同的把脚步放缓下来，免得引起他们的疑心。

　　然而这一营人——足有一营，说不定还不止此数哩——走过时，到底很有些兵，诧异的把我们看了几眼。而队伍中间，又确乎背篼了好几个穿长衣穿短衣的所谓普通人，这一定是嫌疑犯了。

　　在这种机会中，要博得一个嫌疑犯的头衔，那是太容易的事，比如我们这两个就很像。而何以独免呢？除了说运气外，我想，我那顶呢帽顶有关系了。它将我那不好看的头发一掩，再配上马褂，公然是一个绅士模样打扮；而那位大汉子的气派也好，所以才免去领队几位官长的猜疑，只随便瞧了我们一眼就过去了，弟兄伙自然不好动手。

　　但是东御街一走完，朝南一拐的盐市口和西东大街口，仍然是人来人往的，虽则铺子还是关着在，也和少城的长顺街一样。

　　我们越发胆壮了，因为朝南一过锦江桥，来到粪草湖街，人越发多了，并且都朝着南头在走。

　　哈，糟糕！刚刚到得南头，便被阻住了。

　　粪草湖再南，便是烟袋巷。康清的兵士所筑的临时战垒，就在烟袋巷的南口。据群众在粪草湖南头的一般人说，二十九军的大队刚才开过去。

　　不错，在烟袋巷斜斜弯着的地方，还看得见后卫的兵士，持着枪，前后顾盼着，并一面向正畔的群众挥着手喊道：“不准过来！……前面正在作战！”

　　这不必要他通知，只听那猛然而起的繁密的枪声，自然晓得康清的兵士果真没有撤退，他们果真不惜牺牲来抵抗加十倍的二十九军，以保护他们师长的一院空落落的公馆。

　　正在作战，自然走不通了，然而聚集在这一畔的观众们——尤其是一般兴高采烈的小孩们——却喧噪着，很想跑过去亲眼看看打仗到底是一个什么情形。他们已被二十年的内战训练成一种好斗的天性了！

大约有十多分钟，枪声还零零落落的在震响时，人们的情绪忽的紧张起来，一齐喊道："打伤了一个！……"

沿着烟袋巷西边檐阶上，急急忙忙走来一个旗下①老妇人，右手挽了只竹篮，左手举着，似乎手腕已经打断，血水把那软垂着的手掌和五指全染得像一个生剥的老鼠，鲜血点点滴滴的朝下淌。

她一路哼着："痛死了！……痛死了！"人们全围绕着她，说不出话来。

恰巧一辆人力车从转轮藏街拉来，我遂说道："你赶快坐车到平安桥法国医院去！"

我代她付了一千文的车钱，几个热心观众便扶她上车。我们只能做到这步。她的生与死，只好让她的命运去安排了。这是保护公馆之战的第一个不值价的牺牲者！

枪声更稀了，但烟袋巷转弯地方的后卫，犹然阻着人们不许过去。大汉子便说："文庙前街一定通不过的，我转去了。"

我哩，却不。指挥街恰在烟袋巷之南，算来只隔短短一条街了，而且很相信康清的兵士一定抵挡不住，二十九军一定要追到南门，则烟袋巷与指挥街之间，决无把守之必要。我于是遂决定再等半点钟。

果然不到一刻钟，前面的后卫兵士忽然提着枪走了。

既然没有人阻挡，于是有三个人便大摇大摆的直向烟袋巷走去。我自然是其中的一个，而且是领头的。

---

① 从前一般对满族人的称呼。清代被编入"八旗"的人也称旗人，或旗下的人。——原编者注

把那斜弯地方一走过，就对直看见前头情形：临时战垒已拆毁了一半，兵是很多的，一辆大汽车正由若干兵士推着，从西丁字街向磨子街走去。

三个背着枪的兵正迎面从街心走来，一路喧哗着谈论他们适才的胜利。中间一个兵的手上，格外提了一支步枪，一带子弹，不消说，是他们的战利品了。

我第一个先走到战垒前，也第一个先看见一具死尸，倒栽在战垒后面。我虽然身经了三次巷战，听过无数的枪炮声，而在二十年中，看见战死的尸身，这总算第一次。但是，我一点不动感情，觉得这也是寻常的死。我极力寻找我的不忍，和应该有的惊惧，然而不知在什么时候失落了。

我急忙走过街口，唉，公然回到了指挥街！街口上又是三具死尸，有一个是仆着在，一只穿草鞋的脚挂在阶沿石上，似乎还在掣动，他的生命，还不曾全停呵！

一间极小的铺子前，又倒栽着一个死兵，血流了一地，那个相熟的老板娘，正大怒的挺立在阶沿上，一面挽她的发髻，一面冲着死兵大骂，说那死兵由战垒上逃下来，拼命打她的铺门，把门打烂，刚躲进去，到底着追兵赶到，拉出铺门便打死了。

她骂得淋漓尽致，自然少不了每句都要带一些与性关连的"国骂"。于是过往的兵，和刚从铺门内走出的人们，全笑了。笑她，自然也笑那死兵。

为保护一个空落落的公馆，据我们目睹的，打伤了一个平民，打死了十个兵——一个在烟袋巷口，三个在指挥街，三个在磨子街，一个在西丁字街，两个在红照壁，全是二十四军的兵，只一个尚拖有发辫的，是他们新拉去充数的——而公馆终于没有保护住。然而也只不值钱的东西，和一部破汽车损失了，公馆到底还是他的。我实在不能批评这种举动的对不对，我只叹息我们的智慧太低了，简直没把握去测度别人的心意！

战地在屋顶上

住在少城小通巷的曾先生，据说，做梦也没有想到他的房子会划为前线，而且是机关枪阵地。

栅子街、娘娘庙街，以及西头的城墙，东头的城根街，中间的长顺街，已经知道都是战区。稍为胆小和谨慎的人们，在战事爆发的前两三天，都已搬走了，搬往北城东城，甚至城外去了。而曾先生哩，除了相信死生有命，并感觉既是几万人全塞在九里三分的城里在拼死活，而彼此还用的是较新式的武器：手榴弹啦，没准头的迫击炮啦，则其它街道，也未必安静，何况可以藏身的亲戚朋友的地方，难免不已被更切近的人早挤得水泄不通，自己一家四口再挤将前去，不是更与人以不便了？

曾先生平生学问，是讲究的"近人情"，加以栅子街、长顺街等处，确是已经不准通行，而长顺街竟已挖了三道战壕，砌了三道战垒了。

他感叹了一声道："龟儿子东西！你们打仗还打仗，也等我多买两斗米，放在家里！"这在他，已是过分要求的说法。

然而他犹然本着民国六年（公元一九一七年）两次城里打仗的经验，只以为把大门关好，找一个僻静点的房间，将被褥等铺在地上，枪炮声一响，便静静的躺下去，等子弹消耗到差不多了，两方都待休息时，再起来走走，把筋脉活动活动，并且估量自己的房子，似乎正在弹道之下，"无情的炮弹，或者不会在天空经过时，忽然踩虚了脚，落将下来罢?"

所以他同着他的那位有病的太太，和一个十二岁的女儿，一个七八岁的男孩，在堂屋里吃着午饭时，还只焦虑没有把米买够。"左近又没有很熟的人家，万一米吃完了，仗还没有打完，这却怎么办呢?向哪里去通融呢?"

就这时候，他的后院里猛然有了许多人声："这里就对！把机关枪拿来！"

还不等他听明白，接连就听见房顶上瓦片被踏碎的声音，响得很是利害，而破碎的瓦片，恰也似雨点一样，直向头上打来。

成都——也可以说四川大部分的地方——是历来没有大风大雪的，每年只阴历二月半间有一阵候风，顶多三天，并不利害。所以成都的房子，大抵都不很矮，而屋顶也不大考校。除非是百年前的建筑，主人们还有那长治久安的心情，把个屋顶弄得结实些，厚厚的瓦桷之下，钉着木板，而又重又大的瓦片，几乎是立着堆在上面，预备百年之内，子孙三世，都无须乎叫泥水匠人来检漏。但这种建筑，已是过去了，只有民国时代，一般较笨较老实的教会中的洋鬼子，他们修起教堂、医院和学校来，才那样不惜工本的，把我们不屑于再要的老方法采了去；而且还变本加厉，摹仿到北京的宫殿方式：檐角高翘，筒瓦隆起。我们近代的成都人，才不这样蠢！我们知道世乱荒荒，人寿几何，我们来不及百年大计，我们只需要马马虎虎的享受，我们有经济的打算，会以少数的金钱做出一件像样的东西。所以自从光绪末年以来，我们大多数的房子，都只安排着二十年的寿命，主要柱头有品碗粗，已觉得不免奢侈，而屋顶哪能再重？所以合法的屋顶，只是在稀得不可再稀的瓦桷上，薄薄铺上一层近代化的瓦片。好在没有大风，不致把它揭走，也没有大雪，不致把它压碎，讨厌的是猫儿脚步走重了，总不免要时常招呼泥水匠人来检漏。

曾先生只管是自己造的房子，他之为人只管不完全近代化，不过既有了"吾从众"的圣人脾气，又扼于金钱的不够，自然学不起洋鬼子，他那屋顶，到底也只能盖到那么厚。

其实哩，屋顶再厚，而它的功能，到底只在于遮避风雨太阳，而断乎不是坚实的土地，一旦跑上二十来个只知暴殄天物的兵士，还安上一挺重机关枪，以及子弹匣子，以及别的武器等，这终于会把它弄一个稀烂的。

机关枪阵地摆在屋顶上，陆军变成了空军，我们的曾先生，那时真没有话说，全家四口只好惨默的躲在房间里。

三间屋顶虽然全被踏坏，但战事还没有动手。阵地上的战士，到底是一脉相传的黄帝子孙，或者也是孔教徒罢？有一个战士因才从瓦桷中间，向阵地下的主人说道："老板，你这房间不是安全地方，一打起来，是很危险的，你得另外找个地方。"

刚才是那么声势汹汹到连话都不准说，小孩子骇得要哭了，还那么"不准做声气！老子要枪毙你的！"现在忽然听见了这片仁慈的关照的言语，我们曾先生才觉得有了一线生的希望了。连忙和悦以极的，就请义士指点迷途，因为他高瞻远瞩，比较明了些。

"我看，你那灶屋子挂在角上，又有土墙挡着，那里倒安全得多。"

我们的曾先生敢不疾疾如律令的，立刻就夹着棉被枕头毯子等等，搬到那又窄又小，而又不很干净的灶屋子里去？却是也得亏他这样做了，在半小时后，那凶猛的战争一开始，阵地上重机关枪哒哒哒一工作，对方——自然也是在隔不许远的人家屋顶上。这大概是新发明的巷战方法罢？想来确也有理，要是只在几条大街小巷的平地上冲锋陷阵，一则太呆板了，再则子弹的消耗量也不大够，对于战地平民又太不发生利害关系了，如其有一方不是土生土长的队伍，比如民国六年（公元一九一七年）的滇军、黔军，他们之于成都，既无亲戚朋友，又没有地产房屋、园亭住宅，自然尽可不必爱惜，放上一把烈火，把战场燃出来——便也在看不见的，被竹木屋顶隐蔽着的地方，加量的还敬了些子弹过来，自然，在这样的射击之下，真正得照一个美国专家所言：要消耗一吨的子弹，才能打死一个人。据说，如此打了一整夜，阵地上的战士们是没有滴一点血。但是，如其曾先生一家四口不躲开的话，却够他惊恐了，他房间里的东西，确乎被打碎了不少。

前几天的战争果是异常激烈，不论昼夜，步枪、机关枪、迫击炮老是那么不断地打过去，打过来。夜里，两方冲锋时，还要加上一片几乎不像人声的呐喊。

曾先生的房子是前线，是机关枪阵地，所以他伏在灶下，只听见他书房里不时总要发出一些东西被打破的清脆声，倒是阵地上，似乎还不大有子弹去照顾。

几天激烈的战争过去了，白天已不大听见密放，似乎相处久了的原故罢？阵地上的战士，在休息时，也公然肯"下顾"老板，说几句不相干的话，报告点两方已有停战议和，"仍为兄弟如初"的消息。这可使我们的曾先生大舒一口气了罢？然而不然，我们的曾先生的眉头反而更皱紧了。

什么原故呢？这很容易明白，曾先生在前所焦虑的事情证实了，"不曾多买两斗米放在家里，等他们打仗，现在颗粒俱无了！"

这怎么办呢？不吃饭如何得行？参听战争的事情诚然甚大，然而枵腹终难成功呀！于是曾先生思之思之，不得不毅然决然，挺身走出灶屋子，"仰告"阵地上战士们：他要带着老婆儿女，趁这不"响"的时节，要逃出去而兼求食了。

　　说来你们或者不信，阵地上舍死忘生的战士们会这样的奉劝曾先生："老板，我们倒劝你不要冒险啦！小通巷走得通，栅子街走不通，栅子街走得通，长顺街也一定走不通的，都是战地，除了我们弟兄伙，普通人无论如何是不准通过的，怕你们是侦探。……没饭吃不打紧的，我们这里送得有多，你们斯文人，还搭两个小娃儿，算啥子，在我们这里舀些去就完啦！"

　　如其不在这个非常时节，以我们谦逊为怀，而又不苟取的曾先生，他是绝不接受这样的恩惠。他后来向我说，那时，他真一点也没有想到为什么使他至于如此境地的原因，只是对于那几个把他好好的房子弄成一种半毁模样的"推食以食之"的兵，发出了一种充分的谢忱。他认为人性到底是善的，但是一定要使你的良好环境，被破坏到不及他，而能感受他的恩惠时，这善才表暴得出。

　　又经过了几天，又经过了两三次凶猛的冲锋，战地上的兵士虽更换了几次，据说，一般的兵士，对于我们的曾先生，仍那样的关切。而曾先生便也在这感激之忱的情况下，以极少的腌菜，下着那冷硬粗糙的"战饭"，一直到二十九军实在支持不住，被迫退出成都为止。

　　战事停止那天清晨，一般战士快快乐乐从战地上把重机关枪，以及其它种种，搬运下房子来时，都高声喊着曾先生道："老板，把你打扰了，请你出来检点你的东西好了。我们走了后，难免没有烂人进来趁浑水捞鱼，你把大门关好啦！"

　　格外一个中年的兵士更走近曾先生的身边，悄悄告诉他道："老板，你这回运气真好，得亏你胆子大，老守在家里，没有逃走，不然，你的东西早已跟着别人跑光了。你记着，以后再有这种事，还是不要跑的好。军队中有几个是好人？只要没有主人家，就是一床烂棉絮，也不是你的了。"

这一番真诚的吐露，自然更使曾先生感激到几乎下泪，眼见他们走了，三间上房的瓦片尚残存在瓦桷上的，不到原有的二十分之一，而书房以及其它地方，被子弹打毁的更其数不清。令他稍感安慰的，幸而打了这么几天，一直没有看见一滴血。

抓　兵

军事专家很庄严的张牙舞爪说道："你们晓得不？战事一开始，不但要消耗大量的子弹，还要消耗相当的战士。所以在作战之初，就得把后备兵、续备兵下令召集，以便前线的战士死伤一批，跟即补充一批。"

军事家又把眼睛几眨，用着一种在讲台上的口吻说道："你们晓得不？世界文明各国，即如日本，都是行的征兵制，全国人民皆有当兵的义务。故在外国，你们晓得不？战士的补充，在乎召集，有当兵义务的，一奉到召集令，就自行赶到营房去。我们中国，……你们晓得不？以前也是行的征兵制，故所以有三丁抽一，五丁抽二的说法。从明朝以来，才改行了募兵制，募兵就是招兵，当兵的不是义务，而是一种职业。这于是乎，一打起仗来，战士的补充，便只好插起旗子来招募了。"

军事专家末了才答复到所询问的话道："所以在这次剧烈战争后，兵士死伤得不少，要补充，照规矩是该像往常一样，在四城门插起旗子来招募的。不过，你们晓得不？近几年来，当兵武没有一点好处了，自从杨惠公^①发明饥兵主义以来，各军对于兵士，虽不像惠公那样认真到全般素食，和两稀一干……你们晓得不？惠公的兵士，自入伍到打仗，是没有吃过一回肉的，而且一早一晚是稀饭，只晌午一顿是干饭。……然而饷银到底七折八扣的拿不够，并且半年八个月的拖欠。至于操练，近来又很认真，虽说军纪都不大好，兵士的行动大可自由，你们晓得不？这也只是老兵的权利，才入伍的新兵，那是连营门都不准出的，一放出来，就怕他开小差。本来，又苦又拿不到钱的事，谁肯尽干哩，不得已，只好开小差了。已入伍的尚想开小差，再招兵，谁还肯去应招呢？所以，在此次战事开始以前，招兵已不是容易的事，许多人宁肯讨口叫化，乃至饿死，也不愿去当兵。而军队调动时，顶当心的，就是防备兵士在路上开小差。在如此情况之下，要望招兵来补充缺额，当然无望。故所以在几年之前，……大概也是惠公发明的罢？不然，也是顶聪明的人发明的。……就发明了拉人去当兵的良好办法。……着呀！不错！诚如阁下所言，古已有之。是极，是极，杜工部的《兵车行》、《石壕吏》，白居易的《新丰折背翁》……不过，你们晓得不？以前拉人当兵，只在拉人当兵，故所以拉还有个范围：身强体壮的，下苦力的，在街上闲逛而无职业的，衣履不周的。后来日久弊生，拉人并不在乎当兵，而只在取财，于是乎才有了你阁下所遇见的那些事……"

我阁下所遇见的，自然是一些拉兵的事了，各位姑且听我道来：

当二十九军几场恶战之后，感觉自己力量实在不如二十四军之强

---

① 指当时二十军军长杨森，字子惠，系四川一大军阀。——原编者注

而大，而二十一军①又不能在东道的战场上急切得手，于是只好退走，只好借着二十八军②友谊掩护的力量，安全地向北道退走。这于是九里三分的成都，除了少数的中立的二十八军占了少数的势力外，全般的势力都归到二十四军的手上。

罢战之初，城内只管还是那么不大有秩序的样子，战胜的军士只管更其骄傲得像大鸡公样，横着枪杆在街上直撞，把一对犹然凶猛得像老虎的眼睛撑在额脑上看人。但是战壕毕竟让市民填平，战垒也毕竟让市民拆去，许多不准人走的战街，现在都复了原，准人随便走了。

人，到底是动物之一，你强勉的把他的行动限制几天之后，一旦得了自由，他自然是要尽其力量，满街的蠕动。有非蠕动而不能谋生的，即不为谋生，只要他不是鲁宾孙③，他终于要去看看有关系的亲戚朋友，一以慰问别人，一以表示自己也是存在，搭着也得本能的把那几天受限制的渊源，尽量批评一番。

那时，我阁下也是急于蠕动之一人。并因为这次战事中心之一在乎少城，而亲戚朋友在少城居住的又多，于是，在那天中午过后，我就往少城去了。

一连走了几家，畅所欲议的议论之后，到应该吃午饭之时——成

①　当时，二十一军军长为刘湘，二十八军军长为邓锡侯。邓军和刘文辉（二十四军军长）、田颂尧（二十九军军长）这三个军的军部都驻扎在成都城内，刘湘的军部则设在重庆。——原编者注

②　当时，二十一军军长为刘湘，二十八军军长为邓锡侯。邓军和刘文辉（二十四军军长）、田颂尧（二十九军军长）这三个军的军部都驻扎在成都城内，刘湘的军部则设在重庆。——原编者注

③　英国作家笛福（Daniel Defor 1660—1731）所著冒险小说《鲁宾孙飘流记》的主人公，他驾船失事，单独在一个孤岛上生活了二十八年。——原编者注

都住家都习惯了一天只吃两顿饭，头一顿叫早饭，在上午八点前后吃，第二顿叫午饭，在下午三点前后吃，是中等人家，在中午和晚间得吃一点面点，不在家里做，只在街上小吃食铺去端——是在槐树街一家老亲处吃的。因为在战乱之后，彼此相庆无恙，不能不例外的喝点酒，既喝酒，又不能不例外的叫伙房弄点菜。

但是，到伙房打从长顺街买菜回来之后，这顿酒真就喝得有点不乐了。

伙房一进门就嚣嚣然地说道："二十四军又在拉扶了！不管你啥子人，见了就拉！长顺街拉得路断人稀，许多铺子都关了门！"

我连忙问："人力车不是已没有了？"

"哪里还有车子的影子！拉扶是首先就拉车子，随后才拉打空手的，今天拉得凶，连买菜的，连铺家户的徒弟都拉！"

亲戚之一道："一定是东道战事紧急，二十四军要开拔赴援，所以才这样凶的拉扶。"

我心里已经有点着慌，拉扶的印象，对于我一直是很恶的，我至今犹然记得清清楚楚，在民国五年（一九一六年）之春末夏初，陈二庵带来四川的北洋兵，因为被四川陆军第一师师长新任四川威武将军周骏，从东道逼来，不能不向北道逃走时，来不及雇扶，便在四川开创了拉扶运动的头一天的傍晚，我正从总府街的《群报》社走回指挥街，正走到东大街，忽然看见四五个身长体壮的北洋大汉，背着枪，拿着几条绳子，凶猛的横在街当中拉人。在我前头走的一个，着拉了，在我后头走的三个，也着拉了，独于我在中间漏了网。我还敢逗留吗？连忙走了几十步，估量平安了，再回头一看，绳子上已拴入一长串的人。有一个穿长衫马褂的不服拉，正奋然向着两个兵在争吵："我是读书人，我还是前清的秀才哩！你拉我去做啥？""莫吵，莫吵，抬一下轿子，你秀才还是在的！"他犹然不肯伸手就缚，一个兵便生了气，掉过枪来，没头没脑的就是几枪托，秀才头破血流而终于就缚了事，而我则一连出了好几身冷汗，一夜睡不安稳。并且到第三天，风声更紧，周骏的先锋王陵基，已带着大兵杀到龙泉山顶，北洋大队已开始分道退走。我和一位亲戚到街上去看情形，东大街的铺子全关了，一队队的北洋兵，很凌乱的押着许多挑子轿子塞满街的在走。我很清楚的看见一乘小轿，轿帘全无，内中坐了一个面色惊惶，蓬头乱发，穿得很是寻常的少妇。坐凳上铺了一床红哔叽面子的厚棉被，身子两旁很放了些东西，轿子后面还绑了一口小黑皮箱。轿子的分量很不轻，而抬后头的一个，倒像是出卖气力的行家，抬前头的一个，却是个二十来岁，穿了件长夹衫的少年，腰间拴了根粗麻绳，把前面衣襟掖起，下面更是白布袜子青缎鞋。这一定是什么商店的先生，准斯文一流的人，所以抬得那么吃力，走得那么吃力，脸上红得像要出血，一头大汗。我估量他一定抬不到北门城门洞便要累倒的。我连忙车转了身，又是几身冷汗。

北洋兵自创了这种行动，于是以后但凡军队开拔，扶子费是上了连长腰包，而需用的扶子便满街拉，随处拉。不过还有点不见明文的限制，就是穿长衫的斯文人不拉，坐轿坐车的不拉，肩挑负贩的不拉，坐立在商店中的不拉，学生不拉。而且拉将去也真的是当扶子，有饭吃，到了地头①，还一定放了，让你自行设法回家。

不过，就这样，我一听见拉扶，心里老是作恶了。

亲戚之二还慨然的说："光是拉扶，也还在理，顶可恶的，是那般坏蛋，那般兵溜子，借此生财。明明扶子已满了额，他们还遍街拉

---

① 地头：四川方言，指目的地。——原编者注

人，并且专门拉一般衣履周正，并不是下力的苦人。精灵的，赶快塞点钱，几角块把钱都行，他便放了你。如其身上没钱，一拉进营房，就只好托人走路子，向排长向军士进财赎人，那花费就大了。我们吴家那老姻长，在前着拉去后，托的人一直赶到资阳，花了百多块钱才把人取回来，可是已拖够了！虽没有抬，没有挑，只是轻脚轻手跟着走，但是教书的人，又是老鸦片烟瘾，身上又没有钱，你们想。……"

亲戚之三是女性，便插嘴道："这哪里是拉扶，简直是棒客①拉肥猪了！"

我心里更其有点不自在了，我说："成都街上拉扶的次数虽多，我却只在头一回碰见过一次，幸而，或是太矮小了点，那时没有发体，简直像个小娃儿，没有被北洋大汉照上眼，免了。但是，川军的脾气，我是晓得的，何况又是生发之道。车子已没有了，就这样走回去，十来条街，二里多的路程，真太危险了！"

大家便留我尽量喝酒，说是"不必走了就在此地宿了罢。"但是问题来了，没有多余的棉被，而我又有择床的毛病，总觉得若是能够回去，蜷在自己习惯的被窝中，到底舒服些。

因此之故，酒实在喝得不高兴，菜也吃得没味儿。快要五点了，派出去看情形的人回来说，长顺街已没有拉扶，有了行人；只听说将军衙门二十四军军部门外还在拉，可是也择人，并不是见一个拉一个。

我跳起来："那就好了，我只不走将军衙门那条路就可以了！"

亲戚之二说："我送你走一段罢。"

---

① 棒客：四川方言，对土匪的称号，也叫"棒老二"。——原编者注

　　于是我们就出了大门，整整把槐树街走完，胡同中自然清静无事，根本就少有人来往。再整整把东门街走完，原本也是胡同，全是住家的，自然也清静无事。又向南走了段东城根街，果然有几个行人——若在平时，这是通衢，到黄昏时，几热闹呀！——果然都安闲无事的样子。

　　亲戚之二遂道："看光景像是已经拉过，不再拉了。那我们改日再会罢。"在多子巷的街口上，我们分了手。

　　但是，我刚由东城根街向东转拐，走入金家坝才二三十步时，忽见街的两畔和中间站了七八个背有枪的二十四军的兵。样子一定是拉扶的了，才那么捕鼠的猫儿样，很不驯善的看起人来。

　　我骇然了，赶快车转身走吗？那不行，川军的脾气我晓得的，如其你一示弱，恭喜发财，他就无心拉你，也要开玩笑的骇你一跳，我登时便本能的装得很是从容，而且很是气概，特别把胸脯挺了出来，脸上摆着一种"你敢惹我"的样子，还故意把脚步放缓，打从街心，打从他们的空隙间，走去。几个兵全把我看着，我也拿眼睛把他们一一的抹过。

　　如此，公然平安无事的走了过去。刚转过弯，到八寺巷口，我就几乎开着跑步了。

　　路上行人更少，天也更黄昏了。走到西鹅市巷的中段，已看见贡院街灯火齐明。心想，这里距离驻兵的地方更远了，当然不再有拉扶的危险事情了，然而天地间事，真有不可臆测者，当我一走到贡院街，拉扶的好戏才正演得热闹哩。

　　铺子开的有过半数，除了两家杂货铺和几家小吃食铺外，其余是回教徒的卖牛肉的铺子。二三十个穿着褴褛灰布军装的兵，生气虎虎的，正横梗在街上，见行人就拉。有两个头上包着白布帕，穿着也还整齐的乡下人，刚由弯弯栅子街口走出来，恰就被一个身材矮小的兵抓住了。

"先生，我们有事情的人，要赶着出城。"

"放屁！跟老子走！又不要你们出气力，跟老子们一样，好要得很！"

"先生，你做点好事，我们是有儿有女，……"

背上已是很沉重的几枪托，又上来一个年纪还不到十七岁的小兵，各把一个乡下人的一只粗手臂抓住，虎骇着，努出全身气力，把两个乡下人直向黑魆魆的皇城那方推攘了去。

情形太不好了，过路的行人，几乎一个不能免。可是被抓的人也大抵不很驯善，拥着抓人的，不是软求，就是硬争，争吵的声音很是强烈。

我在黑暗的西鹅市巷街口已经停立了有两分多钟，到这时节，觉得这个险实在不能不去冒一下了，便趁着混乱，直向西边人行道上急急走去——这时，却不能挺起胸脯，从容缓步，打从街心走了，我自己也没有想到会有如此的急智！

刚刚走了七八家铺面，忽然一个穿长衫的行人，从我跟前横着一跳，便跳进一家灯火正盛的杂货铺。我才要下细看时，两个兵已提着敞亮的大砍刀，吆喝一声："你杂种跑！……跑……跑得脱！……没王法了！"也从我跟前掠过，一直扑进杂货铺去。一下，就听见男的女的人声鼎沸起来。

我还敢留连吗？自然不能了！溜着两眼，连连的走，可又不能拔步飞跑，生怕惹起丘八们的注意。

靠东一家牛肉铺里，正有两个老太婆在买牛肉，态度很消闲，看着街上抓人的事情，大有"黄鹤楼上看翻船"的样子。那个提刀割肉的年轻小伙子，嘻着一张大嘴，也正自高兴地绝不会像那些被抓的懦虫时，忽的三个未曾抓着人的兵——两个提着枪，一个提了把也是敞亮的大砍刀——呐喊一声，从两个老太婆身边直窜过去，一把就将那个小伙子抓住了。

"呃！咋个乱拉起人来了！我们是做生意的人啦！……"

吵的言语，听不清楚，只听见"你还敢犟吗？……打死你！"

那提敞刀的便翻过刀背，直向那个小伙子的腿肚上敲了去。

在这样狂澜中，我不知道是怎么样的竟自走过三桥，而来到平安地带。

一路上，许多自恃没有被拉资格的老人们，纷纷的站在街边议论："越来越不成话了！以前还只拉人当扶子，出够气力，别人还好回来，如今竟自拉人去当兵，跟他们打仗。并且不择人，不管你是啥子人，都拉。跑了，还诬枉你开小差，动辄处死，有点家当的，更要弄得你倾家破产，这是啥子世道呀！……"

因此，我才恍然于我这一天之所遇的是一回什么事，而到次日，才特为去请教一位军事专家。

军事专家末了推测我何以会几度漏网，没有被抓去的原故，是得亏我那件臃肿的老羊皮袍。

开火前的一瞥

你也不肯让出城去，我也不肯让出城去；你也在你们区域里布置，我也在我的区域内布置，不必再到有关系的地方拿耳朵打听；光看墙壁上新贴出的"我们要以公理来打倒好乱成性的×××！""我们是酷好和平的军队，但我们要铲除和平的障碍"的标语，也就心里雪亮：和平是死僵了！战神的大翅已展开了！不可避免的巷战真个不可避免了！

战氛恶得很，只是尚没有开火。避湿就燥的蚂蚁，尚能在湿度增高时，赶紧搬家，何况乎万物之灵的人类？于是在火线中的一些可能搬走的人家，稍为胆小的，早已背包打裹，搬往比较平安的地方，而我的寒舍中，也惠顾来了一位外省熟人，在我方丈大的书斋里，安下了一张行军床。

我本着民国六年（公元一九一七年）两次巷战的经验，知道这仗火不打则已，一打至少得打十天才得罢休，于是便赶快把油盐柴米酱醋茶等生活之资，全准备了，足够半月之需。跟着又把酒菜等一检点，也还勉强够。诸事齐备，只等开火，然而过了一天又一天，还没有听见枪响，"和平果然还没有绝望吗？"这倒出人意外了。

既是一时还打不起来，那又何必老呆在屋子里？那熟人说他还有些要紧的东西，留在长发街口的长顺街寓所中，何不去取了来。好的，我便同着他从三桥，从西御街，从东城根街走了去，一路上的人熙来攘往，何尝像要打仗的样子？只是大点的铺子关了，行人都不大有那种安步当车的从容雅度，就是我们，也不知不觉的走得飞快。

东城根街是很长的，刚走了一小段，形势便不同了：首先是行人渐稀，其次是灰色人物多了起来，走到东胜街口，正有一些兵督着好些泥工在挖街，在三合土筑成的街，横着挖了一条沟，我心下恍然，这就是战壕。因为还有人从泥土中踏着在来往，我们便也不停步的走，走到仁厚街口，已见用檐阶石条砌就了一道及肩的短墙，可是没有兵把守，仍有人从上面在翻爬，我们自然也照样做了。再过去几丈，又一道墙，左右两方站了几个兵，样子还不甚凶狠。我们走到墙跟前一望，前面迥然不同了，三丈之外，又是一道宽而深的战壕，壕的那方，一排等距离的挺立了八个雄赳赳的兵，面向着前方，站着稍息的姿势，枪也随便顿在腿边。不过一望廓然，漫漫一条长街上，没有一个人影，只这一点儿，就显得严肃已极。

我找着一个稍有年纪的兵，和颜悦色问道："前面自然去不了，要是打从刀子巷穿出去，由长顺街上，走得通不？"

"你们要往哪里去？"

"长发街去。"

"不行了，我们这面就准你通过，二十九军那面未必准你过去。"

"这样看来，这仗火快打了罢？"

他还是那样笑嘻嘻，若无其事的样子，回答道："那咋晓得呢？"

我们遂赶快掉身，仍旧翻爬过一道短墙，踏越过一道深沟。我不想就回去，还打算多走几处。于是便从金家坝转出去，走过八寺巷，走过板桥街，走过皮房前街，走过旧皇城的大门，来到东华门街口时，看见街口上站了许多兵，袖章上大大写着：28A（二十八军），我们知道走入中立地带了。

中立地带上，本就甚为热闹的提督东西两街，虽然铺子依然大开着在，可是一般做生意的人，总没有往常来得镇静，走路的也很匆匆。然而我们走到太平街口，还在雇人力车，要坐往北门东通顺街去，看一看珍和芬他们由奎星楼躲避去后，到底是个什么情境。一乘人力车本已答应去了，我已坐在车上，另喊一部迎面而来的空车时，那车夫睁着两眼道："你们还想过北门么？走不通了！我刚才拉了一个客，绕了多少口子，都筑起了堆子，车子拉不过，打空手的人还不准过哩！"

"呃！今天不对，怕要打起来了，我们回去的好。"我跳下车子，向那熟人说。

于是，赶快朝东走，本打算出街口向南，朝中暑袜街一直南下的，但是暑袜街北头中国银行门前，已经用旧城砖砌起一道人多高的战垒，将街拦断了。并且砌有枪眼的地方，都伸一根枪管在外面。然则，不能过去了吗？并不见一个人来往，但我们总得试一试。

在我们离战垒三丈远时，那后面早已一声吆喝："不准通过！"

这一下，稍微使我有点着急，于是旋转脚跟，仍旧向东，朝总府街走去。铺面有在关闭的了，行人更是匆匆，大概都和我们一样，已经被阻过一次，尽想朝家里跑了。

我们本来走得已很快了，这时更是加速度起来。今天的天气又好，虽然灰白色的云幕未曾完全揭开，但太阳影子却时时从那有裂缝之处，力射下来，把一件灰鼠皮袍烘得很暖，暖到使我额上背上全出了汗。

与总府街成丁字形的新街，也是通南门去的一条大街，和在西的暑袜街，在东的春熙路，恰恰成为一个川字形式。这里，也砌起了一道拦断街的高大战垒，但是在角落处开了一个缺口，还准人在来往。我们自然直奔过去，可是不行，一个兵站在缺口上，在验通行证，没有的，必须细细盘问，认为可以过去，便放过去。但是以何为标准呢？恐防连他也不知道，他只是凭着他的高兴而已。

我们全没有什么凭据，只那熟人身上带了一枚属于二十四军的一个什么机关的出入证。他把那珐琅的胡桃大的证章伸向那兵道："我是×××的职员，过得去么？"

"过去，过去，赶快！"

"这是我的朋友，我们是一道的。"

"不行，只准你一个人过去！"跟着他又检查别几个行人去了，有准过，有不准过，全凭着他的高兴。

那熟人懒得再说，回身就走。我们仍沿着总府街再向东去，街上行人，便少有不在开着小跑的了。一到宽大的春熙路北段，行人就分成了三大组，一组向北，朝商业场跑了；一组仍然向东，朝总府街东头跑了；我们一组向南朝春熙路跑的，大概有四十几个人，老少男女俱全，而只有我们两个强壮的中年人跑得快些，差不多抢在前半截里去了。

春熙路是民国十四年（公元一九二五年）才由前臬台衙门改建的，南接繁盛的中东大街，北与商业场相对，算是成都顶洋盘、顶新、顶宽的街道。因为宽，所以一般兵士临时寻找街沿石条来砌的战垒，才砌了一半的工程。足有两排人的光景，还正纷纷的在往来抬石头，而大家都是喜笑颜开的，好像并未思想到在不久的时候，这就是要他们只为一个人的虚骄，而拼命、而流血的地方罢？他们还那样高兴，还那样的努力呀！

前面已经有好些人，从那才砌起的有二尺来高的战垒跨了过去，我们自不敢怠慢。大概还有些比较斯文的男士和小脚太太们走得太慢的原故罢，我们已走了老远了，听见一个像排长的人，朝那面高声唤道："还不快些走！再砌一层，就不准人通过了！"

啊呀，我们运气还不坏！要是再慢三分钟，这里便不能通过。或许还要向东，从科甲巷，从打金街，从纱帽街绕去了。算来，我们从少城的东城根街，一直向东走到春熙路，已经不下三里，再绕，那更远了。而且就一直绕到东门城根，能否通得过，也还是问题哩。亏得那一天的脚劲真好！

我们虽走过了春熙路这个关口，但前面还有许多条街，到底有无阻碍呢？于是我就略为判断了一下，认定两军的交哄，最重要的只在西头，尤其是少城。一自旧皇城之东，从东华门起，即已参入二十八军的中立地带，则越是向东，越是不关重要。我们就以砌战垒的工程来看，西头早砌好了，还挖有战壕，而东头才在着手，不是更可明白吗？那吗，我们不能再转向西了，恐防还有第二防线，第三防线，又是战垒，又是战壕的阻碍哩！我在一两个钟头内，竟稍稍学得了一点军事常识了！

于是我们便一直向南，走过春熙路南段，走过与南段正对的走马街。这几条热闹街道，全然变像了，铺门全闭，走的人可以数得清楚。要不是得力太阳影子照耀着，那气象真有点令人心伤。

我们又走过昔日极为富庶、全街都是自织自贸的大绸缎铺，二十余年来被外国绸缎一抵制，弄到全体倒闭，全建筑极其结实的黑漆推光的铺面，逐渐改为了中等以下人家的住宅的半边街；又走过因为环境没有改变之故，三四十年来没有丝毫改善的一洞桥，然后才向西走入比较宽大而整齐的东丁字街。

东西两条丁字街口的向北的街道，便是青石桥南街了。这里一样的热闹，茶铺大开着，吃茶的人态度还是安安闲闲的，虽然谈的是正要开始杀人的惨事。而卖猪肉的，卖小吃食的，卖菜的，依然做着他们不得不做的生意。但是朝北一望，青石桥上，果然已砌起一段战垒了。我们如其图省几步路，必然又被打转。

我们走到西丁字街，就算走到了，而后才把脚步稍为放缓了一下。记得很清楚，我们刚刚走到家里，因为热，才把衣服解开，正在猜疑到底什么时候才开火，看形势，已到紧张的顶点了，猛的，遥遥的西边天空中，噼呖啪啦就不断的响了起来。啊！第四百七十若干次的四川内战，果然开始了。

我回想到刀子巷口那个笑嘻嘻回答我的话的中年兵士。我又回想到此刻犹然在街上彷徨，到处走不过的行人！我深深自庆，居然绕了回来，到午饭时，直喝了三斤老酒。

飞机当真来了

在一片晴明而微有朵朵白云的天空，当上午十点钟的时节，在我的书房里，只听见天空中从远远传来的嗡嗡嗡不大经听的声响。

我好奇的往外直奔道："飞机！飞机！一定是二十一军的飞机！当真来了！……"

其实，成都天空中之有飞机的推进器声，倒并不等在民国二十一年（公元一九三二年）十一月，只要是中年人，记性好的，他一定记得民国四年（公元一九一五年），陈二庵①带着大队的北洋兵，在成都玩出警入跸②的把戏时，已经使成都人开过眼孔，看见过什么叫飞机的了。

陈将军当时只带来了一大一小两架飞机，是一直运到成都，才装合好的。他的用意，并不在玩新奇把戏，而是在虎骇四川人："你这些川耗子，敢不服从我！敢不规规矩矩的跟着我赞成帝制！你们瞧！我带有欧洲大战时顶时兴的新军器，要不听话，只这两架飞机，几个炸弹，就把你们遍地的耗子洞给炸毁个一干二净！"

可是不争气，那天预定在西校场当众显灵时——全城的文武官员和各界绅耆都得了通知，老早怀着一种不信除了鸟类，还有别的东西可以带着人上天的疑念，穿着礼服，齐集在演武厅上。而百姓们也不惜冒犯将军的威严，很多都涌到城墙上去立着参观——一架小点的飞

---

① 陈二庵：即陈宧。——原编者注
② 出警入跸：禁止行人来往通行，如古代帝王和官府巡行时的"清道"，今日之"戒严"。——原编者注

机，才由地面起飞，猛的就碰在演武厅的鸱尾①上，连人连机翻在地下，人受了微伤，机跌个稀烂——不知何故却没有着火烧毁。

观众无不哄然笑起，更相信除非神仙，人哪能坐起机器飞得上天去的。那时没有看清楚陈将军脸色如何，揣想起来，一定比未经霜的橘子还要青些了。

但是，人定胜天，在不久的一个上午，全成都的人忽然听见天空中有一片奇怪声音，响得很是利害。白日青光，响声又大，那绝不是什么风雨凄凄的黑夜，吱吱喳喳的从灌县飞来的九头鸟了。于是男女老幼都跑到院坝里，仰起头来一看，"啊！那们大！那们长！怕就是啥子飞机罢？……他妈的！硬有飞机！人硬可以驾着飞机上天啦！怪了，怪了！……"

随后，这飞机又飞起过两次，并在四十里外的新都县绕了一个圈子，报纸上记载下来，一般人几乎不敢相信"哪里几分钟的工夫，就能来回飞八十里的？"

但是陈将军的那架飞机，前后就只飞过那几次，并且每次没有开到半点钟，也不很高，除了绕着成都天空，至远就只飞到过四十里外的新都县、温江县、双流县而已。以后简直没有再看见过它的影子；护国之役，也从未听见过它的行动，而且一直没有人理会到它，而且一直把它的历史淡忘了。

事隔一十七年，成都的天空，算是食了战争的恩赐，又才被现代的文明利器的推进机搅动了。而成都人在这几天把步枪、机关枪、迫

---

① 鸱尾：也作"蚩尾"。蚩，一种海兽，相传东海有鱼像鸱，喷浪便会降雨。唐代以来，我国老式建筑多在屋脊上塑造这种装饰，迷信的说它可以禳灾。——原编者注

击炮、手榴弹的声音听腻了，也得以耳目一新，尝味一尝味空军的妙趣。

突然而出现的飞机，在三个交战的团体中——二十一军、二十四军、二十九军——何以知其独属于二十一军呢？这又得声明了。

若夫空军之威力，在上次欧洲大战中，本已活灵活现著过成绩，当时有一个中国人参加法国空战，也曾著过大名的，而我们中国政府，在事中事后，却一直是茫然。直到什么时候才急起直追，有了若干队的空军？这是国家大事，我们不配记载。单言四川，则已往的四百七十余次内战——这在民国二十一年（公元一九三二年），十一月，所谓安川之战初起时，一个外国通信社，不知根据一个做什么的外国人的记载，说自民国二年（公元一九一三年）所谓癸丑之役，胡景伊打熊克武之战起，直至安川之役，四川内战共有四百七十多次；但我们一般身受过恩赐的主人翁，却因为虱多不咬之故，早记不清了——依然只是陆军中的步军在起哄，直到民国十八年（公元一九二九年）以后，雄据在川东方面的二十一军，才因了留学生的鼓吹和运动，居然把范围放宽了一点，在湍急的川江里，有了三艘装铁甲的兵轮，在平静的天空中，有了十来架"几用"式的飞机。而且飞机练习时，又曾出过几次惊人的意外，轰动过许多人的耳目，确实证明出空军的威力，真正可怕。就中有两次最重要；一次是一位二十军的某师长，试乘飞机，要"高明"一下，用心本是向上的，不意飞机师一定要开个大玩笑，正在上下翱翔之际，像是因机器出了毛病罢，于是人机并坠，一坠就坠在河里；这一下，某师长便从天仙而变为水鬼，飞机师的下落，则不知如何。还有一次，是二十一军军长率领一大队谋臣勇士，到飞机场参观"下蛋"的盛举，飞机师据说是一位毛脚毛手的外国人，刚一起飞，正飞到参观大队的头顶上，一枚六十磅重的炸弹，他先生老实不客气的便从空中掷了下来；据说登时死伤了好几十人，幸而军长福分大，没有碰着一星儿；后来审问外国飞机师，口供只是"我错了！"

二十一军除陆军外，既有了水军，又有了空军，还了得！我们僻处在川西南北的几个军岂有不迎头赶上之理？"你不做，我便老不做，你做了出来，我就非做不可"的盛德，何况又是我们多数同胞所具有的？不过在川西南北，虽然也有河道，但不是过于清浅，就是过于湍急，水军实在可以用不着。而空气的成分和比重，则东西南北，固无以异焉，那吗，花上几百万元，买他个几十架飞机，立时立刻练成一队空军，那不是很容易吗？我们想来，诚然容易，只是吃亏的四川没有海口，通长江的大路，给二十一军一切断，连化学药品都运不进来，还说飞机？同时省外更大更有势力的政府，又不准我们这几个军得有这种新式的武器，所以曾经听人说过，某一个特别和政府立异的军长，因为想飞机，几乎想起了单思病，被一般卖军火的外国商人不知骗了多少"油水"！的确，也曾花了百十万元，又送了好几万给南边邻省一位豪杰，做买路钱，请求容许他所购买的铁鸟儿，越境飞到川西。从上至下，从大至小，都相信这回总可以到手了罢？邻省豪杰也公然答应假道，哪里还有不成的？于是，招考空军兵士，先加紧在陆地上训练"立正"、"稍息"、"开步走"，而一面竟不惜以高压的势力，在离省九十里处，估着把已经价卖几年的三千多亩公地，又全行充公，还来不及让地主佃户们把费过多少本钱和血汗始种下的"青"，从容收了，而竟自开兵一团，不分昼夜把它踏成一片平阳大坝。眼睁睁的连饭都吃不饱的专候铁鸟飞来，好向二十一军比一比："老侄！①你有空军，就不准人家买进来，以为你就吃干了！现在，你看如何？比你的还好还多哩！哈哈！老辈子有的是钱！"然而到底空欢喜了一场，邻省那位豪杰真比我们川猴子还精灵，他并且不忘旧恶，把买路钱收了，把过路铁鸟也道谢了。事情一明白，可不把我们这位军长气得几乎要疯。

因此之故，我们川西南北的几个军，在交战之时，实实在在只有陆军，而无空军。

但是，也有人否认，是我亲耳所闻，并非捏造。当其天空中嗡嗡之声大作，我先跑到院坝里来参观，家人们也一齐拥将出来，一位旁边人指点道："你们看清楚，要是飞机底下有一种黑的东西，那就是炸弹，要是炸弹向东落下，你们就得向西跑。"我住的本是平房，虽然有块两丈见方的院坝，但是实在经不住跑。于是我便打开大门，朝街上一奔，街上早已是那么多人，但都躲在屋檐下，仰着头器器然在说："咋个看不见呢？只听见响。"

真个，飞机还没有现形，然而街口上守战垒的一排灰色战士，早已本能的离开战垒，纷纷躲到一间茶铺里，虽不个个面无人色，却也委实有些害怕。中间独有一个样子很聪明的军士，极力安慰着众人，并独自站在街心，指手划脚地道："莫怕，莫怕，这一定是本军的飞机，如其是二十一军的，他咋敢飞来呢？"

这是我亲耳听见的，我真佩服他见识高超，也得亏他这么一担保，居然有七八个兵都相信了，大胆的跑到街心来看"本军的飞机"。

---

① 二十一军军长刘湘、二十四军军长刘文辉均系四川大邑县人，刘湘是刘文辉的隔房侄子。——原编者注

飞机到底从一朵白云中出现了，飞得太高，大概一定在步枪射程之外。是双翼，是蓝灰色，底下到底有无黑的东西，却看不清楚。

满街的人，大家全不知道"下蛋"的危险，只想饱眼福，看它像老鹰样只在高空中盘旋，多在笑说："飞矮些，也好等我们看清楚点嘛！"

无疑的，这是侦察机了。盘旋有二十分钟，便一直向东方飞走，不见了。

后来听说，飞机来的时候，二十九军登时勇气增大，认为友军在东道战事，一定以全力在进攻。而二十四军全军，确乎有点胆寒，他们被不负责任的外国军火商的飞机威力夸大谈麻醉了，衷心相信飞机的炸弹一掷下来，虽不全城粉碎，至少他们所据守的这一角，一定化为乌有。而又不能人人像那聪明的军士，否认那是二十一军的飞机，却又没有高射炮——当其飞机买不进来，他们也真打算在自己土化的兵工厂中，造些高射炮来克制飞机。曾经以月薪一千二百元，外加翻译费月薪四百元，聘请了一位冒充"军器制造专家"的德国军火掮客，来做这工作。整整八个月，图样打好了，但是所买的洋钢，一直被政府和二十一军遮断了，运不进来。后来没计奈何，将就土钢姑且造了一具，却是弹药又成问题了，所以在战争时，仍然等于没有高射炮——因此，那一夜的战争打得真激烈，一直到次日天明，枪炮声才慢慢停止。

第二天，又是半阴又晴的天气，在吃早饭时，嗡嗡之声又响了。

今天来的是两架飞机：一架双翼，蓝灰色，飞在前面，一定是昨天那架侦察机了。随后而来的，是一架单翼与灰白色的。前面那架像在引路，则后面那架，必然是什么轰炸机。果然，到它们飞得切近时，那机的底下，真似乎有两点黑色的东西。

于是，我就估量飞机来轰炸，必然是有目标的。我住的地方，距离我认为应该轰炸的地方，都很远，就作兴在天空中不甚投掷得十分准，想来也和射箭差不多，离靶子总不会太远，顶多周围二三十丈罢咧。因此，我竟大放其心，在街心里，同众人仰首齐观。

刚刚绕飞三匝，两机便分开了。只看见在向东的天边，果有一个黑点，从轰炸机上滴溜溜的落下来。同时就听见远远近近好些迫击炮在响，那一定是二十四军的兵士们不胜气忿，特地在开玩笑了。

"又在丢炸弹！又在丢炸弹！"好几个人如此在大喊。果然，西边天际，一个黑点又在往下落。

那天正午，就传遍了飞机果然投了两枚炸弹，只是把二十四军的人的牙巴都几乎笑脱了，从此，他们戳穿了飞机的纸老虎，"原来所谓空军的威力，也只如此，只是说得凶罢了！我们真要向世界上那些扩充空军的人大喊：你们的迷梦，真可醒得了啊！"

这因为在东方的那枚炸弹，像是要投炸二十四军的老兵工厂，而偏偏投在守中立的二十八军的造币厂内，把一间空房子炸毁了小半边，将院子内的煤炭渣子轰起了丈把高，如斯而已。至于西方的那枚，则不知投弹人的目的在哪里，或者是错了，错把二十八军所驻守的老西门，当做了什么，那炸弹恰投在距老西门不远的西二道街的西头街上，把拥着看飞机的平民炸伤了十一个，幸而都伤得不重。

像这样，自然该二十四军的人笑脱牙巴。但是，立刻就有科学家给他们更正道："空军到底不可小觑，这一天，不过才一架轰炸机，仅载了两枚顶小的炸弹，所以没有显出威风。倘若二十一军把它十几架飞机，全载了二三百磅，乃至五百磅的重量炸弹，来回的轰炸——成渝之间飞行，只须点把钟的工夫，那是很近的呀——或是投些燃烧弹，成都房子没有一间是钢骨水泥的，那一下，大火烧起来，看你们的步兵怎样藏躲，又没有地窖，又没有机器水龙。……"

果然如此，确是骇人，如其我们的军爷们都没有大宗的房产在成都，那倒也不甚可怕，且等烧干净了再退走不迟。无如大家的顾虑都多，遂不得不赞成一般老绅者们的提议，赶快打电报给二十一军，叫他顾念民生，还是按照老法，只以步兵来决胜好了，不要再用空军到城市中来不准确的投掷炸弹，以波及无辜。这电报公然生效，一直到战争末了，二十一军的飞机，便没有在成都天空中出现。

夺煤山和铲煤山

这一年巷战最激烈的两次中，有一次就是两军各开着几团人，夺取煤山。

煤山这个名词，未免太夸大了一点，并且和北平景山的俗名，也有点相犯。如其是从北平来的朋友一听见这个名词，一定以为成都这个煤山，大概也有北平景山那个规模了。如此，则北平朋友一定要上一个大当的。

虽然，在从前皇城犹是贡院时，每到新年当中，成都的男女小孩，穿着新衣裳出游，确也有许多很喜欢到这地方来"爬山"，佝偻着身子，做得好像登峨眉山似的艰难，爬到山顶，确也要大声喧哗道："真高呀！连城外的树木都看得清清楚楚的。"

真的，我幼年时也曾去登临过，的确比城墙高，比钟鼓楼高。在天气晴明之际，不但东可以望见五十里外青黝黝的龙泉山色，而且西也可以望见远隔百里的玉垒山的雪帽子。不过在多阴少晴的成都，这种良辰倒是不多。

其实，所谓煤山，真不足叫做山，积而言之，只是一个有青草草的大土堆。原不过是清朝时代，铸制钱的宝川局烧剩的煤渣，在这皇城的空隙地点，日积月累，不知经了好多年，积成了这个高不过五丈，大不过亩许的煤渣堆。成都人过于看惯了坦平的平地，偶尔遇见一点凸起不平的地方，便不胜惊奇，便是一个二三丈高的大土包，且有本事赶着认它是五丁担土而成，是刘备在其上接过帝位的五担山，何况这煤渣堆尚大过于五担山数倍，又安得不令一般简直连丘陵都未见过的人，尊称之为山，而公然要伛偻的爬呢？

这些都是闲话。如今且说自从民国二十年（公元一九三一年），三大学合并，成立国立四川大学时，皇城便由师范大学和几个公立私立的中等学校，而变为四川大学的文学、教育学两院的地址，而煤山和其四周的菜园地，早被以前学校当事人转当与人，算是私人所有，而恰处在大学的围墙之外。

当其二十四军、二十九军彼此都在积极准备，互不肯让出城去，而二十九军的同盟，复派着代表前来，力促从速动作，把二十四军牵制在省城，好让它去打它的老屁股时，城里的人，谁不知道战事断难避免，民国六年（公元一九一七年）的把戏①一定又要复演一次了。

然而报纸上却天天登载着官方负责任的人的辟谣，说我们的什么长向来就是爱好和平的，向来就抱着宁人犯我，毋我犯人的良善心肠。并且他的武力是建筑在我们人民身上的，他绝不至于轻易消耗他的武力，拿来做无理的内战之用，他要保存着，预备打那犯我国土的外国人的。纵然现在与友军起了一点儿误会，然而也只是误会，友军只管进逼，他也决不还手。好在现已有人出来调停，合作的局面，一

---

① 一九一七年二月十七日，川军刘存厚被逐，次日，由熊克武统率滇黔军参加的"靖国军"攻占成都。——原编者注

准不会破裂，尚望爱好和平的人民，千万不要妄听谣言。如有不逞之徒，造谣生事，或是从中构煽①，以图渔利则负治安机关之责者，势必执法以绳，决不姑宽。

越这样，而在有经验的人看来，自然越认为都是打仗文章的冒头，只是要做到古文上的成语"不为戎首"②或"衅不自我开"。但是在教育界中的赤心人们，却老老实实认为"大人无戏言"，第一、相信纵然就不免于打仗，也断乎不会在城里打，因为太无意义了，所得实在不偿所失，负责任的人在私下谈话，也是这样说的；第二、相信学校就不算是什么尊严之地，但也不算是什么有权势的机关，值得一争，纵然不免于巷战，学校处于中立，总不会遭受什么意外的波及罢，两方负责的人也曾口头担保，绝对不使不相干的学校，受丝毫损失。于是各学校的办事人都心安而理得，一任市上如何风声鹤唳，而他们仍专心一致的上课下课，准备学期考试，即有一些不安的学生，要请假回家，也着大批一个"不准"，而且被嗤为"神经过敏"。

旧皇城中的四川大学，是全省最高的学府，自然更该理知的表示镇静，办事人如此，学生也如此，他们真正做梦也没有想到那天一开火之后，他们围墙外的著名的煤山，竟成了两方争夺战的焦点。这就因为它是全城一个高地，彼此都想占着这地方，好安下炮位，发炮射击它方的司令部和比较重要的机关。

据说，煤山原就属于二十九军的势力范围，因为大学交涉，答应不在此地作战，仅仅留下一排兵在那里驻守。但是德国可以破坏比利时的永久中立，只图于它方便，则二十四军说二十九军要在此地安置

---

① 构煽：定计煽动。——原编者注
② 戎首：挑动战争的罪魁祸首，也指挑起争端的人。——原编者注

炮位，攻打它的将军衙门的军部而不惜开着一团人，从四川大学前门直奔进去，穿过一部分学生寝室，打毁围墙，而出奇兵以击煤山之背，那又有何不可？但这却不免把学校办事人和学生的和平之梦，全惊醒了！

当学生在半夜三更，只穿着一身汗衣裤，卷着被盖，长躺到地面上躲避时，煤山脚下的战争，真个比德法两国的凡尔登之战还利害。据说，光是步枪、机关枪、手榴弹就像一大锅干豆子，加着猛火在炒的一般；还加上两方冲锋的呐喊，真有点鬼哭神号，令听的人感到只须半点钟的工夫，人类便有绝灭的危险。

可是这场恶战，一直经历到次日上午十点钟的光景，还没有分出完全的胜负来。因为这一面争夺战，也恰如凡尔登之战一样，两方都遇着的是不怕死的猛将，你也站在硝烟弹雨中，不动声色的督战，我也站在硝烟弹雨中，不动声色的督战，将官如此，士兵们哪里有不奋勇的！可是，兵都是训练过来的，懂得掩伏射击，并不像电影中演的野蛮人作战法，只一味手舞足蹈，挺着身子向前扑去，所以你十分要进一尺，我也就权且让五寸，待你进够了，我又进，你又让。一个整夜，一个上午，枪声没有停过半分钟，只是一会儿紧，一会儿松，听说煤山山顶，彼此都抢到手过四五次，而死伤的兵也确实不少。

争夺煤山第二天的上午，炮火还正利害时，我亲眼在红照壁街口上看见属于二十四军的足有一营人之众，或者是新从城外调来的，满身尘土，像是开到旧皇城去参加前线。一到与皇城正对的韦陀堂街上，便依着军官的口令，一下散在两边有遮蔽的屋檐下，挺着枪，弓着腰，风急雨骤的直向皇城那方奔去。我是没有在阵地上观过战的，单看这一营人的声势，已觉得很是威风了，旁边有人说："这是二十四军警卫旅的队伍，很行的，也扫数加上去了，皇城里的仗火真不弱呀！"

就在中午，彼此相约停战数小时，以便把大家的伤兵抬下阵地去时，我也偕着一般大胆到街上看热闹的人们，一直步行到三桥——说来你们也不相信，成都市民真有这种本事，就在炮火连天之际，只要不打到我们这条街上来，大家的生意仍是要做的。皇城里打得那么凶法，而在皇城外的街上，只管子弹嘘儿嘘儿唱歌般在天空飞过，而我们的铺子大多数还是热热闹闹的开着，买东西的人，也充耳不闻的，依然高声朗气讲他们的价钱，说他们的俏皮话——打从韦陀堂庙宇前经过时，亲耳听见那个值卫的，也是二十四军警卫旅的兵士，各自抱怨说："他妈哟！一连人剩了五十多个，还值他妈的啥子卫！"

到底二十九军力量薄些，不是二十四军的对手。他因为二十四军的人气要胜些，"我拼着那些人来死，拼着子弹不算，我总要把煤山抢过手，就不安炮也可以！"这也与不必在城里受二十九军无益的牵制，尽可把全力拿到东道上，我把较强的一方打胜下来，然后掉过枪口，回指成都，哪怕二十九军还不让出！然而也不如此，必要在城里打一个你死我活，终不外乎粮户们拼着家当要打赢官司，只为的争这一口气。

到底二十九军力量不济，再度恶战之后，只好从后载门退出，而就在门外大街上据守着，这一场恶战，才算告了一个段落。

及至这次战争之后，一般爱好和平，憎恨战争的中年老年绅耆们，忽然发生了一种大感慨。据说是看见红十字会在煤山收殓一般战士死尸的照片，以及听说四川大学、艺术学校、附设女子中学等处，和附近皇城东边的虹桥亭，附近皇城北边的好几条街，都因煤山之战，打得稀烂，一般穷人几乎上无片瓦以蔽风雨，而家具什物的损失，更无以资生，于是一面发起捐赈，一面就焦思失虑，要想出一个根绝巷战的好方法。

　　方法诚然不少，并且很有力，就是劝告人民一律不出钱，一个小钱也不出；其次是叫各家的父母妻室，把各人在军队中的儿子丈夫喊回去；再其次是勒令兵工厂一律关门，把机器毁了。然而这些能办得到吗？而且绅耆们敢出头说半句吗？都不能，只好再思其次可以做得到而又有实效的。不知是哪位聪明人，公然就想出了，一提出来，也公然被一般爱好和平的先生们大拍其掌，认为实在是妙不可圈的办法。

　　是什么好办法？就是由捐赈会雇几千工人，赶紧把那可恶的煤山挖平，将已经变为泥土的煤渣，搬往别处去填低地。"将这个东西铲平，看你们下次还来拼命的争不？"这是砍断树子免得老鸦叫的哲学。

　　当时这铲山运动很是得劲，报纸上天天鼓吹，大多数人都附和着说是善后处置中，一个最有意思的举动。

　　既成了舆论，当然就见诸事实。一般人都兴兴头头的，一天到晚在那里"监工"，在那里欣赏这伟大的工作。工人们似乎也很能感觉他们这工作之不比寻常，做得很是认真。果然，在不久的时间，这伟大的工程完毕了，成都城内惟一可以登高眺望的煤山，便成了毫无痕迹的平地。爱好和平的先生们都长长的叹了一口气，颇有点生悔"何不当初"的样子。也奇怪，自从煤山铲平以后，四年了，直到于今，果然成都就没有巷战了！

　　当时，只有一个糊涂虫，曾在一家小报上，掉着他成都人所特有的轻薄舌头道："致语挖煤山的诸公，请你们鼓着余勇，一口气把成都城墙也拆了，房屋也拆了，拆成一片九里三分大的光坝子，我可担保，一直到地老天荒，成都也不会有巷战的事来震惊我们的。……"

说社会

四川成都，1932—1938 年。摄影：[美] 哈里森·福尔曼

讲成都^①

（清末）

  邓幺姑顶喜欢听二奶奶讲成都。讲成都的街，讲成都的房屋，讲成都的庙宇花园，讲成都的零碎吃食，讲成都一年四季都有新鲜出奇的小菜："这也怪了！我是顶喜欢吃新鲜小菜的，当初听说嫁到乡坝里来，我多高兴，以为一年到头，都有好小菜吃了。哪晓得乡坝里才是个鬼地方！小菜倒有，吃萝卜就尽吃萝卜，吃白菜就尽吃白菜！总之：一样菜出来，就吃个死！并且菜都出得迟，打个比方，像这一晌在成都已吃新鲜茄子了，你看，这里的茄子才在开花！……"

  尤其令邓幺姑神往的，就是讲到成都一般大户人家的生活，以及妇女们争奇斗艳的打扮。二奶奶每每讲到动情处，不由把眼睛揉着道："我这一辈子是算了的，在乡坝里拖死完事！再想过从前日子，只好望来生去了！幺姑，你有这样一个好胎子，又精灵，说不定将来嫁给城里人家，你才晓得在成都过日子的味道！"

  并且逢年过节，又有逢年过节的成都。二奶奶因为思乡病的原因，愈把成都美化起来。于是，两年之间，成都的幻影，在邓幺姑的脑中，竟与她所学的针线功夫一样，一天一天的进步，一天一天的扩大，一天一天的真确。从二奶奶口中，零零碎碎将整个成都接受过

---

① 节选自《死水微澜》，标题为本书编者所加。

来，虽未见过成都一面，但一说起来，似乎比常去成都的大哥哥还熟悉些。她知道成都有东南西北四道城门，城墙有好高，有好厚；城门洞中间，来往的人如何拥挤。她知道由北门至南门有九里三分长；西门这面别有一个满城，里面住的全是满吧儿，与我们汉人很不对。她知道北门方面有个很大的庙宇，叫文殊院；吃饭的和尚日常是三四百人，煮饭的锅，大得可以煮一只牛，锅巴有两个铜制钱厚。她知道有很多的大会馆，每个会馆里，单是戏台，就有三四处，都是金碧辉煌的；江南馆顶阔绰了，一年要唱五六百台整本大戏，一天总是两三个戏台在唱。她知道许多热闹大街的名字：东大街、总府街、湖广馆；湖广馆是顶好买小菜买鸡鸭鱼虾的地方，凡是新出的菜蔬野味，这里全有；并且有一个卓家大酱园，是做过宰相的卓秉恬家开的，红糟豆腐乳要算第一，酱园门前还竖立着双斗旗杆。她知道点心做得顶好的是淡香斋，桃圆粉、香肥皂做得顶好的是桂林轩，卖肉包子的是都一处，过了中午就买不着了，卖水饺子的是亢饺子，此外还有便宜坊，三钱银子可以配一个消夜攒盒，一两二钱银子可以吃一只烧填鸭，就中顶著名的，是青石桥的温鸭子。她知道制台、将军、藩台、臬台，出来时多大威风，全街没一点人声，只要听见导锣一响，铺子里铺子外，凡坐着的人，都该站起来，头上包有白帕子，戴有草帽子的，都该立刻揭下；成都、华阳称为两首县，出来就不同了，拱竿四轿拱得有房檐高，八九个轿夫抬起飞跑，有句俗话说："要吃饭，抬两县，要睡觉，抬司道。"她知道大户人家是多么讲究，房子是如何地高大，家具是如何地齐整，差不多家家都有一个花园。她更知道当太太的、奶奶的、少奶奶的、小姐的、姑娘的、姨太太的，是多么舒服安逸，日常睡得晏晏地起来，梳头打扮，空闲哩，做做针线，打打牌，到各会馆女看台去看看戏，吃得好，穿得好，又有老妈子、丫头等服伺；

灶房里有伙房、有厨子，打扫、跑街的有跟班、有打杂，自己从没有动手做过饭，扫过地；一句话说完，大户人家，不但太太小姐们不做这些粗事，就是上等丫头，又何尝摸过锅铲，提过扫把？哪个的手，不是又白又嫩，长长的指甲，不是凤仙花染红的？

邓幺姑之认识成都，以及成都妇女的生活，是这样的，固无怪其对于成都，简直认为是她将来最好归宿的地方。

有时，因为阴雨或是什么事，不能到韩家大院去，便在堂屋织布机旁边，或在灶房烧火板凳上，同她母亲讲成都。她母亲虽是生在成都，嫁在成都，但她所讲的，几乎与韩二奶奶所讲的是两样。成都并不像天堂似的好，也不像万花筒那样五色缤纷，没钱人家苦得比在乡坝里还厉害："乡坝里说苦，并不算得。只要你勤快，到处都可找得着吃，找得着烧。任凭你穿得再褴褛，再坏，到人家家里，总不会受人家的嘴脸。还有哩，乡坝里的人，也不像成都那样动辄笑人，鄙薄人，一句话说得不好，人家就看不起你。我是在成都过伤了心的。记得你前头爹爹，以前还不是做小生意的，我还不是当过掌柜娘来？强强勉勉过了一年多不操心的日子，生你头半年，你前头爹爹运气不好，一场大病，把啥子本钱都害光了。想那时，我怀身大肚地走不动，你前头爹爹扶着病，一步一拖去找亲戚，找朋友，想借几个钱来吃饭、医病。你看，这就是成都人的好处，哪个理睬他？后来，连啥子都当尽卖光，只光光地剩一张床。你前头爹爹好容易找到赵公馆去当个小管事，一个月有八钱银子，那时已生了你了。……"

旧时创痕，最好是不要去剥它，要是剥着，依然会流血的。所以邓大娘谈到旧时，虽然事隔十余年，犹然记得很清楚：是如何生下幺姑之时，连什么都没有吃的，得亏隔壁张姆姆盛了一大碗新鲜饭来，才把肚子填了填。是如何丈夫旧病复发死了，给赵老爷、赵太太磕了多少头，告了多少哀，才得棺殓安埋。是如何告贷无门，处处受别人的嘴脸，房主催着搬家，连磕头都不答应，弄到在人贩子处找雇主，都说带着一个小娃娃不方便。有劝她把娃娃卖了的，有劝她丢了的，她舍不得，后来，实在没法，才听凭张姆姆说媒，改嫁给邓家。算来，从改嫁以后，才未焦心穿吃了。

邓大娘每每长篇大论总要讲到两眼红红，不住地擤鼻涕。有时还要等到邓大爷劝得不耐烦，生了气，两口子吵一架，才完事。

但是邓幺姑总疑心她母亲说的话，不见得比韩二奶奶说的更为可信。间或问到韩二奶奶："成都省的穷人，怕也很苦的罢？"而回答的却是："连讨口子都是快活的！你想，七个钱两个锅块，一个钱一大片卤牛肉，一天哪里讨不上二十个钱，那就可以吃荤了！四城门卖的十二象①，五个钱吃两大碗，乡坝里能够吗？"

---

① 在清朝年间，甚至在辛亥革命后若干年，成都四城门外，有这样一种小饭铺，把瘟猪、死猪的脏腑，死猫肉，死狗肉，甚至活鲜鲜的老鼠肉，总之，凡是动物的肉，煮一大锅，专门卖给一般穷人乞丐，平日难得吃油荤的人，叫做十二象。意思说，从鼠到猪十二生肖的生物全有。

耍法[①]

（清末）

楚用笑道："你两个狗打架罢咧，又怎吗牵上了我？你几时发现我色大胆小来过？拿得出凭据来么？"

罗鸡公也就是古字通，猛一拳头打在放菜油灯盏的桌子上，尖声尖气地吼道："一群没见过世面的小子！女人嘛！又不是世间稀有的宝贝，也值得这样胡扯！依我说，还是照上星期六一样，看戏去！"

乔北溟道："又看可园吗？"

古字通道："不，可园的京班，只有那几个角色，也听厌了，倒是悦来茶园三庆会的川班，老角色也多，新角色也好，杨素兰的大劈棺，刘文玉、周名超的柴市节，李翠香的三巧挂画，邓少怀、康子林的放裴，蒋润堂的飞龙寺，还有游泽芳的痴儿配，小群芳的花仙剑，这才是高尚娱乐啊，好不安逸！"

"自然安逸，"乔北溟笑道："大锣大鼓大铙钹，再加上喜煞冤家的骂媒，包管把耳膜震破，从此听不见泸州妹儿的枕边言、衾内语，那才叫安逸哩！"

罗启先原来是泸州人，去年年假回家才完了婚，据说是他的姑表妹，也才十八岁，从他带在身边的相片上看来，胖胖的还下得去。

---

① 节选自《大波》，标题为本书编者所加。

众人都轰笑起来。古字通也大笑道："有理！有理！"

一个小胖子叫林同九的学生，另出了一个主意说："我也不赞成看戏，管你川班、京班，高尚娱乐、低尚娱乐，你们算，正座五角，拿八个人来计，五八四块，这数目可以留到明天在枕江楼大吃一顿，鸡鸭鱼肉虾样样齐全，还要喝他妈的斤把大曲酒，岂不比把耳朵震聋了更安逸？"

罗鸡公也就是古字通哈哈笑道："我们商量的是今天下午的事情，哪个和你打明天的主意？"

"那吗，"林小胖子又扳着指头计算道："我们每人只出两角半钱，这比戏园副座的票价还少半角钱。我们先去劝业场吃碗茶，可以看很多女人，地方热闹，当然比少城公园好。然后到新玉沙街清音灯影戏园听几折李少文、贾培之唱的好戏，锣鼓敲打得不利害，座场又宽敞，可以不担心耳朵。然后再回到锦江桥广兴隆消个夜，酒菜面三开，又可醉饱，又不会吃坏肚子。每人二角半，算起来有多没少，岂不把你们所说的几项耍头全都包括了？"

大家都喊赞成。并取笑说："小胖子到底是成都儿，又是生意人，莫怪小九九算盘打得这么精通！"

大变的世道①

（清末）

　　王奶奶端了一盘黄澄澄的炒嫩鸡蛋出来，大家又盛了饭。

　　王中立话头一转道："现在新名词叫社会，社会大概就指的世道罢？也就坏得不堪！我们就说成都，像你父亲以前挑着担子来省做生意的时候，那是何等好法！门门生意都兴旺，大家都能安生。街上热闹时真热闹！清静时真清静！洋货铺子，只有两家。也不讲穿，也不讲吃。做身衣裳，穿到补了又补，也没有人笑你。男的出门做事，女的总是躲在家里，大家也晓得过日子，也晓得省俭。像我以前教书，一年连三节节礼在内不过七十吊钱，现在之有几个吃饭钱，通是那时积攒下来的。但我们那时过得也并不苦，还不是吃茶看戏，打纸牌，过年时听听扬琴，听听评书？大家会着，总是作揖请安，极有规矩。也信菩萨，……"

　　他的老婆一口接了过去道："不是喃！就拿我来说，当我二十几三十岁时，多爱烧香拜佛的，每月总要到城外去烧几次香。那时还无儿女，不能不求菩萨保佑。可是菩萨也灵，拜了两年佛，果然就生了玉儿。那时，信菩萨的实在多，再不像现在大家都在喊啥子不要迷信。菩萨也背了时，和尚也背了时，庙产提了，庙子办了学堂，不说

――――――――――

① 节选自《死水微澜》，标题为本书编者所加。

学生们，就多少好人家的人，连香都不烧了。可是菩萨也不灵了，也不降些瘟疫给这些人！"

王中立已吃完了饭，一面抽水烟，一面拿指甲刮着牙齿，接着说道："变多了！变得不成世界了！第一，就是人人都奢华起来，穿要穿好的，吃要吃好的，周秃子把劝业场一开，洋货生意就盖过了一切，如今的成都人，几乎没有一个不用洋货的。聚丰园一开，菜哩，有贵到几元钱一样，酒要吃啥子绍酒；还有听都没有听过的大餐，吃得稀奇古怪，听说牛肉羊肉，生的就切来吃了，还说这才卫生。悦来戏院一开，更不成话，看戏也要叫人出钱，听说正座五角，副座三角。我倒不去，要看哩，我不会在各会馆去看神戏吗？并且男女不分的，……"

吴鸿道："那是分开的，女的在楼上。"

"就说分开，总之，男的看得见女的，女的也看得见男的。我听见说过，男的敬女的点心，叫幼丁送信，女的叫老妈送手巾，慈惠堂女宾入口处站班，约地方会面，这成啥子名堂！加以女子也兴进学堂读书，古人说，女子无才便是德，如今却讲究女教。教啥子？教些怪事！一有了女学生，可逗疯了多少男子！劝业场茅房里换裤带的也有了，两姊妹同嫁一个人的也有了，怪事还多哩！总之，学堂一开，女的自然坏了，讲究的是没廉耻！男的哩，也不必说，'四书''五经'圣贤之书不读，却读些毫不中用的洋文，读好了，做啥子？做洋奴吗？一伙学生，别的且不忙说，先就学到没规矩，见了人，只是把腰杆哈一哈，甚至有拉手的。拉手也算礼吗？男女见面，不是也要拉手啦？那才好哩！一个年轻女子，着男子拉着一双手，那才好哩！并且管你啥子人，一见面就是先生，无上无下，都是先生。你看，将来还一定要闹到剃头先生，修脚先生，小旦先生，皂班先生，讨口子先生，大人老爷是不称呼的了。朝廷制度，也不成他妈个名堂！今天兴一个新花样，明天又来一个，名字也是稀奇古怪的，办些啥子事，更不晓得。比如说，谘议局就奇怪，又不像衙门，又不像公所，议员们似乎比官还歪，听说制台大人，还会被他们喊去问话，问得不好，骂一顿。以前的制台么，海外天子，谁惹得起？如今也不行了。真怪！就像这回运动会，一般学生鬼闹一场合，赵制台还规规矩矩地去看。出了事，由制台办理好咧，就有委屈，打禀帖告状好了，那能由几个举贡生员，在花厅上同制台赌吵的道理？如今官也背了时！受洋人的气，受教民的气，还要受学界的气，受议员的气。听说啥子审判厅问案，原告被告全是站着说话。唉！国家的运气！连官都不好做了！一句话说完，世道大变！我想，这才起头哩，好看的戏文，怕还在后头罢？”

他还在叹息，他老婆已把碗洗好了出来，大声喝道：“胡说八道些啥子！肚子撑饱了，不去教书，看东家砸了你饭碗，只好回来当乌龟！”

他赶快收拾着走了。

炮声、锣声、更声、汽哨声①

（清末）

　　成都在辛亥革命以前，一般人的作息时间，犹然凭着总督衙门头门外的炮声为准则：黎明时一炮，谓之醒炮，擦黑时一炮，谓之头炮，又谓起更炮，二小时后再一炮，全城二更锣响，谓之二炮。二炮以后，醒炮之前，全城安息。没有急事，不打灯笼是不准在街上行走的。那时各街都有栅门，都有更棚，三更以后，栅门上锁，钥匙在更夫手中，要在街上行走，也很困难。自从一九〇五年开办警察，取消夜禁，全城栅子虽已不关闭上锁，而机器局已有上工下工的汽哨作为相当标准的报时，但总督衙门的炮，还一直在放，大概在争路风潮起来后，这旧制才完全取消了。

---

① 节选自《死水微澜》，标题为本书编者所加。

成都的夜生活①

（抗战时期）

　　成都市在抗战中扩大了，人口从战前的四十几万增加到八十多万。近郊许多地方，从前是纯农村世界，但自民国二十七八年起疏散的人出去的多了，而许多新兴的有关军事机构也尽量建立在郊外，这样一来城外一些地方电灯有了，马路有了，桥梁有了，粮食店、猪肉架子、小菜摊、杂货铺也有了，连带而及的茶铺酒店饭馆旅社栈房都有了，业已把城郊四周十来里地变成了半城半乡的模样；但是一种旧习还依然存留着，便是没有夜生活。

　　半城半乡之处，交通到底不大方便，只有一些越来越不像样的实心胶轮的人力车；而且一到夜里，还不大找得到。得了抗战之赐，使劳作收入较优的车夫们，辛苦了半天，足以一饱了，他们第一需要休息，第二对于比较寂静的黑魆魆的乡野道路，总不免存有几分戒心，虽然近几年来已不大有什么路劫事件发生。新兴的木箱式的马车，和长途车式的公共汽车，路线既只限于四门汽车站以内的旧市区，而且一到黄昏也都要收车的。因为没有夜的交通，在近郊，遂也无夜的生活，大家仍然保存着农村的早作早歇的良好习惯，那是无怪的。

　　市区以内哩，则说不出什么原因，或者成都市还未进步到近代工

---

① 　节选自《天魔舞》，标题为本书编者所加。

业和近代商业的社会，好多生活方式，犹在迟缓的演变中；一般人还是喜欢的日出而作；一清早是大家工作得顶忙碌的时候，入夜也需要休息了。娱乐场所也如此，白天是准备有闲阶级的人们去消遣，夜间则只能以很短时间来供应忙人，无论是书场，是戏园，是电影院，大抵在八点钟以后不久，就收拾了，而别的许多大都市的夜生活，在八点半钟起，才开始哩。

八点半是成都人最牢记不能忘的"打更时候"。只管大家已习惯了用钟用表，而打更仍是很有效的。小铜锣沿街一敲，于是做夜生意的铺店便关了，摆地摊的便收捡了，茶馆、酒馆、消夜馆一方面准备打烊，一方面也正是生意顶兴隆的时节，行人们纷纷倦游而归，人力车是最后的努力，马路女郎也到了最后关头，再过一刻，维持治安的人们便要用着他们遇啥都感到可疑的眼光，向寥落的夜徘徊者作绵密的侦察或干涉了。

没有八点半以后的夜生活，于是从下午的五点起，就几乎成为有定例的逛街，和欣赏窗饰，和寻找娱乐，和钻茶馆会朋友谈天消遣的必要时间。而成都市区又只有这么一点大。几条中心街道，像春熙路，像总府街，像几段东大街，便成为人流的交汇地方。因此，周安拉着陈登云的车子也和适才在总府街东段时一样，不能凭着气力朝前直冲，只能随在一条长蛇似的车阵之后，而时时向后面车子打着招呼："少来！""前挡！"放缓脚步，徐徐通过了春熙路，通过了上中东大街。

说街道

四川成都，1932—1938 年。摄影：［美］哈里森·福尔曼

街名之原委[①]

（近、现代）

　　今天犹然存在于人们口中和地图上的东门、西门、南门、北门乃至唤作新西门的通惠门，唤作新东门的武成门，唤作新南门的复兴门，只是"实"已亡了，而这些"名"，说不定还会"存"将下去，若干年后，也一定会像今天的西顺城街、东城根街，人们虽然日夜由之而所，却想不出它为什么会得有这样一个名称。（东城根街因为成街日子较浅，说得出它由于满城城墙根的原故，准定还有不少的人。但能说出西顺城街它所顺的乃是旧皇城的东边夹城的人，恐怕就不多了。原因是，这道夹城建筑得很早，在五代的后蜀时代，毁得也不迟，在清朝康熙初年。志书不载，传说也未说到它，能够明其原委的人，当然不多。）万一再如交子街之误写成椒子街，叠弯巷之讹呼为蝶窝巷，那么，即使翻遍图籍，还是会莫明其所以出的。（东门外的椒子街，其实就是五代时候前后蜀国在那里制造交子的地方。交子，即当时行之民间的信用钞票，后来叫会子，更后才名钞。因为这名字久已不用，人们感到偏僻，因而才致误了。但是也有不偏僻而致误的，如内姜街，本是明朝蜀王旁支封为内江王的王府所在，设若一直呼为内江王府街，也如岳府街一样，岂不一目了然？就由于省掉一个

---

①　节选自《话说成都城墙》，标题为本书编者所加。

王字，又省掉一个府字，人们当然怀疑内江是一个县名呀，怎会取为成都的街名？想不通，就简直给它一个不能理解的名字，倒还快爽！叠弯巷，本因这巷几弯几曲，名以形之，非常明白。但是清朝宣统二年成都傅樵村撰《成都通览》，却舍去叠弯本音，以为不雅，而写为叠弯的谐音蝶窝，自以为雅，其实是雅得费解，不客气的说，便是不通了！）

东大街[①]

（清末）

自正月初八起，成都各大街的牌坊灯，便竖立起来。初九日，名曰上九，便是正月烧灯的第一宵。全城人家，并不等什么人的通知，一入夜，都要把灯笼挂出，点得透明。就中以东大街各家铺户的灯笼最为精致，又多，每一家四只，玻璃彩画的也有，而顶多顶好看的总是绢底彩画的。并且各家争胜斗奇，有画《三国》的，有画《西厢》、《水浒》，或是《聊斋》、《红楼梦》的，也有画戏景的，不一定都是匠笔，有多数是出自名手，可以供雅俗之赏。所以一到夜间，万灯齐明之时，游人们便涌来涌去，围着观看。

牌坊灯也要数东大街的顶多顶好，并且灯面绢画，年年在更新。而花炮之多，也以东大街为第一。这因为东大街是成都顶富庶的街道，凡是大绸缎铺，大匹头铺，大首饰铺，大皮货铺，以及各字号，以及贩卖苏、广杂货的水客，全都在东大街。所以在南北两门相距九里三分的成都城内，东大街真可称为首街。从进东门城门洞起，一段，叫下东大街，还不算好，再向西去一段，叫中东大街、城守东大街和上东大街，足有二里多长，那就显出它的富丽来了：所有各铺户的铺板门坊，以及檐下卷棚，全是黑漆推光；铺面哩，又高、又大、

---

① 节选自《死水微澜》，题目为本书编者所加。

又深，并且整齐干净；招牌哩，全是黑漆金字，很光华，很灿烂。因为从乾隆四十九年起经过几次大火灾，于是防患未然，每隔几家铺面，便高耸一道风火墙；而街边更有一口长方形足有三尺多高、盛满清水的太平石缸，屋檐下并长伸出丁葆桢丁制台所提倡的救火家具：麻搭、火钩。街面也宽，据说足以并排走四乘八人大轿。街面全铺着红砂石板，并且没一块破碎了而不即更换的。两边的檐阶也宽而平坦，一入夜，凡那些就地设摊卖各种东西的，便把这地方侵占了；灯火荧荧，满街都是，一直到打二更为止。这是成都惟一的夜市，据说从北宋朝时候就有了这习俗，而大家到这里来，并不叫上夜市，却呼之为赶东大街。

东大街在新年时节，更显出它的体面来：每家铺面，全贴着砾红京笺的宽大对联，以及短春联，差不多都是请名手撰写，互相夸耀都是与官绅们接近的，或者当掌柜的是士林中人物。而门额上，则是一排五张砾红笺镂空花，贴泥金的喜门钱。门扉上是彩画得很讲究的秦军胡帅，或是直书"只求心中无愧，何须门上有神"，以表示达观。并且生意越大，在门神下面，粘着的拜年的梅红名片便越多，而自除夕直到破五，积在门外，未经扫除的鞭炮渣子，便越厚，从早至晚，划拳赌饮的闹声越高，出入的醉人也越多！

除此之外，便是花灯火炮了。

从上九夜起，东大街中，每夜都是一条人流，潮过去，潮过来。因此，每年都不免要闹些事的。

这一年，自不能例外，在上九一夜，凡乡下人头上的燕毡大帽，生意人头上的京毡窝，老年人头上加了皮耳的瑞秋帽，老酸公爷们头上的潮金边子耍须苏缎棉瓜皮帽，被小偷趁热闹抓去的，有二十几顶；失怀表的，失鼻烟壶的，失荷包的，以及失散碎银子的，也有好几起。失主们若是眼明手快，将小偷抓住，也不过把失物取回，赏他几个耳光，唾他几把口水了事。谁愿意为这点小事，去找街差、总爷，或送到两县去自讨烦恼？何况小偷们都是经过教训，而有组织的，你就明明看见他抓了你的东西，而站在身边，你须晓得，你的失物已是传了几手，走得很远了；无赃不是贼，你敢奈何他吗？所以十有九回，失主总是叹息一声了事。

初十夜里，更热闹一点。上东大街与城守东大街臬台衙门照壁后的走马街口，就有两个看灯火的少妇，被一伙流痞举了起来。虽都被卡子上的总爷们一阵马棒救下了，但两个女人的红绣花鞋，玉手钏，镀金簪子，都着勒脱走了。据说有一个着糟蹋得顶厉害，衣襟全被撕破，连挑花的粉红布兜肚都露了出来，而脸上也被搔伤了。大家传说是两个半开门的婊子，又说是两个素不正经的小掌柜娘，不管实在与否，而一般的论调却是："该遭的！难道不晓得这几夜东大街多烦？年纪轻轻的婆娘，为啥还打扮得妖妖娆娆地出来丧德？"

从督院街到西御街①

（清末）

　　大家都走远了，黄澜生一个人还站在督练公所大门边踟蹰不定。手上一只皮护书，由于没有拿惯，不晓得如何拿才合式。

　　天上阴云密布，看来像个下雨天。要是步行回去，一定会遇雨。既无轿子，又没有雨伞，难道光着头皮去淋吗？那吗，仍然回衙门去，——徐保生说不能退回去，当然是王寅伯恐吓大家的话。尤安、蒋福不是声明一声，就大摇大摆地走了进去么？——更不好。自己在公事房熬个夜倒不要紧，不走的人有那么多，说不上寂寞。但是一想到家，一想到从未无原无故与自己分别过一宵半夕的太太，再一想到绕膝索笑的小儿小女，恨不得一气就跑回，即令白雨倾盆，也无所谓了。决定走！好在自己也常常步行，今天步行一趟也算不得纡尊降贵。

　　门口一个站哨的陆军军人见他像要向西辕门走去的模样，便和颜悦色地对他说："你这位老爷为啥不朝那头走呢？"

　　"我住在西御街，是应该向西走的。"

　　"我劝你老爷多走几步路，绕过去的好。"

　　"却是为了啥？"

---

① 节选自《大波》，标题为本书编者所加。

"我晓得辕门内外都布了岗，不准通过。学道街、走马街那一带已有命令叫阻断交通。除非你有特许状才能走。"那军人还在嘴角边露出一丝笑意说："若是我们陆军布的防哨，又好通融了，只要你说清楚，哪里来，哪里去，……"

一个军帽上有一条金线标记的军官走出来，站哨军人连忙立正举枪。

黄澜生只好打定主意，也向东头的南打金街走去。

果然满街是兵，而且是青布包头、麻耳草鞋，两个肩头上各沉甸甸地斜挂一条也和所穿衣裤一样的灰布做的子弹带、手上一支九子枪并不好生拿着的巡防兵，一个个立眉竖眼，好像满脸都生的是横肉。光看外表，已和陆军不同。黄澜生捧着皮护书，小心翼翼地从行列中穿出，一直走到丁字口上。

向北一条就是南打金街，通出去是东大街。照路线说，黄澜生是应该打从这里走的。他本也安排从这里走。但是举眼一望，也和督院东街情形一样，在街上站成队的全是兵，全是那些令人望而生畏的巡防兵，没一个普通人在走路。

向南一条是向来就不当道的丝绵街。这时，更显得冷清清的也没有兵，也没有普通人。跨在金河上的古卧龙桥的重檐翘角的桥亭，更其巍然。虽是一条好像生气很少的街，但在黄澜生看来，反而感觉平安得多。他于是就取道丝绵街，过了古卧龙桥，走入更为偏僻、只有不多几家公馆门道而无一间铺面的光大巷，沿着汤汤流水的金河，静悄悄地一直走到一洞桥街。

有兵的街道走起来固然有点使人胆怯。但是没有人迹的街道走起来却也有点令人心惊。看来，还是该选那些有人无兵的街道才是办法。黄澜生站下来估量了一下：他目前走的是金河南岸的街道，过了一洞桥向西，便是金河北岸的街道。第一条是半边街，差不多都是绸缎铺和机房，街道不冷僻，并且有几家绸缎铺他还常有往来。像这样的街当然入选，但是也不对。因为半边街向西出去，是青石桥，那个陆军军人不是说过青石桥就有巡防兵？走去被阻拦住了，反而不美。他想了想，遂向街的南口走去，再向西是东丁字街。

这条街倒不算怎么冷僻。街中还有一院大房屋，是湖北、湖南两省在四川做官的人，因嫌湖广会馆陈旧了，而且首事们大都是已在四川落了业的小绅士、小商人，做起会来，一同起居时，和他们的身份不相称，于是在湖广会馆之外，另自集资修建了一所堂皇富丽的两湖公所，用作他们聚会游谈地方。里面布置有一个"音樽候教"即是说请客坐席看戏的座落，黄澜生曾经应他湖南同寅之请，来坐过席，看过戏。这时，两湖公所也和这条街中其他一些公馆、门道、院落一样，两扇黑漆门扉关得死紧。

走到西丁字街才看见人。黄澜生放缓脚步，吁了口气。不但感到头上背上全是汗，并且两只脚胫也确乎觉得有些疲软。尤其讨厌的是那个皮护书。穿着马褂靴子，而手上抱着一个皮护书，这成什么名堂！再向上一望：天更阴沉，雨好像等不到一顿饭的时候便要下了。"唉！如其有乘轿子坐上，好多哟！"

留心一看，一家铺面虽也阖上了铺板，但也敞开着两扇铺门。门外也有两个人，一个年轻些的站着，一个业已中年的衔了一根短叶子烟杆蹲在檐阶上。就人的模样而言，很像轿夫。再看屋檐口一块不很触目的吊牌，标题着："易洪顺花轿执事行"。岂不就是轿铺啦？

"轿子，打一乘出来！西御街！"

两个人都不开口。只那年轻一些的人泛起红砂眼瞅了他一下。

黄澜生再把吊牌看一遍，没有错；又进前两步走到铺门口，伸长脖子向里面一望，不是轿铺是什么？三面靠壁的通铺上还横七竖八地睡了几个人，架子高处，一排六乘小轿一乘不少，屋角上一个小行灶一个大炉子，两个人正在那里做菜，做饭。

"轿子，只要一乘，到西御街！"

毫无动静。一会儿才有一个苍老声音懒洋洋地答说："没人抬。"

"开顽笑的话！铺里铺外，睡着坐着的不都是人么？"

另一个声音："就是不抬！"

"路不远，充其量五条街嘛，多给几十个钱，好不好？"黄澜生的话不是商量，已经近乎恳求了。平常日子，不会有这种声口的！

"钱是小事，性命要紧啰！……"

就是那苍老声音接着说道："硬对！人无贵贱，性命都只有一条。今天不挣钱，明天还可以挣，今天丢了命，明天就找不回啦！"

黄澜生故意笑了笑道："何至于就要命！"

"你没有看见罢咧！文庙前街的口子上打死两个在那里摆着的，不就是云台司吗？"

这时已有四五人，大概都是左右几家做家具出卖的木匠师傅，也在街边闲望，便围拢来看。其中一个就搭起话来道："今天真是个大日子，成都省从来没有过的大日子！好端端地会开起红山来。我才从北门上回来，他妈的，大什字那头，听说打死三个。东大街、走马街、院门口，没一处没死人，……"

另一个人抢着说道："制台衙门更多，死了一大坝，满地是血！"

"开红山，到底为了啥？"一个人这样问。

"他妈赵屠户杀人，还和你讲道理么？只能说今天大家背时，碰上了！"

一个老年人叭着叶子烟叹道："也是现在的世道哟！从前制台衙

门杀一个人，谈何容易！写公事的纸都要几捆。人命关天的事，好不慎重。今天不讲究这些了。管你啥子人，管你啥子事，红不说白不说，噼哩叭喇一阵枪，成个啥名堂！说起来，总怪百姓不好，总怪百姓爱闹事，他们做官人总有理。今天呢？百姓不曾造反，做官人倒胡行非为起来，你们看，这是啥子世道！"

话一说开，听的人越多，登时就是一堆。

黄澜生晓得坐不成轿子，又怕下雨，遂耐住热汗和疲乏，取了条比较短些的路线，急急忙忙向西御街走去。

离大门还有几丈远，两个孩子便像飞鸟似的，从门旁石狮边跳出，对直向他跑来，一路喊着："爹爹！……爹爹！……"

黄澜生顾不得在街上被人看见会议论他有失体统，他已蹲了下去，把皮护书放在衣襟兜里，张开两手，让婉姑扑进怀来；一把抱起，在她红得像花红似的小脸蛋上连亲几下。只管作出笑脸在说："闹山雀儿！爹爹的闹山雀儿！爹爹的小乖女！"可是眼睛已经又酸又涩。

又伸手去把振邦的肩膀两拍道："你们怎么跑上街来了！……妈妈呢？"

两个孩子争着说道："妈妈急得啥样，……尽等你不回来。……街上人乱跑，……楚表哥也没回来，他在学堂里。……妈妈说，叫哪个人来找你呢？……全街闹震了，又不晓得啥子事。……后来，听说制台衙门的兵开炮火打死多少人。……你咋个这时候才回来？……妈妈在轿厅上等你。……"

皮护书交给振邦拿着，两手挽着孩子，还没走拢，看门老头已经满脸是笑地在大门外迎着道："菩萨保佑，老爷回来啦！"

三圣巷[①]

（清末）

　　陕西街的三圣巷是容易找的。第一，巷口外一座三圣庙，虽然不大，却突出在街边上，非常触眼。第二，巷子不宽也不深，但住的人可不少，又矮又窄的木架泥壁房子，对面排列，密得像蜂房；十有八家都在拉簟子，深处还有两家大车缫房，等不到走进巷口，就已听得见木车轴的格轧格轧，和皮条拉着簟子长柄的唔噜唔噜；还有提着生丝把子的人匆匆走进去，挽着熟丝把子的人匆匆走出来；就是过路人行经巷口时，谁也要睃一两眼的。

　　走进巷口，嗨！真好看呀！窄窄一线天空，像哪家办大喜事样，全挂满了各色各式的彩旗！——哦！并非彩旗，原来是几十根竹竿上晒的衣裳裤子！一定是住户们从外面领来洗的，不然，不会那么多。而且几家铺面外的檐阶上，还放有三四只大木盆，一些大娘大嫂还正在一面摆龙门阵，一面哗哗地搓洗。彩旗下面，也不算宽的巷道，是儿童乐园。不可计数的娃儿，都赤着上身在那里跑跳吵闹。还不会走路的小娃儿，简直就像裸虫，在泥地上爬！

　　楚用上下一看道："想不到成都还有这样的地方，今天倒开了眼了！"

---

① 　节选自《大波》，标题为本书编者所加。

"真是少所见，多所怪，不如这里的地方还多哩！你以为成都住家人户，都像你黄表叔家那样么？……留心数一数，好像就是这里了。"

一间同型的小铺面，两扇木板门关得没一丝缝，在这热闹环境当中，显得非常寂寞。

楚用迟迟疑疑地说："数目倒对，左手第七家，为啥关着门？难道没人在吗？"

两个人把门拍了几下，又同声高喊着吴凤梧！吴先生！

门后一个苍老的女人声音回说："出去了，不在家。"

果不出黄澜生所料。再问："到哪里去了？"回说："不晓得。""什么时候回来？""不晓得。""那吗，有笔墨没有？留个条子给他罢！""没有。"

再问时，连声气都没有了。

两个人互看一眼，只好退出巷口，商量着回到黄家写封信，叫罗升送来的好呢？还是就近找家杂货铺买张信纸写了，给他塞进门缝去的好？

总府街①

（四十年代）

　　总府街是甲等街，街面不宽，人行道也窄。两面应该拆卸退让人行道的铺家，大概为了很多原因，有的照规定尺寸退进去了，有的依然如故，把一整条街的两面，遂形成了一种不整齐的锯齿。

　　只管划为甲等街，因为是市中心区，而繁华的春熙路和曾经繁华过的商业场又南北交叉在它的腰节上，以形势而言，实在是一条冲要街道。而人们也不因为它被划为甲等街，遂按照规定而减少往来的数目。

　　陈登云的包车一走到这里，也就不能由周安猛冲。满街的人，满街的车，彼此车铃踏得一片响，车夫也不住声的打着招呼："撞着！""左手！""右手！""少来！"但是，总没办法把一般踱着方步，东张张，西望望，颇为悠然的男女行人，全挤到人行道上去，将一些水果担子和临时地摊踩毁呀！

　　成都市街上行道的秩序，自清朝办警察时起，就训练着"行人车辆靠右走！"二三十岁的人早已有此素习了的。忽然由于国民党的"新生活运动"，一次手令，二次手令，强迫改为"行人车辆靠左走！"说是必如此才能救国，也才是新生活。几年来的强勉奉行，大家又已

---

①　节选自《天魔舞》，标题为本书编者所加。

渐渐成为素习了。现在政府说是要将就盟友驾驶的方便，又要改回来，仍然"行人车辆靠右走"了。而且宣传上又这么说："倘若一齐靠右走，则行人脑后没有眼睛，车辆从后冲来，岂不有性命之忧？不如改为车辆靠右走，行人靠左走，不一齐右倾或左倾，那吗，行人车辆迎面而行，彼此看得明白，便来得及互让了。"这是聪明人的想法，实开世界行道秩序之新纪元。总府街的行道秩序，可以说恰是在作这种宣传的实验。

陈登云的车子刚好拉到商业场门口人丛中放下，他也刚好下车时，一辆吉普车忽从西头驰来，活像艨艟大舰样，把一条活的人流，冲成两大片。这大舰上载了四个年轻的水手，也可说就是美国兵，只一个戴了顶黄咔叽船形帽，三个都戴的是中式青缎瓜皮帽，准是才在福兴街买来的。一路闹着唱着，同人浪里的哗笑，和一片几乎听不清楚的"密斯特，顶好！"的声音，溶成了一股响亮的激流。

十字街口上的交通警察，只管笑容可掬的平伸左臂，礼让着要他们过去，可是那大舰也像喝醉了似的，并不一直向东头走，而只是绕着警察先生所站的地方打转转。警察先生很是惶惑，对于这辆过于活泼的吉普车，真不晓得如何指挥法。一条无形的线牵引着他，使他也面随着那车，一连打了三个转转，两条带有白袖套的手臂，一会伸起来，一会又放下去，脸上是很尴尬的一副笑容。

这简直是街头剧，而且是闹剧，从四条热闹街上走来的人啦车啦，也像朝宗于海的江淮河汉四渎，把十字街口挤成了一道潮样的墙。呼叫和哗笑的声音，确也像潮音，刚沉下去，又沸涌起来。

吉普车兜到第三个圈子，才在春熙路口侧停下了，也登时就被人潮淹没。许多人都不肯离开，好像在研究车，又像在研究人。一下流通了的人力车，凭车夫怎么喊叫，总喊不出一条可以走得通的路。几个火气大的车夫，一面用手推，一面又有意的用车杠去撞，可是无感觉的人潮，还是那么挤，还是那么涌，只有少数上了年纪的男女，才望一望就走开，却也要大声表示点意见："有啥看头！几个洋人罢咧！"

忽然间，停吉普车的地方，一串火爆响了起来。被爆炸的纸花，带着烟火，四面溅射，一派硫磺和火硝的浓烟，凝成簸筐大一团青郁郁的密雾。挤着的人墙登时就崩坍了。情绪好像更快活，"顶好，密斯特！……顶好，顶好！"比火爆的霹雳叭啦的响声还响。

陈登云这时才看见一个戴瓜皮帽的美国兵，单腿跪在地下，正拿着一只自动照相机向四面在照。

照相机好像是无形的机关枪，崩坍的人墙，一下子就变成碰上岩石自然粉碎的浪花，人人都在朝后蹿，人人都在呐喊："在照相了，躲呀！……莫把你个宝气样子照进去啊！"

十字街口的秩序乱极了，比"六·一一"和"七·二七"日本飞机盲目投弹时的秩序还坏。这可气煞了交通警察，红着脸跳下他的岗位，挥起拳头直向人堆中打去，口里大声叱骂着："走开！走开！外国人要照相啦！"

"你妈的打老娘！老娘打这里过的，惹着你龟儿子啥地方？你敢打老娘！"

"哈哈！打着了女太太！……你才歪哩！……看你脱得了手不？"人们是这样的吵着。

人潮又汹涌起来，要走的都不走了，才躲蹿到街角上和各铺门口去的，也飞跑拢去，一面像打招呼地喊道："快来看！……快来看！……警察把一个女太太打伤了！……抓他到警察局去，他龟儿敢乱打人！……"

这时群众的情绪是忿怒了。

警察连忙大声在分辩。仅看得见两条有白袖套的手臂一扬一扬，是在加重说话的分量。但他却终于敌不过那更有分量的女高声，和评断道理的群众的噪音……

幸而事件立刻就解决了。三个戴瓜皮帽的美国兵早已分开观众，挤进核心，听不明白叽呱了几句什么，只见一个美国兵用手臂挟着朱太太的光膀膊，两个密斯特就分攘着人众，连那个惹起问题的警察先生也在内。接着吉普车开上去，看不明白是怎样一个情状，只听见噗噗噗几声，连喇叭都没响，那车已在人众拍掌欢呼声中，一掉头直向春熙路开走了。

"倒便宜了密斯特了！哈哈！"

"莫乱说！不见得人家就那们坏！"

"年轻小伙子，筋强力壮的，又吃醉了，哪能不……"

"人家都是大学生，有教育的，哪像我们这里的丘八，一见女人就慌了，人家分得出好歹来的！"

人民南路①

（五十年代）

　　我要讲的成都的一条街，便是现在成都市人民委员会大门外的人民南路。（按照前市人民政府公布过的正式街名，应该是人民路南段，但一般人偏要省去一字，叫它人民南路。这里为了从俗，便也不纠正了。）

　　要说明人民南路的所在，且让我先谈一谈旧成都的形势。

　　目前正在带动机关干部、部队、学生、居民、农民，分段包干拆除的旧城墙，是一个不很整齐的四方形。据志书载称，周围二十二里八分。因为从前的丈尺略大，最近据成都市城市建设委员会测量出来，是二十四里二分多（当然是华里）。又志书载称，这城东西相距九里三分，南北相距七里七分。

　　成都说起来是个古城市。若果从战国时候秦惠王灭蜀国、秦大夫张仪于公元前三一〇年开始建筑成都城算起，它的确已有二千二百六十八年的历史。但是，成都城随着朝代的变更，它也变了无数次，始而是大小两座城，继而剩下一座城，后又扩大了变为二重城、三重城，后又变为一座完整的大城。今天的规模，是唐僖宗乾符三年（公元八七六年）高骈作西川节度使时建筑唐城的规模。可是现在拆除的

---

① 原文题为《成都的一条街》，此标题为本书编者所加。

城墙，不但不是八世纪的唐城，也不是十三世纪后半期的明城，甚至不是张献忠之后、清朝康熙四年（公元一六六五年）所重修的城，而实实在在是在清朝乾隆五十年（公元一七八五年）彻头彻尾用砖石修成，算到今年仅止一百七十三年，并非古城。

成都位置，偏于川西大平原的东南，地势平坦。当初规划城市时，本可以像北京市街一样，划出许多正南正北、正东正西的区域来的。但是不知为了什么原故，城内街道全是西北偏高、东南偏低的斜街。我们把成都市旧街道图展开一看，便看得出，只有略微偏在西边一点、大致处于城市中心的旧皇城，是端端正正坐北朝南的一块长方形。

旧皇城，一般人都误会为三国时代刘备称帝的故宫。其实不是。它是唐末五代、前后两个蜀国在成都建都时的皇城。这地方，经过宋元两朝的兵燹，不但城垣宫殿早已无存，就连清人咏叹过的摩诃池，也逐渐淤为平陆，变成若干条街巷。到明朝第一代皇帝朱元璋册封他的第十一皇子朱椿为蜀王，为了使朱椿就藩，于洪武十八年（公元一三八五年）才在前后蜀国修建过的宫垣基础上，更加坚固、更加崇宏地造了一座和当时南京皇居相仿佛的蜀王宫。蜀王宫的规模很大，几乎占去当时成都城内总面积的五分之一。宫殿圆圃之外，有一道比大城小、比大城狭的砖城，名宫城。一道通金河的御河，围绕四周。御河之外，还有一道砖城，叫重城。宫城前面是三道门洞。门外是广场，是足宽一百公尺以上的御道。与门洞正对，在六百三十余公尺远处，是一道二十余丈长、三丈来高的砖影壁，因为涂成红色，名为红照壁。在门洞外二百五六十公尺的东西两边，各有一座高亭，是王宫的鼓吹亭，东亭名龙吟，西亭名虎啸。明朝藩王就藩后，虽无政治权力，但以成都的蜀王宫来看，享受也太过分了。这王宫，到明朝末年

（公元一六四四年），张献忠建立大西国，在成都即位称尊，改元大顺元年时候，又改为了皇城。不满两年，张献忠于公元一六四六年，统率军民离开成都，皇城内的一切全被烧毁、破坏，剩下来的，就只一道宫城、三道门洞，以及门外横跨在御河上的三道不很大的石拱桥（比横跨金河上的三桥小而精致）。十九年后（是时为清朝第二代皇帝玄晔的康熙四年），四川的政治中心省会，由保宁府（今阆中县）移回成都。为了收买当时的知识分子，开科取士，又将废皇城的部分地基（前中部的一部分），改建了一座相当可观的贡院。一九五一年被成都市前人民政府加以培修利用，作为大小会议场所的至公堂、明远楼，就是这时候的建筑物。

　　从我上面所略略交代的历史陈迹看来，这地方，实实应该叫做明蜀王故宫，或贡院。本来在门洞外那条街，早已定名为贡院街的。但是百余年来，人们总是习惯了叫它作皇城，把门洞外的一片广场叫做皇城坝，习惯真是一件可怕的事情！

　　现在我所介绍的这条街——人民南路，便是从旧皇城门洞（今天应该正名为成都市人民委员会大门）向南，六百三十余公尺，到红照壁街的一段，恰恰是明蜀王故宫外整整一条御道。不过今天的人民南路宽仅六十四公尺，比起三百年前的御道，似乎还窄了一些。这因为在一九五二年扩建这条街时，曾于东御街的西口、西御街的东口，在积土一公尺下，把那两座鼓吹亭的石基挖出，测度方位与距离（横跨在金河上的三桥，也是很好的标准），看得出，当时的御道，应该有一百公尺以上的宽度。

　　这条人民南路，以现在成都市的市政建设规划来说，恰好处在中轴线的中段。这条中轴线，向北越过旧皇城，经由后载门（现在街牌上写成后子门）、骡马市、人民中路、人民北路，通长四公里（从人民南路的北口算起），而达今天的宝成铁路、成渝铁路两线交会的成都火车站，可能不久时将改称为北站。因为现在从人民南路南端红照壁起，已新辟一条通衢，通到南门外小天竺，不久，还要凭中通过四川医学院（原华西大学），再延伸四公里，直抵成昆（成都到昆明）铁路起点车站，也可能将来会改称为南站。由人民南路北口到成昆铁路起点站的黄家埝，有六公里。将来这条联系南北两车站的中轴线为十公里。请将我所说的距离想一想，现在的人民南路，岂不恰恰处在中轴线的中心一段吗？

在这条中轴线的南段，即是说在今天的人民南路之南，将来是会出现不少的崇丽宏伟的大建筑的。今天的人民南路，仅只在东西御街街口以南摆上了一些大厦，如新华书店、人民剧院、百货商店等（附图所摄的街景，便在这一小段的西边）。旧社会的卑鄙窳劣，几乎等于棚户的房屋，尤其在北段地方，还遗留得不少，当然，不久的将来都会拆除改建的。

人民南路的北段，不像南段布置有街心花圃。这里是每年五一、十一两个大节日，广大群众为了庆祝佳节而集会的场所，旧皇城门洞，这时恰好就作为一座颇为适用的检阅台和观礼台。按照城市建设规划，这地方将来还要向东、向西、向南拓展若干公尺，使其成为一片名符其实的广场。

人民南路的兴建，它向成都人民说明了新社会的可爱；它增强了成都人民对美好远景的憧憬，也增强了成都人民对社会主义建设的信念。不要看轻了这条街的兴建，它确实具有很浓厚的政治意义的！

这里我应该谈一谈人民南路的前身了。

我前面所说的贡院，从清朝末叶废科举之后，它就几经变化：清朝时候是几个高、中学校兴办之所；辛亥革命（公元一九一一年）是军政府；其后是督军公署；是巡按使和省长公署；再后又是高级、中级学校汇集地方。抗日战起，学校迁走，起初是无人区域，其后便成为贫民窟。解放后，成都市人民政府于一九五一年迁入（仅占旧皇城的四分之一，其余地方作为别用，不在此文范围之内，便不说它了）。为了要利用至公堂，特别在新西门外修了一片人民新村，光从至公堂上迁走的贫民，差不多就上百家。几十年间，御河已经淤为一道臭阳沟，不但两岸变成陋巷，就河床内也修了不少简陋房子。至于宫墙，那是早已夷为旱地，不用说了。

旧皇城门洞外直抵红照壁的那条宽阔御道，在清朝时候，便已变成了三条街道。北面接着皇城坝，南面到东西御街口的一段，叫贡院街。这条街，是废科举之后才修起来。科举未废之前，因为三年必要开一次科（有时还不要三年），要使用这地方，在平时只能容许人民，尤其聚居在这一带的回族人民搭盖临时房子，要用时拆，不用时再搭。科举既废，再无开科大典，这条街因才形成而固定下来。

这条街的特色是，卖牛羊肉的特别多。因为上千家的回族人民聚居在四周，所以这里便成了回民生活上一个重要的交易场。除了牛羊肉外，几乎所有的饮食馆都标有清真二字。

贡院街之南一段叫三桥正街。三桥，便是横跨在金河上的三道砖石砌成的大桥。这桥的建造，可能还在明朝以前。但构成三桥那种规模，却与明蜀王宫的修建同时。若照三道桥的宽度来看，是可证明从前御道很宽。但是到清朝后期，这里变成街道，街道的宽度，就比中间一道桥的桥面还窄。六十年前，成都有句流行隐语，叫"三桥南头的石狮子——无脸见人！"意思便是三道桥当中一道桥的南头的一对大石狮，早已被民房包围，等于石狮躲进人家，无脸见人。街道比桥面窄，因此桥面的两旁，也被利用来做了卖破烂、卖零食的摊子。

　　三桥正街之南一段，正式名字叫三桥南街，一般人却叫它为"韦陀堂"。原因是这条街的西边有一座韦陀庙宇，街的东边，本来是一座戏台和一片空坝，辛亥年以后，也变成了一条窄窄的小街。

　　再南便是红照壁。六十年以前，照壁跟前不过是些棚户，清朝末年，照壁跟前成了一条街，所谓照壁，早已隐在店铺的后面，不为人知。一九二五年才被当时反动政府发现，以银洋一万元的代价抵给当时的商会，拆卖得一干二净。

　　今天的人民南路，宽度六十四公尺（三桥也联成了一片路面），不但有街心花圃，不但有行道树，而且是柏油路面。它是中轴线上的通衢，它也是人民集会的广场。今天看来，它是何等壮阔，足以表现新社会人民的雄伟胸襟。然而它的前身，却原是那么污糟的三条街！可惜那些旧街景的照片已难寻觅，这里所附的几张图画，是请伍瘦梅画家默画出来。请看一看那是何等可怕的一种社会生活！

　　不过今天的人民南路还在变化中。它将随着社会主义社会的建设，而一年一年的变。肯定地说，它将愈变愈雄阔，愈变愈美好。现在我所叙说的人民南路，还只限于一九五八年秋的人民南路。

　　　　　　　　　　　　　　　　　　一九五八年十一月八日写完

说店铺

四川成都，1932—1938 年。摄影：[美] 哈里森·福尔曼

劝业场[①]

（清末）

    劝业场门口，悬着舆马不入场的大木牌。砖修的门面，场门颇为宏大。场头楼上是一家为成都前所未有的茶铺。场内两边铺面的楼上也是铺面。成都的建筑，楼房本就不算正经房子，所以都修造得矮而黑暗，而劝业场的楼房，则高大轩朗，一样可以做生意，栏杆内的走廊，又相当宽，可以容得三人并行，这已是一奇。其次，成都铺面，除了杂货铺，例得把所有的商品陈列出来外，越是大商店，它的货物越是藏之深深。如像大绸缎铺，你只能看见装货物的推光黑漆大木柜，参茸局同金铺，更是铺面之上，只有几张铺设着有椅披垫的楠木椅子，同一列推光黑漆柜台了。而劝业场内的铺子，则大概由提倡者的指点，所有货品，全是五光十色地一一陈露在玻璃架内，或配颜配色地摆在最容易看见的地方，这又是一奇。成都商家最喜欢搞的是讨价还价，明明一件价值八角的货物，他有本事向你要上一元六角到二元，假使你是内行，尽可以还他五角，然后再一分一分地添，用下水磨工夫，一面吹毛求疵，一面开着顽笑，作出一种可要不可要的姿态，那，你于七角五至八角之间，定可以买成，不过花费的时间，至少须在一点钟以上。尤其对于表面只管好看，而大家还没有使用经验

---

①   节选自《死水微澜》，标题为本书编者所加。

的洋货，更其容易上当，而使想买的人，不敢去问价钱。劝业场则因提倡者所定的规矩，凡百货物都须把价值估定标明，不能任意增减，这于买的人是何等方便，尤其是买洋货，这更是成都商场中奇之又奇的一件事。因此之故，劝业场自开场以来，无论何时，都是人多如鲫，而生意顶好的，据说，还是要数前场门楼上那所同春茶楼，以及茶楼下面那条宽广楼梯之侧的水饺子铺。

郝又三是来过多次的，便领着尤铁民、田老兄，楼上楼下转了一周。每走到一家洋货铺，尤铁民必要站住脚，把陈列的东西一样一样地细看，还要打着倒像四川话不像四川话的口腔，一样一样地细问。铺家上的伙计徒弟们，首先被他那洋服所慑，心上早横梗了一个这是东洋人，继而听见他口腔不对，所答的话，又似乎不甚懂得，总要问问同行的人，于是更相信是非东洋人而何？既是东洋人，那就千万不可轻慢了。首先便把向来对待买主的那种毫无礼貌，毫不耐烦的样子，变得极其恭敬、极其殷勤起来；于每件货物看后，还必谦逊地说："这件东西还不是上货。"定要叫人爬高下低地，劳神费力将所谓上货取出，摊在尤铁民的眼底。

尤铁民总是大略看一看，批评一句"不好！"拖着手杖，昂然直出。而一般劳了大神，费了大力的伙计徒弟们，还要必恭且敬送到门外。

商业场^①

（四十年代）

商业场自经几次大火，重修又重修，已经是一条不列等级的过道，早说不上什么场所。只是窄窄的街畔，两排浓阴的榆树和洋槐，枝柯交错，俨然成了一道绿洞，六月炎天，一走进去，顿然感受一种清凉。老年人每能因之而回忆到民国十三年以前，未修马路时，许多街道一到暑期，便搭盖过街凉棚，以遮骄阳，以避酷热的景象。不是老年人，也有因之而发生感慨，在亚热带的城市中，何以不容许铺户们在酷烈如火的大日头下，弄点什么遮蔽的东西来抵挡一下骄阳？而何以执口市容，一定要把大多数玩不起冷气设备的居民，摆在像烤炉似的简陋房子里，消耗他们多半精力来抵抗自然的酷热？纵不然，人行道上的树子也应该加以提倡，也应该让它长高大点，也应该设法使那既难看又危险性太大的裸体电线藏在地下，而不要只是磨折那些可能遮阴而又美化市容的树木啊！

敬益增是北平人开的商店，是一家百货店，门楣上一块江朝宗写的招牌，早被聪明的主人把写招牌的人名涂了，也和郑孝胥题写的某一中学校的门额一样。其实，在顾客看来，倒不在意下。当其极盛时代，就是说继马裕隆而兴起时，满架子的好货色，每一件都合用，每

---

① 节选自《天魔舞》，标题为本书编者所加。

一件都比别家的好，又每一件都不很贵，顾客是何等的多，生意是何等的旺，招牌倒并不怎么大，也并不怎么漂亮。写字的人更不见得是什么了不起的名人。自抗战几年来，门面只管辉煌，招牌只管做得挺大，写招牌的是汉奸江朝宗，虽隐去了，到底因了名气大，记得的人只管多，可是货色太少，也太平常，纵然货码标得比一般都高些，而生意总不如以前。即如陈登云之来，本想花一大叠钞票，为陈莉华买一些像样点的东西回去的，但是一个人在冷清清的气氛中，只管被一班殷勤的店伙周旋着，看了不少货色，总感觉得全是春熙路可以买得出，而价钱也差不多的。结果为了自己的面子，同时为了酬答店伙的过分殷勤，仅仅选了两双乔其纱舞袜。算来只用去了崭新的四百元一张的法币五张而已。

说场镇

四川成都，1917 年。摄影：[美] 西德尼·甘博

天回镇①

（清末）

由四川省省会成都，出北门到成都府属的新都县，一般人都说有四十里，其实只有三十多里。路是弯弯曲曲画在极平坦的田畴当中，这是一条不到五尺宽的泥路，仅在路的右方铺了两行石板；大雨之后，泥泞有几寸深，不在草鞋后跟拴上铁脚马几乎半步难行，晴明几日，泥泞又会变为一层浮动的尘土，人一走过，很少有不随着鞋的后跟而扬起几尺的；然而到底算是川北大道。它一直向北伸去，直达四川边县广元，再过去是陕西省的宁羌州、汉中府，以前走北京首都的驿道，就是这条路线。并且由广元分道向西，是川、甘大镇碧口，再过去是甘肃省的阶州、文县，凡西北各省进出货物，这条路是必由之道。

路是如此平坦，但不知从什么时代起，用四匹马拉的高车，竟在四川全境绝了迹，到现在只遗留下一种二把手从后面推着走的独轮小车；运货只有骡马与挑担，运人只有八人抬的、四人抬的、三人抬的、二人抬的各式各样轿子。

以前官员士子来往北京与四川的，多半走这条路。尤其是主考、学政、总督们上任下任。沿路州县官吏除供张之外，还须修治道路。

---

① 节选自《死水微澜》，标题为本书编者所加。

以此，大川北路不但与川东路一样，按站都有很宽绰、很大样的官寓，并且常被农人侵蚀为田的道路：毕竟不似其他大路，名义是官道，却只能剩一块二尺来宽的石板给人轿、驮马行走，而这路，还居然保持到五尺来宽的路面。

路是如此重要，所以每日每刻，无论晴雨，你都可以看见有成群的驮畜，载着各种货物，掺杂在四人官轿、三人丁拐轿、二人对班轿、以及载运行李的杠担挑子之间，一连串来，一连串去。在这人流当中，间或一匹瘦马，在项下摇着一串很响的铃铛，载着一个背包袱、跨雨伞的急装少年，飞驰而过，你就知道这是驿站上送文书的人。不过近年因为有了电报，文书马已逐渐逐渐的少了。

就在成都与新都之间，刚好二十里处，在锦田绣错的旷野中，位置了一个不算大也不算小的镇市。你从大路的尘幕中，远远便可望见在一些黑魆魆的大树阴下，像岩石一样，伏着一堆灰黑色的瓦屋；从头一家起，直到末一家止，全是紧紧接着，没些儿空隙。在灰黑瓦屋丛中，也像大海里涛峰似的，高高突出几处雄壮的建筑物，虽然只看得见一些黄琉璃碧琉璃的瓦面，可是你一定猜得准这必是关帝庙、火神庙，或是什么宫、什么观的大殿与戏台了。

镇上的街面，自然是石板铺的，自然是遭叽咕车的独轮碾出了很多的深槽，以显示交通频繁的成绩，更无论乎驮畜的粪，与行人所丢的甘蔗渣子。镇的两头，不能例外地没有极脏极陋的穷人草房，没有将土地与石板盖满的秽草猪粪，狗矢人便。而臭气必然扑鼻，而褴褛的孩子们必然在这里嬉戏，而穷人妇女必然设出一些摊子，售卖水果与便宜的糕饼，自家便安坐在摊后，与邻居们谈天、做活。

不过镇街上也有一些较为可观的铺子，与镇外情形全然不同了。即如火神庙侧那家云集栈，虽非官寓，而气派竟不亚于官寓。门口是一片连五开间的饭铺，进去是一片空坝，全铺的大石板，两边是很大的马房。再进去，一片广大的轿厅，可以架上十几乘大轿。穿过轿厅，东厢六大间客房，西厢六大间客房，上面是五开间的上官房。上官房后面，一个小院坝，一道短墙与更后面的别院隔断；而短墙的白石灰面上，是彩画的福禄寿三星图，虽然与全部房舍同样地陈旧黯淡，表白出它的年事已高，幸而青春余痕，尚未泯灭干净。

这镇市是成都北门外有名的天回镇。志书上，说它得名的由来远在盛唐。因为唐玄宗李隆基避安禄山之乱，由长安来南京，——成都在唐时号称南京，以其在长安之南的原故。——刚到这里，便"天旋地转回龙驭"了。皇帝在昔自以为是天之子，天子由此回銮，所以得了这个带点封建臭味的名字。

这一天，又是天回镇赶场的日子。

初冬的白昼，已不很长，乡下人起身得又早，所以在东方天上有点鱼肚白的颜色时，镇上铺家已有起来开铺板，收拾家具的了。

闲场日子，镇上开门最早的，首数云集、一品、安泰几家客栈，这因为来往客商大都是鸡鸣即起，不等大天光就要赶路。随客栈而早兴的，是鸦片烟馆，是卖汤元与醪糟的担子。在赶场日子，同时早兴的，还有卖猪肉的铺子。

川西坝——东西二百余里，南北七百余里的成都平原的通俗称呼。——出产的黑毛肥猪，起码在四川全省，可算是头一等好猪。猪种好，全身黑毛，毛根稀，矮脚，短嘴，皮薄，架子大，顶壮的可以长到三百斤上下；食料好，除了厨房内残剩的米汤菜蔬称为潲水外，大部分的食料是酒糟、米糠，小部分的食料则是连许多瘠苦地方的人尚不容易到口的玉麦粉或碎白米稀饭；喂养得干净，大凡养猪的，除了乡场上一般穷苦人家，没办法只好放敞猪而外，其余人家，都特修有猪圈，大都是大石板铺的地，粗木桩做的栅，猪的粪秽是随着倾斜石板面流到圈外厕所里去了，喂猪食的石槽，是窄窄的，只能容许它们仅仅把嘴筒放进去。最大原则就是只准它吃了睡，睡了吃，绝对不许它劳动。如像郫县、新繁县等处，石板不好找，便用木板造成结实的矮楼，楼下是粪坑，楼板时常被洗濯得很光滑。天气一热，生怕发生猪瘟，还时时用冷水去泼它。总之，要使它极为舒适，毫不费心劳神地只管长肉。所以成都西北道的猪，在川西坝中又要算头等中的头等。它的肉，比任何地方的猪肉都要来得嫩些，香些，脆些，假如你将它白煮到刚好，切成薄片，少蘸一点白酱油，放入口中细嚼，你就察得出它带有一种胡桃仁的滋味，因此，你才懂得成都的白片肉何以是独步。

因为如此，所以天回镇虽不算大场，然而在闲场时，每天尚须宰二三只猪，一到赶场日子，猪肉生意自然更其大了。

就是活猪市上的买卖，也不菲呀！活猪市在场头一片空地上，那里有很多大圈，养着很多的肥猪。多是闲场时候，从四乡运来，交易成功，便用二把手独轮高车，将猪仰缚在车上，一推一挽向省城运去，做下饭下酒的材料。猪毛，以前不大中用，现在却不然，洋人在收买；不但猪毛，就连猪肠，瘟猪皮，他都要；成都东门外的半头船，竟满载满载地运到重庆去成庄。所以许多乡下人都奇怪："我们丢了不中用的东西，洋鬼子也肯出钱买，真怪了！以后，恐怕连我们的泥巴，也会成钱啦！"

米市在火神庙内，也与活猪市一样，是本镇主要买卖之一。天色平明，你就看得见满担满担的米，从糙的到精的，由两头场口源源而来，将火神庙戏台下同空坝内塞满，留着窄窄的路径，让买米的与米经纪来往。

家禽市，杂粮市，都在关帝庙中，生意也不小。鸡顶多，鸭次之，鹅则间或有几只，家兔也与鹅一样，有用篮子装着的，大多数都是用稻草索子将家禽的翅膀脚爪扎住，一列一列的摆在地上。小麦、大麦、玉麦、豌豆、黄豆、胡豆，以及各种豆的箩筐，则摆得同八阵图一样。

大市之中，尚有家畜市，在场外树林中。有水牛，有黄牛，有绵羊，有山羊，间或也有马，有叫驴，有高头骡子，有看家的狗，有捕鼠的猫。

大市之外，还有沿街而设的杂货摊，称为小市的。在前，乡间之买杂货，全赖挑担的货郎，摇着一柄长把拨浪鼓，沿镇街、沿农庄走去。后来，不知是哪个懒货郎，趁赶场日子，到镇街上设个摊子，将他的货色摊将出来，居然用力少而收获多，于是就成了风尚，竟自设起小市来。

小市上主要货品，是家机土布。这全是一般农家妇女在做了粗活之后，借以填补空虚光阴，自己纺出纱来，自己织成，钱虽卖得不多，毕竟是她们在空闲时拾来的私房，并且有时还赖以填补家缴之不足的一种产物。但近来也有外国来的竹布，洋布，那真好，又宽又细又匀净，白的雪白，蓝的靛蓝，还有印花的，再洗也不脱色，厚的同呢片一样，薄的同绸子一样，只是价钱贵得多，买的人少，还卖不赢家机土布。其次，就是男子戴的瓜皮帽，女子戴的苏缎帽条，此际已有燕毡大帽与京毡窝了，凉帽过了时，在摊上点缀的，惟有极寻常的红缨冬帽，瑞秋帽。还有男子们穿的各种鞋子，有云头，有条镶，有单梁，有双梁，有元宝，也有细料子做的，也有布做的，牛皮鞋底还未作兴到乡下来，大都是布底，毡底，涂了铅粉的。靴子只有半勒快靴，而无厚底官靴。关于女人脚上的，只有少数的纸花样，零剪鞋面，高蹬木底。鞋之外，还有专是男子们穿着的漂白布琢袜，各色的单夹套裤，裤脚带，以及搭发辫用的丝绦，丝辫。

小市摊上，也有专与妇女有关的东西。如较粗的洗脸土葛巾，时兴的细洋葛巾；成都桂林轩的香肥皂，白胰子，桃圆粉，硃红头绳，胭脂片，以及各种各色的棉线、丝线、花线、金线、皮金纸；廖广东的和烂招牌的剪刀、修脚刀、尺子、针、顶针。也有极惹人爱的洋线、洋针，两者之中，洋针顶通行，虽然比土针贵，但是针鼻扁而有槽，好穿线，不过没有顶大的，比如衲鞋底，绽被盖，便没有它的地位；洋线虽然匀净光滑，只是太硬性一点，用的人还不多。此外就是铜的、银的、包金的、贴翠的、簪啊、钗啊，以及别样的首饰，以及假玉的耳环，手钏。再次，还有各色各样的花辫，绣货，如挽袖裙幅之类；也有苏货，广货，京料子花，西洋假珍珠。凡这些东西，无不带着一种诱惑面目，放出种种光彩，把一些中年的、少年的妇女，不管她们有钱没钱，总要将她们勾在摊子前，站好些时。而一般风流自赏的少年男子，也不免目光映映地，想为各自的爱人花一点钱。

本来已经够宽的石板街面，经这两旁的小市摊子，以及卖菜，卖零碎，卖饮食的摊子，担子一侵蚀，顿时又窄了一半，而千数的赶场男女，则如群山中的野壑之水样，无数道由四面八方的田塍上，野径上，大路上，灌注到这条长约里许，宽不及丈的、长江似的镇街上来。你们尽可想像到齐场时，是如何的挤！

赶场是货物的流动，钱的流动，人的流动，同时也是声音的流动。声音，完全是人的，虽然家禽、家畜，也会发声，但在赶场时，你们却一点听不见，所能到耳的，全是人声！有吆喝着叫卖的，有吆喝着讲价的；有吆喝着喊路的，有吆喝着谈天论事，以及说笑的。至于因了极不紧要的事，而吵骂起来，那自然，彼此都要把声音互争着提高到不能再高的高度，而在旁拉劝的，也不能不想把自家的声音超出于二者之上。于是，只有人声，只有人声，到处都是！似乎是一片声的水银，无一处不流到。而在正午顶高潮时，你差不多分辨不出孰是叫卖，孰是吵骂，你的耳朵只感到轰轰隆隆的一片。要是你没有习惯而骤然置身到这声潮中，包你的耳膜一定会震聋半晌。

于此，足以证明我们的四川人，尤其是川西坝中的人，尤其是川西坝中的乡下人，他们在声音中，是绝对没有秘密的。他们习惯了要大声说话，他们的耳膜，一定比别的人厚。所以他们不能够说出不为第三个人听见的悄悄话，所以，你到市上去，看他们要讲秘密话时，并不在口头，而在大袖笼着的指头上讲。也有在口头上讲的，但对于数目字与名词，却另有一种代替的术语，你不是这一行中的人，是全听不懂的。

青羊场

（一九一七年）

在前八年的光景，春夏之交，我不知为着什么事情，须出南门到青羊场去走一次。

青羊场在道士发源地的青羊宫前面，虽是距南门城洞有三四里，其实站在西南隅城墙上，就望得见青羊宫和它间壁二仙庵中的峨峨殿宇，以及青羊场上鳞鳞的屋瓦。场街只一条，人家并不多，除二、五、八场期外，平常真清静极了。

我去的那天，固然正逢赶场之期，但已在午后，大部分的乡人都散归了。只不过一般卖杂粮的尚在街的两侧摆了许多箩筐；布店、鞋店、洋货店等还开着门在交易；铁匠店的砧声锤声打得一片响；卖零碎饮食的沿街大叫。顶热闹的是茶铺和酒馆。

乡人们散处田间，又不在农隙之际，彼此会面谈天，商量事情，只有借赶场的机会。所以场上的茶馆，就是他们叙亲情、联友谊、讲生意、传播新闻的总汇。乡人们都不惯于文雅，态度是很粗鲁的，举动是很直率的，他们谈话时都有一种特别的语调：副词同感叹词格外多，并且喜欢用反复的语句和俗谚以及歇后语等，而每一句话的前头和后头又惯于装饰一种詈词。这詈词不必与本文相合，也不必是用来詈人或詈自己；詈词的意思本都极其秽亵，稍为讲究一点的人，定叹为"缙绅先生难言之"的，（其实缙绅先生之惯用詈词，也并不下于乡人们，不但家门以内常闻之，就是应酬场中也成了惯用语。）然而用久了，本意全失，竟自成为一种通常的辅语。乡人们因为在田野间遥呼远应的久了，声带早已练得很宽，耳膜也已练得很厚，纵是对面说话，也定然嘶声大喊，同在五里以外相语的一般。因此，每家茶馆里的闹声，简直比傍晚时闹林的乌鸦还来得利害。

乡人们不比城内人，寻乐的机会不多，也只有在赶场时，把东西卖了，算一算，还不会蚀本，于是将应需的买得后，便相约到酒馆中去，量着荷包喝几盅烧酒。下酒物或许有点咸肉、醃鸡，普通只是花生、胡豆、豆腐干。喝不上三盅，连颈项皮都泛出紫色。这时节，谈谈天气，或是预测今年的收成如何；词宽的，慨叹一会今不如古，但是心里总很快活，把平日什么辛苦都忘记得干干净净的。

我那天也在茶馆里喝了一会茶，心里极想同他们谈谈，不过总难于深入，除了最平常的话外，稍为谈深一点，我的话中不知不觉，总要带上几个并不新奇的专名词。只见他们张着大眼，哆着大口，就仿佛我们小时候听老师按本宣科讲"譬如北辰，众星拱之"一段天文似的。我知道不对，只好掉过来问他们的话，可还是一样，他们说深一点，我也要不免张眼哆口，不知所云了。

及至我出了茶馆，向场口上走来。因街上早已大为清静了，远远的就看见青羊宫山门之外，聚有十来个乡下人，还有好几个小孩子，都仰面对着中间一个站在方桌上的斯文人。那斯文人穿着蓝竹布衫，上罩旧的青缎马褂，鼻上架着眼镜，头上戴的是黄色草帽；他手上执着一叠纸，嘴皮一张一翕，似乎在讲演什么东西。我被好奇心驱使着，不由就趑行上前，走到临近，方察觉这斯文人原来是很近视的，而且是很斯文的。他的声音很小，口腔是保宁一带的人。川北口音本不算难听，不过我相信叫这般老住乡下的人们来听，却不见得很容易。

此刻他正马着面孔，极其老实的，把手上的纸拿在鼻头上磨了磨，把眼一闭，念道："蟋蟀……害虫！……有损于农作物之害虫也！……躯小……"他尽这样念了下去，使我恍如从前在中学校上动物课，听教习给我们念课本时一样。

我倒懂得他所念的，但我仔细把听众们一看，只见他们都呆呆的大张着口仍把这斯文人瞪着，似乎他们的耳神经都失了作用，专靠那张大口来吞他的话一样。小孩子们比较活动一点，有时彼此相向一笑，或许他们也懂了。

约摸五分钟，那斯文人已把一叠纸念完，拿去折起插在衣袋里，这才打着他那社会中的通常用语道："今天讲的是害虫类，你们若能留心把这些害虫捕捉或扑灭干净，农作物自然就会免受损失的。但是，虫类中也还有益虫，下一次我再来讲罢！"

说完，他就跳下方桌去，于是我才看清楚他背后山门上还挂有一幅布招牌，写着"通俗讲演所派出员讲演处"。

听讲演的乡人们也散了，走时，有几个人竟彼此问道："这先生说的圣谕，你懂得么？"

"你骂他做舅子的才懂！他满口虫呀虫的，怕不是那卖臭虫药的走方郎中吗？"

那一霎时的情节，我历历在目，所以我说照这样的讲演，才真正有趣啦！

一九二五年四月脱稿

说交通

四川成都，1917年。摄影：[美] 西德尼·甘博

川西坝子上的路[①]

（清末）

　　一条不到二尺宽的泥路，下雨时候，被笨重的水牛蹄子踩出许多又深又大的蹄印。随后又被秋天太阳晒了几天，泥巴干透了，蹄印牢牢嵌在路面上，把一条泥路弄得坎坷不平。从成都到温江县的道路是这样，从温江县到崇庆州的道路又何尝不是这样？

　　说起来，在一坦平的川西坝子上，道路原本可以开得宽宽的，并像绳子一样拉得笔伸。谁想得到道路既是那样窄，还弯环曲折夹在垅亩中间，从高处看去，硬似盘了一条不见首尾的长蛇。说似蛇也有问题。蛇，只管蜿蜒，毕竟有规则，向左是几曲，向右也是几曲，而且曲折度也不太大；哪像现在说到的这条路，本来朝西去的，但弯来弯去，有时向北一个大弯，可以弯回来一二百步，再朝西弯转去？

　　学过历史的人说，古时候西蜀的道路，也是挺宽、挺平、挺直的，因为要走兵车，要走驿站上的旅行车，不能不把道路修造得像二十世纪二十年代前后可以行驶汽车的公路一样。证据是，除了书本上的记载，成都北门外尚有一处古迹就叫做驷马桥哩。

　　不管古迹的真实性有好大，四川的道路到底还是在古时候就变得不好走了。因为魏蜀吴三国分立，蜀汉丞相诸葛亮六次伐魏，都因军

---

①　节选自《大波》，标题为本书编者所加。

粮运输困难，不能不敛兵而退。军粮运输的困难，当然由于道路崎岖，不能使用几头牛、几头马拉的大车作为运输工具的原故。只管诸葛亮发明木牛流马，比起肩挑背负进了一步，想来还是不很顶事的罢？我们川西坝的人到底感谢诸葛亮先生，他的遗制木牛至今尚在为我们服务，不过改了一个名字叫叽咕车。

轿子、洋车和马车①

（清末）

　　锁了房门，将钥匙交到柜房。三个人就一路谈说，一路让着行人、轿子，将东大街走完，向南走过锦江桥、粪草湖、烟袋巷、指挥街。

　　三月的天气，虽没有太阳，已是很暖和了。走了这么长一段路，三个人都出了汗。王念玉一身夹衣，罩了件葱白竹布衫子。热得把一件浅蓝巴缎背心脱来挟在手臂上，而顶吃亏的是一双新的下路苏缎鞋，是黄昌邦前星期才送他的，又尖、又窄、又是单层皮底，配着漂白竹布绷得没一条皱痕的豆角袜子，好看确实好看，只是走到瘟祖庙，脚已痛得不能走了。

　　黄昌邦站着道："小王走不得了，我们坐轿子罢！"

　　戏台坝子当中放有十几乘专门下乡的鸭篷轿子，一般穿得相当褴褛的流差轿夫站在街侧，见着过路的，必这样打着招呼："轿子嘛！青羊宫！"而一般安心赶青羊宫的男子，既已步行到此，不管身边有多少钱，也不肯坐轿的了。

　　吴鸿便问："到青羊宫，好多钱？"

　　五六个轿夫赶着答应："六十个！"

---

① 节选自《死水微澜》，标题为本书编者所加。

黄昌邦竖起四根指头道："这么多，四十个！"

结果讲成四十八个钱一乘，黄昌邦叫提两乘过来。

王念玉道："你不坐吗？"

他把衣服一指道："我敢坐吗？遭总办、会办们看见了，要关禁闭室，吃盐水饭的。"

吴鸿道："我听说东洋车特许坐的，我陪你走出城坐东洋车去，让玉兄弟一个人坐轿好了。"

一巷子又叫金子街，本来就很窄，加以赶青羊宫的人和轿子，简直把街面挤得满满的。耳里只听见轿夫一路喊着："撞背啦！得罪，得罪！"这是所谓过街轿子和轿铺里的轿子，大都是平民坐的，轿夫应得如此谦逊。如其喊的是"空手！……闯着！……"那便是蓝布裹竿，前后风檐，玻窗蓝呢官轿了，因为坐在轿内的起码也是略有身份的士绅，以及闲散官员们，轿夫就用不着再客气。要是轿夫更其无礼，更其威武，更其命令式地喊着："边上！……站开！……"则至少也是较有地位的官绅们的拱竿三人轿了。

一到南门城门洞，更挤了。把十来条街的人和轿子，——各种轿子，从有官衔轿灯的四人大轿，直至两人抬的对班打抢轿子。——一齐聚集在三丈多宽的一条出路上，城墙上只管钉着警察局新制的木牌告，叫出城靠右手走，但在上午，大抵是出城的多，所以整个城门洞中，无分左右，轿子与人全是争道而出。

挤出了大城门洞，又挤出了瓮城门洞，这才分了几道，在几个道口上，都站有警察在指挥。轿子与步行的向靠城墙一边新辟的路上走；步行或要骑马的则过大桥，另向一条较为幽静而尘土极大的小路走；坐马车的则由一条极窄极滥的街道，叫柳荫街的这方走。

黄昌邦站在分道口上，向吴鸿提议去坐马车。吴鸿说太贵了，包一辆要八角，单坐一位，要一角，与其拿钱去坐马车，不如拿在会上去吃。坐东洋车哩，只须三十个钱。本来也只二里多路，并不算远。

于是两个人遂也向靠着城墙这面，随着人轿，绕到柳荫街的那一端。一到这里，眼界猛地就开阔了。右手这面，是巍峨而整齐的城墙，壁立着好像天然的削壁。城根下面，本是官地，而由苦人们把它辟为菜圃，并在上面建起一家家的茅草房子。因为办劝业会，要多辟道路，遂由警察总局的命令，生辣辣地在菜圃当中踏出了一条丈把宽的土路来。土质既松，又经过几天太阳，晒成了干灰，脚踏上去，差不多如像踩着软毡。所以不到十步，随你什么鞋子，全变成了灰鞋了。轿夫们的草鞋大都有点弹性，他们一走过，总要扬起一团团的灰球，被轻风一扬，简直变成了一道灰幕。顶高时，可以刺到俯在雉堞间向城外闲眺的人们的鼻孔，而后慢慢澄淀下来，染在路旁的竹木菜蔬之上。所以这一路的青青植物叶上，都像薄薄地蒙了一层轻霜似的者，此之故也。

当时仿制的木轮裹铁皮轴下并无弹簧的东洋车，也就在这条灰路上走。

吴鸿坐在东洋车上，向左看去，隔着一条水沟，便是那新修的马路。也有丈把宽，小鹅卵石与河沙铺的路面，比较平坦清洁。好多辆一匹马拉的黑皮四轮车，在路上飞跑，车里坐的男女们，没一个不穿得好，不打扮得好，光看那种气派，就是非凡的人啦。

这自然要引起吴鸿的欣羡，寻思"他妈的，哪一天我们也来这么样阔一下！"

马路之左，是一条不很大的河流，有人以为那便是锦江。又有人考出来是晚唐年间西川节度使高骈扩展成都城墙时的外江，又名沱江，又名流江那条水。原本一条主流，几百年前尚可以行大船的，但是越到后来，卵石越多，河床越高，水流也就越清浅了。

河水清浅，鹅卵石滩处，仅仅淹过脚背。但河里仍有载人往青羊宫去的小木船。

河岸上竹木蓊蘙。再看过去，平畴青绿，辽远处一片森林，郁郁苍苍，整整齐齐，那是武侯祠的丛林。

距劝业会小半里远处，从大路上望去，首先到眼的是左边俯临河水的百花潭的小水榭。就从那里起，只见逐处都是篾篷，很宽广的一片田野，全变成了临时街道。赶会的人一列一列的，男的沿旧大道的男宾入口，女的随着新辟的女宾入口，好像蚂蚁投穴一样，都投进了会场。

他们在下车处等有一刻钟的光景，始见王念玉的轿子抬到。三个人便挤进人群，走了好半会，才进了会场大门。

叽咕车^①

（民国）

天濛濛下着雨。雨不大，时而又停一停。但是夜来下了个通宵，把未曾干透的土地淋得很烂。

白知时高高的举着一柄大油纸伞，戒慎恐惧的坐在一辆叽咕车上。幸而他人瘦，不算重，不足把那生铁圈子包着的独车轮压在相当软的泥糊里。但是叽咕车的木承轴还是要呻吟，还是要叽里咕噜的；而分开两臂，紧握着车把，努力推着车的老余，仍然显得很吃力，坐在车上的人每一步总听得见他像牛样的喘。

白知时每逢天雨到城外一所疏散中学校上课和下课回城时，总是特雇老余的叽咕车代步，而每次听见老余牛喘之际，必恻然想着要改造一下这具诸葛武侯所发明、一直流传到今、似乎略加以修正的木牛。他想以白檀木的轴嵌在青杠木的承轴上，使它干吱吱的磨擦，这可要费多大的力能！设若在两头各加一只钢珠轴承，至低限度可以减少一半以上的磨擦，则推的人至低限度便可减少三分之二的力能。其次，木轴承是直接安在车底上的，故车轮一碰着石头，或一到硬地上，那震动便一直传到人身。推车的两条臂可以震麻木，坐车的更恼火，孕妇可以震到坠胎，四川大学一位教授太太不就是显例吗？心脏

---

① 节选自《天魔舞》，标题为本书编者所加。

衰弱的老人可以震断气，也是有过的。所以许多讲卫生的朋友，宁可天晴踩香灰，下雨踏酱糊，也不愿找这个代步。并非讲人道，实在怕受罪。设若把轴承和车身全安在一只简单弹簧上，则震动的力被弹簧减弱，不但坐者舒适，就推的人也不吃亏呀。

他也曾把这念头告诉过老余。老余一听就冒火，他说："不说我上代人，光说我罢，从光绪手上推叽咕车，推到而今，以前除了农忙外，一年四季的推，矮车高车啥没推过？而今有了点岁数，才是熟人招呼着推趟把两趟，三四十年了，并不见我的膀子震来拿不动筷子！坐车的千千万万，我从没听见过震死的！生娃娃的倒有，我从前就推过一个阴阳先生的娘子，从娘屋里回家去的，我看她那肚皮就不对，果然离房子还有三根田埂，就生下他妈的一个胖娃娃！那并不是车子震下来的呀，是临到时候了，该发作，不坐车，也一样要生的！坐叽咕车，只图省俭点脚力，本就不求舒服。从前的人，只要早晨一下床，就没有舒服的。不走路，光是坐着不动，该舒服了！在从前，还是不啦！高背椅，高板凳，哪个坐着不是把腰杆打得笔伸的？只有下考场的老师们，三更灯火五更鸡，伏在方桌上念书写文章，才弄得弓腰驼背，样子虽斯文，吃苦倒行！门板做床铺，石头做枕头，我亲眼看见过的。只有而今的人才不行，越年轻，越要图舒服，床要睡炽的，椅子要坐炽的，连叽咕车也想坐炽的了！叽咕车不炽，他们不坐，说是震得心跳。也好，我就不推。我倒说，从前的人真经事，七八十岁活得硬邦邦的，而今的人，哼！好像骨头都是炽的了！……"

一连串的牢骚话，简直没有商量的余地。说到省俭气力，老余的理论更强，归总一句话："气力越使越有，越图省俭越没有。本是卖气力的事，为啥要省俭？"

说到改好了生意多些。

　　"啊！啊！更不对！再改，还是叽咕车，一步一步的推。在马路上，你能赛过黄包车吗？图快当的，哪个不坐黄包车？在小路上，要坐叽咕车的，你不改，他还是要坐，这两三年来，你先生哪一回下雨时不特为来招呼我。不坐的，就像那些学生娃娃，你就再改好了，他还是不坐。为啥呢？是叽咕车，没有洋马儿漂亮！"

　　这老佃农的执拗顽固，只好令白知时慨叹。

长途汽车①

（抗战时期）

　　车站右侧的两扇大木板门霍的打开，一辆木炭客车——那千疮万补的木板车身，以及几乎不成形状的铁器，只能说是还像一辆走长途的汽车，也和抗战以来，一般被拉、被买去作卫国抗敌的壮丁样。——顶上顶着小丘似的行李，喘着气，像老牛样，蹒蹒跚跚从门内的车场上驶出。这就是行将负着重载，安排破费两天工夫、走一百六十二公里，到乐山县去的四川省公路局局有的第一次客车！

　　接着又一辆木炭车出来，顶上没有那么多行李，据说是成都到眉山的专车。

　　接着铜铃又在振摇，招呼去乐山的第二次客上车。

　　接着另一车站开往西康省雅安的客车也走了。那是不归四川省公路局管辖的，倒是一辆比较新色，而且是烧酒精的车。

　　接着是几辆花了相当买路钱方得通过车站检查哨而溜走的载客小汽车。

　　接着是不服什么机关管理的美军吉普车，和美军载运东西的大卡车，由城里开出，气昂昂越过车站检查哨，向大路上飞驰而去。它们肚里装的全是道地汽油，光看那走的样子，就比酒精车、木炭车雄多了。

---

①　节选自《天魔舞》，标题为本书编者所加。

接着便是那些跑短程的长途黄包车。车子只管破烂，而且打气的胶轮，两年以来，早都改换成用旧汽车外轮花破改造的实心牌皮带了，但拉车的倒都是一伙衣服穿得光生的精壮汉子。就是坐车的，也看得出比那般拼命朝木炭汽车上挤的，相当有钱，或相当有闲。

说学堂

四川成都，1932—1938 年。摄影：[美] 哈里森·福尔曼

监督刘士志先生[1]

（清末）

　　于今将近四十年了，然而每每和几位中学老同学相聚处时，还不免要追念到当时的监督——即今日之所谓校长——刘士志先生。

　　至今我记忆犹新的，还是和刘先生初次见面的那一幕。时为光绪三十四年，我刚由华阳中学戊班，为了一个同班学生受欺侮，不惜大骂了丁班一个姓盛的学生一顿，而受了监督陆绎之、教务冯剑平不公道的降学处分——即是将我由华阳中学降到华阳小学去——我愤然自行退学出来，到暑假中去投考四川高等学堂附属中学的丁班时，因了报名的太多，试场容不下，刘先生乃不能不在考试之前，作为一度甄别的面试，分批接见的那一幕。

　　刘先生是时不过三十多岁，个儿很矮小，看上去绝不会比我高大。身上一件黄葛布长衫，袖口不算太小，衣领也不太高，以当时的款式而论，不算老，也不算新。脑瓜子是圆的，脸蛋子也近乎圆，只下颏微尖。薄薄的嘴唇上，有十几二十茎看不十分清楚的虾米胡，眉骨突起，眉毛也并不浓密。脑顶上的头发，已渐渐在脱落。光看穿着和样子，那就不如华阳中学的监督与教务远矣！他们不但衣履华贵，而且气派也十足。刘先生，只能算一位刚刚进城的乡学究罢了！不过

---

[1]　原文标题为"追念刘士志先生"，本书编者改为此标题。

在第二瞥上，你就懂得刘先生之所以异乎凡众的地方，端在他那一双清明、正直、以及严而不厉，威而不猛的眼光上。

其时，刘先生坐在一张铺有白布的长桌的横头，被接见的学生，一批一批的分坐两边。各人面前一张自己填写好的履历单子。刘先生依次取过履历单，先将他那逼人的眼光，把你注视一阵，然后或多或少问你几句话；要你投考哩，履历单子便收下，不哩，便退还你。有好些因为年龄大了点，被甄别掉了。有一位，好像是来见官府的乡绅，漂亮的春罗长衫，漂亮的铁线纱马褂不计外，捏在手上的，还有一副刚卸下的墨晶眼镜，还有一柄时兴的朝扇，松三把搭丝绦的发辫，不但梳得溜光，而且脑顶上还蓄有寸半长一道笔伸的流海。刘先生甚至连履历单子都不取阅，便和蔼的向他笑说："老哥尽可去投考绅班法政学堂。"

这乡绅倒认真地说："那面，我没有熟人。"

"我兄弟可以当介绍人的。"

就这样，在初试时，还是占了四个讲堂。到复试结果，丁班正取四十名，备取六名。就中年纪最大的，恐怕要数我了，是十七岁。其次如魏崇元（乾初）[①] 虽与我同岁，但月份较小。在榜上考取第一名，入学即提升到丙班，第二学期又升到乙班的李言蹊[②]，或许比我大点。而顶年轻的如魏嗣銮（时珍）、谢盛钦、刘茂华、白敦庸[③]、黄炳奎（幼甫，此人有数学天才，可惜早死。绰号叫老弟。）杨荫堃

---

① 魏乾初：四川峨眉人，国民党时期，四川省参议员。——原编者注
② 李言蹊：当时优等生，后入北京大学。——原编者注
③ 白敦庸：四川西充人，清华学校毕业后赴美留学。——原编者注

（樾林）① 等，则为十三岁。周焯（朗轩，民国元年后改名无，改字太玄而以字行）虽然块头大些，其实也只十三岁。如以籍贯而言，倒是近水楼台的华阳县籍，只有两个人，我之外，第二个为胡嘉铨（选之）②；成都县籍仅一个人雍克元。

四川高等学堂附属中学，是光绪三十三年秋季开办的，第一任监督为徐子休③（后来通称徐休老，又称霁园先生），招考的甲乙两班学生，大抵以成都、华阳两县籍居多，而大抵又以当时一般名士绅以及游宦世族的子弟为不少，个个聪明华贵，风致翩翩。丙班学生是光绪三十四年春季招考的，刘先生已经当了监督，如以丁班学生为例，可以知道丙班学生也大抵外州县人居多，也大抵山野气要重些。刘先生对于甲、乙班学生的看法，起初的确不免怀有一种偏见——虽然他的儿子也在乙班肄业，总认为城市子弟难免近乎浮嚣，近乎油滑，所以每每训诫丙、丁班学生，一开头必曰："诸君来自田间……"

刘先生对待学生的态度，在高等学堂那方面，大概也无二致，就我们这方面言，的确是光明、公正、热忱、谨严。学生有一善可纪，一长足称，总是随时挂在口上。大概顶喜欢的还是踏实而拙于言词的学生。至今我们犹然记得刘先生常常嗟叹说："丙班之萧云，丁班之胡助（少襄，是时也才十三岁）吾深佩服！……"（胡助后来在陆绎之代理监督时，不知为了一件什么小事，因要拿几个学生来示威，遂没缘没故的同别的五个学生，一齐被悬牌斥退。大家都知道胡助是着

---

① 杨荫堃：留学日本习纺织，回国后在青岛一纱厂任工程师，直至建国以后。——原编者注

② 胡选之：德国汉堡工业大学毕业。国民党政府兵工署秘书长。——原编者注

③ 徐子休（1862—1936）：四川华阳人，曾留学日本。潏江书院主讲，并设泽木精舍任教。继任四川法政、高等学堂、中国公学教习。创设宣扬尊孔的大成学会及学校。著有《群经大纲》及《霁园诗文钞》等书。——原编者注

了冤枉的好人，陆绎之之所以未能蝉联下去，大概于这件错误的处分上，也略有关系，因为学生们不太服了。）但是一般桀骜不驯，动辄犯规的学生，刘先生也一样的喜欢。这里，我且举几个例。

先说我自己。我是刘先生认为浮嚣、油滑的城市子弟之一，而且又知道我是一个不大安分，曾被华阳中学处分过的学生，（大概是陆绎之告知的。那时，陆正任丁班的经学教习——教《左传》，虽然是寻行数墨①的教法，但对于今古地域的印证，却有见地。）于头一次上讲堂时，就望见了我，并立刻走到我的座位前，察看我的名字。我曾大不恭敬的回说："还是这个名字，并没有改。"而且后来在斥退胡助的那事件时，他到丙班讲堂训话，头一名是点着我，大言曰："这一回可没你在罢?"后来，尚起过两度纠纷，不在题内，可不必博引它了。平常到夜间巡视自习室，在我书案前勾留的时间，必较多些，问这样，问那样，还要翻翻抄本，查询一下所看的书，整整一学期，都如此。大概后来看见我被记的小过多了，从记过的行为上，看出了我并不怎么坏罢，方对我起了好感。直到有一次，因我和张新治（春如）开玩笑，互相发散四六文传单，彼此讥骂。而我用的是自己发明的复写纸，发得多些，因才被监学无意间查获了两张；正遇刘先生照例在空坝上公开教训学生时，他立即告发前去。于是把洪垂庸（秉忠）② 和人骂架的案子一结，立刻就点到李家祥③这一案。

李家祥的过失太大，当然从头教训到脚，从小演说到大，其后论

---

① 　寻行数墨：只是咬文嚼字，并不说明道理。《明儒学案》郝楚望《四书撮提》："博士家终日寻行数墨，灵知蒙闭。"——原编者注

② 　洪秉忠：四川外语专科学校毕业，曾任乐山嘉裕碱厂厂长，早故。——原编者注

③ 　即作者的本名。——原编者注

到本题："看语气，自然是在对骂。那吗，张新治也不对，张新治呢？站过来！"

张新治站过来了。一件蓝洋布长衫满是油渍墨渍，而且从腰到衩三个纽扣，都宣告脱离。刘先生于是话头一转，从衣冠不整，则学不固，一直发挥到名士乃无用之物。然后才徐徐问到正案。张新治是绝口否认他也发过传单。取证到我时，且故意说："两个人共犯，处分要轻些的。"但我决意不牵引张新治在内，并且概乎其言的顶回去道："都是我一个人做的。我不要人分过。请你处分我一个人好了。"

刘先生微微笑了笑："那没别的说头，记两大过。"

教务在旁边说："李家祥，我记得已记了十一个小过，倘再记二大过，就应该斥退的。"

刘先生不借思索的道："那吗，暂时记一大过五小过再说。"

大过，小过的确记了。但刘先生从此就不再把李家祥当做一个浮嚣而油滑的城市子弟。

其次一件事，在当时实算是学堂内政上一件大事，若交给任何监督来办——自然更不要说陆绎之——当然无二无疑的挂牌斥退。而且风闻其他学堂，的确是照这样办法办的。

事情是两个年轻的学生，不知利害的犯了一件小孩子处在一处时所难免的不好行为。不知怎样，忽然被丙班三个学生义愤填胸的认为太不道德，太有关风化了；并认为刘先生不声不响的处理为不当。于是，挺身而出，扛着一面无形的正义大旗，攻向监督室里，要求解决，虽不肆诸市朝，亦应明白逐出学宫，与众弃之。否则，人欲横流，国家兴亡都似乎有点那个。

无形的正义大旗一举，不但那两个将被作为祭旗的牺牲骇得打抖，便是我们一般并非讲仁义说道德的学生，想到刘先生之嫉恶如仇，之行端表正，之烈火般的脾气，究不知将因这面旗子的不可抗拒的影响，而爆发出来的，是怎样的一种可怕动作？然而才真正的不然，在星期六夜间，经刘先生出乎意外的，心平气和而且极尽情理的一解释，这旗子似乎就有点飘摇起来。刘先生谈话的大意是：小孩子不知道利害的胡涂行为，应该予以教训，使其明白这是不好的，并且有损于他们自己。但先要保存他们的耻，然后他们才能革。所以我们只能不动声色，慢慢指教，而绝不应该大鼓大播，闹到人人皆晓，个个皆知。这样，他们一时的过失，岂不因为我们的不慎，而成为终身之玷，而弄到不能在社会上出头？不但损及他们的家庭声誉，甚而还可损及他们的子孙，这关系难道还小了吗？有许多人都是因了一点不要紧的小过，即因被多数的好人火上加油，弄到犯过者虽欲悔改而不能，因就被社会所指责，懦弱的只好终生受气，强梁的便逼上了梁山。这还说是真正犯了过的。至于某某两人的过失，尚未如你们所说的之甚，不过行为之间，有其可疑之点而已。我们从种种方面着想，只能好好的指教之，连挂牌记过都说不上，何能即便指实，从而渲染，将人置于不可复生的死地呢？

这种极尽情理的话，已将大多数学生的见解转移了。但那扛着无形的正义大旗的三位，却还顽强的不肯折服。不过来时是气势汹汹的攻势，去时已只能持着一张大盾来作守势。而这大盾，便是人生的道德，学堂的规则，与夫学生"大众"的舆论。

刘先生本来可以不再理会这三个道学者，但是他一定要说服他们，他不愿意随便利用他当监督的否决权，虽然那时还没有"德谟克拉西"① 的"意得约诺纪",② 而刘先生又是著名的性情暴躁的正派人，曾经用下流话破口骂过徐子休，同时还拿茶碗掷过他。因此，到次日星期日的夜间，众学生都回到学堂之后，（当时的附属中学，并无走读制。甲乙两班学生，全住宿在本学堂，丙丁两班则住宿在隔一垛墙和隔一道穿堂的高等学堂——即从前王壬秋③当过山长的尊经书院④的原址——的北斋。借此，我再将我们那时所住的中学生活，略说一说。那时，我们每学期缴纳学费五元，食宿杂费二十元，我们每学年有学堂发给的蓝洋布长衫两件，青毛布对襟小袖马褂两件，铜纽扣，铜领章——甲乙两班在前一年发的，还是青宁绸做的哩——漂白洋布单操衣裤两身，墨青布夹操衣裤一身，长靿密纳帮的皮底青布靴两双——甲乙两班在头一年还有青绒靴一双——平顶硬边草帽一顶，青绒遮阳帽一顶。寝室规定每间住四人至六人，每人有白木干净床一间，并无臭虫、虱子，白麻布蚊帐一顶，有铺床的新稻草和草垫，有铺在草垫上的白布卧单，有新式的白布枕头。每一寝室有衣柜一具至二具——别有储藏室，以搁箱笼等。有银样的菜油锡灯盏一只，每天由小工打抹干净后，上足菜油。每处寝室，有人工自来水盥洗所，冷

---

① 德谟克拉西：Democraey 音译，意为民主；"意得约诺纪"，Ideologie 音译，意即意识形态。——原编者注
② 德谟克拉西：Democraey 音译，意为民主；"意得约诺纪"，Ideologie 音译，意即意识形态。——原编者注
③ 王壬秋：名闿运，字壬父，湖南湘潭人。对《诗》、《礼》、《春秋》颇有研究，办过校经、船山等书院。清宣统时受赐翰林院检讨。国民初年任国史馆馆长。著有《湘军志》、《湘绮楼全集》。——原编者注
④ 尊经书院：清同治末（1874 年）吴文勤以"通经学古，课蜀士"请建院。光绪元年（1875 年）春成立，设成都城南石牛寺。丁文诚督蜀时，延请王壬秋为山长。光绪末（1908 年）改设四川高等学堂，其分设学堂则在侧壁。二十年代为国立成都大学校本部。——原编者注

热水全备，连脸盆都是学堂供给的。讲堂上不用说，每到寒天，照例是有四盆红火熊熊的大火盆。自习室到寒天也一样，不过只有一盆火。自然，每人一张书桌，但是看情形说话，如其你书籍堆得多，多安两张也可以。每桌有银样的菜油锡灯盏一只，有一个小工专司收灯、擦灯、放灯、上油。每人每学期有大小字毛笔若干枝，抄本二十五本，用完，还可补领；各科教科书全份。至于中西文书籍，可以开条子到高等学堂的藏书楼去借。一言蔽之，每学期二十元，除食之外——至于食，后面再补叙——还包括了这些。所以起居服饰，求得了整齐划一，而又并不每样都要学生出钱，或自备。故无可扰，亦无有意的但求形式一致，而实际则在排斥贫寒有志的学生。因此，学堂也才办到了全体住堂，而学生并不感觉像住监狱的制度。管理是严厉的，早晨依时起床点名，盥漱后不能再入寝室；晚间，摇铃下了自习后，才准鱼贯而入寝室。灭灯之后，强迫睡眠。星期日薄暮回堂，迟则记过，也是严厉执行着的。记得那位秦稽查，人虽和蔼，但是对于学生名牌，却一点也不苟且，也一点不通融。）刘先生又叫小工将三位招呼到教务室，重为开导。这一次，刘先生却说得有点冒火了，大声武气的吵了一阵之后，忽然向着三人作了一个大揖道："敬维颎，敬先生！梁元星，梁先生！蒙尔远（文通）① 蒙先生，三先生者，维持风化之先生也。如其他们家庭责问到学堂，我兄弟实无词以答，这只好请烦三先生代兄弟办理好了。……"

　　这一来，三先生的旗、盾才一齐倒下了。两个可怜虫并未作牺

---

① 蒙文通：四川盐亭人，存古学堂毕业。曾任北京大学、四川大学等校教授及川大历史系主任。著有《越史论丛》等书。"文化大革命"期间逝世。——原编者注

牲，而三先生也大得刘先生的称许。

此外还有一件极小的事件，也可以看出刘先生的通达、机敏、和处理有才。

刘先生性情直率，喜怒爱恶，差不多毫无隐饰的摆在面上，待学生们如此，对教习们也如此。当时，学堂里有位英语的教习顾祖仁，不知道是国外什么地方的华侨侨生，年纪只二十多岁，长于西洋音乐，大概回国不久，除流利的英语外，说不上几句国语，至于中国文字，自然更属有限。这与另一位英语教习比起来，那自然有天渊之别了。所谓另一位英语教习者，杨庶堪（沧白）① 是也。杨先生是巴县秀才，中文成了家，而英文哩，据说是无师自通，文法很好，发音却有些古怪。（杨先生曾在丙班上大发牢骚说，甲班学生毁他连英文"水"字的音都发错了。当时，不知道是我的听觉不行吗，如是我闻，杨先生念了十几遍"水"字的英文音，的确不见得怎么对。）刘先生之与他，不但声气相投，而且在那时节，成都学界中加入同盟会敢于革命的，除了高等学堂少数学生外，（如张真如②，萧仲伦③，和已故的祝屺怀④，刘公度都是。）在成都的教习班子里，恐怕只有刘、杨二先生了。因为再加此同志关系，刘先生之对于杨先生，较之对于顾

① 杨沧白：四川巴县人，早年研究国学，后入重庆译学会习英文。同盟会员。保路运动起，积极准备武装起义。武昌首义时，与张培爵等率军光复重庆。护法运动时任四川省长。一九二三年任孙中山先生大元帅府秘书长、广东省长。抗战时回川，被任为四川省主席、国史馆长，均力辞不就。后病逝。——原编者注

② 张真如：即张颐，四川叙永人，同盟会员。四川高等学堂毕业，由稽勋局考送美、英、德国留学，获哲学博士。曾任厦门大学、四川大学校长，及川大、武汉、北京大学教授，全国政协委员。一九六九年病故。——原编者注

③ 萧仲伦：中医师及成都各中学校教师。——原编者注

④ 祝屺怀：成都人，国立成都大学历史系教授。——原编者注

祖仁，那自然两样。所以若干次在甲乙班二个讲堂之间的教习休息室中，我们常常看见杨先生含着一枝纸烟，吹得云雾腾腾的在说话，刘先生则老是亲切而诚恳的坐在对面，讲这样讲那样。如其顾祖仁穿着一身笔挺的西服走来，刘先生只管同样起身延坐，但是谈起话来，口吻间却终于抹不了一种轻蔑的意思，老是问着："你不怕冷吗？""你不感觉冷吗？"这，绝不因为刘先生守旧，瞧不起西装。因为杨先生不也穿的是一双大英皮鞋吗？只管是中式棉裤，而裤管还是用丝带扎着的。我们心里明白，刘先生只管在讲革命、维新，毕竟他是下过科场，中过举人，又长于中国史学，先天中就对于中文没有根底，而过分洋化了的人，总有点瞧不上眼。这是四十年前的风气，虽进步的刘先生到底也不能免焉。

刘先生不许学生抽纸烟，（这倒是几十年来中外一律的中学校的禁例，却也是许多中学生永远要干犯的。）每每当众说："我闻着烟子就头痛。"但我们在背后辄反唇相讥："那只有杨沧白口里吹出的烟子，闻了才不头痛。"本来，他两位先生个儿都一样的矮小，不说心性志趣如彼的相投合，即以形体而论，也太感得一个半斤，一个恰恰八两。因此，一个丙班的不免过于混沌一点的学生王稽亚①，有一夜在北斋寝室中，偶然说到刘先生之不讨厌杨先生吹出的烟子时，他才忽然提了高调门，忘乎其形的说了两句怪话。妙在适为刘先生巡查寝室，在窗子外听见了。我们整个北斋的学生，于是都如雷贯耳的，听见刘先生狮子般的声音在大吼："王稽亚！……你胡说些啥？……明天出来，跟我跪在这里！"

我们当时都震惊了。但是一直到明晚灭灯安睡，并无什么事件发

_____

① 王稽亚：北京清华学堂毕业后，送往美国留学。——原编者注

生。王稽亚虽是栗栗了一整天，却没有下过跪。其后我们把刘先生这一次的举动一研究，方深深感到刘先生之为通品。

其一，王稽亚原本是个浑小子，刘先生平日便曾与之开过玩笑。有一次，王稽亚为了失落一枝铅笔，去告诉监学，事为刘先生所闻，不由大声笑道："连一枝铅笔都守不住，你还要稽持亚洲？算了罢！"

其二，浑小子说浑话，任你如何批评，只能判他个"小儿家口没遮拦"。倘若真要认为存心毁谤，目无师长，甚至存一个此风不可长，而严办起来，照规矩讲，何尝不可。但是这不免官场化了，示威则可，而欲令学生心服，则未也。

其三，只管是没遮拦的浑话，毕竟难听，况又亲自在窗外听见。于时，尚未灭灯，寝室外面，来往尚众，如其假作不闻，悄然而逝，岂但师长的身份下不去，即巡视寝室的意义，又何在焉。

其四，像这样的浑小子，放口胡说，若不立刻予以纠正，则将来定还有不堪入耳之言。苟再包容，则为姑息；若给予惩罚，那又近乎授刀使杀然后绳之以法了。

从这四点着想，我们乃大为折服刘先生之处理，不惟坦白，抑且机敏。学生是信口开河，先生则虚声恫骇，结而不结，牛鼻绳始终牵在手里。看似容易，但是没有素养的人，每每就会从这些不相干的小事上，弄成了不可收拾的大故。因此，我常以单是有才，或单是有德的先生们，为经师或有余，为人师便嫌不足。这其间大有道理，从刘先生的小动作上看去，思过半矣。

据我上来所说，刘先生之于管教学生，好像动静咸宜，无疵可举，是醇乎其醇的一位最理想的中学校长了。我敢于全称肯定的说：是的。而且我还可以再来一个全称否定说，自我身受中学教育以来，四十年间，为我所目击的中学校长中，能够像刘士志先生之为人的，

确乎没有。这样说来，刘先生一定是超人了。其实又不然，刘先生仍
然是寻常人中可能找得出的。他之对待学生，只不过公正、坦白、不
存成见，同时又能通达人情而已。他的方法是，不摆师长的官架子，
不在形式上要求学生的一切都适合于章程规则，更不打算啰啰唆唆的
求全责备将学生造成一种乡愿①。但他也绝不怎样过分的把学生当做
亲密的子弟，从而姑息之，利用之，以冀强强勉勉灌输一些什么主
义，什么学说，而结为将来以张声势的党徒，或竟作为争取什么的工
具。不，不，刘先生从来没有这样着想过。他看学生，只不过是一种
璞，而且每个璞，各有其品德，各有其形式；他是手执琢具的工师，
他要把每个璞琢之成器。但是，他理想中具储的模型极丰富，有
圭②，有玦，③ 有环④，有瑚琏⑤，有楮叶⑥，甚至有棘端⑦的猴。因
此，他才能默默的运用其心技，度量材料，将就材料，而未致像许多
拙匠，老是本着师傅授予的一套本领，不管材料的千形百状，而模型
只一个，只好拿着材料来迁就模型了。我们由古代的说法，刘先生之
教育，只是因材施教四个大字。由现代的说法，他不过能契合于教育
原则，尤其多懂得一些心理学而已。所以我说刘先生绝非超人也。

---

① 乡愿：一作乡原。指乡里间的外貌忠诚、谨慎，其实是言行不一，欺世盗名
　　的伪善者。——原编者注
② 圭：古代五等诸侯所佩瑞玉，上圆下方。——原编者注
③ 玦：古玉器，如环而有缺口。——原编者注
④ 环：圆中有孔的碧玉。《尔雅·释器》："肉好若一谓之环。"邢昺疏："边、孔
　　适等若一者名环。"——原编者注
⑤ 瑚琏：古代盛禾稷木制祭器。比喻人有立朝执政之才。——原编者注
⑥ 楮叶：《韩非子·喻志》："宋人有为其君以象为楮叶者，三年而成，丰杀茎
　　柯，毫芒繁泽，乱之楮叶之中而不可别也。"后世以喻模仿逼真，如说莫辨楮
　　叶，可乱楮叶。——原编者注
⑦ 棘端：丛生的小酸枣树，枝上有刺。——原编者注

　　刘先生在差不多的两年监督任内，还有三件比较大的事情，值得我们的纪念。

　　第一件，是把四川高等学堂附属中学的招牌，改为四川高等学堂分设中学。

　　附属与分设这两个名词，从表面上看，好像分别并不甚大。但是按之实际，则大大不然。附属中学，好似高等学堂的预科，五年修业期满，可以不再经考试，直接升入高等学堂的正科一类或二类（即后来所称的文本科理本科）。平时，中学的教习，由高等学堂的教习兼任，即不得已而必须为中学专聘的教习，如每班的国文教习，英文教习等，也由高等学堂监督下聘，也由高等学堂开支。其他如中学的行政费用，学生食宿书籍等一切费用，也全由高等学堂监督下聘的庶务办理。中学监督，也由高等学堂监督或在教习中聘兼，或者向学堂外另聘。虽然也名叫监督，其实等于后世各大学所设的预科或附中的主任。而且因为经费不划分，监督不能聘请教习和辞退教习，在实际上，还抵不住一个主任。刘先生本是高等学堂一个史学教习，由当时的高等学堂监督胡雨岚聘请兼任中学监督。在胡雨岚未死时，因为尊重刘先生之为人，中学这方面的用人行政，自然由刘先生全权做主，即一般高等学堂那边的同事，也能为了胡雨岚敬信之故，而处处与刘先生以便利。但是中国的事情，每每因人而变。及至高等学堂监督换了人后，虽然并不存心和刘先生为难，倒也同样的尊重，同样的敬信。或许由于才能差了一点罢，于是一般勉强能与刘先生合作的高等学堂的同事，尤其管银钱和管庶务的，便渐渐有意无意的自行划起界限来了。这中间一定还有许多文章，还有许多曲曲折折的花头，只是刘先生自己不说，我们也不知道。不过在宣统二年夏，刘先生病故北京，我们为之开追悼会时，高等学堂好些学生送的輓联，却曾透露过为刘先生抱不平的话。可惜记性太差，只记得一只上联，是什么"世人皆欲杀，我知先生必先死"。连送挽联的名字都忘了。

因为如此，所以在宣统元年秋季运动会——距胡雨岚之死大概一年罢——之后，刘先生才借了下文就要说的几件事情，不知道努了多少力，费过多少唇舌，才争到了将附属中学从高等学堂那面，把经费和行政划了一部分出来，成为一种半独立的中学，而改名为四川高等学堂分设中学。我们当时都很高兴，并不以损失了直升高等学堂正科的权益为憾。

后来，我们感到不足的，就是分设中学堂的地址太窄小了，仅有四个讲堂；十几间自习室，甲乙两班的寝室已很够挤，所以才把丙丁两班的寝室，挤到高等学堂的北斋。本身没有操场，没有图书馆。后来因为修了一间阶梯式的理化大教室，连食堂都挤到前面过厅上了。因之，才仅仅办了四班。彼时中学是五年制，不分高初中，而且春秋两季开班。如其在徐子休开办时有永久的计划，那就应该划出地段，准备分期修建十个讲堂，和其余足用的房舍。当时，在石牛寺①那一带，荒地很多，购置划拨，都不困难，何况左侧的梓潼宫相当大，很可以利用。我们不知道最初的计划如何，只是后来并无扩充的迹象，以致丁班之后，不能再招新班；而且待到民国纪元时，甲乙两班毕业后，高等学堂监督周紫庭竟独行独断，宣布分设学堂停办——此即由于当初只争到半独立，而后任监督都永和又完全以周紫庭之属员自恃，不但还原了附属性质，而且还进一步办成高等学堂的枝指——而

---

① 石牛寺：又名圣寿寺，在成都南较场。据《华阳县志》：原址规模宏大，包括今日之人民公园、将军衙门一带。寺内有铁狮，说是汉、唐修造，以镇水怪之物。——原编者注

以纹银八百两的贴补费，将丙丁两班移到成都府中学，合在新甲、新乙两班去毕业——当光绪年间，开办学堂，多以天干数定班次，于是甲乙丙丁戊己之下，庚班就不容开了。此缘"庚班"与"跟班"之声同。跟班者，奴才也。大家觉得不雅听，因从庚班起，改为新甲新乙。其后，还是不方便，才改订了以数目字来排列。但是，我想，将来还是要改的——因此，分设中学，便成绝响。但我相信，倘若刘先生不在改换名称之后，急急离去，或者不在宣统二年病故，而能回任，分设中学说不定可能继续办下来的。不过，也难说。以刘先生的性情和为人，又加以是老同盟会员之故，像从民国元年以来的世变，他哪能应付！分设中学纵然形式上存留下来，其精神苟非甲乙丙丁四班时的原样，那又何足贵焉！倒不如像现在这样的"绝子绝孙"，还可以令我们回忆得津津有味，这或者不是李家祥一人的私见罢？

第二件，可以说就是促成第一件的直接原因之一。时为清宣统元年秋季，成都全体学堂——也有外州府县的学堂远远开来参加的，如自流井王氏私立的树人中学，即是一例——在南较场举办了一次运动大会。我们学堂排定的节目，有甲乙两班的枪操。甲乙两班枪操了一学期，所用的旧废的徒具形式的九子枪，自然是高等学堂备有的。而高等学堂的学生，也有枪操节目。这一来，自然就与平日轮流使用不同，非设法再增添八九十枝真正的废枪不可了。

我们是附属的学堂，事务上平日既没有分家，那吗，枪之够与不够，自然是高等学堂办事人的事情，也是他们的责任。大约事前，刘先生也的确向那面办事人提说过，或商量过的，因此，在运动会开幕的头二天，刘先生才很生气的告诉甲乙两班学生说："今天你们下了操后，就顺便把枪带回来，放在各人寝室里。"

我们立刻就感觉这其间必有文章做了。果不其然，高等学堂的办事人遂一而再、再而三的前来要枪。起初还声势汹汹的怪甲乙两班学生不该擅动公用器物，刘先生老是笑嘻嘻的回答道："只怪你们办事不力，为什么不早预备，我们的学生聪明，会见机而作。……至于你们那面够不够，有不有，那是你们的事，我不管。"

后来，演变到高等学堂的百数十个学生，被一般不满意刘先生的办事人鼓动起来，集体的侵入到我们的食堂上，非有了枪，不肯走。刘先生一面叫甲乙班学生将寝室门锁了，各自走开，不要理会；一面便亲自到高等学堂，找着那般办事人，很不客气的责备了一番。结果，还是高等学堂自己赶快去借不够用的枪支，而索枪的集团也只得静静的坐了一会便散走了。但是，到运动会举行那天，专为他们高等学堂学生备办了午点，而我们没有。这虽是无聊的报复，却显然给了刘先生一个争取改换招牌的借口，而我们本无成见的学生也愤愤了。

第三件，这不仅是我们中学史上的一件大事，抑且是四川教育史上一件大事，再推广点说，也是清朝末季四川政学冲突史上一件大事。如其我不嫌离题太远，而将那一天的情形，以及事后官场所散布的种种谣言，仔仔细细写出一篇纪实东西来时，人们必不会相信这是三十八年前的陈迹，人们必会爽然于近两年各地所有军学冲突，政学冲突，警学冲突的流血事件，原都是三十八年前的翻版文章，不但不算新奇，而且今日政府通讯社和政府报纸所报道所评论的口吻和手法，也不比三十八年前的官告和告示有好多差异。但是我不愿这样做，仅欲赤诚的建议于今日一般有志做"官方代言人"的朋友：近百年史可以不读，但近三四十年的官书却不可不熟，为的是题目一到手，你们准可振笔直抄，一切启承转合，全有，用不着再构思，甚至连调门都不必掉易。你们的主人还不是三四十年前的主人。只不过以前老实点，称为民之父母，今日谦逊点，称为民之公仆而已。

　　宣统元年秋季运动会，本系成都学界发起，参加者限于文学堂，连当时堂堂的陆军也未参加。但是，临到开幕，忽有巡警教练所的一队大汉，却入了场，报了名。一般主办会事的人觉得不妥，即与教练所提调某官交涉，最好是请他的队伍自行退场，不要参加各种竞赛，以免引起学生们的误会，纵不然，即照幼孩工厂的办法，单独表演一番而去，作为助兴之举。后来，据说那提调本答应了的，不知如何又拒绝了。他的解释，巡警教练所也是学堂性质，如遭拒绝，不许加入学界，那是学界人员存心瞧不起巡警，也就是存心轻视宪办新政。大概正在一面交涉，会场里的竞赛业经举行，教练所的选手便不由分说的参加了几项。我那时充当了一名小队长，正领了一队选手，去作杠架竞赛、木马竞赛，而场子里忽然羼进一伙彪形大汉，运动衣上并无学堂标记，也无旗手领队，大家遂吵了起来："我们不能同警察兵比赛！"一声唿哨，正在盘杠子的，正在跳木马的，便都中途收手，各各结队而散，声言"羞与为伍！"（这一点，我不能讳言，的确是学生们的不对，门户之见太深了。但也可以考见学生之与警察，实是从开始有了这两个名称起，就像是不能同在一个器内的薰莸①。倘若探究其渊源，自不足怪，不过却是别一个题目的文章。）

　　及至我回到我们的学堂驻地时，又亲眼看见场内正在举行障碍竞走。十几个少弱的学生们中间，也有两个彪形大汉。飞跑的时候很行，但一到障碍跟前，就糟糕了。我们正在笑他们像牛一样的笨，却绝料不到他们两个中间的一个，竟举起钵大拳头，朝一个学生的背上擂了起来。被擂的学生好像不觉得，反而被他的腕力一下就送过障

---

① 　薰莸：薰，香草；莸，臭草。《孔子家语·致思》："薰莸不同器而藏。"——原编者注

碍，抢到前面。倒是我们旁观者全都大喊起来，申斥那出手打人的大汉"野蛮！野蛮！"随后不到五分钟，会场的油印报纸，便将这不幸的消息送达全场。在场子四周的学生驻地上，业已发现了不安的情绪。此刻，在官府的看台前（即后世所谓司令台），正由四个藏文学堂的学生，戴着面罩，穿着胸甲，各人手上执着一柄上了刺刀的枪，在作日本式的劈刺。我们亲眼看见成都府中学堂——时任监督的为林思进①（山腴）——学生驻地内，跑出十几二十来个学生，吵吵闹闹的直向巡警教练所驻地上奔去。我们只听见断断续续的人声："去质问他们！……为啥打我们的人！……"

一转瞬间，委实是一转瞬间，距离我们的驻地三四十丈远的教练所队伍处，我亲眼望见有三四个大汉站在一张大方桌上，每人手中持着一柄上了刺刀的枪，向着跑过去的人群，一连猛刺了几下。立刻，人群像水样的倒流回来，立刻呼叫声像潮样的涌起。立刻，被戳倒的几个学生，血淋淋的被搀了几步，又默默的横倒在草地上，而杀伤了人的巡警也立刻集合起来，等不到排队报数，便匆匆的开拔出场，走了。

事情来得太快，也出得太意外。及至大家麻木的情绪一回复，乱嘈嘈的正待提起空枪去追赶巡警时，整个运动场已像出了窝的蜂子。各学堂的管理人都各自奔回驻地，极力阻拦学生，叫镇静，叫维持着秩序，叫大家继续运动，个个都在拍着胸膛，担保有善后办法。同时，四川总督赵尔巽也带着一大批文武官员，由看台上退下，而他那

---

① 林思进：字山腴，自号清寂翁。清光绪癸卯科举人，考授内阁中书。民元以后，历任四川高等师范学堂、成都大学、华西大学等校教授，工诗文，善书法，著有《成都兵祸诗》等。——原编者注

一队精壮的湖南亲兵，也个个挺着精良武器，摆着一副不惜为主子拼命的凶恶面目，在他身边结了个方阵。

当夜，几乎是成都全学界的负责人，不约而同的集合在石牛寺教育会里，商讨如何办法。大家都要看素负重望的会长徐子休是持的什么态度。后来，据闻，徐会长主张退让，认为学界力量决不是官场对手，假如一定要扩大行动，惹出了什么更大的乱子，那他断不能负责的。又据闻，即由于徐会长的态度软弱，大家很是惶恐，幸得刘士志先生、杨沧白先生，作了一场激烈的争执，然后才议决，各学堂自即日起，一律罢课，但须学生自行约束，不得在外生事；一面推举代表，禀见赵尔巽，要求严办出手巡警和教练所提调；一面将轻重伤学生送到四圣祠外国医院，希望取得外国医生证书，准备向北京大理院去控告；一面请求上海各报在成都的访员，用洋文电报把今天消息拍到上海去登报。又据闻，徐会长因为扑灭不了众人这股火似的热情，而又认为刘、杨二人这种言行，将来必免不了招出大祸，连累到教育会的负责人，于是，他当夜就向众人辞去会长名义，洁身而退，以冷眼来等待刘、杨诸人的失败。

禀见赵尔巽的代表当中，自然有刘士志先生、杨沧白先生。大家自可想像得到，那时交涉之困难，岂与今殊？我们曾经看见刘先生在那十几天里，脸色是非常沉郁，而态度，却每到南院（俗称总督衙门，即今督院街四川省政府所在地）去过一次，就越是激越一点。同时谣言也流播出来：说那天的运动会里，有革命党在场鼓动煽惑，大有乘机刺杀四川全省官吏，因而有起事造反的趋向，希望大家不要受蒙蔽才好；或曰：巡警教练所的队伍之临时开来参加，是巡警道某某奉了总督密谕施行的。因为总督早得密告，说学生中有不少的乱党在内，深恐无知学子受其摇惑，在运动时难免轻举妄动，自干罪戾，特谕巡警参加，意在一面监视，一面保护。不料果然出了事，可见总督大人是有先见之明的；或曰：学界代表中就有不安本分，惟恐天下不乱的乱党，他们不惜鼓动学生，将无作有，而且每对总督大人说话，很不恭顺，其目无长上之态，随便什么人看见，都觉得不是真正读书守礼的君子。这样的分子，倘再容留他们去教导学生，岂特非国家之福，抑且是四川学界之耻。总督大人已经有话传出了，倘大家再不知趣的安静下来，还要作什么无理要求，那吗，多多少少总要严办几个人，才能把这场风潮压得下去的。

不消说，这些流言，都是有所指，而谁也明白指的是什么人。事实上，赵尔巽的态度，的确很横，他根本就不承认学生是巡警用刺刀戳伤的。他说，巡警向有纪律，不奉谕，是不敢妄动的。又说，四川学风，向来就太嚣张，这都由于办学诸君，没有忠君爱国宗旨，所以养成。又说，所贵乎为人师长者，就是要能管束学生，使其循规蹈矩，像这样动辄罢课要挟，可见心目中早无本部堂矣。又说，诸君之意，学生全无过失，过皆在官厅，此乱党之言也，诸君何能出诸口端？又说，诸君不论事之真伪，只是处处为学生说话，只是处处责备官厅，岂非诸君真欲附和奸人作乱耶？赵尔巽如此的横蛮，所以消息也就越坏，绅界、中学界中稍为胆小一点的，遂都消极起来，采取了教育会徐前会长的明哲保身的态度。而一直不肯退让，一直迈往直前，一直不受谣言威胁的，已是很少数，而刘、杨两先生则为之中坚。后来得力于廖学章①先生，从外国医生那里，取得了负责签名的证明书，证明受伤学生委系被刺刀戳伤，而并非如官厅之所倡言，是

———————————

① 廖学章：广东（客家）人。前清时，留学日本习英语。回国后历任四川高等学堂、成都、华西、四川等大学外语系教授及系主任。——原编者注

学生自己以小刀栽的轻伤。而后，赵尔巽才因了害怕外国人的张扬和批评，遂让了步，答应惩办凶手，撤换提调，切谕巡警道从严管束警察，不许再向学界生事。对于抚慰学生一层，坚执不许，认为过损官厅尊严，不免助长学生的骄风。

这事之后，刘先生虽隐然成为学界的柱石，但是却躲不过"秀出于林，风必摧之"的定律。官厅对于他，自然是侧目以视，一方面也怀疑他当真是乱党的头子；即同是学界里的同事们，也嫌他锋棱太甚，不但骂人不留余地，而且在许多事上还鲠直得像一条棒，不通商量。大约定有许多使刘先生不堪再容忍的事罢，所以当他把我们学堂的招牌力争更换之后，不久，已是再两个月就要放寒假的时候，我们忽然听闻刘先生已应了京师大学的史学教习的聘，很快的就要离开我们，到北京去啦。

我们那时不知道刘先生之所以不得不走的内情；我们那时都还是不通世故，不知情伪的孩子，也想不到要去探求那中间的曲折原因，以便设法解除；我们那时只是莫名其妙的感到一种很不愉快的心情；我们那时只是凭着我们直率的孩子举动，自动的，一批一批的，去挽留刘先生，希望他不走。而留得最诚恳的，反是甲乙两班学生，反是平日受训斥最多的学生，反是一般为管理人所最头痛，认为是桀骜不驯的学生。而刘先生哩，只是安慰我们，叫我们好好的遵守学堂规则，好好的读书操学问，将来到社会上去，好好的做一个有用的人，却绝口不言他为什么非走不可的理由。仅仅说，住一二年就回来的，本学期暂请陆绛之先生代理监督职务，陆先生是他佩服的朋友，学问人品都高，叫我们好好的听管教。我们那时也真没有想到像后世办法，举行一个什么欢送会，大家在会场上说些违背良心的话，或发点牢骚之类，热闹热闹。

　　刘先生一直到走，差不多在两年的监督任内，并没有挂牌斥退过学生——自行退学的当然有——他的理论是，人性本恶、而教师之责，就在如何使其去恶迁善。如你认他果恶，而又不能教之善，是教师之过，而不能诿过于他。况乎学堂本为教善之地，学堂不能容他，更叫他到何处去受教？再如他本不恶，因到学堂而习染为恶，其过更在教者。没有良心，理应碰头自责，以谢他之父兄，更何能诬为害马，以斥退了之？

　　刘先生又常能"观过知人"。（按：《论语》本为知仁，朱晦庵解为仁义之仁。我以为与殷有三仁之仁，和"井有仁焉"同解，即仁者人也。古字多通用，不若直写作人字为便。）他的理论，以为干犯学规的青年学生，正如泛驾之马，其所以泛驾①，盖由精力超群。苟能羁勒有道，必致千里。故对青年学生之动辄犯规，他并不视为稀奇，他只处处提醒你，不要你重犯，不许你故犯。他希望你勉循规矩，出于自觉，而讨厌的是面从心违，尤其讨厌的是谬为恭顺，和假绷老成。

　　因此，刘先生才每每于相当时候，必将一般顽劣学生叫到身边，切实告以为人之道之后，必蔼然曰："凡人未违于道之先，孰能无过？要在自己知道是过，自己能改。圣人之过，如日月之食，其过也人皆见之，其改也人稍仰之。我望你们在这一端上，人人学圣人。"于是凡记了过的，都在这一篇训诰之下，宣告取消，而大家也知道下次是不容再犯了。所以，在刘先生当监督的任内，我们学堂的学风，敢说是良好的，没有故意与管理人为过难，没有轰走过教习，没有聚众向监督开过玩笑。但是在刘先生去后的两年内，则不然了。平日最善良

————————

① 泛驾：不受驾驭。——原编者注

的学生，也会刁顽起来，平日凡是不在乎的学生，那更满不在乎了。第一坏在陆绛之之固执成见，以为管教之道，在乎严厉，严厉之方，又在乎立威示范。于是在他代理之初，便因一点小过失，斥退了六个学生，胡助便是其一。因为罚不当罪，反为学生所轻视；又因是非不明，便是纯谨的学生也不能不学狡猾了。然而陆先生毕竟还是正派人，还懂得一些办学道理，也还骨鲠无私。及至宣统二年，都永和来接任之后，才完成了把我们良好的学风彻底破坏到踪影全无。由今思之，丝毫不解办学为何如事的都永和，何以会为周紫庭赏识，而聘为我们学堂的监督？或者以都永和之为人，颇像一个佐杂小吏，而能善于巴结上司乎？总之，都永和不但把分设中学弄得一团糟，而且还把分设中学的生命必诚必敬的送了终。

　　这里，我只好谈一件很小的事为证。当我们要给刘先生开追悼会时，都永和不准我们在学堂里办，说是于体制不合——他之动辄闹京腔，打官话，引用些不通的文句，以见笑于学生的事，几个插班学生如曾琦（慕韩），如涂传爵，都是在刘先生时代来插入丙班的，所以他们尚知道刘先生的一鳞一爪；如郭开真（沫若），如张其济（泽安），则都是都永和时代来插入丙班的，已经不知道刘先生——都可证实。而且定还记得他那喇嘛绰号之由来——要我们到隔壁梓橦宫去办。他起初态度很顽强，还训斥我们为不知礼。继后，我们请了全堂教习去与之理论（陆绛之先生竟自开口骂起他来），他才像打败的牛一样，屈服了。但临到行礼时，都永和又妄作主张，只须向灵位三揖，而免去跪拜。他的理由是，以功名而论。刘先生是举人，他是廪生，相去只有一间；以地位而论，刘先生是卸任监督，他是现任监督，似乎还高一篾片；以礼制论，已有上谕免去跪拜，而三揖已为敬礼。陆绛之先生很生气的道："各行其是吧！"遂迈步上前，行了三跪九叩首的大礼。一般教习先生，都毫无顾忌的效了陆先生的做法。都永和也贯彻了他的主张，作了三揖，只是把他所聘任的两个监学难坏了。两个都是惯写别字的老秀才——可惜张森楷（石亲）先生早死了，不然，他很可以告诉你们，他曾亲眼看见这两个秀才在监学室里，要写一张条子，叫泥工修葺房屋，写到"葺"字，两人商量了一会，还是写成"茸"字——站在旁边，不知何从。我亲眼看见他两个交头接耳一会之后，也不跪拜，也不作揖，乘人不备，一溜而走，自以不得罪活人为智。

像如此的监督，如此的管理人，以之为刘先生之继，诚然害了学堂，害了学生，却也害了都永和本人。"人之患在好为人师"，不其然欤？

刘先生的私生活，也值得一述。他当我们中学监督时，并未将家眷携来，身边仅随待着一个儿子，即在乙班读书的刘尔纯。监督室恰在学堂中部两间形同过厅的房内，一间是卧房，又是书斋，一间是客室，也是召集学生说话之所。刘先生在学堂的时候极多，遇有公事出门，也照例坐轿。他是举人，有顶戴的，但我们从未看见他穿过公服，只有一件青缎马褂。平常的衣履，并不华丽，但也不像名士派之不修边幅，大抵朴素、整洁，款式不入时，也不故作古老。在学堂时，除了自己读书和教课外，教务、监学办事室和教习休息室二处，是常到的。巡视讲堂，巡视自习室，巡视寝室，没有一定的时间。学生有疾病，随时都在问询医药。厨房厕所必求清洁，但不考求与当时生活条件过于凿枘①的卫生。他不另自开饭，（这是当时各学堂所无。

---

① 凿枘：亦作枘凿，即方枘圆凿的简语，比喻不相容，或不相配合，凿，榫眼；枘，榫头。——原编者注

后来都永和继任，首先立异的，便是监督的饭另开。起初只是菜蔬不同而已，其后还在大厨房之外，另设监督的小厨房。只不像余舒——苍一，又号沙园——任潼川府中学监督之特设监督专用厕所而已。据说，都是官派。）日常三餐，全在学生大食堂上同吃。学生吃什么，他吃什么。（我们中学时代的伙食，的确远胜于后世，而我们中学更较考究。桌上有白桌布，每人有白餐巾一方，每一桌只坐六人，上左右三方各二人，下方空缺，则各置锡茶壶一把，干净小饭甑一只。早饭是干饭，四素菜，一汤。午饭自然是干饭，三荤菜，一素菜，一荤汤。晚饭也是干饭，三素菜，一荤菜，一荤汤。不许添私菜，其实也无须乎私菜。但在都永和时代就不行了，菜坏了，也少了，也容许添私菜了。在打牙祭时，甚至可以饮酒，甚至可以饮酒搳哑拳，而学生并不叫都永和的好。）菜蔬不求精致、肥甘，但要做得有滋味，干净。设若菜里饭里吃出了臭味，或猪毛头发之类，不待学生申诉，他先就吵闹起来。厨子挨骂之后，还要罚他每桌添菜一碗。所以当时若干学堂都有闹食堂的风潮，而我们中学独无。尤其是我们中学规矩，吃饭铃子响后，学生须排了班，鱼贯而入食堂，一齐就定位站着，必须监督、监学坐下，才能坐下举箸。记得有一次，王光祈（润玙）因为在自习室收拾书籍，来不及排班，便从走廊的短栏处跳入行列。被一个监学拉出来道："那不行，不许这样苟且。"结果，罚他殿后，但并未记过。

刘先生死后，一直到如今，还未听见有人给他作过小传和行状。从前我们太不留心了，连他编的讲义，都未曾保留一份。如今要找他的著作，简直万难。民国三十一年我在重庆遇见杨沧白先生，谈到这点；杨先生也浩谈平生最抱歉的事，就是刘先生的诗文稿，原交他代管，都在这次逃亡中损失馨尽，今所余者，仅为杨先生所译雅作的一篇序文而已。又因刘尔纯世弟归隐故乡多年，甚至连刘先生的身世和家庭情形，以及有几个世兄弟，几个世姊妹，都不得而知。细想起来，全是我们之过。我们少数存留在成都的同学，也曾聚会过几次，就是顶热心而记忆力顶强的洪祥骝（开甫）谈起刘先生的一切来，也未能弥补我们的缺憾。

刘先生已矣，而我们中学堂的地址犹存。今为私立成公中学的一部分。四十年的风雨剥蚀，连房舍都不像样了！而成公中学的老训育罗为礼（秉仁）犹是住丙班时的模样，只是胖了，有了胡子。

刘先生讳行道，字士志，清四川绥定府达县举人，清宣统二年夏病故北京，生卒年月，皆不能详。

一九四六年七月三日敬述。时正燠热之后，大雨如注。

小学学堂的一天①

（清末）

啊呀，打五更了！急忙睁眼一看，纸窗上已微微有些白色，心想尚早尚早，隔壁灵官庙里还不曾打早钟！再睡一刻尚不为迟，复把眼皮合上。朦胧之间，忽又惊醒，再举眼向窗纸一看，觉得比适才又光明了许多，果然天已大明！接着灵官庙里钟声已镗镗嗒嗒敲了起来，檐角上的麻雀也吱吱咯咯闹个不了。妈妈在床上醒了，便唤着我道："虎儿，虎儿，是时候了快点起来，上学去罢！"

我到此时真不能再捱，只得哼了一声，强勉坐起，握着小拳，在两只睡不醒的眼皮上，揉了几揉。但那眼珠子仍觉得酸溜溜，涩沽沽，十分难过，又打了两个呵欠，才把床沿上放的衣服抓起来披起，心里便想，几时哪天永不明亮，岂不好长长的睡一个饱觉，不然便把那学堂里的老师一齐死尽，也免得天才见亮就闹着人去上早学。心里虽是如此想，手里却仍忙着穿衣服，缚鞋鞯，诸事齐备，登的一声跳下床来。妈妈又模模糊糊的说道："虎儿，你还不曾走么？不早了，快点快点！莫要久耽搁，恐老师发怒，条桌左边抽屉里，有四个铜钱，拿去吃汤元去！"

我一听吃汤元，不觉精神一爽，连忙将钱取了，把一个小书包挟

---

① 原文题为"儿时影"，此标题为本书编者所加。

在腋下，说声"妈妈我去了！"开门出来，晨风冷冷，地上宿露，犹滋润未干；两旁铺店，尚都关闭严紧。一条坦坦荡荡的长街，除我一个上早学的小学生外，寂寂静静绝无第二个行人踪迹。走到街口，在一家大公馆门前便有一个卖汤元的张幺哥，正把担子挑来，烧了一锅开水，一见我来，便笑道："小学生好勤学，恁早就上学了！明年科场，怕不抢个大顶子戴到头上？"

　　我听了只好一笑，把书包放在凳上。张幺哥便舀了一碗炅①热的汤元给我，吃着吃毕，用衣袖把嘴抹了，将四个铜钱，锵的一声掷在张幺哥的竹钱筒内，挟了书包，几跳几跳，便跳进学堂。掀门一看，老师尚未起来，只见众同学的桌凳，七高八矮，七长八短，七歪八倒，纵横一地。地上鼻涕痰唾的痕迹，斑斑点点，犹如花绣一般；几扇零零落落的窗棂格子也脱了，纸也破了，老师终年终月，兀坐窗下，从不肯稍稍收拾一次。略一瞻顾，随着轻轻的走到自己的桌前，歪着头，鼓着腮，把桌上的灰尘吹净，又把书包拂了两拂，取出书本，方要诵读，心里忽一转念，为时尚早，莫把老师惊醒，再玩一刻儿罢！于是又轻轻跳下座来，又着手一想：如何玩呢？忽掉头见同学桌上积的灰尘，比自己桌上的还厚，便想了一个妙法，走到桌前，伸出一个指头便去灰尘上画了无数减笔老鼠，也有立的，也有跑的，这张桌上画毕，又到那张桌上去画。正画得入神，忽见桌上又伸出一个细长指头，把我画的一个没尾巴老鼠，忽添了一根绝长的尾巴。我大吃一骇，连忙抬头一看，原来也是一个小学生，在同学中年龄比我还轻，平常最爱哭泣，老师又是最恨他，无论他读的书背得背不得，讲得讲不得，一日之间，他那手掌同屁股，总得与老师的毛竹板子亲热

────────────

①　炅：读炯（jiǒng），光明，热，冒烟。——原编者注

几次。自他进学堂以来，便不曾欢喜过一天，终日都在号哭，久而久之，习与性成，那眼泪鼻涕，倒同他一刻不离了。众同学都代他起了一个别号，叫做"哭生"。他也居之不疑，每每提起一支大笔，壁上、墙上、桌上、书上，到处都写些"哭生"两字。当下我一见是他，便握着他的手，低低笑道："你今晨又不曾赶过我？"

哭生皱着眉头低声应道：

"我倒不想来赶早学，我只想怎的一天长成了大人，我爸爸送我去学手艺，永世不进这牢门，那就好了！"

我道："何必哩！你读了书，以后入学中举，岂不好吗？却甘愿去学手艺！"

哭生摇着头说道："莫说入学中举那些虚话，我只求今天那毛竹板子不尝我的肉味，就万……"尚未说毕，欷的一声，眼泪汪汪，早滴了一桌子，把一个才画的长尾巴老鼠，也淹化了。

我连忙将衣袖伸去，替他擦了泪珠，劝道：

"你也太柔懦了！快不要哭，我教你一个避打的法子罢！你回去把那粗草纸，取得四五张，叠成两片宽宽的纸版，用细麻绳拴在裤子里。纵说老师的毛竹板子力量重，有一层草纸隔着，究竟轻些。"哭生仍摇头说道："枉然枉然！你这方法，只能避得屁股上的痛楚，那手掌上，还是避不了的。"

我低头一想，也是道理。正欲再替他想个方法，猛听见地板上砰砰訇訇响了几声，原来两个十七八岁的大学生，挺胸扬臂，大踏步走了进来，一个忽然说道："噫！又是你两个早来！怎不读书，却鬼鬼祟祟的嚼些什么？"

我道："希奇！要你来管我们吗？"

他两个笑了一笑，也不多说，翻开书本便商颂曰、秦誓曰的乱喊起来。这一下，早把老师惊醒了。只听见床钩一响，接着咳嗽吐痰，闹了一阵，房门一启，老师早已披了一件油污烟渍、其臭难当的蓝呢夹衫，脚下趿了一双云头夫子鞋，走到教案之前，打了几个大呵欠，方才坐下，在抽屉中取出一副白铜宽边大近视眼镜，擦了两擦，往鼻子梁上一架，慢慢举头把天光一望，忽然大发雷霆的说道：

"恁迟了，怎还不曾来齐！读书人三更灯火、五更鸡，举人进士，岂是晏起迟眠做得到的？"

老师这几句训辞，本非新制，每隔两三日，总须按本宣科的说一次。我们已经听得厌了，也不在意。只是老师人本瘦小，弯腰驼背，自显得斯文尔雅。至于脸上，更是一张粗黑油皮，包了几块凸凹不平的顽骨，再架上一副大眼镜，早把一张不到三寸的瘦脸，遮了大半；头上发辫，乱蓬蓬堆起半尺多高，又黄又燥，恰如十王殿上泥塑小鬼的头发一般。老师讲毕训辞，未到半刻，许多同学都陆续来到。登时一间屋里，人喊马嘶，十分闹热起来，接着背熟书的背熟书，上生书的上生书。我与哭生，今晨都在上生书之列，我们两人，又都是读的"下孟"。

我先捧书上前，递到案上。老师把书拖去，提起笔来，先把句读圈点了，然后将书移到我的面前，哑着声音念道："孟子曰：有布缕之征，粟米之征，力役之征，君子用其一，缓其二，用其二而民有殍，用其三而父子离。"顿了一顿，又念道："孟子曰：诸侯之宝三，土地、人民、政事，宝珠玉者，殃必及身。"

我用一根指头，指在书上，一面跟着老师声音念去，一面偷眼去看老师，见老师正伸手在衣领上捉住了一个大肥虱子，递到鼻尖上去赏玩。我不觉一阵恶心，口里便顿住了。

老师登时怒气满脸，伸手把我脸皮一拧道："心到哪里去了？"随又抓起一柄尺许长的木戒尺，嘣一声便打在我脑袋上。

当时我又急又怕，又觉脑壳上火烧火痛，不由的两行痛泪，纷纷流下。老师尚大声叱道："你还敢哭吗？"又把戒尺举了起来。我急急忍着痛楚，抹了眼泪。幸而老师待我尚有几分慈悲心肠，因我妈妈望我读书有成，时常备些点心菜肴，叫我送给老师，所以老师才不再打，只把手向书上一指道："自己念！"

我连忙捧着书，一字一字念了一遍，幸未有错。这才平平安安回到自己桌位。在我之后，上生书的，就是哭生。只见他捧着书本，愁眉泪眼，战战兢兢挨到教案之前，老师瞪了他一眼，早把他骇得面如土色。但今晨甚是奇怪，老师虽恨了他一眼，却不曾打他一下。他转身之时，恰与我打个照面，把舌头伸了两伸，眉梢眼角，微微有点喜色。哭生面有喜色，在我眼里只见过三次：头一次，是他生日，在老师面前，偶然说出，老师大变成法，居然赏了他一天假期，我见他笑过一次；第二次，是他在书本内，忽翻得一张外国图画，我并不知是谁人夹在他书本中的，图背还写了几个红字，是"可爱哉此儿"！他一见了，如得珍宝，放声一笑。我问他究竟是谁的，他总不说出。这次之后，直到今晨，虽未曾笑，也算他展过一次眉头。我们生书上了两段后老师便放了早学，众学生都回家吃饭。我出得门时，哭生已经走远，因他不与我同路，我便独自回去。此时街上铺店，都已开张，路上行人，熙来攘往，迥不似清晨那番寂寞光景了。张么哥汤元卖毕，已经回去改卖别种东西去了。妈妈待我吃饭方毕，便急急催我去上学。我算老师此时，正在吃饭，老师饭后，尚须吃烟出恭①，耽搁

---

① 出恭：在明代，考场考生入厕，必携"出恭入敬"的牌子。此习在旧私塾中一直相沿到"五四"运动后才被革掉，俗称解便为"出恭"。——原编者注

很久。我便挟着书包，躲到灵官庙里，去看那些烧香敬神的妈妈姐姐们，许久许久，方才跑进学堂。早饭后的功课，第一就是背诵熟书。我的熟书是：《三字经》、《千字文》、《诗品》、《孝经》、《龙文鞭影》、《大学》、《中庸》、《论语》、《孟子》，还不算多。哭生比我多读一部《幼学琼林》，一部《地球韵言》。我背诵之后，就是他了。他因今晨不曾挨打，便胆大了些，将书本送上教案，一不留心，刚把老师一个千钉万补的百衲碎磁茶壶，微微碰了一下，登时老师拼着破竹片喉咙，哇喇喇大叫一声，一举手早把哭生一大堆书本，蝴蝶闪翅般掷了一地，然后一把将他一个小髻儿，抓了过去，早在教案侧摸出一根二尺来长、七八分宽、四五分厚的毛竹板子，雨点似的只顾向哭生肩背股腿之间，抽来抽去。

哭生也是一个怪孩子，每每挨打，只把两手抱着脑袋，拼命的号哭，也不求饶，也不躲闪，直待老师手腕软了，方才放下。哭生哭着，弓下腰去，满地里把书本拾起，仍然清理整齐，重新捧到教案上去，眼泪汪汪，候着老师看了，方好背诵。老师是时正把茶壶捧到鼻尖上去，细细察验，见未碰坏，方缓缓放下，举眼去看哭生，见他泪流满面，两只手隔着衣裤，摸索伤痕。老师大恨一声道：

"你也算是一个人了，不知你前世是那片蛮山上的一条野狗！看着我做啥？不快背书，还想讨打吗？"

哭生这才转过面去，带着泣声，把书一本一本都背过了，幸无差错，老师这才从轻发落，叱回座去写字。接着，又一个学生上去背书，却又生又错，老师气极了，重重的责了那学生两下手掌。只因那学生也同我一样，时常有些东西送来孝敬老师，所以老师也另眼相看。当下背书皆毕，老师吩咐写字，大家磨起墨来。我与哭生两人尚在模写核桃大小的大字，每日只写八十字，故不久都写毕了，交到老师教案上去。

正在此时，忽见老师一位朋友，弯腰曲背，手上比着六字形，脚下踏着八字式，摇摇摆摆，走进学堂，唤道："三兄，尚未毕事么？能否到香泉居①吃碗茶去？"

老师一见，连忙除了眼镜，站起起来让坐道："大兄有此雅兴，敢不奉陪！但请稍坐，待与顽徒们出个诗题。便可偕去。"

原来此人是老师第一个好朋友，每每邀着老师出去吃茶饮酒，或是赌博、看戏，只须他来，老师必要出去一次。老师出去，至少总有一两个钟头的闲暇，所以我们一见他来了，大家的精神都为之一爽。当下老师写了一纸诗题，是他们大学生的，又写了一纸对子，是我们小学生的。写毕，放在案上道：

"题纸在此，我回来时，都要交卷。未交的，一百毛竹板子，半个不少！"

老师吩咐后，便同着那位朋友，摇摆着出了学堂。众学生尚不敢擅自离座，大约半刻时候，早见一个最大的学生，哈哈一笑，跳了起来道："你们为什么还不来取题纸，定要等那老东西发给你们吗？"

这人一倡首，那些大的小的，都纷纷的跳了起来，又说又笑，登时把个严冷学堂，闹得一团糟。

我此时也跳下座来，同着众人去抢题纸，却被一个十四岁的学生抢到手上。众人又向他手上去抢，他早跳上教案，站了起来，举着手道："莫闹莫闹，听我宣读！"众人果然不闹，都仰着头看他读道："诗题是'溪水抱村流'，得村字，五言六韵；对子是'千点桃花红似

---

① 香泉居：早年成都一家大茶馆，在中北打金街与锦江街口之间。——原编者注

火'。"

我一听了，忙跑到哭生桌旁，见他正提着笔，在一张白纸上写了无数"哭生"二字。我摇着他的肩头，问道："你听见了不曾?"

他抬起头来道："听见了。"

我道："你如何对法?"

哭生把笔一掷道："对对对! 今天这一顿，把我打结实了! 你摸我左边背上，同这只腿上，无一处不是半分高的板子痕!"

我道："今天倒怪你自己! 老师清早并未打你，你为什么要碰着他的茶壶?"

哭生道："那不过一时大意，并不曾把他茶壶碰坏，怎么就这样打我! 我再顽劣，究竟是个学生，并非是那犯了王法的偷牛贼!"说着又呜呜的哭了起来。

我道："这些都不说了，且把这对子对起，也好放心玩玩。"

我们两人正说时，旁边一个大学生便插嘴道："谁请我吃二两落花生，我替他对个顶好的?"

我道："不希罕! 这对子并不难，不知哭生对得起不?"

哭生抹了眼泪道："我已经对起了!"便提笔在纸上写了七个字道："两堤杨柳绿如烟。"

我道："很好很好! 你已有了，我呢?"

哭生道："这个还不十分好，算我的，我再替你想个好的罢!"

那插嘴的大学生笑道："你不要绷面子了! 除了这个，我看你还有什么好的!"

哭生也不回答，只歪着头想了一想道："有了有了，这个送与虎哥哥罢!"于是又写了七个字道："一弯溪水碧于天"。

那大学生，不由叫了起来道："你们快来看! 哭生今天一顿打，倒把他心思打出来了!"

众学生果然一轰跑来,都七嘴八舌的夸奖哭生聪明。我便说道:"哭生,这如何使得?我用杨柳的一个罢!"

哭生道:"你不要怎的?我同老师不知是几世里的冤孽!我纵用了好的,他仍说是不好,倒把这几个字可惜了。我虽用了那一个,我觉得还委屈了他哩!"说着眼圈儿又红了起来。大家都不禁替他黯然,便各各散去。我也只得谢了他一声,便取纸条写上,交到教案上去。不多时,老师回来,时候已经不早,便放了午学。

我回家去时,一路上心想:"哭生真真可怜!遇着这个蛮子老师,只好吞声痛哭。我今天即得了他这个好对子,如何酬谢他一下,才对得住他?"想了多时,忽然想得一个妙处,不禁大喜。原来我家街口有个茶铺,近几夜正请了一位说评书的,讲说《水浒传》,我前几夜曾去听来,十分好听。哭生终日抑郁,谅未听过这种好书,不如请他来听一夜,也使他心胸开阔开阔。想得停当,午后进学堂时,读了一首唐诗,放学后,我便约哭生同去听评书。哭生不肯。说他爸爸不能要他夜间在外。我心里一思索,只得同到他的家里,见了他爸爸,把话说明。他爸爸须发都已斑白,眉宇之间,极其严厉,两只圆眼,凶光闪闪,尤为可怕。见我说毕,闭着唇,瞪着眼,沉吟半晌,才道:"既然世兄约他同去,也使得。只不到二更,务必叫他回来。"

我忙应允了,挽着哭生,先回到我的家中,见了妈妈,把这番情节说明。我妈妈倒不说什么,只叫早早回来,莫去同下流人交接。临走时,又每人给了十六个铜钱,及到茶铺内,评书已经开场。听了一段"李逵怒打殷天锡,柴进失陷高唐州",时候不早,哭生便要回去。我也因他爸爸不是个慈父,只得送他回去。一路上,哭生极赞《水浒》这书:"怎做得恁好!一字一句,都是人心坎上要说的。假若我们读的书，都这样有趣时，我就打死，也情愿到学堂里去。惜乎我们读的书，一句也讲不得，知道它上面说些什么！老师单叫我们熟读，不知熟读了，究竟中什么用！"说罢，又叹息一声道："今天倒过去了，明天又要上学！我一说起学堂，真如上刀山一般。几时才得离脱这个苦海，就讨口叫化，也是甘心的！"

说到这里，不禁又纷纷泪落。我好容易劝了半天，才把他劝止了时，已经走到他家门外了。哭生掀门进去，我便急急回家，脱衣睡觉。想起明早上学时候，恨不立刻就睡着，偏偏李逵、柴进时时扰人心坎，直到三更过后，方渐渐入梦。不久之间，啊呀一声，又天明了！

说庙宇

成都记忆，1944 年。摄影：［美］亨利·华莱士

青羊宫①

（清末）

青羊宫在成都西南隅城墙之外，是清朝康熙年间重新建筑，又培修过几次。据说是道士的元始庙子，虽然赶不上北门外昭觉寺，北门内文殊院，两个和尚的丛林建筑的富丽堂皇，但营造结构，毕竟大方，犹然看得出中古建筑物的遗规。

庙宇也和官署一样，是坐北朝南的。它的大门，正对着一条小小的街道，通出去，是一道五洞大石桥，名曰迎仙桥。这街道即以青羊宫得名，叫着青羊场。虽然很小，却是南门外一个同等重要的米市与活猪市。

青羊宫全体结构是这样的：临着大路，是一对大石狮子。八字红墙，山门三道。进门，一片长方空坝，走完，是二门，门基比山门高一尺多，而修得也要考校些。再进去，又是一片长方空坝，中间是一条石子甬道，两侧有些柏树。再进去，是头殿，殿基有三尺来高，殿是三楹，两头俱有便门。再进去，空坝更大，树木更多，东西俱是配殿；西配殿之西北隅，另一个大院，是当家道士的住处、客堂、以及卖签票的地方。坝子正中，是一座修造是绝精致的八卦亭，亭基有五尺多高，四道石阶上去；全亭除了瓦桷，纯是石头造成，雕工也很不

---

① 节选自《死水微澜》，标题为本书编者所加。

错；亭中供的是一尊坐在板角青牛背上的老子塑像，塑得很有神气。八卦亭之北，就是正殿了，大大的五楹，建在一片六尺来高，全用石条砌就的大露台之上；殿的正中，供了三尊绝大的塑像，传说是光绪初年，培修正殿之后，由一个姓曹的塑匠，一手造成；像是坐着的，那么大，并不打草稿，而各部居然塑得很亭匀，确乎不大容易。据说根据的是《封神榜》，中间是通天教主，上手是太上老君，下手是元始天尊，道士又称之曰三清。殿中除了两壁配塑的十二门徒肖像外，当面的左右还各摆了一具青铜铸的羊子，有真羊大，形态各殊，而铸工都极精致灵活；道士说是神羊，原本一对，走失了一只，有一只是后来配的，只有一只角，据说也通了神，设若你身上某一部分疼痛，你只须在神羊的某一部分摸一摸，包你会好，不过要出了功果钱才灵。但一般古董家却说这一只独角羊原本是南宋朝宫廷中的薰炉，在康熙年间，被四川、遂宁张鹏翮大学士从北京琉璃厂买得，后来带回成都，施与青羊宫的。证据是，铜座上本有一方什么阁珍玩字样的图记，虽为道士凿补，痕迹却仍显然；其次是张鹏翮的曾孙、乾隆嘉庆之间、四川有名诗人张问陶号船山的一首诗和自注，更说得明白。不过古董家的考据，总不如道士的神话动人。正殿后面空坝不大，别有一座较小的殿，踞在一片较高的月台上，那是观音殿。再由月台两畔抄进去，又是一殿，三楹有楼，楼下是斗姆殿，楼上是玉皇阁，殿基自然更要高点。东西两侧，各有一座四丈来高，人工造就的土台，缭以短垣，升以石阶，台上各有小殿一楹；东曰降生台，西曰得道台。穿过斗姆殿，相去一丈之远，逼着后檐又是一座丈许高的石台。以地势言，算是全庙中的最后处，也是最高处。台上一座高阁，祀的是唐高祖李渊的塑像，这或许是御用历史家所捏造的李渊与老聃有什么关系罢？

　　二月十五日，说是老子的诞辰。这一天，青羊宫的香火很盛，而同时又是农具竹器以及各种实用物件集会交易之期，成都人不称赶庙会，只简单称为赶青羊宫，也是从这一天开始，一直要闹到三月初十边。

四乡的人，自然要不远百里而来，买他们要用的东西。城里的人，更喜欢来。不过他们并不像乡下人是安心来买农具竹器的，他们也买东西，却买的小玩意、字画、玉器、花草等；而他们来此的心情，只在篾棚之下，吃茶吃酒，作春郊游宴罢了。就是官宦人家、世家大族的太太、奶奶、小姐、姑娘们，平日只许与家中男子见面的，在赶青羊宫时节，也可以露出脸来，不但允许陌生的男子赶着看她们，而她们也会偷偷地下死眼来看男子们，城里人之喜欢赶青羊宫，而有时竟要天天来者，这也是一种大原因。

青羊宫之东，一墙之隔，还有一所道士庙子，叫二仙庵。也很宏大，并且比青羊宫幽邃曲折，房屋也要多些，也要紧凑些。庙门之外，是一带楠木林，再外是一片旱田，每年赶青羊宫时，将二庙之间的土墙挖断，游人们自会从墙缺上来往。

青羊宫这面，是农具、竹器、字画、小饮食集合之所。二仙庵的旱田里，则是把小春踏平，搭上篾棚卖茶酒，种花草树木的地方，而庵里便是卖小玩意和玉器之处。

十多年前有一位由经商起家的姓马的绅士，在二仙庵道士坟之前，临着大路，又修造了一所别墅，小有布置。原为纪念他一个儿子和一个女儿的，因为好名心甚，遂硬派他这两个害痨病夭折的儿女，作为孝儿、孝女、花了好多银子，违例谋到一道圣旨，便在门前横跨大路，造就一道石坊，门上也悬了一块匾，题曰双孝祠。平日本可借给人宴会，到赶青羊宫，更是官绅宴集之所了。

此外，在对门河岸侧，还有一个极其小巧的所在，叫百花潭。是前二三十年，一个姓黄的学政造作的假古董，也还可以起座。

武侯祠[①]

（清末）

城里人都相信轿行的计算，说出南门到武侯祠有五里路。其实走起来，连三里都不到。过了南门大桥——也就是万里桥，向右手一拐，是不很长的西巷子，近年来修了些高大街房，警察局制订的街牌便给改了个名字，叫染靛街。出染靛街西口向左，是一条很不像样的街，一多半是烂草房，一少半是偏偏倒倒的矮瓦房，住的是穷人，经营的是鸡毛店。这街更短，不过一两百步便是一道石拱小桥，街名叫凉水井，或许多年前有口井，现在没有了。过石拱桥向左，是劝业道近年才开办的农事试验场。其中很培植了些新品种的蔬菜花草，还有几头费了大事由外国运回做种的美利奴羊。以前还容许游人进去参观，近来换了场长，大加整顿，四周筑了土围墙，大门装上洋式厚木板门扉，门外砖柱上还威武地悬出两块虎头粉牌，写着碗口大的黑字：农场重地，闲人免进。从此，连左近的农民都不能进去，只有坐大轿的官员来，才喊得开门，一年当中官员们也难得来。过石拱桥稍稍向右弯出去，便是通到上川南、下川南去的大路。大路很是弯曲，绕过两个乱坟坡，一下就是无边无际的田亩。同时，一带红墙，墙内郁郁苍苍的丛林山一样耸立在眼面前的，便是武侯祠了。

---

① 节选自《大波》，标题为本书编者所加。

　　武侯祠只有在正月初三到初五这三天最热闹。城里游人几乎牵成线地从南门走来。溜溜马不驮米口袋了，被一些十几岁的穿新衣裳的小哥们用钱雇来骑着，拼命地在土路上来往地跑。马蹄把干土蹴蹋起来，就像一条丈把高的灰蒙蒙的悬空尘带。人、轿、叽咕车都在尘带下挤走。庙子里情形倒不这样混乱。有身份的官、绅、商、贾多半在大花园的游廊过厅上吃茶看山茶花。善男信女们是到处在向塑像磕头礼拜，尤其要向诸葛孔明求一匹签，希望得他一点暗示，看看今年行事的运气还好吗，姑娘们的婚姻大事如何，奶奶们的肚子里是不是一个贵子。有许愿的，也有还愿的，几十个道士的一年生活费，全靠诸葛先生的神机妙算。大殿下面甬道两边，是打闹年锣鼓的队伍集合地方，几乎每天总有几十伙队伍，有成年人组成的，但多数是小哥们组成，彼此斗着打，看谁的花样打得翻新，打得利落，小哥们的火气大，成年人的功夫再深也得让一手，不然就要打架，还得受听众的批评，说不懂规矩。娃儿们不管这些，总是一进山门，就向遍地里摆设的临时摊头跑去，吃了凉面，又吃豆花，应景的小春卷、炒花生、红甘蔗、牧马山的窖藏地瓜，吃了这样，又吃那样，还要掷骰子、转糖饼。有些娃儿玩一天，把挂挂钱使完了，还没进过二门。

　　本来是昭烈庙，志书上是这么说的，山门的匾额是这么题的，正殿上的塑像也是刘备、关羽、张飞，两庑上塑的，不用说全是蜀汉时代有名的文臣武将，但凡看过三国演义的人，看一眼都认识；一句话说完，设如你的游踪只到正殿，你真不懂得明明是纪念刘备的昭烈庙，怎么会叫做武侯祠？但是你一转过正殿，就知道了。后殿神龛内的庄严塑像是诸葛亮，花格殿门外面和楹柱上悬的联对所咏叹的是诸葛亮，殿内墙壁上嵌的若干块石碑当中，最为人所熟悉的，又有杜甫那首丞相祠堂何处寻，锦官城外柏森森的七言律诗，凭这首诗，就确定了这里不是昭烈庙而是诸葛亮的祠堂。话虽如此，但东边墙外一个大坟包仍然是刘备的坟墓惠陵，而诸葛亮的坟墓，到底还远在陕西沔县的定军山中。

武侯祠的庙宇和林盘，同北门外的照觉寺比起来，小多了，就连北门内的文殊院，也远远不如。可是它的结构布置，又另具一种风格：一进二门，笔端一条又宽又高的、用砖石砌起的甬道，配着崇宏的正殿，配着宽敞的两庑，配着甬道两边地坝内若干株大柏树，那气象就给人一种又潇洒又肃穆的感觉；转过正殿，几步石阶下去，通过一道不长的引廊，便是更雄伟更庄严的后殿；殿的两隅是飞檐流丹的钟鼓楼；引廊之西，隔一块院坝和几株大树，是一排一明两暗的船房，靠西的飞栏椅外，是一片不大不小、有暗沟与外面小溪相通的荷花池；绕池是游廊，是水榭，是不能登临的琴阁，是用作覆盖大石碑的小轩；隔池塘与船房正对的土墙上，有一道小门，过去可以通到惠陵的小寝殿，不必绕过道士的仓房再由正门进去。就这一片占地不多的去处，由于高高低低几步石阶，由于曲曲折折几道回栏，由于疏疏朗朗几丛花木，和那高峻谨严的殿角檐牙掩映起来，不管你是何等样人，一到这里，都愿意在船房上摆设着的老式八仙方桌跟前坐下来，喝一碗道士卖给你的毛茶，而不愿再到南头的大花园去了。

但是楚用来到船房一看，巧得很，所有方桌都被人占了；还不像是吃一碗茶便走的普通游人，而是安了心来乘凉、来消闲的一般上了年纪的生意人和手艺人；多披着布汗衣，叼着叶子烟杆，有打纸牌的，有下象棋的，也有带着活路在那里做的。人不少，却不像一般茶铺那么闹嚷，摆龙门阵的人都轻言细语。

说川菜

四川成都，1932—1938 年。摄影：［美］哈里森·福尔曼

成都乡村饮食①

（清末、民国）

  中国菜诚然为中国文化的象征，但须从好与歹两方面去看。单如高等华人之所享受，那只算是一方面，吃多了，不卫生，也是事实。但是我们也得掉过眼光，把百分之八十以上的老百姓所服食的东西瞧一瞧，而后我们再作议论好了。怼实说，中国老百姓桌上的菜单，委实不大好看，举例说罢，（读者原谅，因为我是成都土著，游踪不广，见闻有限，故每每举例，总不能出其乡里，至多也在四川省的大范围内，这得预先声明的。）四川省是不是一般人都认为地大物博之处呢？尤其在对日作战之时，到过几个大城市如成都、重庆、内江、泸县、三台、遂宁，旅居过的一般外省朋友，谁不惊异家禽野禽的肉类是那么丰富，园中畦内的蔬菜是那么齐备，而菜肴的作法，又各有其独到与精致？如其以为其余六千多万的川胞，都在这样的吃，那就非常错误。我可以坦白告诉大家，在天府之邦内，能满足此种口福的，仍是少数的高等华人，而绝大多数川胞，还不必计及处在下川东、大川北、上川南（今日应该说是西康省）、以及僻处在川西之西的人，光说肥沃的川西平原内，成都附郭的乡村罢，若干种田莳菜的劳苦大

<hr />

① 从此篇至《成都人的好吃》，均节选自《漫谈中国人之衣食住行：第一分目饮食篇》，标题均为本书编者所加。

众，一年四季连吃一顿白米饭尚作为打牙祭，而主要食品老是玉蜀黍，老是红苕、芋头，老是杂菜和碎米煮的粥，老是豆多米少的饭，这还是有八成丰收后的景象。他们要求的，只在平平静静的终年吃得饱，哪里还敢涉想到下饭的菜肴！倘若每顿有点盐水泡菜，有点豆腐或家造豆腐乳，有点辣子或豆瓣酱，那简直就奢华极了。他们没力量来奉行"食不厌精，脍不厌细"的圣教，也没力量来实践节约运动，这便是中国劳苦大众顶基本的吃！

强盗饭、叫化子鸡、毛肚肺片、麻婆豆腐

（清末、民国）

上来业已说过发明大半由于偷懒，由于错误；发现大半由于需要，由于好奇。我们可以想见，到荒旱饥饿时节，连死人都不免变为活人的食料，何况草根树皮！于是见啥吃啥的结果，乃多有发现，例如洋芋，自法王路易十三世起，据说才因荒旱而成了主要食品。而枸杞芽、猪鼻孔、荠菜、藜藿、泥鳅蒜，甚至连椿树的嫩芽，连农家种来作绿肥肥田之用的苕菜苞儿，其所以从野生而变为蔬菜中之妙品者，几何不是因了大多数人的经济情形不佳，不许可有好的东西吃，而一半出于强勉，一半由于好奇，才吃出来的？年来成都乡间又新出一种野菜名曰竹叶菜，草本而竹叶，丛生路边，不过范围尚小，作法亦未研精，吃的人还不多耳！苟舍蔬菜而引伸及于肉食，也可看出许多在今日高等华人菜单中称为名贵食品的，其先，大都出于劳苦大众迫不得已而后试吃出来，例如广东席上的蛇肉，已是人人知道开其先河者，乃穷苦无依之乞丐也。因其为人人所已知，故不在此具论。兹介绍近几十年来四川所特有的四项食品，虽皆尚未登大雅之堂，然已逐渐风行，瞻望前途，殆不下于驰名四远之麻婆豆腐焉。

其一曰：强盗饭，发明时期大约只二十余年。发明地点为川东之华蓥山中。发明者，打家劫舍、明火执仗之强盗也。据说，某年有强

盗一伙，被官兵围困于盛产巨竹的华蓥山，最使强盗头痛的，就是在丛山中找不着人家煮饭吃。由于迫切需要，于是一位聪明家伙便想出一个方法：将山上大竹截下一节，将携带的生米用溪水淘净，装入竹筒，一半水一半米，筒口用竹叶野草封严，涂以稀泥，放于枯枝败叶中，燃火煨之。待至枯枝败叶成灰，筒内之米便成熟饭。既软硬合度，又带有鲜竹清香。每一竹筒，可有小小两碗饭。如其再奢华一点，加一些别的好材料，的确是别具风味的好食品。不过条件太苛了，要相当大的竹，要应用时旋截，不能用变黄的陈竹，要容易成灰而火力又甚猛的枝叶，这些都与正式庖厨不合，而作出来的量又不大，费一个人的精力只够一个壮汉的半饱，说起来也太不经济。像这样，实实在在只能让逼上山林的豪杰们去享受。风雅一点，也只好让某些骚人逸士，在游山玩水之余，去作一次二次的野餐，庶几有滋味。譬如乡村美女，只管娟秀入骨，风神宜人，倘一旦而摩登之，鬈其头发，高其脚跟，黛其眼眶，硃其嘴唇，甚至蔻丹其手脚指甲，纵然不化西施为嫫母①，似乎总不如其在乡村中纯任自然的受看罢！此强盗饭之所以不能上席而供高等华人之口也。

其二曰：叫化子鸡，叫化子偷得一只活鸡，既无锅灶，如何弄得进肚？不吃罢，又嘴馋。叫化子思之思之，于是计来了，因为身边无刀，便先将鸡头按在水里闷死，然后调和黄泥，将鸡身连毛一涂，厚厚的涂成一个椭圆形的泥球，然后集合柴草，将这泥球一烧。估计差不多了，或许已经有了香气，便从热灰里将泥球掏出，剥去黄泥，而鸡毛、鸡皮也连之而去，剩下的只是莹白的鸡肉了。鸡的内脏，也连血烧做一团，挖而去之。这在作法上言，很简单，在理论上言，似乎

---

① 嫫母：古代传说中的丑妇。——原编者注

颇有美味，但实际并不好吃，既有鸡屎臭，又有鸡毛臭。不过后来传到吃家手上，作法就改善了，鸡还是要杀死，还是要去内脏，去鸡毛。打整干净，将水分风干，以川冬菜，葱、姜、花椒，连黄酒塞入空肚内，缝严，再用贵州皮纸打湿，密切的裹在鸡身上，一层二层，而后按照叫化子的手法，在皮纸上涂以黄泥，煨以草火，俟肉香四溢，取出剥食，委实比铁灶扒鸡还为美味。虽然也可砍成碎块，盛在古磁盘内，端上餐桌，以供贵宾，然而总不及蹲在火堆边，学叫化子样，用手爪撕来吃的有趣。这犹之在北平吃烤羊肉样，倘不守在柴炉子边，一面揩着烟熏的眼睛，一面在明火上烤一片，吃一片，请想想还有啥味儿？由这样吃烧鸡的方式，不禁油然想到吃烤鸭的同样方式来。成都鸭子，并不像北平白鸭那们肥大，但也有像北平侍弄鸭子样的特殊喂法，其名曰填。一直把只平常瘦鸭填得非常之胖，宰杀去毛风干，放到挂炉里烤好后，名曰烤填鸭。因其珍贵，吃时必由厨师拿到堂前开片，名曰堂片，亦犹吃满洲席之烤小猪样也。不过成都的烤填鸭，并不如北平的好，因为鸭子填得太胖，皮之下全是腻油，除了吃一层薄薄的脆皮外，吃不到一丁点儿肉也。至于不填的瘦鸭，也可以在挂炉里烧，其名就叫烧鸭。寻常吃法，是切成碎块，浇以五香卤汁，这不算好吃法；必也准时（以前多半在正午十二点钟）守在烧鸭铺内，一到鸭子刚由炉内取出，抹上糖精，皮色变红，全身犹热烘烘时，即用手爪撕下，塞入口内，一面下以滚热的大碗黄老酒。这样吃法，自然不是布尔乔亚以上阶级的人所取，而真正的劳苦大众则又吃不起。在前，成都市上很多这类的卖热老酒的烧鸭铺，四十年前，青石桥南街的温鸭子，北街的便宜坊，都最有名，而西御街东口的王胖鸭店，则是后起之秀，而今已差不多全成古迹了。（王胖鸭店因为几次拆房让街，已安不下一张桌子，鸭子也烧坏了，毫无滋味。老胖、小胖皆已作古。所谓王胖，是人胖也，并非王姓而卖胖鸭也。今只有提督东街之耗子洞烧鸭店尚可，然已无喝滚热老酒之余风，遑论乎以手爪撕吃热烧鸭乎！）

其三曰：牛毛肚，是牛的毛肚，并非牦牛的肚，此不可不判明。牦牛者，氂牛也，司马相如《上林赋》注云，出西南徼外，至今仍是大小金川、康边、西藏一带的特产，且是重要的交通工具之一。毛肚者，牛之千层肚也，黄牛之千层肚肉刺较细，水牛之千层肚则肉刺森森，乍看犹毛也。四川多回教徒，故吃牛肉者众。自流井、贡井、犍为、乐山产岩盐掘井甚深，车水熬盐，车水之工，则赖板角水牛（今已逐渐改用电力、机力）。天气寒沍，水牛多病死，工重，水牛多累死，历时久，水牛多老死。故自贡、犍、乐一带产皮革，则吃水牛肉。水牛肉味酸肉粗，非佳馔，故吃之者多贫苦人。自贡、犍、乐之水牛内脏如何吃法，不得知，而吃水牛之毛肚火锅，则发源于重庆对岸之江北。最初是一般挑担零卖贩子将水牛内脏买得，洗净煮一煮，而后将肝子肚子等切成小块，于担头置泥炉一具，炉上置分格的大洋铁盆一只，盆内翻煎倒滚煮着一种又辣又麻又咸的卤汁。于是河边的桥头的，一般卖劳力的朋友，和讨得了几文而欲肉食的乞丐等，便围着担子，受用起来。各人认定一格卤汁，且烫且吃，吃若干块，算若干钱，既经济，而又能增加热量。已不知有好多年了，全未为小布尔乔亚以上阶级的人注意过，直到民国二十一二年，重庆商业场街才有一家小饭店将它高尚化了，从担头移到桌上。泥炉依然，只将分格洋铁盆换成了赤铜小锅，卤汁蘸料，也改为由食客自行配合，以求干净而适合各人的口味。最初的原料，只是牛骨汤，固体牛油，豆瓣酱，造酱油的豆母，辣椒末，花椒末，生盐等等，待到卤汁合味，盛旺炉火将卤汁煮得滚开时，先煮大量蒜苗，然后将凉水漂着的黑色的牛毛肚片（已煮得半熟了），用竹筷夹着，入卤汁烫之，不能太暂，也不能稍久，然后合煮好的蒜苗共食。样子颇似吃涮羊肉而味则浓厚，（近年重庆又有以生鸡蛋、芝麻油、味精作调和蘸料，说是清火退热，实为又一吃法。）最初只是如此，其后传到成都（民国三十五年）便渐渐研制极精，而且渐渐踵事增华，反而比重庆作得更为高明。泥炉还是泥炉，铜锅则改为沙锅，豆母则改为陈年豆豉，格外再加甜醪糟。主品的水牛毛肚片之外，尚有生鱼片，有带血的鳝鱼片，有生牛脑髓，有生牛脊髓，有生牛肝片，有生牛腰片，有生的略拌豆粉的牛腰肋、嫩羊肉，近年更有生鸭肠，生鸭肝，生鸭腒肝以及用豆粉打出的细粉条其名曰"和脂"者（此是旧名，见于明朝人的笔记）。生菜哩，也加多了，有白菜，有菠菜，有豌豆尖，有芹黄，以及洋莴笋，鸡窠菜等，但蒜苗仍为主要生菜，无之，则一切乏味，倘能代以西洋大蒜苗译名"波哇罗"的，将更美妙矣。然亦以此而有季节性焉，必候蒜苗上市，而后围炉大嚼，自秋徂冬，于时最宜。要之，吃牛肚火锅，须具大勇，吃后，每每全身大汗，舌头通木，难堪在此，好过亦在此。高雅而讲卫生的人，不屑吃；性情暴躁，而不耐烦剧的人，不便吃；神经衰弱，一受激刺便会晕倒的高等华人，不可吃；而吃惯了淡味甜味，一见辣子便流汗皱眉的外省朋友，自然更不应吃，以免受罪。牛毛肚火锅者，纯原始型之吃法也，与日本之火锅仿佛，又似北方之涮锅，只是过分浓重，过分激刺，适宜于吃叶子烟的西南山地人的气分。故只管处在清淡的菊花鱼锅的反面，而仍能在中下层吃家中站稳者，此也。

其四曰：牛肺片，名实之不相符，无过于明明是牛脑壳皮，而称之曰肺片。中国人吃猪皮已为西洋人所诧异，（猪皮作的菜颇多，至高且能冒充鱼翅，而以热油发成的响皮，简直可媲美鱼肚，此关乎食谱，非本文旨趣所应及，故不细论。）而况成都人且吃牛脑壳皮焉。牛脑壳皮煮熟后，开成薄而透明之片，以卤汁、花椒、辣子红油拌之，色彩通红鲜明，食之滑脆辣香。发明者何人？不可知，发明之时期，亦不可知。在昔，只成都三桥上有之，短凳一条，一头坐人，一头牢置瓦盆一只，盆内四周插竹筷如篱笆，牛脑壳皮及牛脸肉则切成四指宽之薄片，调和拌匀，堆于盆内。辣香四溢，勾引过客，大抵贫苦大众，则聚而食之，各手一筷，拈食入口。凳上人则一面喝卖，一面叱责食客曰："筷子不准进嘴！"一面以小钱一把，于食客食次，辄置一钱于有格之木盘中以计数，食毕算账，两钱三块，三钱五块也。有穿长衫而过者，震其色香，欲就而食，则又腼腆，恐为知者笑，趑趄而过，不胜食欲之动，回旋摊头，疾拈一二片置口中，一面咀嚼，一面两头望，或不为熟人察见否？故此食品又名"两头望"。今则已上席列为冷荤之一，皇城坝之摊头亦易瓦盆为磁盆，于观感上殊清洁多也。

其五曰：麻婆豆腐，上文已及麻婆豆腐，以其名闻遐迩，不能不谈，故言四项，于兹又添一项，并非蛇足，不得已耳。以作豆腐出名之麻婆，姓陈，成都人皆称之陈麻婆。既曰婆，则为老妇可知，既曰麻，则为丑妇可知，然而皆于作豆腐无关。缘陈麻婆者，成都北门外万福桥头一家纯乡村型的小饭店——本名"陈兴盛饭铺"，"麻婆豆腐"出名后，店名反为人所遗忘——之老板娘也。（万福桥已于民国三十六年阴历丁亥岁被大水打毁，迄今民国三十七年阴历戊子岁八月犹无修复消息，据云，此桥系清光绪丁亥岁重修，恰恰享寿一个花甲六十岁。）万福桥路通苏坡桥，在三十七年前，为土法榨油坊的吞吐地，成都城内所需照明和作菜之用的菜油，有一多半是取给于此。于是推大油篓的叽咕车夫经常要到万福桥头歇脚吃饭，（本来应该进出西门的，但在清朝时代，西门一角划为满洲旗兵驻防之所，称为少城，除满人外，是不准人进出的。）而经常供应这伙劳动家的，便是陈家饭店。在早饭店并没有招牌，人们遂以老板娘为号，而呼之为陈麻婆饭店。乡村饭店的下饭菜，除家常咸菜外只有豆腐，其名曰"灰磨儿"。大概某某一回吃饭时，劳动家中的一位忽然动了念头，想奢华一下，要在白水豆腐、油煎豆腐、炒豆腐等等素食外，加斤把菜油进去。同时又想辣一辣，使胃口更为好些。于是老板娘便发明了作法：将就油篓内的菜油在锅里大大的煎熟一勺，而后一大把辣椒末放在滚油里，接着便是猪肉片，豆腐块，自然还有常备的葱啦、蒜苗啦，随手放了一些，一烩，一炒，加盐加水，稍稍一煮，于是辣子红油盖着了菜面，几大土碗盛到桌上，临吃时再放一把花椒末。劳动家们一吃到口里，那真窜呀！（窜是土语，即美味之意。有写作爨字的，恐太弯曲了。）肉与豆腐既嫩且滑，同时味大油重，满够激刺，而又不像用猪油作出那们腻人。于是陈麻婆豆腐自此发明，直到陈麻婆老死后，其公子小姐承继衣钵，再传到孙辈外孙辈，犹家风未变。虽然麻婆豆腐在四五十年中已自乡村传到城市，已自成都传到上海、北平，作法及佐料已一变再变。记得作者在民国二十六年"七七"抗战以后，携儿带女到万福桥陈家老店去吃此美馔时，且不说还是一所纯乡村型的饭店：油腻的方桌，泥污的窄板凳，白竹筷，土饭碗，火米饭，臭咸菜。及至叫到做碗豆腐来，十分土气的幺师（即跑堂的伙计）犹然古典式的问道："客伙，要割多少肉，半斤呢？十二两呢？……豆腐要半箱呢？一箱呢？……"而且店里委实没有肉，委实要幺师代客伙到街口上去旋割，所不同于古昔者，只无须客伙更去旋打菜油耳。

豆制品

（清末、民国）

　　我以为中国菜之所以驰名全球之故，一多半由于作业的原料之多，而其作法又比较技巧，比较繁杂。其它姑且置之，单言发酵的过程，是够玩味了。西人有言曰，食料之最好者，端在发酵之后，变其本质，使其成为一种富于滋养的东西。本此，则知岂士（Cheese，即奶饼，即干酪，即塞上酥，即西康、西藏之酥油。岂士为英文译音，又写作启司，其音近于鸡丝。法文译音则曰"拂落马日"。）确为由脂肪变出之珍品。若夫由植物发酵，重重变化出来的食物，不其更为美妙乎哉！例如黄豆，新鲜的已可作出多种的菜，甚至连梗带荚用盐水花椒煮出，剥而食之，可以下茶，可以下酒，无殊笋干也。倘将干的磨成粉末，和以油糖，可以作点心；盛于瓦坛内，时时以水浇灌，使其发出勾萌①谓之豆芽，摘去脚须，可煮可炒，可荤可素，这已经在变化了。设若将干黄豆泡软，（鲜豆亦可，但必须配合少许干豆，凡研究过食物化学的可以说出其所以然。）带水磨出，名曰浆，或曰豆汁，或科学其名曰豆乳。据说，其功用同于牛奶，但研究过食物化学者，则嫌其不甚可以消化之质素稍多，此豆之一大变也。再将豆浆加热，点以盐卤（四川人谓之泹水）或石膏，使之凝固，（用泹水点，

---

① 勾萌：即引发的幼芽。——原编者注

则甚固，较坚实。用石膏，则固而不坚，此有别也。）不加压力者，名曰豆花；或冲之，则另成一品曰豆腐脑。（或曰豆腐酪，亦通），此二大变也。略加压力，使水分稍去，凝固成块，名曰豆腐，其余为豆渣，此三大变也。再使之干固，或略炕以火，或否，其味已不同于豆腐，对其所施之作法更多不同，名曰豆腐干，此四大变也。再使豆腐干发酵生毛，名曰毛豆腐，此五大变也。而后加以香料酒醪，密贮陶器中，任其再发酵，再变化，相当时间之后，又另成一种绝美食品，名曰豆腐乳，此六大变也。六个变化，即六个阶段，而每一个阶段，又可独立作出种种好菜，而且花样极多。倘在每个阶段内，配以其它蔬菜肉类，则更千变万化。倘将中国各地特殊作法汇集写之，可以成书一厚册，不第可以传世。如《齐民要术》之典册，且可以供民俗、民族等科之研究，而为传世论文之所据焉。上述，不过豆变之一派。其变之第二派，则豆油是也，豆饼是也。豆饼可以用作肥料，荒年又可充饥。其变之第三派，则豆豉是也。亦由发酵而来，不置盐者，曰淡豆豉，又作入药。置盐及香料者，曰咸豆豉，江西人旧称色豉，可作佐料以代酱油。咸豆豉之经年溶腐，色如乌金，不成颗粒，而香料配合极好，既可单独作菜，又可配合其它菜蔬肉类者，四川三台县及射洪县太和镇人优为之，即名曰潼川豆豉或太和豆豉。咸豆豉不任其发酵至黑，加入红苕（即红薯）生姜者，曰家常豆豉，团如小儿拳大，太阳下晒干，可生食，亦可配菜。然有不食之者，谓其气味不佳，喜食之者，则谓美如岜士，其臭气亦酷似云云。咸豆豉发酵后，蓄酵起涎，调水稀释（淡茶最好），加入干笋、萝卜丁、生盐、花椒、辣椒末者，乃成都家常作法，名曰水豆豉。以有季节性，不容久置，故无出售者，惟成都之旧式家庭中常制以享受。要之，黄豆是中国人食品之母，亦犹牛奶是西洋人食品之母。西洋人从牛奶中求变化，中国人则自黄豆身上打主意，牛奶之变化有限，而黄豆之生发无穷。上来所言，仅就已有已知者而略及之，而将来如何，未知者如何，虽圣人不能言矣。况乎黄豆一物又为中国所独有，（欧洲无黄豆，美洲也无，近闻美国有移植者，不知情形如何。）历史亦复悠长。黄豆即古之菽，吾人赖之而生存则无论也，即以其作法之多，技巧之盛，滋味之美而言，已足矫世界人类之舌，而高树中国菜之金字招牌。旧金山之豆腐乳，不过其一般耳。

厨派、馆派、家常派

（清末、民国）

　　艺术，就免不了艺术界的通例：有派有别。所谓派，并非有东西南北地域之分，亦不在山珍海味材料之别，而是统地域，统材料，专就风格及用火方面，从大体上辨之，为家常派、馆派、厨派是也。此三派，犹一树之三干，由干而出；当然尚有大枝，有小枝，有细枝，有毛枝，甚至有旁生侧挺之庶枝蘖枝，但皆不能详论，仍止就三干略道其既焉可耳。先言厨。厨者，厨子也，法国人视作厨之艺术甚高，并建筑、音乐、绘画、裁缝等列为人生十大艺术之一。中国古人更重视之，考于古籍，有彭铿和滋鉴味尧，有伊尹以割烹要汤，而助天子为治的宰相，称为调羹手，即喻其能调和五味，善用盐与梅也。因其在历史上有地位，故我们在口头上辄尊称之曰：某大师傅，简称曰某师①。此一派，介乎家常与馆之间，能用文火，也能用武火，也讲求色香，也讲求刀法形象，但不专务外表，同时又能顾到菜之真味，

---

① 　记得去年某月曾写信与某厨，称用大师傅。宋师度君见之笑曰：好尊贵的称谓！我曾答之曰：不然，古之乐工靡不称师，师旷、师聪、师挚皆是也。人子八岁出外就傅，傅亦不过是男性干奶妈耳。后来乃师傅二字，专归为教读夫子，而天子三公，亦称太师、太傅、太保，这才尊贵起来，弄到与天地君亲并列于祖先堂上。我们既不随俗，则亦何必吝此称谓而一定要写为大司务哉！不过写司务亦通，盖即雅言之执事是也。——作者注

例如作笋子，就不一定切得整齐，用水漂到雪白，漂到笋味全失，他就敢于迅速的将笋剥出切好，并不见水，即下油锅。尤其与馆特殊者，因能作小菜，与家常不同者，因能调好汤。短处在好菜不多，气魄不大，勉强治一抬席面，尚觉可以，两桌以上，味道就不妙了。以前专制时代，士大夫阶级同巧宦人物，大都要训练培养一二名小厨房的厨子，（也有不是外雇的厨子，而是姨太太或通了房的丫头。据说，比雇的厨子可靠，因能体贴入微，而又听说听教，决不会动辄跳槽也。）除了自奉之外，还用以应酬同寅，巴结上司，或者盒奉精馔数色，或则柬邀小集一叙，较之黄金夜赠，岂不既风雅而又免于物议？此等厨子，都有其独到之处，或长于烧烤煨炖，或长于煎炒蒸溜，除红案外，兼长作面点之白案，此又分工专业之馆所不及处。凡名厨，必非普通厨子、伙房之终日牢守锅边，故其空闲较多，能用心思，其本人也定然好吃好菜，好饮美酒，好品佳茗，绝不像普通厨子、伙房成日被油烟熏得既不能辨味，而又口胃不开，临到吃，只是一点咸菜和茶泡饭。而且此等名厨，脾气极大，主人对之须有礼貌，不然，汤勺一丢，掉头便走。记得清朝光绪庚子前后，江西巡抚满洲旗人德寿，便曾为了发膘劲，厨子不辞而去，害得半个月食不下咽。然而倘遇内行，批评中窍，亦能虚心下气，进而请益，或则犹挽起衣袖，再奉一样好菜。自从几度革命后，此等阶层已有转变，风尚所趋，亦渐不同，许多私家雇用的厨子，大都转至于馆，易伺候少数，为服务大众。不过公共会食之制未立，私门治味之习犹在，人口稍众，经济宽裕之家，依然有所谓厨子或伙房在焉。只是战火频仍，生活太不安定，征逐酒食，大多改用西餐，谁复有此空时闲心，作训练厨子雅事？故至目前此派渐衰，能执刀缕切，不动辄使用明油、二六荚者，已为上乘，无论如何实实说不上什么艺术矣。

馆是餐馆，越是人口集中的都市，餐馆越发达，越利市，四面八方的口味都有。顶大顶阔顶有为的餐馆，人人皆知，可以不谈，所欲谈者，乃中等以下之馆，及专门包席之馆耳。中等以下之馆，大多为本地口味，以成都市上者为例，在三十年前，红锅菜馆最为盛行，虽然水牌①上写着蒸炒俱全，其蒸的只有烧白和蒸肉，白菜卷酥肉等；炒哩，大抵肉片、肉丝、肝花、腰花、宫保鸡丁、辣子鸡丁等。最会用猛火，即武火是也。最不会作蔬菜，有些甚至连炝白菜都炒不好。如其菜品较多，加有海味，加有鱼虾，则称之南馆，这大概是南派馆子之简称。以前，此等馆子，只能临时点菜，备客小吃，而不能备办席面。专备席面的，为包席馆。包席馆可以一次办席几十桌，专供红白喜事之用，也可精心结撰的办一桌两桌，以供考较口味者，应酬宴客，但是馆内并无起坐，只能准备好了，到人家去出菜。此两派虽历有变化，但有一与前之厨不同者，即菜单有定型，甚至刀法及放在碗内的形式，通有定型。吃一次是此味觉，吃百次还是如此味觉，所谓落套是也。此缘人人口味各殊，不能将就人人口味，只好取得一种中庸之味，使人人感到"都还下得去"而已。及至私家之厨，分入于馆，虽在菜单及口味上起了变化，多了些花样，然而久而久之，还是要落套的，其故即是厨只在服事少数人，只求馔之如何精，脍之如何细，而用钱则不计。馆哩，除了服事多数人外，而每一席的成本，终不能不有所打算也。

---

① 水牌：也称粉牌，旧时商店及茶楼酒肆常备之物，是一种漆作白或黄色，划上红格的木牌，临时用以记事、记账或作告白。用毕，以水帕将墨迹抹掉。——原编者注

家常菜的味觉范围更窄，经之营之的时间更从容，故一切都与厨、馆不同，除了馆派之"纯"不能用，除能兼用之文火外，（以岚炭为原料，必使火焰熊熊高出炭外数寸者，为武火，宜于煎炒爆烩，器为耳锅。亦用岚炭，而不用火焰过大，有时须专用木炭，即枫炭，即硬木如青杠、檀木等烧出者，更有专用泡木烧成之炭，名桴炭，或桴楂者，名文火，宜于煨煮焖炖，红烧清炖，器以沙的陶的为最佳，搪瓷者次之，不得已而再思其次，则点锡纯银之器差可，顶不可用者为铜与锑。据说，法兰西之煨家常牛肉汤，至今仍用陶罐，此一色菜，即曰"火煨罐"也。）尤能用温火，温火之器曰"五更鸡"，成都人曰"灯罩子"，以竹丝编成，中间置燃棉绳之菜油壶，比燃煤油之"五更鸡"尤佳。举实例言之，如用温火制燕窝、银耳，可使融而不化，软而有丝；以煨鸡汤海参，则软硬之间，尤难言喻。然而前者一器，须费十小时，后者一器，须费三十小时，其软化如烂熟了的寻常的红烧肉，苟以此法此器为之，已绝非文火所做出者可比，自然更谈不到武火。即此一例，厨派、馆派如何梦想得到？

最近，报上曾载美国正在试验之雷达炉，据说：煮鸡蛋七秒钟即熟，以纸裹包饺入之，三秒钟熟，而纸仍完好，科学诚科学矣！然而未必艺术，亦惟美国人能发明之，能利用之，何也？因其距吃的艺术之宫，尚有十万八千里途，此途又非飞机可达，必须脚踏实地，一步一步的走也。然而高等华人，未必解此，据说他们已科学化了，早饭是白蒸猪肝和花旗桔子，如此的自卑自贱，还有何说？自然雷达炉子首先采用的，便是此等人了。

上面所举用温火之例，未免太贵族，其实家常菜之可贵，是不讲形式，不讲颜色，只考较香与味。比如作笋，如上面所说，馆派则难免加上一些二六茂，厨派则不用茂，但必须将其漂之至白，取其悦目，而味则无有，家常作之，乃有菜之真味。又如上面说的冬寒菜——川人以为胜于莼菜——馆派就根本不能作，若叫强勉作之，必仍油大味重，而菜未必熟。厨派作之过于精致，每每只摘取嫩苞，不惜好汤火腿口茉之煨之。好却好吃，然而绝吃不出冬寒菜之味，这就须家常作法了：连苞及嫩叶先以酱油炒之，加入米汤烹煮，不加锅盖，色自碧绿，若于沸之后，再加入生盐合度，菜既熟而微带脆意，无其它佐料，乃有清香，有真味。然而为其寒伧，只好主人自享，以为奉客，客则不悦，故为显客者，殊无此口福。不过已往士大夫之家常菜，重在精致刁巧，以求出奇争胜，故往往在大厨房之外，更有小厨房。主持小厨房者，多半为姨太太，或由太太训出之丫头，收用了为姨太太者，如西门大官人府上之孙雪娥焉。初不解为何必用姨太太，后闻人曰：凡雇用的厨子，每不可靠，学到了手艺，不是骄傲得忘其身份，就是动辄喜欢跳槽，或一跳就跳进了馆，而自立门户，于是思之思之，鬼神通之，乃有专门训练姨太太之一法。而今只有抗战太太、前线太太、接收太太①——民国初出，成都尚有义务太太、启发太太②，以地方色彩太浓，不必具论——已无姨太太制度，故此种封建风尚，不愁不连根拔去。得亏我们许多有识的太太们，尚未整个走出厨房，故家常菜仍得保留一部分，将来之变化如何，不可知。或许再进步后，此种古典派的艺术，便将成为历史的名词而已。

---

① 抗日战争胜利复原时，国民党政府派员到沦陷区大搞接收，连女人也接收作太太。——原编者注

② 四川方言称趁火打劫为"打启发"，"启"是开箱撬柜，"发"是发财。这里指抢夺成婚者。——原编者注

　　譬如为山，馆派是基层，厨派是中层，家常派则其峭拔之巅也。无论走到何处，要想得其地方风味，只到馆子中吃吃，未可也。能进而尝试一下私家厨味，庶乎齐变至鲁[①]矣！除非你能设法吃到若干家的家常菜，而确乎出于主妇之手，或是主妇提调出来的，那才是鲁变至道[②]，你才可以夸说登了山顶，不管风景如何，奇妙不奇妙，总之是山顶也。本此途往，便知中国菜到底算是何处好，何处更好，何处最好，何处绝好，殊不易言！何哉？以无此一人吃得遍全中国之馆、之厨、之家常，而又非常内行，起码也得像清道人[③]之"狗吃星"一样也。无此种人，便不可表论中国菜，尤其不可作食谱；食谱或亦可作，但不可妄标科学方法，譬如说某菜煮若干分钟，今试问之：用何种火具？而火的温度，究在华氏或摄氏之若干度上？如不能表而出之，则所云科学者，只半吊子科学，亦只一知半解之高等华人信之耳。何况说到底，好的菜品，根本就不能太科学，例如利用外国机器切刀来切肉丁，你用最精密的尺子来量，几乎每颗肉丁，其六面俱相等，但是你炒熟来，却绝对没有用不科学的手，切出来的其大小并不十分一致样的肉丁好吃，何也？盖面积大小相等了，则其受热和吸收佐料的程度亦相等，在味觉上显出的只是整齐划一的

---

① "齐变至鲁"，"鲁变至道"出自《论语·雍也》。原句为："齐一变，至于鲁；鲁一变，至于道。"这里引申之义是：想吃地方风味的菜肴，到馆派那里是不行的，到私家厨派去品尝，地方的风味算传播到这个派，但吃上几家家常派调做的菜，确又出于主妇之手，那种烹调艺术才是多姿多彩的真品。……"——原编者注

② 同上。

③ 清道人：即李瑞清（1867—1920），号梅庵，别号清道人，江西临川人。一八九五年（光绪二十一年）登进士。晚年居上海，以鬻字为生，在书画界影响颇大。四川书画家马骀、张善仔、张大千曾师事之。大千的书法一直是清道人的路子。——原编者注

一种激刺，而参差不齐的激刺，好不好吃分别在于此；馆派、厨派、家常派之差别，高低亦在于此。本此孤证，便知道一门艺术，真正说不上科学也。

成都人的好吃

（清末、民国）

　　中国人对于其它生活要素，由于顶顶重要的"自由"，大概都可模糊，有固然好，精粗美恶倒不十分计较，只要有哩，并不一定拼身心性命以求之。独于食，那便不同了，在川人中间，按照旧习，见面的第一句话，并非是"你过得怎样?""你好吗?"而是"你吃了饭没有?"或曰"吃过了没有?"而且在询问时，还带有时间性，在上午，问的是早饭；过午，须问午饭，四川语谓之"晌午"，读若"少午"；入暮则问晚饭，谓之"消夜"；其严格犹洋人之问早安、日安、晚安也。其它，凡与人相交接，团体与团体相交接，大至冠婚丧祭，小至邻里往返，庄严至于纳贡受降，游戏至于"撇烂"打平伙，甚至三五小儿聚而拌"姑姑艺儿"——黄晋龄的餐馆名，引用为"姑姑筵"，亦通——无一不有食之一字为其经纬。笔记载：以前漕河总督衙门，顶考较吃了，诸如吃活猴脑，吃生鹅掌，一席之肴，可以用猪八九头，每头只活生生的取肉一块，余皆弃之。这种暴殄之处，姑不具论，甚至一席之肴，必须吃到三整天方毕，这真可以表现中国人好吃的整个性格，而且不吃不行。乡党中许多事故，大都由于不具食而起，谓人悭吝，辄曰：某人是不肯请客的，"要吃他么? 除非钉狗虫!"言之痛切如此，甚至"破费一席酒，可解九世冤；吝惜九斗碗，结下终身怨。"可以说，中国人对于吃，几乎看得同性命一样重，这不但洋人不能理解，就是我们自己，亦何尝了解得许多!

枕江楼①

（清末）

　　他当然不能推辞，只好说两句应该说的抱歉话，便一同朝着文庙前街，再沿上莲池边，插向南门走去。

　　枕江楼是前年重修南门大桥——一般叫做万里桥时，才趁热闹开张的一家小饭铺。地点选得还好，恰处在大桥上流的岸边，临着锦江江水，砌了一道短短的石堤。堤上简简单单地修了一排仅蔽风雨的瓦顶平房。平房尽头处，也就在石堤尖端，盖了一间圆形草亭。石堤得亏比大桥低，向下流头望去，靠岸第二孔石拱桥洞恰似它的大门。大门外景致甚好：天竺寺的后围墙，墙外临河小路，路边的大黄桷树，树脚下的石碛，石碛上面的水波，那么远法，看来真像画面。只是近处岸边一座积得山样的垃圾堆，成天都有一些穷妇女穷小孩蹲在上面刨渣滓，找东西，不免有点杀风景。毕竟因为地当桥洞，又在水流湍激之处，无论何时，好像总有一股凉风拂人，在天气热时，这地方的确是一个乘凉饮酒的雅座。而且上流头也是一大片鹅卵石坝，坝上河岸边一排斫折不死的老杨树，树下是个卖鱼虾的小码头，好吃嘴的客人每每亲自去买了鱼虾，烦厨房大师傅趁活做出来，非常好吃。这一切都合上了成都人的口味。于是它便从一个普通小饭铺摇身一变，变

---

① 节选自《大波》，标题为本书编者所加。

成一家馆厨派而兼家常味的、别具风格的中等南堂馆子。座头幽雅，又有天然景致，更兼价廉物美，首先来照顾它的是南门一带生意人，就不办会酒，也常来打平伙。其次的常客是学生们。到学生们作了常客，才悬上招牌，不知是哪位雅人给它取了这个切合实景而又带有诗意的名字：枕江楼。虽然这时还只有楼之名，而无楼之实。

枕江楼只有五个座头，寒冬数九还好，从初春赶青羊宫的日子起，它这里就生意兴隆。如其在下午两三点钟来，包你不能够随来随坐，人少也绝不能独霸一个座头，不让后客来镶一下的。

这天，顾天成三人来时，刚从大桥这头走进一间柴炭铺子的过道，再下几级石阶，踏上枕江楼的石堤，就听见全排平房里全是高声大嗓、搳拳闹酒、谈家常话、讲生意经的声气。从没有糊纸的菱形窗格中看过去，只见盘着发辫的头，精赤条条的背脊和膀膊，原来正逢上座时候。

吴凤梧站在石级上说："好生意！"

顾天相说："我的估计没错罢？依我说，还是到北新街的精记去。不然，就总府街的崧记也好。"

顾天成前天来吃过这里的醋溜五柳鱼和醉鲜虾。觉得精记、崧记都只有蒸菜、炖菜，没变化。光是吃饭倒方便，泡菜都不差。但这里，……隔着木栏杆，看见厨房正在煤鱼，炉火好旺，岚炭火焰从耳锅边冒起来好几寸高。四五个人站在菜案边挤虾仁。另一个厨子从炉子上一个挺大砂罐里，热漉漉地舀了一中碗黄焖鸡，把旁边耳锅里刚焯好了的三塌菇盖上两汤杓，递给身旁一个堂倌道："亭子上的。"堂倌打从身边过时，啊！好香！顾天成决心不打退堂鼓。

"喂！找个座头。只有三个人，镶一镶都使得。"

一顿家常饭[1]

（清末）

摆在桌上的，是昨夜特别留下的一大品碗莴笋红焖鸡，一大品碗芋头煨羊肉。今天早晨旋做的，是素炒黄豆芽，素焖小菠菜。并非逢年过节，又不是红白喜事，两荤两素吃早饭，这在陕西街三圣巷中是稀奇事，在吴凤梧家中，当然也不平常！

吴凤梧一手挽着四岁不到的幺娃子，精神饱满的样子，从节孝祠茶铺吃了早茶回来。进门之前，特别给幺娃子擤了一泡浓鼻涕，用自己锁有狗牙边的蓝花布手巾，把一张胖胖的小圆脸揩得一干二净。一面叮咛说：“娃儿家第一要学爱干净，第二要学讲卫生！莫跟巷子里那些滥娃娃学：不管啥子脏东西都要抓一把！也不管吃得吃不得的，捞到了便朝嘴里塞！要不得！不听话的娃儿家，妈妈见不得，我也不再带他进茶铺，也不再买和糖油糕跟他吃了！”

“我听话，明天你再跟我买一个和糖油糕哈！”

刚刚掀开木板门扉，一股油香味直扑鼻端。吴凤梧摔脱幺娃子小手，抢到桌子跟前，只一眼，便欢然叫道：“吆！好阔啦！两荤两素。……大女子，快拿饭来！”

大女子提起尖嗓子高应一声：“就来！”立即从堂屋后面的灶房

---

① 节选自《大波》，标题为本书编者所加。

里，把一只钱花大瓦钵捧出来，放在靠壁一张大茶几上；顺手舀了堆尖尖一大碗糙米饭，端给坐在方桌上首，已经在动筷子的父亲。

"你妈呢?"

"妈还在弄菜。"

"有这们多菜，还要弄，哎！哎！有福不可重享！"他不由想起上次只有一盘臭豆腐乳的光景。

老婆穿着蓝布围腰，双手端了一只海碗出来，翘起厚嘴皮笑道："并没弄啥子菜，只是打了一碗酸辣蛋花汤，你喜欢吃的。"

"哎！难为你啦！"吴凤梧今天会说出这样客气话，足见今天的脾气格外好。

他的老婆也像叫化子中了头彩，喜欢得合不拢口。那只有毛病的眼睛睒得格外起劲。小心翼翼地把海碗放在桌子当中，把两样荤菜尽量挪在上方。然后拉围腰揩着手指笑道："有啥子难为头！"

说茶铺

成都的特景——茶铺①

（清末）

茶铺，这倒是成都城内的特景。全城不知道有多少，平均下来，一条街总有一家。有大有小，小的多半在铺子上摆二十来张桌子；大的或在门道内，或在庙宇内，或在人家祠堂内，或在什么公所内，桌子总在四十张以上。

茶铺，在成都人的生活上具有三种作用：一种是各业交易的市场。货色并不必拿去，只买主卖主走到茶铺里，自有当经纪的来同你们做买卖，说行市；这是有一定的街道，一定的茶铺，差不多还有一定的时间。这种茶铺的数目并不太多。

一种是集会和评理的场所。不管是固定的神会、善会，或是几个人几十个人要商量什么好事或歹事的临时约会，大抵都约在一家茶铺里，可以彰明较著地讨论、商议、乃至争执；要说秘密话，只管用内行术语或者切口，也没人来过问。假使你与人有了口角是非，必要分个曲直，争个面子，而又不喜欢打官司，或是作为打官司的初步，那你尽可邀约些人，自然如韩信将兵，多多益善，——你的对方自然也一样的。——相约到茶铺来。如其有一方势力大点，一方势力弱点，这理很好评，也很好解决，大家声势汹汹地吵一阵，由所谓中间人两

---

① 节选自《暴风雨前》，标题为本书编者所加。

面敷衍一阵，再把势弱的一方数说一阵，就算他的理输了。输了，也用不着赔礼道歉，只将两方几桌或十几桌的茶钱一并开消了事。如其两方势均力敌，而都不愿认输，则中间人便也不说话，让你们吵，吵到不能下台，让你们打，打的武器，先之以茶碗，继之以板凳，必待见了血，必待惊动了街坊怕打出人命，受拖累，而后街差啦，总爷啦，保正啦，才跑了来，才恨住吃亏的一方，先赔茶铺损失。这于是堂倌便忙了，架在楼上的破板凳，也赶快偷搬下来了，藏在柜房桶里的陈年破烂茶碗，也赶快偷拿出来了，如数照赔。所以差不多的茶铺，很高兴常有人来评理，可惜自从警察兴办以来，茶铺少了这项日常收入，而必要如此评理的，也大感动辄被挡往警察局去之寂寞无聊。这就是首任警察局总办周善培这人最初与人以不方便，而最初被骂为周秃子的第一件事。

另一种是普遍地作为中等以下人家的客厅或休息室。不过只限于男性使用，坤道人家也进了茶铺，那与钻烟馆的一样，必不是好货；除非只是去买开水端泡茶的，则不说了。下等人家无所谓会客与休息地方，需要茶铺，也不必说。中等人家，纵然有堂屋，堂屋之中，有桌椅，或者竟有所谓客厅书房，家里也有茶壶茶碗，也有泡茶送茶的什么人；但是都习惯了，客来，顶多说几句话，假使认为是朋友，就必要约你去吃茶。这其间有三层好处。第一层，是可以提高嗓子，无拘无束地畅谈，不管你说的是家常话，要紧话，或是骂人，或是谈故事，你尽可不必顾忌旁人，旁人也断断不顾忌你；因此，一到茶铺门前，便只听见一派绝大的嗡嗡，而夹杂着堂倌高出一切的声音在大喊："茶来了！……开水来了！……茶钱给了！……多谢啦！……"第二层，无论春夏秋冬，假使你喜欢打赤膊，你只管脱光，比在人家里自由得多；假使你要剃头，或只是修脸打发辫，有的是待诏，哪怕你头屑四溅，短发乱飞，飞溅到别人茶碗里，通不妨事，因为"卫生"这个新名词虽已输入，大家也只是用作取笑的资料罢了；至于把袜子脱下，将脚伸去登在修脚匠的膝头上，这是桌子底下的事，更无碍已。第三层，如其你无话可说，尽可做自己的事，无事可作，尽可抱着膝头去听隔座人谈论，较之无聊赖地呆坐家中，既可以消遣辰光，又可以听新闻，广见识，而所谓吃茶，只不过存名而已。

如此好场合，假使花钱多了，也没有人常来。而当日的价值：雨前毛尖每碗制钱三文，春茶雀舌每碗制钱四文，还可以搭用毛钱。并且没有时间限制，先吃两道，可以将茶碗移在桌子中间，向堂倌招呼一声："留着！"隔一二小时，你仍可去吃。只要你灌得，一壶水两壶水满可以的，并且是道道圆。

不过，茶铺都不很干净。不大的黑油面红油脚的高桌子，大都有一层垢腻，桌栓上全是抱膝人踏上去的泥污，坐的是窄而轻的高脚板凳。地上千层泥高高低低；头上梁桁间，免不了既有灰尘，又有蛛网。茶碗哩，一百个之中，或许有十个是完整的，其余都是千巴万补的碎磁。而补碗匠的手艺也真高，他能用多种花色不同的破茶碗，并合拢来，不走圆与大的样子，还包你不漏。也有茶船，黄铜皮捶的，又薄又脏。

总而言之，坐茶铺，是成都人若干年来就形成了的一种生活方式。

河水香茶[①]

（清末）

　　成都那时将近有三十万人口，在城墙圈子内的，约占六分之五。这么多人用的水，几乎全由井里的水供给。成都平原，地下水非常丰盛，一般掘井到八市尺便见水了。掘得深的，不过一丈到一丈四尺。百把人，只要一口浅井，随你如何使用，如何浪费，它总不会枯竭。但它也只能供你作为洗濯使用。因为它含的滷质和其他有害健康的杂质很多，强勉用来煮饭烹菜，已经不大卫生，若用来泡茶或当白开水喝，更不行。所以当时每条街上兼卖热水和开水的茶铺，都要在纱灯上用红黑相间的宋体字标明是河水香茶。河水，就是围绕成都城的那条锦江的水。每天有几百上千数的挑水夫，用一条扁担，两只木桶，从城门洞出来，下到河边，全凭肩头把河水运进城，运到各官署、各公馆，尤其是各家茶铺去供全城人的饮用。设若一天这几百上千数的挑水夫不工作的话，那情形当然不妙。

---

① 节选自《大波》，标题为本书编者所加。

第一楼茶铺①

（清末）

两个人放慢脚步，一边谈谈说说，差不多把一条漫长的北打金街走完了，郝又三方挟着黑皮书包，气喘面红地追上来。

走进第一楼茶铺门，几乎每张桌上都是人，几乎每个角落都充满了人声。

伍平说："并不清静嘛！"

郝又三说："楼上去看。"

楼上果然另是一个场面：靠后稀稀落落安的十张蒙着白台布的麻将牌桌上，仅三张桌有人，而且一共不过七八个人，都轻言细语在摆谈各人的事情。最前面靠着玻璃窗安的三张也蒙有白台布，并摆有花瓶的大餐桌，所有新式立背餐椅都闲着没人坐。

伍平才待选一张麻将牌桌坐下，吴凤梧已把他拉向中间一张大餐桌去道："走！那儿坐。同又三先生一道到第一楼来吃茶，是不能让他省这几角茶钱的。"

伍平光着两眼问道："难道坐位还有高低不成？"

"若是没有高低，那么舒服的位子怎能没一个人去坐？"

三个人刚刚拉开餐椅坐下，一个干净利落的堂倌便端着一个茶

---

① 节选自《大波》，标题为本书编者所加。

盘，从楼下飞奔上来，一直走到大餐桌前。一面把三把洋磁小茶壶，和三只也是洋磁的有把茶杯，一一分送到各人面前，一面笑容可掬地向郝又三打招呼道："老师好久不来吃茶了。"

伍平问道："茶钱是多少？"一边就去衣襟袋里摸钱。

吴凤梧用手肘把他一拐道："这里是又三先生的码头，茶钱你我都开不了，我们不要做过场。"

堂倌也说："老师招呼过的，是老师的客伙，我们不好收茶钱。"

郝又三已将一枚当五角的银元递到堂倌手上，问道："这一晌生意还好吗？"

"楼下还好。"一面数着从怀里抓出的一把当十铜元。"就只楼上清淡些。"把数好的折合两角的十六枚铜元放在郝又三面前，并且问道："要不要点心？……不要。那么，盐花生米？白瓜子？……好的，各装一盘来。水烟袋呢？……福烟早已断庄，只有本城水烟和绵烟。"

吴凤梧道："有叶子烟没有？"

"有烟杆，却没有叶子烟。"

郝又三道："算啦，我这里有纸烟。"

堂倌走后，伍平不禁把头一摇道："我这个土生土长的成都人，竟不晓得成都有这样茶铺，这样贵的茶！"

乡场上吃茶①

（清末）

大平原上快要成熟的迟种的稻，嫩黄得一望无涯。有人形容说：很像一片翻着浊浪的海。——是一片海，不过是浅海。它很浅很浅，浅得足以容人在它的浪涛里自在游行。

这段稻海中心，涌现出一簇青郁郁的瓦屋顶；而且还有很高峻的扳鳌抓角的屋檐，还有枝叶纷披、老干横擎的皂角树、柏树和到处都有的桢楠树。这是处在成都之西的郫县和崇宁县交界地方一个大场：安德铺。

今天是赶场日子。大路小路，在连天阴雨后，一溜一滑不好走。但是赶场的人，从二簸簸粮户到庄稼佬，从抱着公鸡、提着鸡蛋的老太婆，到背上背一匹家机土布，或者拿着一大把鸡肠棉线带的中年妇女，仍然牵线似的向场街上走来。

晌午以后场在散了。场上的茶铺、酒铺、烧腊铺、面食铺的生意更加兴旺。

出名的老牛筋何么爷，戴一顶几乎要脱圈的旧草帽，脚上草鞋是捡他长年穿得不要了的，挂一根可以当拐杖用的粗叶子烟杆，挺着胸脯，一路东张西望着向场口走去。

---

① 节选自《大波》，标题为本书编者所加。

　　有几个年轻小伙子，也有两个中年汉子，正围坐在一家茶铺的临街安放的大方桌上吃茶。

　　大家都在打招呼："喂！何么爷，吃碗茶去。"

　　一看，都是左邻右舍的熟人，何么爷开心笑了起来，露出缺了几颗牙齿的牙床，上唇上的不多几茎很像黄鼠狼的又硬又棕的胡子，也在皱脸两边颤抖了几下。走上台阶，大声喊着："茶钱！茶钱！"叶子烟杆交代给左手，空出满是筋疙瘩的僵硬的右手，虚张声势地伸到裹肚兜里，直等有人把茶钱给了，——乡场上吃茶，还是百年以来的老价钱：三个制钱一碗；还是可以搭一个毛钱，如其你找得出毛钱来的话。——才抓了几十个制钱出来，迭在自己面前桌边上做样子。

成渝茶馆异同论①

（四十年代）

到重庆，第一使成都人惊异的，倒不是山高水险，也不是爬坡上坎，而是一般人的动态，何以会那么急遽？所以，成都人常常批评重庆人，只一句话："翘屁股蚂蚁似的，着着急急地跑来跑去，不晓得忙些啥子！"由是，则可反映出成都人自己的动态，也只一句话："太懒散了！"

懒散近乎"随时随地找舒服"。以坐茶馆为喻罢，成都人坐茶馆，虽与重庆人的理由一样，然而他喜爱的则是矮矮的桌子，矮矮的竹椅——虽不一定是竹椅，总多半是竹椅变化出来，矮而有靠背，可以半躺半坐的坐具——地面不必十分干净，而桌面总可以邋遢点而不嫌打脏衣服，如此一下坐下来，身心泰然，所差者，只是长长一声感叹。因此，对于重庆茶馆之一般高方桌、高板凳，光是一看，就深感到一种无言的禁令："此处只为吃茶而设，不许找舒服，混光阴！"

只管说，"抗战期中"，大家都要紧张。不准坐茶馆混光阴，也算是一种革命地"新生活"的理论。但是，理论家坐在沙发上却不曾设想到凡旅居在重庆的人，过的是什么生活呀！斗室之间，地铺纵横，探首窗外，乌烟瘴气，镇日车声，终宵人喊，工作之余，或是等车候

---

① 此文原题为"从吃茶漫谈重庆的忙"，本书编者改为此题。

船的间隙，难道叫他顶着毒日，时刻到马路上去作无益的体操吗？

我想，富有革命性的理论家，除了设计自己的舒服外，照例是不管这些的。在民国十二年当中，杨子惠先生不是用"杨森说"的标语，普遍激动过坐茶馆的成都人："你们为什么不去工作"，而一般懒人不是也曾反问过："请你拿工作来"吗？软派的革命家劝不了成都人坐茶馆的恶习，于是硬派的革命家却以命令改革过重庆人的脾胃，不许他们坐茶馆，喝四川出产的茶，偏要叫他们去坐花钱过多的咖啡馆，而喝中国不出产必须舶来的咖啡、可可，以及彼时产量并不算多，质地也并不算好的牛奶。

好在"不近人情"的，虽不概如苏老泉所云"大抵是大奸匿"，然而终久会被"人情"打倒，例如重庆的茶馆：记得民国三十年大轰炸之后，重庆的瓦砾堆中，也曾在如火毒日之下，蓬蓬勃勃兴起过许多新式的矮桌子、矮靠椅的茶馆，使一般逃不了难的居民，尤其一般必须勾留在那里的旅人，深深感觉舒服了一下。不幸硬派的革命下来了，茶馆一律封闭，只许改卖咖啡、可可、牛奶，而喝茶的地方，大约以其太不文明之故，只宜于一般"劣等华人"去适应，因才规定：第一不许在大街上；第二不许超过八张方桌；第三不许有舒适的桌椅。谢谢硬派的"作家"，幸而没有规定：只许站着喝！一碗茶只须五秒钟！

如此"不近人事"的推销西洋生活方式——请记着：那时我们亲爱的美国盟友还没有来哩——其不通之理由，可以不言，好在抗战期间，"命令第一"，你我生活于"革命"之下，早已成了习惯。单说国粹的茶馆，到底不弱，过了一些时候，还是侵到大街上了，还是超过了八张方桌，可惜一直未变的，只是一贯乎高桌子、高板凳，犹保存重庆人所必须的紧张意味，就是坐茶馆罢，似乎也不需要像成都人之"找舒服"！

说节令

成都记忆，1944 年。摄影：[美] 亨利·华莱士

端阳①

（清末）

端阳节是三大节气之一，万万不可胡乱过去。即如伍家之穷，也与其他穷人一样，在五月初二，就打起主意：把伍大嫂首饰中剩下的惟一银器，一根又长又厚又宽，铸着浮雕的张生跳粉墙的银簪子，拿去当了，包了四合糯米的粽子，买了十二个盐鸭蛋，十二个白鸡蛋。到初五一早起来，将一绺菖蒲，一绺艾叶，竖立在门前；点燃香烛，敬了祖宗，一家人喜喜欢欢地磕了头，又互相拜了节，坐在桌上，各人吃了粽子、蛋、白煮的大蒜，又各喝了杯雄黄烧酒。伍太婆将酒脚子在安娃子额头上画了一个王字，两耳门上也涂抹了一些，说是可以避瘟。伍大嫂在好多日前，已抽空给他做了一个小艾虎，和一件小小的香荷包；伍平又当天在药铺里要了一包奉送买主的衣香，装在香荷包里，统给他带在衣襟的钮门上。

一家人吃饱之后，无所事事，都穿着干净衣裳，坐在门前看天。

晶明的太阳，时时刻刻从淡薄的云片中射下，射在已有大半池的水面上，更觉得晶光照眼。池西水浅处，一团团新荷已经长伸出水面，半展开它那颜色鲜嫩的小伞。池边几株臃肿不中绳墨的老麻柳的密叶间，正放出一派催眠的懒蝉声音。

---

① 节选自《暴风雨前》，标题为本书编者所加。

池南的城墙，带着它整齐的雉堞，画在天际云幕上，谁说不像一条锯子齿？

伍平把新梳的一条粗发辫，盘在新剃了发的顶际，捧着一根汗渍染黄的老竹子水烟袋，嘘了两袋，忽然心里一动，想着江南馆今天的戏，必有一本杨素兰唱的"雄黄阵"。站起来，伸手向他老婆道："今天过节，拿几个茶钱，我好出去。"

今天过节，这题目多正大！伍大嫂居然不像平日，居然从挑花肚兜中，数了十几个钱给他。

伍平高高兴兴，披着蓝土布汗衣，走到街上，出门拜节的官轿，正络绎不绝地冲过去、冲过来。跟班们戴着红缨凉帽，穿着蓝麻布长衫，手上执着香牛皮护书，跟在轿子后面，得意洋洋地飞跑。

家里稍有一点钱的小孩们，都穿着各种颜色的接绸衫，湖绉套裤，云头鞋；捏着有字有画的摺扇；胸襟上各挂着许多香囊顽意。还有较小的孩子，背上背着一只绸子壳做的撮箕，中间绽着很精致的五毒。女孩们都梳着丫髻，簪着鲜红的石榴花，打扮得花花绿绿地，坐在门前买零碎东西吃。

满街上差不多除了大喊"善人老爷，锅巴剩饭！"的讨口子外，就是穷人也都穿得干干净净，齐齐整整。

中元①

（清末）

阴历七月十四日是黄澜生家的中元祀祖烧袱子的一天。

中元祀祖，在当时的四川习俗中，是一件家庭大事，它的意义好像比清明、冬至的扫墓、送寒衣还重要。因为这原故，楚用已经三天未去学堂，一直留在黄家帮着撕钱纸，写袱子。

成都的钱纸，由于铁戳子打得很认真，不但钱印紧密，每一叠上的钱印还是打穿了的。要烧它，便得细心而耐烦地撕开。撕破了还不好，据说，烧化了是破钱，鬼不要。每每十斤一捆的钱纸，必须用相当多的人，撕相当多的时候。从前忌讳女人撕钱纸，说女人是阴人，与鬼同类，经手的钱纸，烧化仍是钱纸，变不成钱，骗不了鬼；甚至说女人身上不干净，经手的钱纸有秽气，即使烧化了成钱，鬼也嫌脏。

自从维新之后，越到近年，破除迷信、提倡女权的学说越得势。黄澜生对于烧钱纸骗鬼，已经有了怀疑，但他又说："不信鬼神可也。祭祀自己祖宗，是儒家慎终追远的道理，说不上迷信。今天烧钱纸，即是古人化帛，只能说是一种礼节。"既然只算一种礼节，他就不像从前那等考究：首先，在每次祭祀祖宗时候，便不一定要买上几捆钱

---

① 节选自《大波》，标题为本书编者所加。

纸来，使大家撕得头昏脑涨；其次，黄太太、婉姑、菊花、何嫂等人要来插手帮忙，他也能够尊重女权，再不像从前那样有所忌讳。

中元祭祀祖宗还另有一种礼节。那便是焚化的钱纸，不能用撕开来就烧的散钱纸，必须把钱纸撕开，又数出同等数目，叠成若干叠，每一叠还必须用纸铺里专卖的一种印有花纹格式的纸张包好，用糨糊粘好，这样，才叫一封袱子；而后还必须端肃容仪，用小楷字在袱纸封面上按格式填写清楚："敬献清故奉政大夫祖考□□公冥收，裔孙黄迥沐手具。"还有祖妣名下的，还有考与妣名下的，都要一封一封地写。比如敬献祖考名下袱子一百封，祖妣名下一百封，考与妣名下各八十封，那就得恭书三百六十封。再加上几个旁支亲属的男女，每年的袱子，总在四百封以上，小楷字数在一万字以上，这对不经常写字的人说来，真是一项不轻巧的工作。往年当然只有黄澜生一个人来作了，今年偏偏公事很紧，一天假也不能请。到七月十二日，楚用在学堂作了报告回来消夜，黄太太提议请楚用代笔。黄澜生很是高兴，为了敬事起见，还给他作了三个长揖。并且点上洋灯，流着汗，坐在书房内的书案前，先写了几张范纸，再三嘱咐不要写破笔字，不要写行草，怕的是祖宗有灵，要怪后代儿孙心不诚，意不敬。

祭祖宗在下午三点钟，烧袱子在擦黑时候，这也是成都的习俗。今年虽然罢了市，但是从七月十一日起，每条街，仍然有不少人家祭祖宗，烧袱子。各处寺庙里的和尚也仍然在做盂兰会。仅只没有唱戏。

黄家为了主人的方便，祭祖移到下午五点钟。上供的八盘菜肴，照例由女主人亲自下厨烹制。直到六点钟，三献三奠，男女主人盛妆黼黻，连振邦、婉姑都打扮齐整，叩头送神之后，大家换了便衣，方把菜肴撤到倒坐厅内，共享福余。

说婚嫁

四川成都，1932—1938 年。摄影：［美］哈里森·福尔曼

明媒正娶①

（清末）

母亲于他送别朋友之后，看出他颇有点郁郁，生恐他生心飞走了，便与他父亲商量，给他一条绊脚索，将他拴住。一面也因人丁太不发了，要他及时多传几个种。遂在这年二月，不管他意见如何，竟自同叶硬姑太太打了亲家，把叶文婉硬变做自己的媳妇。

虽然是至亲开亲，而规矩仍半点不能错。依然由男家先请出孙二表嫂的堂兄孙大胡子——因为他原配健在，子女满堂，是个全福人。——来做媒人，先向女家求了八字，交给算命先生合一合。由算命先生取银一两，出了张夫荣妻贵，大吉大利的凭证。然后看人，下定。女家却自动免去相郎一节。这是头年十月的事。大家便忙着准备。因为说通了，不能像平常婚嫁，下定后还要等三年五载，方始嫁娶之故。然而女家还是照规矩推托了三次：第一次是姑娘还小，第二次是妆奁办不及，第三次是母女难舍。

婚期择定了，请媒人报期。报期之后，商讨嫁妆，既是至亲，也就免去世俗所必有的争论吵骂。婚期前两天过礼，男家将新房腾出，女家置办的新木器先就送到，安好。而木匠师傅于安新床时，照规矩要说一段四言八句的喜话，也照规矩要得男家一个大喜封。过礼这一

---

① 节选自《暴风雨前》，标题为本书编者所加。

天，男家就有贺喜的客人，男女老少，到处都是。而大门门楣上已经扎上一道大红硬彩。凡有天光处，都搭上粉红布的天花幔子。四周屋檐下，全是大红绣五彩花的软彩。堂屋门前，两重堂幛，也是大红绣五彩花和盘金线的。由于男家不主张铺排，只用了三十二张抬盒，装着龙凤喜饼，点心盐茶，凤冠霞帔，花红果子，另外一担封泥老酒与生鸡生鹅。用全堂执事，加入郝家三代人的官衔牌，两个大管家戴着喜帽，穿着青缎马褂，抓地虎绿梁靴子，捧着装了十封名称各别的大红全柬的卤漆描金拜匣，押送到女家。女家妆奁不多，单、夹、皮、棉，四季衣服，四铺四盖，瓷器锡器，金珠首饰，连同桌上床上的小摆设，却也装够四十张抬盒，抬了回来，谓之回礼。

婚日头一晚，男家顶热闹了，谓之花宵。全院灯火齐明，先由父母穿着公服，敬了祖宗，再由新郎倌戴上女家制送的冬帽靴子，穿上父母赐给的崭新花衣，蓝宁绸开裰袍，红青缎大褂，敬了祖宗，拜了父母，家里人互相贺了喜后，新郎便直挺挺跪在当地猩猩红毡上，由送花红的亲友，亲来将金花簪在帽上，红绸斜结在肩胛边，口里说着有韵的颂词，而院坝内便燃放火炮一串。花红多的，一直要闹到二更以后，方才主客入席，吃夜消。

那夜，新郎就安睡在新床上。

迎娶吉时择在平明。密不通风的花轿早打来了，先由一对全福男女用红纸捻照了轿，而后新郎敬了祖人，发轿。于是鼓乐大震，仍像过礼一天，导锣虎威，旗帜伞扇，一直簇拥到女家。女家则照规矩要将大门闭着，待男家将门包送够，才重门洞启，将人夫放入。新娘亦必照规矩啼哭着坐在堂中椅上，待长亲上头，戴凤冠，穿霞帔，——多半在头两天就开了脸的了。开脸者，由有经验的长亲，用丝线将脸上项上的汗毛，以及只留一线有如新月一样的眉毛以外的眉毛，——

绞拔干净，表示此后才是开辟了的妇人的脸。而授与男女所应该知道的性知识，也就在这个时候。——而后由同胞的或同堂的弟兄抱持上轿，而后迎亲的男女客先走，而后新娘在轿内哭着，鼓乐在轿外奏着，一直抬到男家。照例先搁在门口，等厨子杀一只公鸡，将热血从花轿四周洒一遍，意思是退恶煞，而习俗就叫这为回车马。

此刻，新郎例必藏在新房中。花轿则捧放在堂上，抽去轿杠。全院之中，静寂无哗。堂屋正中连二大方桌上，明晃晃地点着一对龙凤彩烛。每一边各站立一个八九岁的男孩，又每一边各站立一个亲友中有文采的少年姑且降格而充任的礼生。

礼生便一递一声，打着调子，唱出"伏以"以下，自行新编的华丽颂词。"一请新贵人出洞房！……一请新娘子降彩兴！……"唱至三请，新郎才缓步走出，面向堂外站在左边，新娘则由两位全福女亲搀下花轿，也是面向堂外站在右边。礼生赞了"先拜天地"，阶下细乐齐鸣。一直奏到"后拜祖宗，夫妻交拜；童子秉烛，引入洞房。"

继着这一幕而来的是撒帐，也是一个重要节目。

当一对新人刚刚并排坐在新床床边之上，而撒帐的——大概也由亲戚中有文采的少年充当——随即捧着一个盛有五色花生、百合、榛子、枣子的漆盒，唱着："喜洋洋，笑洋洋，手捧喜果进洞房，一把撒新郎，……"也是自行新编的颂词，不过中间可以杂一些文雅戏谑，总以必须惹得洞房内外旁观男女哈哈大笑为旨归。

其后，新郎从靴勒中抽出红纸裹的筷子，将掩在新娘凤冠上的绣花红绸盖头挑起，搭在床檐上，设若郝又三与叶文婉还不相识的话，只有在这时节趁势一瞥，算是新郎始辨新娘妍媸的第一眼，而新郎之是否满意新娘，也在这一眼之下定了。但新娘还仍低眉垂目不能看新郎哩。

郝又三吃了交杯茶，合卺酒，趁小孩们打闹着爬上新床去抢离娘粑与红蛋时，便溜了出来，躲到三叔房里，一个人抱着昏晕的头脑，正自诧异：这样便算有了一个老婆，岂非怪事？而今夜还要向着这位熟识的新人，去做丈夫应做的事，不是更奇怪吗？

一个代理父亲责任，来授他性知识的老长亲，恰寻了来。

这是一位有风趣的老人，脸上摆着欢乐笑容，一开口便道："男女居室，人之大伦。老侄台，我想你们光绪年间生的人，哪里会像我们从前那等蠢法，连门路都探不着？既然你令尊大人托着，没奈何，且向老侄台秽言一二，若说错了，不要怪我，我这平生不二色的教师，本来就瘟。……"

老长亲只管自谦，但他那朦胧的性知识之得以启发，而大彻大悟于男女性器官的部位，以及二五构精之所以然，却是全赖老长亲的一席之谈。老长亲说得兴会淋漓，而他也飞红着脸，听得很专心。不幸的，就是言谈未终，而贺客已陆续盈门。窗子外的洋琴台上，业已五音并奏，几个瞎子喧嚣着大唱起来。

新郎于每一个贺客之来，无论男女长幼，他总得去磕头。这已经够劳顿了。但还不行哩，客齐之后，还要来一个正经大拜。

所谓正经大拜者，如此：先由父母敬了祖宗。新娘已换穿了寻常公服，只头上仍戴着珍珠流苏，由伴娘搀出，与新郎并拜祖宗。照例是三跪九叩首的大礼。新娘因为缠脚之故，可以得人原谅，默许其一跪下去，就俯伏着不必动弹，而新郎则不能不站起来又跪下去，站起来又跪下去。

拜罢祖宗，又拜父母。照规矩，父母得坐在中间两把虎皮交椅上，静受新人大礼。不过当父母的，总不免要抬抬屁股，拱拱手，而后向着跪在红毡上的新人，致其照例的训词。

而后分着上下手，先拜自己家里人，次拜至亲，次拜远戚，再次拜朋友，连一个三岁小孩，都须拜到，并且动辄是一起一跪、不连叩的四礼，直至一般底下人来叩喜时，才罢。一次大拜，足足闹了三个钟头。郝又三感觉得腰肢都将近断了，两条腿好像缚了铅块似的，然而还不得休息，要安席了。正中三桌最为紧要，款待的是送亲的，吃酒的，当媒人的，当舅子的，虽然内里女客，由主妇举筷安杯，外边男客，由主人举筷安杯，但新郎却须随在父亲身后周旋，而洋琴台上也正奏打着极热闹的"将军令"、"大小宴"。

十三个冷荤碟子吃后，上到头一样大菜，新郎须逐席去致谢劝酒，又要作许多揖，作许多周旋；而狡猾的年轻客人，还一定要拉着灌酒，若不稍稍吃点，客人是可以发气的。

到第三道大菜，送亲的，吃酒的，以及当舅子的，照规矩得起身告辞。于是由新郎陪到堂屋里稍坐一下，新房里稍坐一下，男的则由主人带着新郎，恭送到轿厅，轿外一揖，轿内一揖，轿子临走，又是一揖。女的则在堂屋跟前上轿，由女主人应酬。

要走的客，都须这样跑进跑出，一个一个地恭送如仪。

一直到夜晚。新娘是穿着新衣，戴着珠冠，直挺挺坐在床跟前一张交椅上，也不说，也不笑，也不吃，也不喝，也不走，也不动；有客进来，伴娘打个招呼，站起来低头一福，照规矩是不准举眼乱看。虽然叶文婉是那样爽快的人，这里又是熟识地方，虽然郝香芸、香荃要时时来陪伴她，要故意同她说话取笑，虽然姨太太来问了她几次吃点什么，喝点什么，虽然春兰传达太太的话，叫她随便一点；但是规矩如此，你能错一点吗？自己的母亲是如此的教，送亲吃酒的女长亲是如此教，乃至临时雇用的伴娘也如此教。

而新郎则劳顿到骨髓都感觉了疲乏。

但是还要闹房哩。幸而父母十分体谅儿媳，事前早就分头托人向一般调皮少年说了多少好话，母亲又赶快去教了新媳妇一番应付方法，所以仅被闹了两个多钟头，而且也比较的文雅。跟着又吃夜消。

到此，新娘卸了妆，换了便服，才由大姑小姑同几个年轻女客陪伴着，在新房里吃了一点饮食。但是照规矩只能吃个半饱。

到此，新郎也才脱了公服靴子，换了便服，由父母带着，吃点饮食。自然也是不准吃饱，并不准喝酒。

街上已打三更了，三老爷督着底下人同临时雇用来帮忙的，将四处灯火灭了，人声尚未大静。留宿的男女客安排着听新房，都不肯睡，便点着洋灯打起纸牌来。

新郎累得差不多睁不开眼。母亲向他说："进新房去睡得了！"到他要走时，又特意在他耳边悄悄说道："今天是好日子，一定是圆房的。你表妹不好意思，须得将就下子，不准耍怪脾气啦！"

他进新房时，玻璃挂灯已灭，只柜桌上一盏缠着红纸花的锡灯盏，盛着满盏菜油，点的不是灯草，而是一根红头绳。新娘已经不见，有流苏的淡青湖绉罩子，低低垂着；踏脚凳上，端端正正摆了双才在流行的水绿缎子加红须的文明鞋。

他在房里走了几步，一个年轻伴娘悄悄递了件东西给他，并向他微微一笑道："姑少爷请安息了，明早再来叩喜。"

他茫然将她看着，她已溜了出去，把房门翻手带上了。

他把接在手上的东西一看，是一块洁白的绸手巾，心中已自恍然。再看一看罩子，纹风不动地垂着，而窗子外面却已听见一些轻微的鼻息声同脚步声。

老长亲淋漓尽致的言语又涌上脑际，心里微微有点跳，脸上也微微有点烧，寻思："一句话没有说，一眼没看清楚，就这样在众人窥视之下，去作男女居室的大事吗？文明呢？野蛮呢？……"

新式结婚①

（清末）

  龙幺姑娘的花轿在左邻右舍、男女老少的好奇眼光之下，热热闹闹地、吹吹打打地、吆吆喝喝地，凭着八个头戴喜帽，身穿绿布短褂，前后心各绽一幅约摸冰盘大小、白洋布圆补子上有飞马图案的轿夫，四抬四扶，出了龙家大门。

  按照新郎周宏道同一伙维新朋友所拟定的、带有革命性的新式结婚礼单，原本没有坐花轿这一项。他们准备借一顶蓝呢四轿，用两匹红绸从轿顶交叉垂下，在轿的四角打上四朵大绣球，来代替那种外表只管花哨，其实密不通风、有如囚笼的旧式花轿的。但是龙老太太坚决不答应，她气忿忿说："我啥子都让步了。说是世道不好，怕招惹是非，叫不用抬盒过礼，就不过礼。又说，新式结婚，男的不穿袍褂，女的也就不再穿戴凤冠霞帔，我也依了。可是花轿一定要坐！全堂执事一定要用！老实话，我一个正经女儿出阁，连这点面子都不要了吗？"经大家研究之后，认为于大体无碍，才由大宾——这一天的新名词叫介绍人。——田老兄出头，代表男家承诺了。只在全堂执事上略有修改。即是说，男女两家都没有做官的，官衔牌就不必再向亲友借用。既不用官衔牌，那么，肃静回避牌也可以不用。肃静回避牌

---

① 节选自《大波》，标题为本书编者所加。

不用，那么，开锣喝道当然也该淘汰。所谓全堂执事，经田老兄这样一修正，结果只剩下了两面飞凤旗，两面飞龙旗，花轿前一柄红日照，花轿后一把黑油掌扇；此外，还剩下一个必不可少的乐队。这乐队也只由五个身披破烂红布短衫的可怜乐工组成：两支唢呐，一面手鼓，一只七星盏，一具包包锣。就这样，也算遂了龙老太太的意，也才热热闹闹地、吹吹打打地、吆吆喝喝地把花轿拥出了龙家大门。

花轿大约已走有两条街之远，看热闹的邻居街坊也散尽了，龙老太太犹然流眼抹泪地站在红烛高烧、香烟缭绕的堂屋内，定睛望着业已关好的二门。她还是舍不得骤然离开身边的幺女啊！

黄太太和孙师奶奶本来应该随着花轿送亲前去的，因为新式礼单上没有这一项，她们遂暂时留在龙家，帮着女工贺嫂把幺姑娘的房间收拾干净，而后一同洗了手，重新扑了一次南粉，抿了一次头发，走到堂屋跟前来向龙老太太告别。

看见龙老太太满脸凄苦神色，黄太太心里感到有些难过，遂说道："妈，你一个人留在家里，不如还是同我们一道到幺妹家去，看看他们的新式礼，到底咋个搞的，你心里也宽舒一点呀！"

龙老太太沉着脸，只是摇头道："我说了不去，就不去。新式礼么？我早晓得，你向我哈哈腰，我跟你拉拉手，上下不分，成个啥子名堂！一个女儿家的终身大事，我从没见过这样不慎重的，连天地祖宗都不敬了，还理睬到我这个老娘子？我不相信一个人到东洋走一趟，就连祖宗都不要了！我已说过，今天在他周家办喜事，好歹由他姓周的作主。可是三天回门，那便要由我作主啦。我当丈母娘的，倒不争他那几个狗头，磕也使得，哈哈腰也使得。我龙家的祖宗，却要受他新女婿三跪九叩首的大礼的。我是中国人，我不怕人家骂我腐败，若还像今天这样要洋把戏，不问是谁，一齐不准进我龙家大门！

我在祖宗神位跟前咒死他！……"她赶快住了口。深悔不该在幺女的这个大日子里头，说出了个不吉祥的字——死。

她的大女，孙师奶奶业已像炒豆子似的，向她吵了起来道："人家是新学家，不迷信，才不怕你咒，你爱咒，我赌你今天就咒！我倒说话在前，回门那天，你硬要这样耍怪脾气的话，我们都不来，让你孤家寡人关上大门去守老规矩！"

黄太太把孙师奶奶拉了一把道："你也是哟！……妈，你放心，三天回门，包你新女婿会跟你磕头的。……"

把龙老太太安顿好后，两姊妹才坐着各人丈夫的三丁拐轿子，飞跑到南门二巷子周宏道所佃的新居来。

这所新居，是一家大公馆的别院，而且是从花园中间拦出，另外添修了几间房子。院子不大，却颇颇有些花木。正房三间，显然是一座大花厅改的。中间作为堂屋，非常宽敞，前后都是冰梅花格门。明一柱的宽阶檐，还带有卍不断矮栏杆。这时，堂屋内外，甚至连院子中间的一堆假石山上，都站满了人。田老兄的一种半沙半哑的声音，正从堂屋里传出。

黄太太忙向堂屋台阶步去，一面向孙师奶奶说道："来迟了一步。……"

孙雅堂同几个不认识的男客站在花格门边，便迎上前来说道："还不算很迟，介绍人才在演说。"

"澜生演说过了吗？"黄太太很好奇地问。

"他再三不肯，大约还不大搞得来。……你们两位请到后面去，女客都在后面。"

一阵欢笑声，又一阵巴掌声。原来田老兄已经说完了。黄太太只听清楚最后两句："克尽你们天职，努力制造新国民罢！"不由呸了一口，低低笑道："真是狗嘴里不长象牙！"

人声稍静，充当礼生的郝又三把一张梅红全柬举起来，看着念道："男宾致贺词！"

站在下面人丛中的葛寰中说道："怎吗！又三，你看错了行罢？我记得下面是新郎演说哩。"

"没有错，是世伯记差了。新郎演说这一项，勾在后面，作为对来宾的答词去了。"

已经从堂屋当中摆设的礼案上方退走下来的田老兄，登时拍着两手道："就请葛太尊演一个说好娄！大家赞成吗？"

当然没有人肯出头说不赞成。

葛寰中今天却也特别，既没有戴纬帽，也没有穿补褂。穿的、戴的、佩的，就是当蜀通轮船到万县时，上岸去拜会陆知县的那一套。当下转身对着众人一拱道："诸公在此，区区怎好占先哩！"

比及大家都要他先说，他才迈步走到那张铺有白布、上面摆了一只满插鲜花的花瓶的长案上端站着，然后面对分站在长案下方的新郎新娘笑道："我不会像田伯行老兄那样引古证今、长篇大论。我还是老一套来个诗经集锦，祝贺你们二位。"说着话，已从马褂内襟袋里，摸出一张十样锦花笺，展开来，捧在手上，干咳了两声，方打起调子，朗朗念道："君子偕老，如鼓瑟琴；予唯音晓晓，而有遐心。——上第一章。君子偕老，其命维新；吁嗟乎驺虞，宜尔子孙！——上第二章。君子偕老，文定厥祥；继序其皇之，载弄之璋。——上第三章。君子偕老，凤凰于飞；我从事独贤，不醉无归！——上第四章。这四章，是祝贺新郎的。……"

男客中间已有几个人大声喊起好来。女宾中间，看得出，葛太太、葛小姐都异常高兴。葛太太两只眼睛，笑得眯成了缝，葛小姐两只眼睛却像晴夜天空中的陪月星似的光芒乍乍。

"……下面四章是祝贺新娘的。第一章：——之子于归，见此良人，鼓瑟鼓琴，则不我闻。第二章：——之子于归，宜其家室，无使君劳，靡有朝夕！……"

男客中间又发出哈哈笑声，还听见有人带着笑声说："这不是祝贺，是告诫。告诫新娘子莫要把新郎弄得早晨黑夜都疲劳不堪。"经过这一解释，女客中间好多人也捂着嘴笑了。

葛寰中挥着一只手道："鄙意并非如此，是诸公曲解了。下面两章，容兄弟念完好喽。"

下面两章是：之子于归，宜其家人，终温且惠，既安且宁。之子于归，以御宾客，庭燎有辉，其仪不忒。

念完后，葛寰中又向新郎新娘拱了拱手，才退了下来。

郝达三满脸是笑地迎着他道："老弟的书本还这么熟，佩服，佩服！"

葛寰中顺手把他拉到花格门外，附着他耳朵说道："老哥不要见笑，并不是我搞的。滥套四六我还来得两篇，五经、我早已一多半还跟老师了。这东西，是昨天找傅樵村杀的枪①。"

"哦！难怪才那样地口齿轻薄啊！"

这时，堂屋里面，董修武正大讲其移风易俗，必自家庭革命开端的大道理。

郝达三尖起耳朵听了听，遂问葛寰中："这个姓董的，可就是同周宏道一起，被邵明叔聘回来教书的那人？"

葛寰中正从何喜手上接过一只切了尖的雪茄烟，一面就着何喜递

---

①　代人作文，叫作杀枪。这是科举时代遗留下来的名词。——原编者注

过来的纸捻哑烟，一面点着头道："唔！……便是此人。……你看怎么样？……"

"大概也是一个暴烈分子罢？"

"大凡新从日本回来的，都带一点这种气习。"

"我看也不尽然。周宏道这个人，就颇纯谨。"

这时，堂屋里很热闹。大概男宾致词已经完了。

果然，只听见郝又三的声音又高唱起来："请女宾致词！"

葛寰中向堂屋里瞭望了一眼道："听！女宾要讲话了。"

郝达三瘦得只见骨头的脸颊上，挂出一种不大好看的笑意，说道："你们的新鲜顽意儿闹得真有趣！"

"老哥不以为然么？"

"我没有什么意思。只怕还不大找得出这种女演说家罢？"

"你不要目中无人。革命党中间就出过秋瑾，你该晓得？"

"那是早已开通的浙江，此地却是四塞之邦的成都。……"

真的，当礼生唱了那句"请女宾致词"，堂屋内外一众男客都带着笑脸，伸起颈子，朝堂屋后半间女客丛中定睛瞅着，要看走出来的是哪一个。差不多有半袋叶子烟时候，只见女客们一多半都捂着嘴笑，有一些都凑着耳朵打吱喳。

新郎虽然笑容满面，似乎有点不耐烦的样子，摸摸领带，又摸摸挂在西服胸前的那朵大红绫子做的像生花。不住抬起他那双单层眼皮的眼睛在女客当中逡巡。

郝又三从长案档头回过身去，恰好看见黄太太正和孙师奶奶站在一起，两个人都含着笑在咬耳朵。他遂向他的老婆叶文婉递了个眼色，同时拿嘴朝黄太太那面一支。

叶文婉立刻就在她娘母——郝达三扶正的老婆——耳边咕噜了几

句。两个人又回头找着葛太太，低低商量了一下。于是葛太太就开口说道："就请女冰媒演说好了！"

叶文婉立刻接了上来："很对！很对！黄太太最会说话的。"

郝达三太太也笑嘻嘻说道："况且是姐姐，咋个不该说呢？"

郝达三在堂屋外面听见了，眯起眼睛，悄悄向身边的葛寰中说道："想不到她们竟自点起名来。"

葛寰中把眉头一皱道："敝内真是多事，不应该这样方人！"

"听内人她们说来，这位太太一向就是健谈的，怎么说是方人？"

"嗯！你老哥却没有研究。平日健谈是一回事，登台演说又是一回事。黄澜生尚且推脱了，……我看，要想法子解围才好，不然，事情要弄僵。"

这时，黄太太正在为难。大家越是嘻嘻哈哈，甚至拍起巴掌催促她，她心里越是发慌，脸上越是发烧；平日积了一肚皮的话，此刻半句都想不起来。到大家催得紧时，她不由冲口喊道："莫逼我！……我不会说话！"一开了口，她反而能用心思了，连忙接下去道："要说是至亲姐姐，该说话，我还有个大姐在这里，咋个要指名叫我出头？要说是女冰媒，该说话，田大嫂才是真正的女冰媒哩！何况年纪也比我大些，我咋好僭她？大家与其叫我说，不如请田大嫂说！……好不好就请田大嫂说几句？"她已经架了一个式子，如其大家再逼她，她真个要去把田老兄的那位只知道烧茶煮饭、生男育女的令正拉了出来。

刚好，葛寰中从手足无措的黄澜生身边挤出来，高声说道："请各位雅静，听我说一句！……"

登时就有一些人哗然笑道："好呀！好呀！葛大人要代表女宾说话了！"

"嘿嘿，我倒很想代表，只恨没有资格。……"

这一下，连一众女客都呵呵呵、咯咯咯地哄笑起来。

"……我可以介绍一位有资格，而且资格很够的代表。……我说，各位来宾，你们怎会忘记了一个人？这人，在今天这个场合里，真是太合拍了！……我们新郎周仁兄手订的新式结婚礼，据说是向日本摹仿而来。……何以你们竟自忘记了女宾中间正有一位日本女宾，要请女宾演说，怎么不请这位贵宾呢？……"

立刻全堂屋都是巴掌声。显而易见，黄太太拍得更为起劲。同时，还向葛寰中这面投出了一种感谢眼光。

立刻全堂屋的视线都集中在那个发髻高耸、脂粉满脸，说不出怎么好看，也说不出怎么不好看的、约摸二十七八岁的日本女人张细小露身上。

张细小露穿了一件时兴的、在成都尚不多见的翠蓝软缎旗袍。两片圆角高领，高得几乎把脸巴都掩了一半。通身滚了一道鹅黄缎边。比成都女满巴儿身上穿的，窄一些，长一些，袖口也小些。不但样式受看，并且把穿衣服的人也显窈窕了。脚上是一双高跟尖头乳色皮鞋。一望而知，这鞋不是东洋货，也是西洋货。

张细小露到底在本国受过女子学堂教育，当过幼儿园保姆，当过初等小学教习，有点口才；自从同丈夫张物理回到成都，曾经参加过两次高台讲演，每次，一篇幼儿教育为强国之本说，已经讲得溜熟。当下，看见大家拍手欢呼要她演说，她只是溜着眼皮地笑，一点也不害臊。及至张物理远远向她示了个意，方徐徐走到长案的上方，把握着的两手放在小腹地方，向新郎新娘鞠了一个九十度躬；——新郎也毕恭且敬地还了一个九十度鞠躬。新娘却巍然不动，两目低垂，好像没有看见似的。——又朝男宾这面和女宾那面，各鞠了一躬。而后才不忙不慢，以一种纯熟的中国话，又把她的幼儿教育为强国之本说，讲了十几分钟。到底连合现实，最后说了几句祝贺新娘成为一个贤妻良母的模范。

张细小露演说甫毕，巴掌声又像偏东雨一样响了起来。也显而易见，张物理的巴掌拍得更为起劲。

按照礼单所列，下面该新郎致答词了。

典礼结束，男女宾客依旧分开了。女客全部盘踞在三间正房内，款待女客的三桌海参席，在堂屋里安成一个品字形。

筵席是复义园承包的。为了包席，黄澜生还劳了很大的神。因为复义园开始不敢承包。说是海味蔬果还现成，惟有鸡鸭鱼肉不好买。要哩，必得到乡场上去设法。怕的是，城外不清静，到时关了城，拿不进来，怎么办？后来，由于黄澜生担了保，托人向营务处弄了一个准予通行的字样，又由孙雅堂在筹防局打了招呼，并且每席加银六钱，喜封赏号在外；这样，复义园托不过人情，才答应了。

大一点的男女孩子都跟着妈妈在堂屋里坐席，小一点的便由女仆丫头带着，在假山后面树阴底下吃中席。中席又名肉八碗，大抵红肉、烧白、膀、笋子、海带汤之类的菜肴，是专门用来款待底下人或次一等客人的。

男客在新添的一列厢房内起居，筵席也安在这里。虽然两桌，但每桌只坐了七个人，比女客少多了。

婚礼是前所未有的新式礼，坐席时候，也便没有那些繁文缛节，仅止由新郎恭让两位介绍人坐到两桌的首座。余客都不要新郎安座，新郎也颇洒脱，就不安座。而且不等举筷，便让客人宽章，说是吃得舒服些，自己首先脱去西服上衣，只在雪白衬衣上套了件半臂。

葛褰中脱去马褂，并把扣带也解了下来，交与何喜拿去收在轿衣箱里。举起酒杯，——当然是那个时候时兴的允丰正仿绍酒了！——向同桌的黄澜生说道："澜生兄为我们新郎婚事，委实费了心，劳了神，又出了力。我们新郎今天是单枪匹马，照应不能周到。我以老友资格，权且代表他来敬三杯，——请干！"

"哈哈，葛太尊，这代表敬酒的事，我以为不该是你。"田老兄在隔桌首座上笑说，"苟以疏不间亲而言，理应颠倒过来，叫黄澜翁来敬你才对啊！"

"今天此刻，澜生兄是大宾。我代表敬的，乃大宾而非襟兄。且等敬了这位大宾，当然还要敬老兄的。"

黄澜生已经高举酒杯道："我们对饮罢。不必俗套，闹什么你敬我，我敬你。"

其实还是在你敬我，我敬你。四热吃还未上席，将就十三巧小冷碟，便轰饮起来。

这时，也才听见堂屋里女客们又说又笑的声音，热闹极了。各自的女仆、丫头、小娃娃一定都挤进堂屋闹新娘子去了。

说丧葬

四川成都，1917 年。摄影：[美] 西德尼·甘博

祖坟[①]

（清末）

　　原来郝家在新繁县境内斑竹园地方，有一十七亩六分两季田，是他祖父手上置的。田土中央有三亩不到一片比较高朗些的地基，在田地买卖时候，原是随田就佃的佃户屋基。因他祖父相信一位由浙江来川的有名堪舆家的话，说那屋基有一片牛眠佳壤，如其作为阴宅，把先人的尸骨葬下去，可保后代人六十年官禄不断。他祖父才辗转托人，费了大力，从一个姓顾的族中，把这十七亩六分田挖买过手；三亩不到的屋基，连同三间草房、几丛慈竹、十多株品碗粗的柏树楠树，照规矩不另作价，就随田上纸了。而后，他祖父便将寄殡在江南会地上的双亲灵柩移来，依照堪舆家用罗盘扣准的吉穴，下了半棺，用定烧的大青砖砌了一个合棺大椁，椁外又用红砂石砌成一道二尺来高的坟圈，再填入泥土，垒成一个很气派的大坟包。坟前峡石墓碑，是请当代理学名家、锦江书院山长李惺李五子号西沤先生题的字，篆的额。坟前石拜台外，只因限于体制，没有摆出石人石马。就这样，在周围几里，已经得了个郝家大坟包的小地名了。

　　祖父还在坟包的左边修了小小一所砖墙瓦顶的三合头院子。拢门门楣上悬一块小小的白地黑字匾，刻着郝氏支祠四个大字，据说，是

---

① 　节选自《死水微澜》，标题为本书编者所加。

请剑阁李榕李申夫写的。正房堂屋的神龛内，供着神主。也有一卷书式的雕花供案，也有雕花的大八仙桌，也有带脚踏的高背大椅。左右两间正房，都修造布置得不错。祖父的意思是：首先，他准备在休官之后，补行庐墓三年，其次，他和祖母死后归葬曾祖父母之侧时，子孙也一定要庐墓的；再其次，后代儿孙春秋祭扫来此，也才有个住居之所；最后遗言说，后代儿孙如其有读书种子，尽可不必做官，而到此地来埋头读书，一则地方幽静，不为外务所扰，二来居近陇亩，也可略知稼穑艰难。但是，祖父祖母归葬一层虽办到了，而庐墓一事，祖父没做到，父亲更没做到，原因是，与城市村镇窎远了些，起居饮食，啥都不方便；至于子孙来此读书，更其只是一句空话；仅只每年清明或冬至，来扫墓时，偶住一两夜罢了。正房之外的两厢，连同后侧的灶房、牛栏、猪圈，便完全交与佃客邱老二的父亲邱福兴一家去使用。

买这片田土的目的，既然只在那三亩不到的屋基上的风水，那一十七亩六分两季田的租谷，便由祖父严格规定，不许移作别用，只能用在坟墓祠堂和与死丧祭奠有关的大事上。因此，对于邱福兴来承佃时，仅只取了田押九七平纹银一百两，每年租谷则照旧纸所定，没有增减。祖父经常自诩为宽大待人，邱福兴所图的，倒不只是借了郝老太爷的官势，对于乡约地保少受一些麻烦，对于地方公益还能沾染些进来。以此，主客相处很好。几十年来，无论天年好歹，收成是否十足丰稔，总是在大春下熟后不久，邱福兴必就按照租约规定的石斗升合数字，又按照崇义桥大市上的新谷市价，折合成白花花、起蜂窝眼的老锭，以及一串串个挑个打、不扣底子的青铜钱，外带肥鸡几只、香谷米一袋、自己田埂上收获的黄豆、绿豆、白水豆、青皮豆、红饭豆、赤小豆、黑豆等，凑成一挑，以前自己担，后来叫儿子老大邱洪兴担，老大在癸巳年进城染了麻脚瘟死后，就叫老二邱二兴担着，恭恭敬敬给主人家送来。主人家有时也觉得邱福兴耍了些狡猾，每每折合租谷时，总是拣崇义桥大市新谷上得顶旺，谷价跌得顶低时，并未派人去叫他卖，他老是借口说祠堂里没有仓房，房子又过窄，连放囤子的地方都没有，鼠耗又凶，每每来不及请示，只好自行作主卖了；也晓得主人家这时节并不差银子用，但主人家尽可以把它放给门口那些老陕，按月使一分二厘的官息，也是划算的事。把主人家说得高兴，必要留他耍两天，主人家亲自陪吃一顿饭，敬三盅酒，——也是祖父规定的仪注，说这样，才叫主客平等，表示主人是敬恭农事、不忘根本的用意。不过也只陪一顿，并且庄重得使佃客们不能醉饱。倒是其余几顿，由高二爷作陪时，反无拘无束、快乐得多。临走，还要受主人家回敬一些礼物：两木匣淡香斋的什景点心，壶中春的如意油，老郎庙的阿魏丸，以及其他一些城内有、农村无、也得用、也不得用的东西。

旧帐[①]

（一八三六年、一八六一年）

　　此系抄者外家家存的一本旧帐簿，所记的，并非日常流水，乃系一百余年前一桩办大丧事的用帐；而且不只是用帐，还有席单，还有祭文，都一笔不苟，写得极恭楷；当抄者幼小时，早在外公抽屉中看见过。事越十余年，又在外家发现了这本帐簿，却已被置在残书破帙之间去了。偶尔与舅父姨母辈谈及，都一致认为从前老人不苟且，连一本办丧事的帐簿，皆如此认真；同时，对于那两篇时调体的祭文，总不免念一遍笑一遍，因此，也就把这本帐簿当成了"隔年皇历"，顶多当成"解人颐"之类的东西。

　　但是，抄者对它的看法却不这样。它或者可以作一种研究的资料，至少，光是那办丧事的派场，也就看得出百年前一般小布尔乔亚的生活情形；何况那祭文还透露给我们，在鸦片战争之前，所谓承平时节的一般小布尔乔亚的人生：只是如彼如彼，而乡里已称之为善人

① 　本文发表于 1945 年《风土什志》一卷五至六期，1949 年后从未刊行过，也不见于 1980 年四川人民出版社版五卷本《李劼人选集》。为告慰前贤、保存乡邦文献计，特全文重刊。整理时，除将繁体、竖排改为简体、横排外，一切如旧。如原文中关于银钱财物的"账"字，均为"帐"；一些标点与今日有异。这些都未变动。原书纸质太差，实在模糊不能辨认之字，以□代之。——本书编者。

矣。因就从外家将其携归，置于箧底，约也有二十多年了。幸而**搬家**
几次，别的书籍杂志，以及有关的报纸抄本，虽都损失不少，乃至精
光大吉；而它也只管从蓝布壳苎麻线的严装中，解脱出来，成了片
片，差幸还没有被识货的拿走，被不识货的烧却，而今年今月，又居
然从破箧之底挤了出来，乃得赶三天工夫，将它略加编排，抄了一
份。——仅仅损失了最后一页。我的编排是先将它分成上下两卷。上
卷记一百零八年前的一件丧事，又分甲乙丙丁四部，甲部记席上菜
单，乙部记丧葬祭三项的银钱花帐，丙部记点主出殡的仪仗，丁部记
两篇小调体的祭文。下卷哩，则是八十三年前的一件丧事，内容与上
卷仿佛，因为上卷之丧事，为抄者之外高祖，而下卷恰是外高祖母
的。记帐的，似乎是抄者第三位外曾祖，但是看笔迹，前后又不一
致，或者还有一位外曾祖曾从过事罢？虽然我在每部上都不免加了些
按语，但我曾极其当心不要把它扯得太广泛，我的用意，只想把这东
西当成一种生料，供献给有心的读者。不过帐簿上还记有几次小丧事
的用帐，以其不大重要，暂时不抄，这却得先声明者。

中华民国三十三年八月六日岁次甲申六月十

八日立秋前二日记于火伞下之菱窠

「上卷」

甲部：　席单

道光十八年（抄者按：即西历一千八百三十六年距今一千九百四
十四年为一百零八年），岁次戊戌六月二十三日（按：自然是太阳

历），未时，父亲大人（**抄者按：记此帐簿的为死者的第三子，为抄者的第三外曾祖**）辞世起至三七止，所用一切银钱开列于后：

四天	供席一桌
首七家成服	席十一桌
二七成服	席七十二桌（内有送老人院子供席一桌）
三七供饭	便饭七桌
五七供饭	七桌
六七供饭	一桌
请帮忙	席十桌
请知客	席十五桌
百期供饭	十桌
送帐日	三十六桌
十月二十一日奠期	席一百二十六桌
二十二日	四十桌
二十三日送殡小天竺	九桌
苏坡桥早饭	十三桌
祠堂午饭	十三桌

（**抄者按：祠堂在温江县文家场外数里**）

祠堂第二日早席	三十桌
复山席	四桌
谢知客席	十三桌
送点主官满汉席	一桌
送老院供席	一桌

抄者按：单看上列席桌总单，便可知道这帐簿是出于一个百年前小布尔乔亚家庭。实则，抄者的外家，确乎是成都圈子里一个旧家，出过几位廪生秀才，并出过一位教谕，在清代的三学中，在民国代的学界中，都曾有过些小名望；而且在民国代，还有人做过县知事征收局长和提款委员等。不过现在已破落殆尽，抄者年幼时，也曾及过外家的小康之世，一直亲眼见其衰落，如能得曹雪芹什一之才，将其详细写出，真可算是一部社会组织和社学经济的变化小史了。这且不谈，据言，在一百零八年前，则正是盛时、刚刚买到第三院大房子在磨子街，"此屋已于九年前卖与安姓。据说距买入之年为一百二十二年。"而死者的第三长子，又正肄业锦江书院，为李西沤之门生。后自帐上所言李五子老夫子，即西沤；五子为西沤之号，名惺，为川中名翰林理学家，仕至左春坊左赞善，与曾国藩同时奉旨，以在籍翰林办理团练。在后跋言中，尚欲记其二三逸事，以见当时读书人地位之不平常。

抄者再按：下面第一部分为一百零八年前之席单。此为关正兴厨师入川革命前之菜单，可惜只记出菜名，而又过于简单。至其价值，请看后帐。

再按：菜单中乌鱼蛋一色，久矣不为成都名厨所知，然在四乡，依然盛行。曾记民国十八年在北平东兴楼与同乡人尝及此菜，乡人叹曰：四川所无。我则凭此帐簿，力言四川亦有之。实则以前真未尝过。及返成都，于干菜店中，无意觅得，然尚不知作法，又问一乡厨，方知如何破成片片，而如何烹调。

一、成服席单

洋菜鸽蛋　光参杂会（按：光参者海参之一种，无刺者也，会字，照扬州画舫录，应作汇字，今人或作烩，帐簿原本则作会）　八块鸭子

菱角鸡（按：此色必为当时之时令菜，因正在阴六月底也）　<u>鱼肚</u>

笋子肉　海带（按：即海带皮，或带丝。今虽值六百四十元以上一斤，而当时则为平常佐菜。此单言海带，不及佐配之品，殊不解作法）　烧白　红肉（按：即红烧肉也）

　　围碟八个

花生米　梨儿　桃仁（抄者按：即核桃仁之省文）　嫩藕　蜇皮　排骨　皮渣（按：即皮渣丝，猪皮切丝，拌以五味者也）

　　点心两道

佛手酥　芝麻酥　肉包　喇嘛糕

　　二、奠期席单

光参杂会　鱼肚　鱿鱼　地梨鸡　白菜鸭子　羊肉（按：奠期在阴十月下旬，故用白菜及羊肉。十年前，牛肉且不能上席，一般皆称为小荤，百年前更勿论矣）烧白　笋子肉　红肉　虾白菜火锅

　　围碟八个　黄白饼一匣（原注每匣十二两，按：迄今外县，犹存此制，凡红白喜事正席，每客必备点心一匣，备席终携归。在席上所吃者，则谓之席点）

花生米　甘蔗　桃仁　橘子　鸡杂　蜇皮　冻肉　皮渣

　　三、送点主官满汉席单

　　抄者按：点主官即当时锦江书院山长李西沤。观此席单，并非满汉全席，以海味不全，八珍未备故也。兹将扬州画舫录所载，附录一通于后，可以窥全貌矣。画舫录为仪征李艾塘撰，最后成书，在嘉庆二年，与此帐簿所记，相去不过三十余年，故可并观也。

燕窝　鱼翅　刺参杂会　鱼肚　火腿白菜　鸭子　红烧蹄子　整鱼

　　热吃八个

鱼翠　冬笋　虾仁　鸭舌掌　玉肉鱼皮　百合　乌鱼蛋

　　围碟十六个

瓜子　花生米　杏仁　桃仁　甘蔗　石榴　地梨　橘子　蜜枣　红桃

粘　红果　瓜片　羊羔　冻肉　桶鸭　火腿

烧小猪一头　哈耳吧　大肉包一盘　朝子糕一盘　绍兴酒一坛　蛋青

会绫二匹　门包二两　孝布一匹

附扬州画舫录载满汉全席菜单

按：第一分至第四分为正菜，第五分为开席小吃，中菜单老例：正菜在前，小吃佐食在后，读者当知之。

第一分　头号五簋碗十件

燕窝鸡丝汤　海参汇猪筋　鲜蛏萝卜丝羹　海带猪肚丝羹　鲅鱼

（按：即俗音鲍鱼）汇珍珠菜　淡菜虾子汤　鱼翅螃蟹羹　麻菇烧鸡

辘轳锤鱼肚煨火腿　鲨鱼皮鸡汁羹血粉汤，品级汤饭碗

第二分　二号五簋碗十件

鲫鱼舌汇熊掌　米糟猩唇　猪脑伴豹胎　蒸驼峰　梨片伴蒸果子狸

蒸鹿尾　野鸡片汤　风猪片子　风羊片子　兔脯　奶房签一品级饭碗

第三分　细白羹碗十件

猪肚伴江瑶　鸭舌羹　鸡笋粥　猪脑羹　芙蓉蛋　鸭肫掌羹　糟蒸鲥

鱼伴班鱼肝　西施乳　文思豆腐羹　甲鱼肉片子汤　玺儿羹一品级

饭碗

第四分　毛血盘二十件

□炙哈耳吧　小猪子　油煠（按：即俗音炸字）猪羊肉　挂炉走油

鸡、鹅、鸭　鸽臛猪杂什　羊杂什　燎毛猪羊肉　白煮猪羊肉　白蒸

小猪子、小羊子、鸡、鹅、鸭　白面饽饽卷子　十锦火烧梅花包子

第五分

洋碟二十件　热吃劝酒二十味　小菜碟二十件　枯果十彻果　鲜果十

彻果

抄者按：右第一至第三分为汉全席，山珍海味具备，每分十色，所谓头二号五簋碗细白羹碗者，碗名也。每分下又另佐一羹汤，则用一品级盛汤饭之碗盛之。第二分下之奶房签实不知所谓，又第一分之𫗧𫗦锤鱼肚，今不知何名，扬州朋友或知之。又第三分中之班鱼肝与西施乳，亦愧孤陋，不知究系何种鱼，究系什么东西，惟今福州有蚌曰西施舌，是为水鲜名品，意者西施乳亦蚌类欤？余如文思豆腐玺儿羹，亦在不可解之列，倘读者能赐教益，不胜欣幸！再抄者所据而抄之之本，为光绪元年申报馆排印巾箱本，错讹甚多，倘能得嘉庆本校之，庶足解惑。至第四分则为满全席，后世稍简，仅有四红（烧烤小猪鸡鹅鸭）四白（蒸煮小猪鸡鹅鸭），食时必用满洲食具之刀叉。至第五分，后世稍简，热吃仅四大四小，甜咸各半，余则高装朝摆二十二色，备看而不备食。今一切演进，宴客不复用全席，就四川成都格式言，自民国六年以降，燕菜席早已绝迹，更不必言满汉。即鱼翅海参等席，亦多以便饭之格式出之，即是四水果盘，四小热吃，八菜一汤，或加中点一道，而去围碟，去席点，去座菜。民国十七年以降，更去热吃、水果，而易以四冷荤，一中碗，头菜为甜食；或易以二冷荤，二热吃，加中点。民国二十六年以降，更趋简易，即费万元，而所备大抵只七菜一汤，其余一概豁免；愈为名厨，愈只能略作家常煨炖，所谓全席，不复梦见，更不能言好歹。递料将来愈益进步，吾人所食必专专于科学之配合，烹饪一门，将不免由医生化学家代之，而自诩之饮食文明，亦将成为通书。而此功劳，第一归诸名厨，第二则未尝全盘美化后之一切改革家也！

四、“请”“谢”知客席单

抄者按：昔之所谓知客，今之所谓招待也。惟昔必请之于事先，谢之于事后，不惟是礼也，而知客之身份亦高，所以代主人之劳而尊重宾客也!

刺参蹄花　鱼肚　板栗鸡　珍珠圆子　洋菜鸽蛋　整鱼　樱桃肉（按：将猪肉切成指头大之丁块，而加红酱油烧熟，貌似樱桃，故有此称，绝非以樱桃煨肉也）烧白　白菜鸭子

　　四热吃

刺参蹄筋　鱼皮　乌鱼蛋　虾仁

　　围碟十二个　中醉虾一碗

瓜子　杏仁　花生米　桃仁　甘蔗　橘子　石榴　地梨　辣汁鸡杂　蜇皮　火腿片　冻肉

　　点心三道　中点大肉包

马蹄酥——酥角　千层糕——肉包　大卷子

　　五、请帮忙席单

大杂烩　白菜鸭子　虎皮肉　折会鸡　笋子肉　海带肉　烧白　红肉　清风蹄子

　　围碟八个

花生米　石榴　桃仁　地梨　煠羊尾　鸡杂　皮渣　排骨

　　六、送帐早饭单

白煮肉　白菜焖鱿鱼　樱桃肉　盐白菜炒肉　炒猪肝　吊子杂会　鸭血火锅

　　七、送帐席单

光参杂会　鱼肚　白菜鸭子　地梨鸡　笋子肉　海带肉　烧白　红肉　圆子火锅汤

　　围碟八个

花生米　甘蔗　桃仁　橘子　蜇皮　排骨　皮蛋　羊尾

　　点心　大卷子

八、二十、二十一、二十二夜酒菜单

抄者按：前总目内，送帐日席三十六桌；十月二十一奠期席，百二十六桌；二十二日九桌，则第七项菜单之后，第八项应为奠期菜单。然帐簿却无正席菜单，而只有消夜酒菜单。且白喜事老例：开奠日酬客之席，较为慎重，何以独无此项正席，实不解何故。

蜇皮　冻肉　排骨　花生米　醉面筋　盐蛋　羊尾巴　桃仁　猪羊杂火锅

九、奠期日早饭单

炒猪肝　白煮肉　韭黄炒肉　笋子炒肉　鸭血酸菜水豆腐汤　小菜四碟

十、中间空闲一日席单

抄者按：空闲一日，尚须吃席，以现代之头脑思之，真有说不出道理之处矣。

十锦杂会　酥肉　折会鸡　笋子肉　海带肉　蒸肉　烧白　红肉　圆子汤

围碟八个

花生米　盐蛋　排骨　橘子　桃仁　羊尾巴　豆腐干　甘蔗

十一、送埋席单照前

设小天竺

抄者按：丧家住宅在成都南城磨子街，即状元街，以昔有明朝状元杨升庵之故宅在。葬地在温江县文家场，出丧路线，出南门，过万里桥，向西经武侯祠，苏坡桥。故宴执拂者于外南小天竺，当时外南只有此一个坐起为近于路线故也。

十二、苏坡桥早饭单

炒猪肝　白煮肉　片粉炒肉　白菜焖肉　萝卜汤二碗　小菜四碟

十三、祠堂午饭单

笋子肉　红肉　豆腐焖肉　红白萝卜三下锅　木耳黄花汤　小菜四碟

十四、祠堂待客席单

大杂烩　酥肉　折会鸡　银鱼　羊肉　笋子肉　海带肉　烧白　红肉
　　围碟八个

花生米　甘蔗　桃仁　橘子　排骨　盐蛋　鸡杂　羊尾巴

十五、祠堂消夜酒碟

　　原注：二十七桌

桃仁　醋豆腐　蜇皮　盐白菜　花生米　豆腐干　盐蛋　羊尾巴　猪
羊杂碎一大品

十六、复山席单

　　抄者按：棺木下葬三日，祭于坟头，谓之复山。

刺参烧蹄　酿鸭子　烧蹄肠　焖鱿鱼　清炖羊肉　白菜火腿　板栗鸡
　　樱桃肉　虾白菜汤

　　围碟八个

金钩（**抄者按：即虾米也**）　蜇皮　皮蛋　皮渣　花生米　甘蔗　瓜
子　橘子

　　点心二道

稍美（**抄者按：即烧卖，又谓之烧麦**）　糖三角

乙部：　银钱花帐

　　**抄者按：是花帐，而非流水帐；且许多物品，都未记单数，自未
想到百年以后人清查时之不方便也。是时纹银一两换制钱一千五百三
十文，较之太平天国事件后之银价为高。**

子、道光十八年六月二十三日记起至三七止用钱花帐（抄者按：
此项为丧事用帐）

灯草四斤	支钱八百四十五文
钱纸四斤	二百文
纸扎轿子轿夫跟班	七百文
引魂幡灵位童男女一对扎工	一千文
抬寿木工人酒钱	一千四百文
白二绸七尺（封棺用）	五百七十六文
檀香纽子一付	二百一十文
朱红头绳二两	一百四十文
裱褙绫对工钱	三百文
写对联礼封	八十文
藏香	二百七十文
清油蜡烛三斤	三百六十文
牛油蜡烛六斤	九百文
水果供品五盘	二百四十文
报帖孝帖	四百四十文
讣闻二百四十封（成服）	四千五百六十文
各色纸张	八百六十八文
席纸六十桌	二百零四文
礼生	六百文
吹手十二名	九百六十文
茶炊工六名	六百四十文
看门二名	四百文

老苏做工十五个工钱	七百五十文
搭棚彩匠	四千一百文
赁灯彩桌围	二千六百文
做彩架工	一百二十文
做灯笼	一千零五文
锁子五把	二百一十文
买针	一百三十文
麻布二十四匹	二千六百九十文
裁缝工	十千零二百文
红布二尺	六十六文
孝裓纽子	二百四十六文
白棉线	一千零一十八文
黄白头绳二十两	七百七十两
粗纸一捆	九百一十二文
大小水缸茶壶	一千三百五十二文
旱烟袋	九十文
大小斑竹	一千四百零四文
钉子	二百五十文
钱串	三百一十文
锡茶船三十个	一千八百文
席签	四十五文
席子一床	九十文
封大小封子	五千七百四十文

（按：昔例：凡以钱与人者，无论上赐下，下奉上，或平等相赠，都须将钱包入纸封内。上赐下者，必粘以红纸签，丧事则为绛色纸

签，如受赐者为下人，而非亲属幼孩，则签子必缠于封腰，以示区别。凡此，皆谓之钱封子，或曰赏封，或简言曰封子，曰封封）

城乡来往脚力	一千八百八十六文
轿钱	五千一百二十文

（按：必是许多轿子）

赁铺盖	二百九十文
麻冠四顶	一百八十文
麻鞋四双	五百六十文
小帽四顶	二百四十文

（按：必系青布之瓜皮小帽）

做孝鞋工	二百四十文
素纽子	七百二十五文
麻四斤	二百七十六文
棉花一斤半	四百五十文
竹簪十根	三十文

（按：竹簪，女人挽发髻用，旧例丧服中一切金属簪皆不能用）

装水烟工资	一百五十文
叶烟丝烟	一千四百一十文
纸煤	五百二十文

（按：即纸捻，用以吸水烟者）

河水	八百四十文

（按：成都城内水井，大抵浅而卤重，仅供洗濯用。饮料皆取于城外锦江，谓之河水。雇工挑入，每担约重八十斤，视路程远近给水资，至贵者，每担不过制钱二十余文耳）

岚炭	二千七百文

　　米六斗　　　　　　　　　四千七百七十文

　　（按：皆老斗，每斗重老秤三十二斤，老秤每斤较现行市秤重二两许）

　　长盛园工碗钱　　　　　十千零六十文

　　（按：长盛园为当时南城有名之包席馆，席点最好，而大肉包子尤著。四十年前犹存）

　　供席一桌　　　　　　　一千三百文

　　（按：细看花帐，可知所有席面，皆系自购材料，只临时雇长盛园之厨工，及赁其碗盏家具而已，仅送往老院子之供席一桌，为包席馆作，故有上列一笔）

上席点心一千四百四十	四千七百五十文
中点一百	五百八十文
包卷	二百三十文
猪油二十斤	二千一百文
猪肚十八个	二千一百廿文
猪腰十五个	二百四十八文
蹄筋	二百二十五文
鸭子五十五只	七千一百文
鸡四十八只（重一百五十五斤）	九千三百七十文
鱼一尾	一百六十五文
鸡蛋	九百文
零沽老酒	三百五十文
酒米	一百四十文
零酱油	二百四十文

盐蛋	三百八十四文
香油	四百二十文
花生米	五百三十文
瓜子一斤	一百五十文
核桃仁八斤	一千二百八十文
鸽蛋五百	四千文
调和	三百八十文
豆粉十三斤	七百三十文
红糖	一百五十文
米粉	一千三百文
老姜二十斤	一百八十文
小菜	九千三百文
鲜笋四十三斤	一千零六十文
菱角六千	二千三百四十文
零用	五千文
欠数	二百文
看坟地轿钱路费	一千八百八十文
五七席六桌	六千五百文
五七开客人轿钱	六百文
清油蜡烛二斤	二百二十文
六七供饭用	一千二百文
称花线绣引帘	一千一百文
茶碗三十个茶杯	二千三百文
供碗八个	一千二百文

缝门帘零碎工	四百文
下乡脚力	三百文
做神主礼金	六十文
皮纸十一刀各色纸（祠堂）	一千五百七十文
瓦包壶二把	三百二十文
酱油一百一十斤	四千四百文
大菜叶二十二斤	五百八十八文
大头菜酱菜豆腐干	四百四十八文

以上共支出钱一百六十一千二百八十五文

又九月二十二日至二十六日

清油三十九斤	二千二百三十文

（**按：清油即菜油**）

酒米三斗（祠堂蒸酒用）	一千七百八十五文
麻二十斤（打天平架麻辫）	九百四十文
称花线（绣桌裙檐）	二百零六文
马绳武烧纸路费	五百文
写牌字礼金	八十文
席纸二百	一千二百文
素帖	九百文
洋镜（引帘上用）	一百八十文
大小帐钩二付（祠堂）	二百三十文
锡泊四两（祠堂）	二百八十文
竹烟盒	七十二文
竹帘二床（祠堂）	六百四十文

大笺四十张（官衔牌用）	三百二十文
大盒子三个（祠堂）	一百二十文
棉线纽子（孝褂）	一百一十六文
麻布五匹	六百五十文
吊柴十五担	六千一百廿文
炭圆四百（祠堂）	九百文
饭甑三个	九百六十文
甑底三个	一百五十文
筲箕三个	二百七十文
簸箕三个	一百零五文
祠堂添置供碗	一千一百九十文
上供锡茶船四个（祠堂）	三百二十文
瓦蜡台十对（祠堂）	一百四十文
蒸笼一套（祠堂）	六百文
打香炉锡圈（祠堂）	五百四十文
叶子烟袋三十根	二百文
帐簿	六十文
纸煤（一万零五）	一千二百十三文
粗纸四刀	二百四十文
火炮六千（祠堂）	七百八十文
红黄头绳半斤（祠堂）	四百四十二文
鸡十六只重四十六斤半	三千八百文
鸭二十只	二千八百文
蹄花三十六个	七百八十二文

猪油十二斤	一千二百文
羊肉六斤	五百六十文
香油二斤	二百八十文
蹄筋二斤半	一千文
鸡蛋五十枚	三百三十文
核桃仁四十斤	三千八百四十文
花生米十四斤	七百文
豆粉二十斤	一千三百八十文
板栗十斤	五百六十文
白糖三斤　红糖四斤	
瓜片一斤　橘饼半斤	五百八十文
橘子五十个	一百七十五文
石榴八十个	四百文
甘蔗十五根	一百零五文
地梨二十盘	二百七十文
瓜子二斤	二百八十文
红米	四十文
酒米二升	一百二十四文
洗沙四斤	三百四十文
叶烟六斤	三百九十六文
二十二日及二十六日小菜	六百一十文
出北门吃早饭	二百七十文
开男女知客轿钱	一千五百六十文
蜡剪五把	三百文

以上共支出钱　四十一千三百六十六文

又十月初三日至十一月初七日

清油蜡三十斤	三千二百四十文
请主入祠堂亭子轿钱	一千七百五十文
三牲并来往路上唤饭	一千零八十一文
百期小菜鸡鱼河水	二千文
百期日开女客轿钱	八百五十文
买邓姓竹子八根	三百二十文
中书笔水笔	二百七十文
钱串一千	三百六十文
甘蔗祠堂	二百文
买邓姓竹子廿二根	八百零八文
又谷子六升	一百五十文
又谷草一百	三百文
祠堂买岚炭二百一十斤	一千一百九十六文
又煤炭七百五十五斤	三千二百零七文
又厨工灯碗钱	六千六百文
又搭棚	一千文
又胡豆一斗一升	七百三十文
又瓜子二升	五百一十文
又红糖三斤	一百八十文
又桐油石灰	一百九十文
又狗一条链子	四百八十八文
又垫席一席	四百文

又面粉二十斤	一千一百二十文
甘蔗九捆	九百二十五文
橘子九百一十个	二千七百零八文
豆粉四十斤	二千八百八十文
花生米三十一斤	一千五百八十五文
板栗三斤	一百八十文
猪油五十三斤	五千三百六十文
香橼气柑	三百文
地梨	二千八百八十文
小菜	一十七千九百五十文
鸡蛋四百八十枚	三千零一十七文
糟鱼一斤半	二百六十文
广燕五钱	七百三十文
点心	五百四十文
烧猪（送点主官）	一千零五十文
白糖	二百文
鱼十七斤半	二千六百三十文
虾子十二斤	一千六百廿十三文
鸽蛋二百一十六个	二千一百八十文
香油八斤	一千一百二十文
冬笋二十斤	三千三百文
鸭一百四十三只	廿千零五百七十文
核桃仁五斤	五百文
金钩一斤	四百文

猪肚四十九个	六千五百九十文
米粉二百斤	二千四百文
雏四百二十斤	卅四千九百五十文
盐蛋二百三十个	一千五百零五文
知客点心二十六桌	二千六百文
糖食	六百八十四文
桃粘五斤半	八百六十二文
河水	六百六十文
送帐早饭十桌	一十千文
苏坡桥早饭十三桌	五千九百四十文
苏坡桥中点	三百四十文
蔚之往祠堂	五百七十五文
上北门吃早饭	一百六十文
猪食	九千八百七十文
火药六斤	一千零四十文
孝褂纽子	七十四文
条珠四把	八十四文

（按：条珠何物，不知）

水瓢	三百文
饭瓢	七十文
筷子六十桌	五百文
帐须工钱	一千文

（按：帐须即流苏）

针	一百文

筲箕四个	一百八十文
买锅并灶桥	二千六百文
大小盆子五十个	一千一百五十文
锅铲	一百一十文
草荐四十床	四百九十文
席子十床	一千三百文
定供碗一桌	一千九百文
手绳五十根	三百八十文
钱串	八十文
杠担彩杆	三百文
火把	七百五十文
小柴炭	五百四十五文
钉子	一百文
黄头绳一斤四两	七百文
各色丝线棉线	七百四十二文
红白棉线	六百九十文
祠堂称蜡	四百四十文
又请香	五百文
飞金五十	七十五文
鸡毛毯子	一百文
花牌三付	二百五十五文
绫子一匹（**写名字**）	一千文
川连纸	一百三十文
包卷五十斤（**送帐日**）	二千三百文

洗猪羊礼	六百二十文
祠堂点心	八百七十文
借四轿脚力	三百七十文

（按：四轿者，四人共抬之轿）

点主官轿钱	四百文
又火房礼	二百文
栏杆二板	六百七十文

（按：栏杆者，线花辫子之名，宽寸许，女服袖口饰物，此系素栏杆）

赁四轿	一千文
彩画天平架	六百文
小天竺换龙杠钱	四百文
丧夫酒钱	四千文
大小工上山封子（二百二）	八千八百文
付陈三泰人工（四百五十一）	一百一十二千七百五十文
送埋来往轿（男客）	二十千零二百文
复山轿钱	三千零六十文
轿夫空日饭钱（每名三十文）	一十一千零四十文
下人并帮忙来往骑马及路上用	五千三百二十文
男女客轿钱（家内）	六千二百一十文
付罗头张头酒钱	四百文
家内祠堂男女客打牌借去	五千七百四十文
在小天竺用	二千文
棚匠酒钱	四百文

付朱贵黄凤	二千文
付帮忙酒钱	一千文
付汪天鹏钱	一千文
付彭宏钧钱	五百文
付李鸣元路费	二千八百八十六文
罗阴阳礼钱	四百文
付看门牛贵晏头钱	八百文
付城守官副经佑执事酒钱	一千文

（按：执事也，仪仗队也）

付班子酒钱	八百四十文
添缝孝衣并零碎工钱	三千文
做帐二十四道工钱	三千零二十文
老苏工钱	二千五百文
油漆匠工钱	三百五十文
老阎老周老张做烟盒工钱	二千零五十文
装水烟工十一个	一千六百七十文
茶酒炊工十四个	二千二百四十文
礼生四位五天礼钱祠堂在内	二千四百文
印桌裙二条工钱	一百六十文
长盛园大小工（二百五十四）	三十五千二百四十文
又赁碗钱	一十五千文
又赔偿碗钱	七千文
赁灯彩	七千文
付棚钱	三千五百文

包帐杆二十四道	三千二百文
帐字二十四道	七千八百文
做纸扎	一十四千六百六十文
功布二块	一百零八文
点心匣八百三十六个	七千三百五十文
讣闻四百九	八千三百四十文
孝帖	四百一十六文
纱灯	一千八百八十文
孝盒一架	四百文
牛油蜡八十六斤	八千六百文
城乡脚力	六千九百文
封大小封封	二千三百六十文
厨子烟钱	五百四十文
赁拜毡钱	二百文
水烟十三斤	二千六百六十文
油丝烟	一百文
叶烟三十三斤	二千二百文
落帐	七百四十二文
酱油三百二十三斤	一十二千九百二十文
大菜叶八十斤	二千四百文
大头菜八斤	三百二十文
酱菜五斤　豆瓣酱五斤	五百四十文
豆腐干一百　豆腐皮四十张	三百六十文
黄白路钱纸八刀	五百六十文

各色纸张	八百四十文
珠绒冬帽一顶	一千零五十文
厢鞋一双送汪大爷	七百五十文
点心一匣	三百六十文
祠堂帐须生纬子	一千一百文
祠堂人工三个	一千二百六百四文

　　　　以上共支钱五百七十八千四百（八十五文）

　　　　又八月二十七日添补祠堂灵房

羊肝石化钱炉一座	四千五百文
石条方石板	四千文
方礤磴四个	九百十四文
竹子五十根	二千五百文
石灰五百斤	一千三百六十文
大小钉子	四百四十文
铜环子	三百四十文
牛皮胶四斤	六百四十文

银珠七两　　铅粉二钱　　石绿

十两外各原料	一千七百文
泥水工一百零二	五千一百文
油漆工四十一	二千八百七十文
顶棚工	七百文
砍柴工	一千八百文
土工十个	六百文
背子脚力	一千三百文

麻布	一百五十文
瓦渣	九十文
给匠人犒劳肉	二千七百五十文
小菜	一千九百文
盐	二百七十文
鸡蛋面	二百八十文
清油蜡	一百八十文
洋蓝纸十张	二百三十五文
叶烟	六百二十文
来往轿钱	九百文

以上共支出钱三十六千一百六十五文

又十一月十八日补修坟地

柏树六根	一百三十文
米一石一斗	六千二百一十五文
土工一百二十九	六千四百五十文
石匠工钱	一百文
石灰	七十八文
叶烟四斤半	二百一十四文
犒劳肉五斤	三百八十文
小菜	三百二十三文
砖三十块	一百八十文
谢三处土	一千四百五十六文

（按：凡工程完毕，雇一道士或端公磕头礼拜，诵经一小时，以安土神，谓之谢土）

| 汪大兄两次轿钱 | 七百三十文 |
| 又路上用 | 二百九十文 |

　　以上共支出钱一十六千二百零四文　总共支钱八百三十九千八百四十七文　收奠仪帐金钱一百二十二千六百二十文　除实收外支出七百一十七千二百二十七文　以每银一两换钱一千五百三十文　合银四百六十八两七钱七分

　　十八年六月二十三日起至十一月十八日止用银花帐

孝布三百零七匹	一百五十四两七钱八分
守孝青蓝漂布（八匹）	五两二钱七分
长短布（九匹缝毛套）	三两八钱三分
平金黼黻一付	三两五钱
朱红缎灵位	六钱
元青缎引帘幨	四钱
栗木神主梓木牌位料	六钱二分
祠堂修神龛并添修书房	三十两五钱五分
木炉瓶一套	二两七钱
几桌一张	一两二钱
赤金四百	三钱五分
修灵房并添修床板窗板	六两五钱二分
付砖瓦	九两五钱四分
赏点主官爷们	二两

　　（按：爷们者，跟班跟差跟丁之谓也）

| 黄白饼一百四十桌（每桌六匣每匣十二两） | 四十四两八钱 |

米七石四斗　　　　　　　　二十七两七钱四分

柴炭一千一百斤　　　　　　一十两零三钱

盐一包　　　　　　　　　　二两四钱一分

羊肉一百七十五斤　羊三只

羊杂五付　　　　　　　　　一十六两零七分

六月二十三日起冬月初七日

止共猪肉（一千九百斤）　　一百零六两一钱

玻璃四块（一尺八）　　　　三两六钱

砌坟圈，羊肝石四层，见方

一尺，鱼尾笋，每层十八根，每

根三尺长，坟过心一丈九尺二寸　二十七两

峡石碑，净高六尺，羊肝石

碑，净高五尺四寸，二面平光　八两

青石见方一尺八寸墓志石　　一两

做旧碑，石墩，并刻字工　　二两

　　上二项皆正裁尺，所有做工，刻字，缴费，脚力皆在内。

朱红铭旌会绫七尺　　　　　六钱三分

蛋青对子会绫一丈三　　　　九钱一分

蛋青引魂幡卜元九尺　　　　四钱一分

青、蓝湖绉莫怀桌桌裙　　　三钱三分

香色并生湖绉一丈五（添引

帘并缝祠堂之引帘檐）　朱红盖

面绫一尺五　二蓝花绫祠堂罩檐

五尺五　元青花绫引帘三尺六　　七钱六分

桃红、玉色卜元裱引用	三钱五分
蛋青会绫三匹（与锦州陈云庄书院李五子上白）	四两八钱
白抗绫摆带	二钱四分
月蓝缎袖口	一钱七分
大名凡绸二匹	三两三钱三分
金线一丈五金瓣四丈（祠堂）	一两三钱九分
洋红洋布供桌裙一条	三两五钱五分
洋布宫灯二对料	七钱三分
檀香四斤十四两	一两九钱二分
顶上刺参二斤	三两七钱
开乌参十斤	七两九钱
乌参三十二斤	一十八两九钱五分
带丝十六斤	六两七钱九分
蜇皮三十五斤	三两四钱五分
鱼肚二十一斤半	一十四两九钱七分
建五鱼十五斤	四两八钱
银鱼四斤	九钱一分
洋菜三斤	二两七钱四分
金钩三斤	九钱三分
大绍酒一罐（送点主官）	二两三钱五分
火腿十六支（七十九斤半）	八两九钱七分
香蕈九斤四两	五两五钱五分
木耳五斤	一两一钱

金针花四斤	四分
鱼翅一斤	五钱七分
笋尖五十三斤	四两八钱五分
槟榔五斤	六钱三分
瓜子杏仁糖食胭脂口笔花椒	
胡椒鱼皮乌鱼蛋玉肉鱼翠大笕	
大料	六两
水烟三十斤	四两三钱五分
玉丰封泥酒一百一十五罐	三十三两七钱二分
隆昌封泥酒二十罐	五两二钱三分

（按：封泥酒即黄老酒，每罐重老称五十斤上下）

瑞利茶三斤	二两三钱七分
安化茶十五斤	二两一钱
瑞魁茶一斤半	二钱九分
老茶六斤	一钱八分
醋十五罐	一两二钱七分
烧酒十六礅	四两
二蓝绸桌裙	二两六钱
元青缎三尺四寸	七钱八分
油漆祠堂	五两五钱
小木漆八斤（漆寿木）	二两八钱
石膏八斤（同上）	七分
煤炭六千斤	十五两

以上共支出银六百八十六两七钱一分　收奠仪帐金银六十四两五钱四分

除实收外支出银六百零二两一钱八分　钱银两项总共实用银一千零七十两九钱五分

朱松盛石匠包砌坟圈　龙泉驿羊肝石四层见方　一尺鱼尾笋过心一丈七尺四寸峡石碑二通　一净高六尺　一净高五尺二尺　座子在外　二面平光　俱用正裁尺过　所有工资脚价缴费一并在内（原注：石匠杨长兴共包银三十八两　兑定银五两钱三千文　下存银三十一两此人逃走　另包与朱松盛）　六十四两

外余坟圈石一丈九尺	五两二钱四分
石礅四个	三两二钱
峡石墓志石一合见方一尺八寸厚三寸四分	一两一钱
加补朱松盛	二两七钱二分
移石头并碑脚力	一两九钱五分
刻墓志字工资	一两七钱四分
做墓志石工	六钱二分
刻墓志工酒资烟钱	四钱九分
石匠酒钱	四钱二分
下石礼封	二钱五分
打墓志石铁扣四个	二钱六分
界口砖二百块　二城砖五百八块	六两九钱九分
明雄八斤	二两一钱二分
粗纸一捆	七钱
烧酒三礅	六钱九分

铁锅十二斤半	一钱七分
吊石头一万二千零七十五斤	一两三钱四分
石灰二千二百斤	三两九钱八分
酒米二斗合石灰用	七钱六分
瓦子二十四车	二两一钱五分
下圹酒钱	二钱四分
八分木板二块（做石样板）	四钱六分
竹笆二块	一钱三分
麻绳二根	一钱五分
胆水	七分
小木漆二斤半	九钱五分
火金漆半斤	一钱五分
银朱二封	一钱二分
赤金五百张	五钱
城乡土工二百二十八个	七两九钱二分
油漆匠工九个	三钱八分
塌墓志工钱	六钱五分
连史纸一百张	一两二钱八分
裱墓志九十张	三两一钱三分
柏树秧五根	一钱
付乡佃户竹子谷草	一两三钱九分
零叶子烟小菜整锄头	一钱一分
烦刘先生择年月礼	二钱一分
谢汪大兄礼宁绸袍料	六两一钱三分

珠绒冬帽	七钱
厢鞋	六钱
通书	二钱二分
两次点心	六钱二分

谢戴璜写墓志并写碑文礼

呢冬帽	六钱二分
青缎鞋	五钱六分
点心二匣	五钱六分
鸡二只	二钱一分

写墓志日

海菜席一桌	一两三钱二分
早面	五钱三分
请汪大兄吃早饭	一钱五分
阎老四酒钱	二钱一分
张烟盒酒钱	一钱四分
杨凤酒钱	一钱四分
白布六尺	一钱四分
麻布一匹	九钱
搭棚	五钱二分
道士谢土	四钱二分
谢土用香蜡供果	一钱六分
火药二斤	二钱八分
火炮五千	四钱二分
清油蜡三斤	二钱五分

牛油蜡八斤	六钱一分
各项工人来往路费	
油漆匠	八分
茶炊工	一钱四分
厨子	五钱九分
上下人等	九钱二分
来往脚力	五钱
厨工十二个	一两三钱三分
茶炊工四个	四钱四分
初十至十五日赁红花碗十五桌	内有赔偿破碗钱四百文
赁席子	八分
轿钱每乘单边二百文　每名	
饭钱三十文　来往俱有	一十四两二钱七分
打牌差钱	四钱六分
洗祭羊礼	八分
安化茶二斤　老茶一斤	一钱九分
水烟四斤　叶烟十二斤　纸	
煤二千	一两零六分
木炭九十七	八钱
煤炭	三两二钱三分
柴六担	一两二钱五分
米三石二斗	十两九钱四分
清油三十斤	一两一钱六分
盐十五斤	二钱七分

干菜	三两二钱八分
蒸甜酒烧酒	一两五钱五分
封泥酒四罐	一两一钱一分
祭羊一只	五两八钱四分
猪肉二百二十斤	九两四钱八分
公母鸡十四只	一两八钱三分
醋二罐	一钱六分
酱油二十斤	五钱六分
酱菜等项	二钱六分
小菜	二两六钱四分
鸡蛋	一钱五分
甘蔗	一钱八分
红糖	九分
点心与面叶子	一两一钱
串底补数落帐	九钱

以上共用银二百零二两三钱二分

刻祠堂序碑	二千四百文
漆红金字匾	三千六百文
上匾礼	一百文
写匾字礼	一百四十文
背匾脚力	二百二十文
写宗谱用	五百四十文
宗谱匣	三百一十文
帐簿二本	六百四十文

黄布包袱	一百三十文
纱灯一对	二百三十文
清油蜡二斤	二百四十文
火炮四千	五百一十文
轿钱	一千文
路上用	二百九十文
猪肉四十斤	二千四百八十文
鸡二只	三百六十文
酱油醋	一百三十五文
小菜	一千文
干菜	一千文
城内带菜	三百七十文
厨子工	二百五十文
水烟	一百文

以上共支钱一十六千零四十五文　每银一两换钱一千四百四十文　折合支用银一十一两一四钱分

丙部　仪仗（讣闻附）

抄者按：文言名仪仗，俗话叫执事。官衔牌平日是红漆金字，丧事则糊以蓝纸，上写粉字，恰像曾经一时风行之国色标语。红白喜事中所用之官衔牌，如其是本人或祖若父或子若孙之官衔，自然货真价实，格外风光。不则可以借诸亲友，以装门面，但绝不能窃用。

子、十月二十日送帐人夫

苏锣一对	二名	新锣旗锣衣锣帽
肃静牌	二名	
回避牌	二名	
赐进士出身牌	二名	
山东司事主牌	二名	
贵州司员外郎牌	二名	
中宪大夫牌	二名	
河南道察院牌	二名	
候选学正牌	二名	
清道旗	二名	
飞龙旗	二名	
飞虎旗	二名	
飞凤旗	二名	上各人夫俱戴红冬帽
大红缎伞	一名	
新大扇	一名	上二名穿青衣带红冬帽
大吹	八名	穿白马衣戴孝帽
鞭链	四名	穿青衣红带红冬帽
玉棍	二名	穿青衣绿带红冬帽
纸扎	八名	戴红冬帽
花盆	八名	徒弟八个戴孝帽
抬盒四架	八名	戴红冬帽
猪羊架	四名	穿白衣戴白帽

细吹	八名	穿白马衣戴孝帽
亭子	四名	穿绿衣戴红冬帽
祭帐二十四柝	七十二名	

共用人夫一百四十六名折半算人工七十三名工价

丑、请锦江书院李五子老夫子点主人夫

苏锣一对	二名	俱照前穿戴
肃静牌	二名	
回避牌	二名	
赐进士出身牌	二名	
左春坊左赞善牌	二名	
国子监司业牌	二名	
翰林院检讨牌	二名	

（抄者按：右四项官衔，乃李西沤之本身功名也）

清道旗	二名	
飞龙旗	二名	
飞虎旗	二名	
飞凤旗	二名	
鞭链	四名	
大红缎伞	一名	
新大扇	一名	
玉棍	二名	
日照	一名	
玻璃大四轿	四名	戴红冬帽号衣白裤

共用人夫三十五名折半算十八名工价

寅、各项人夫

一、书院送席抬盒六架　　　　　　十二名

二、老院送席抬盒一架　　　　　　二名

三、十月廿日午后出纸吹手　　　　十六名

四、廿一日奠期大小吹手

　　三处　　　　　　　　　　　　廿四名

五、二十二日辞灵大小吹手　　　　十六名

　　共用人夫七十名折半算三十五名工价

卯、二十三日辰时送灵柩上山人夫

铭旌亭　　　　　　　　　　四名　白衣白帽

祭帐二十五杆　　　　　　　七十五名　内有六杆送至坟

　　　　　　　　　　　　　　　　　地余在王爷庙止

引路神　　　　　　　　　　一名

大苏锣一对　　　　　　　　二名　锣旗衣帽全新

肃静牌　　　　　　　　　　二名

回避牌　　　　　　　　　　二名

赐进士出身牌　　　　　　　二名

山东司主宁牌　　　　　　　二名

贵州司员外郎牌　　　　　　二名

中宪大夫牌　　　　　　　　二名

察院御史牌　　　　　　　　二名

候选学正堂牌　　　　　　　二名

左春坊左赞善牌　　　　　　二名

国子监司业牌　　　　　　　二名

翰林院检讨牌　　　　　　　二名

清道旗	二名	
飞龙虎凤旗	六名	
各色四将旗　四道	八名	上俱戴红冬帽
大吹	八名	孝帽白马衣
灵亭	四名	白帽白衣
纸扎跟丁	八名	白帽纸人每人执息讼词药匣茶碗等件
大红缎伞	一名	
大扇	一名	上二名红冬帽衣红带绿带头
鞭链	四名	红黑毡帽青衣青红带绿带头
日照	一名	红冬帽青衣红带绿头
神主四轿	四名	红冬帽号衣白裤鞋袜全
路祭抬盒	二名	
路祭官日照	一名	上红冬帽青衣红带绿带头
细吹	八名	孝帽白马衣
四季花纸扎	八盆	自家帮忙人执拿
引亭	四名	白冬帽白衣
高照二对	四名	红冬帽青衣红带绿带头
亚牌	二名	
功布	二名	俱白冬帽白衣

清音吹手	八名	孝帽白马衣
檀香盘	八盘	知客八位手执
赏封抬盒二架	四名	
玉棍一对	二名	俱红冬帽青衣红带绿带头
锣夫	一名	
玻璃官罩	三十二名	
换班丧夫	三十二名	俱白冬帽白衣
打杂夫	五名	
轿子三十七乘	七十九名	俱孝帽
绸缎桌	二桌	
金银山	二架	
童男女	二个	俱由帮忙人执拿

共用人夫三百三十七名　外在祠堂伺待之吹手十二名算六名
总计用人夫四百五十一个工（每工二百五十文无缴用）

一、成服讣闻

不孝煜南等罪孽深重弗自殒灭祸延显考

皇清例赠修职佐郎杨公字海霞府君大人恸于道光十八年六月二
十三日未时寿终正寝掩柩在堂距生于乾隆四十五年十一月初
六日亥时享寿五十有九兹择于七月初六日遵　制成服凡属

亲
谊届期光顾存殁均感哀此讣
友

闻

孤子杨焕南杨炯南泣血稽颡
　　　煜　　炤

齐衰期服孙械栋孙柄棻孙杰楷孙楗枞拭泪叩

大功服弟晖暄拭泪拜

二、出殡讣闻（按：应朱印处悉如前式）

不孝煜南等罪孽深重弗自殒灭祸延显考

皇清例赠修职佐郎杨公字海霞府君大人恸于道光十八年六月二
　十三日未时寿终正寝掩柩在堂距生于乾隆四十五年十一月初
　六日亥时享年五十有九兹择于十月二十日酉时展奠二十一申
　时止奠越二十三日辰时发靷二十四日丑时暂殡于温江县属文
　家场　祖茔之侧另卜吉期安葬凡属

亲
谊届期光顾存殁均感哀此讣
友

闻

孤子（一切如前式）

抄者按：讣闻格式，在民国十六年以前，尚无许多变化，只渐渐将罪孽深重几句例言取消，而加入寿终地点。死者官衔名字号格外加详，而亲谊友谊外，大抵增入邻谊族谊：作官者（无论本人或孝子贤孙）更加寅谊世谊，渐渐又加学谊军谊，民国二十五年以后，更加党谊，我想将来说不定尚有国谊出现。愈到晚近，变得愈奇：第一，是每一位孝子的履历叙得太详，几乎不象讣闻，而是孝子贤孙的资历学历；第二，讣闻必是一大本，封面有显宦名人的题签，首页是影印行乐图，其次则尽显宦名人的手书像赞；自然影印得很好，可以当帖临字；（这是颇得科学之赐，也可算做中体西用之一例。孔其后，则是孝子贤孙语无伦次伏祈哀鉴的行状行述之类的东西，行文格式，以及启承转合，大致一律，字能凑到万言以上者，尤佳。孝子贤孙自然当为亲者讳，故凡"先君""先祖"，必是圣贤，起码也是英雄豪杰；"先母""先祖妣"则必初为淑女，继为贤妻，继为孝妇，继为良母，再次必胞予为怀，必悲天悯人，必临终而作遗嘱曰："国事为重……我将可以瞑目泉下矣。"）第三，是将讣闻整编登诸报端，（在七七抗战以后，人事变动太大，自有必要；即抄者少许亲友，亦幸于报端而后知其或□终或非寿终。）声明"诔词赐寄某处，隆仪谨却"；最近，甚至看到报端讣闻之正文以新五号字排，而孝子贤孙（自然有孝媳孝婿孝女……）的榜篆尊章，则几乎是二号字印出；他如朋友代报。系乱世之事实，家人奉告，乃官场之习惯，格式之不拘，更无庸论矣。

丁部　祝文

抄者按：这一部是帐簿中最精彩，最有趣的一篇。我们以前念惯了无韵的古文体裁的祭文，猛然看见这篇有韵的东西，已感觉奇怪；

又看惯了以古诗赋为文的有韵祭文，忽然念到这篇谐俗的十二调的东西，当然感得太俗气。不过，我们须知道，这是家祭文，念出来，须得全家妇孺都懂，尤其是百年之前，未尝读过书的妇孺们。所以作者只管是饱读诗书的廪生，也不能不取这种通俗体裁。记得某一笔记中，（大概是宋朝罗经的鹤林玉露罢？）曾记一石匠祭母文曰："哭一声，叫一声，儿的声音娘惯听，如何娘不应？"认为是血性流露之语，是天籁。我想，即令石匠通文，也断断无心去填长相思的词调，或许还有文章，而经传述者剪裁了。要之，比学士文人的手笔，来得高，来得真。所以我想请读者看到这部所抄的两篇祭文，另外用种眼法来看，不要笑，不要只顾笑……不过不日祭文，而日祝文，则所不解了。

子、孝家自己的

（按：原帐簿上，照例有抬单头抬双头，以及朱书处，兹为便利起见，便不照录，只一直抄下便了）

维大清道光十八年岁次戊戌十月癸亥二十日戊子（廿一日己丑）宜祭之宜不孝男煜南炯南焕南炤南率孙菜杰柄楷栋楗械枞右暨阖家眷属人等谨以清酌庶羞明香净帛之仪致祭于显考皇清例赠修职佐郎杨公字海霞府君大人之灵位前而泣曰：呜呼！思儿父，痛伤心，儿父何遽赴幽冥。视无形，听无声，呼天不应泪难禁。儿父去，虽天定，儿父行述谁知闻。且含泪，诉生平，略表儿父艰苦心。忆惜年，高祖兴，由陕入川家道贫。生曾祖，继谋生，曾祖原配郝太君。生祖父仅一人，曾祖箸配严太君。姑祖母，系严生，与生叔祖共二人。儿祖父，生父身，门衰祚薄难比论。鲜兄弟，叔年轻，零丁孤苦只一人，念及此，痛伤心，儿泪焉得不满襟。父自幼，多疾病。起居饮食不安宁。及其长，聘慈亲，祖孙父子萃一门。只说是，乐天伦，谁知包天大祸临。年十九，祖母病，飘然长逝痛父心。年廿，祸更深，祖父相继赴幽冥，两年内，失双亲，儿父自此短精神。念及此，痛伤心，儿泪焉得不满襟。尚可幸，天有灵，七旬曾祖髦犹勤。治田产，苦经营，常与儿父说艰辛。不数月，筹划定，遂将家事委夫身。父年少，即老成，为人古道实性生。持家政，至公明，以孙承祖业更兴。谁知道，天不平，曾祖又丧儿父身。曾祖去，固由命，守成直靠父一人。叔祖父，尚年轻，十有二岁未成人。遵遗嘱，父兢兢，以侄教叔甚殷勤。父承重，丧事临，内尽其哀外尽诚。殡与葬，倍留心，亲朋都以知礼称。统前后，未三春，三遭丧事何勤太。劳父力，耗父神，如此大任有谁分。念及此，痛伤心，儿泪焉得不满襟。三大事，既已经，只说儿父得稍宁。又谁知，事逼人，叔祖姊妹皆长成。父为嫁，父为婚，厚奁重聘冠蜀城。非炫己，非矜人，盖欲默体严太君。至儿父，生儿身，弟兄姊妹共八人。或饥寒，或疾病，无往不焦儿父心。或冠笄，或嫁聘，无往不劳儿父形。念及此，痛伤心，儿泪焉得不满襟。父为儿，克俭勤，田产房业更加增。立宗祠，培祖茔慎终追远孝思深。以读书，教儿等，尊师重道倍他人。隆礼貌，伸爱敬，始终如一不稍更。更相契，利断金，儿师仁寿马禹门。设函丈，课儿等，十有余年订主宾。迨其后，死在京，儿父闻知若梦惊。不甘食，不安寝，搔首问天恨难平。待师友，父至真，而今世上有几人。念及此，痛伤心，儿泪焉得不满襟。父为儿，积德行，好善乐施事几经。阴骘文，送募本，便蒙学习写肫肫。欲斯世，尽完人，全人矩镬送更殷。息讼词，劝斗争，捐赀刊印广给人。修桥路，惜字文，施茶送药皆婆心。此类事，难缕陈，略举可概父生平。恨儿等，皆不成，读书贸易未体亲。念及此，痛伤心，儿泪焉得不满襟。癸亥年，煜南生，父命读书望最殷。幸府试，得冠军，二十一岁即采芹。为煜娶，随姑亲，多生不择父忧心。父所望,在抱孙,为煜侧娶张氏临。张生女,乙岁零,子口仍系家妇生。父为煜,苦费心,煜未扬名显二人。父恩重,煜罪深,煜泪焉得不满襟。乙丑年,炯南生,幼患足疾长未平。等医药,祷鬼神,百般调治父躬亲。炯不才,读未成,炯虽管业父操心。炯成立,父为婚,龚氏来家四子生。次名杰,长名菜,次子承嗣兴长门。次名楷,次名柄,子女各立尽鬓龄。炯命舛,弦断琴,父又为联吴氏姻,父为炯,苦费心,炯将何事慰父魂。父恩重,炯罪深,炯泪焉得不满襟。丙寅年,焕南生,幼教读书长为婚,栋与枞,二子生,儿父爱若掌上珍。焕读书,多疾病,曾遭时痢几危生。父因此,忧更深,日不安坐夜不宁。幸而好,数未尽,焕病既愈乃采芹。丁酉春,复补廪,焕父善诱尚循循,父为焕,苦费心,焕未捧檄娱双亲。父恩重,焕罪深,焕泪焉得不满襟。戊辰年,炤南生,少不嗜学性玩冥。与兄炯,共谋生。多方开导父伤神。娶张氏,未十春,仅生二女即归冥。继李氏,父为聘得子名楗女二生。父为炤,苦费心,炤未报父丝毫恩。父恩重,炤罪深,炤泪焉得不满襟。及大妹,癸巳春,于归张府父费心。惜数短,患疔症,未及一载死寒门。幸有缘,再联姻,与父仍系姑侄亲。儿二妹,适长成,丙申之岁适周亲。父为婚,诲谆谆,命儿约束十载零。惟三妹,更孝顺,侍奉双亲胜儿群,忆上年,儿父病,妹侍汤药未离身。让姊妹,怜孤贫,身虽女子似哲人。字冯氏,未过门,已先儿父傍祖茔。独四妹,侍慈亲,因父患病未字人。此数妹,虽长成,不知劳父许多心。念及此,痛伤心,儿泪焉得不满襟。父因此,渐染病,癸巳九月忽梦惊。听言语,遂不清,儿等延医治频频。只是说,父劳心,稍加培养即安宁。谁知道,儿父病,至今受厄六个春。可怜父,过一生,冠婚丧祭事不停。可怜父,过一生,衣食未肯自丰盈。可怜父,过一生,总欲积财顾儿孙。可怜父,过一生,何尝刻薄待过人。儿因此，敢侥幸，莫须有事亦尝行。或祷佛，或祈神，或推天命以为准。或拜斗，或禳星，或占易象以为凭。只望父，寿益增，儿等得酬罔极恩。万不料，祸猝临，父遭时暑殆弗兴。夏六月，廿三辰，儿父长逝仅六旬。儿父去，痛伤心，丢下儿等靠何人。儿父去，痛伤心，高堂老母发如银。儿父去，痛伤心，孙儿孙女俱未成。儿父去，痛伤心，寒俭家计谁经营。当此日，是奠辰，儿备奠酒献父灵，望儿父，来格歆，略领儿等一片心。自此后，父遐升，肝肠两断肉骨分。念及此，痛伤心，儿泪焉得不满襟。伏维尚飨。

五、马世兄的

抄者按：即上文所称仁寿马禹门之子马炳南也。可怪的是也用的通俗调子，大概居于至亲无文之列罢。

维大清道光十八年岁次戊戌十月二十日享祀良辰，奉吊愚侄马炳南谨以香帛之仪，致奠于皇清例赠修职郎杨老伯父大人之柩前，而泣曰：呜呼！哭伯父，痛伯父，胡为一心旦归冥路。溯生前，最好古，平素梗直人称服。想当日，侄的父，壬申教学来府住。刚一年，又教侄，随父在府把书读。伯父心，待侄父，犹如同胞亲手足。甲戌年，侄的父，遵例捐教把仕出。虽说是，仕已出，诸事全凭伯父顾。因此上，屈指数，伯父深恩实难诉。丙子岁，侄的父，方才中举慰伯父。父中举，上北路，连番程费皆伯助。父只想，联捷出，微报伯父恩情处。谁知道，命运蹇，侄父在京忽病故。亡故后，瞒伯父，问时只说留京住。第二年，伯晓悟，逢人说起伯便哭。雷神祠，临江处，望北设祭祭侄父。锦江城，仁寿属，都称伯父厚道处。漫说是，厚待父，即待小侄亦不忍。从壬午，来府住，训侄煞费苦心腹。侄行课，侄诵读，朝夕教诲如己出。蒙伯父，常约束，侄才侥幸把学入。这都是，大恩处，待侄父子实难数。顾皇天，长保护，谁料一病来缠住。觅良方，医不住，几年未曾出门户。侄抱歉，蒙伯顾，未报半点栽培处。不料得，六月间，伯父竟归九泉路。侄在家，方闻讣，来在灵前只是哭。无礼物祭伯父，还望伯父阴中护。今日里，对灵诉，伯在幽冥哭也不。伏维尚飨。

「下卷」

抄者按：全本帐簿，几乎全记的是丧事用帐，除了杨海霞修职佐郎，暨其妻杨母王太君，两次风光大丧事外，尚有几次小丧事，然而在这黯淡的色彩当中，忽然插了一段王太君花甲大庆，比较特别，故即安插在下卷之始，略为调和，而且王太君做生，在道光二十一年，即西历一千八百二十九年，当修职佐郎死后三年，丧服既除之后，而鸦片烟战争发生之头一年，彼此的生活方式，及物价，却也真正值得我们注意，只可惜没有菜单，没有戏目，没有嘉宾题名及人数，仅仅一篇花帐，分为用钱用银两项，使我们知道得太少一点，这不免要怪当日主笔政者之疏，何以详于丧而略于寿，以现代语论之，则是悲剧的笔调浓些，闲言少叙，且观正帐。

〔第一项〕道光二十一年（按：即西历一千八百二十九年）八月十一日（按：系阴历）母亲（按：记帐者仍系抄者第三位外曾祖，故作此称谓）六旬做生用钱帐。

十六、十七、十八日福泰班戏钱　　　　四十千文

抄者按：福泰班是高腔班，据言，已故名伶杨素兰之师傅黄金凤，即系此班本家。当时唱堂会戏，自上午九点开锣，至夜二更止，连唱夜戏在内，每本不过十二千文，即在四十四年前，抄者正十岁时，整本戏到黄昏停锣，亦只十千文，三幺台则为六千文，头等名伶

如杨素兰、蒋春兰等，每日分帐不过八百文耳。

赏钱	七千文
班上一切零赏	二千七百文

抄者按：大概包括打加官之赏钱在内，外家之活动戏台，一般均称之为地台子，椽栋台板，已多年拆置大楼上，然而外婆辈及年长舅父辈，犹能言及唱戏时之盛况，然而这也是四十余年前的谈话，今则磨子街，四知家范宅已数度易主，闻已成为凶宅之一，地台子想早化为燃料矣。

初八、初十、十一日洋琴钱	四千文
轿钱大小封	二十二千二百文
客娃串串	一千五百文

抄者按：客娃者，男女宾客带来之小孩也，小孩俗谓娃娃，串串者以红头绳贯串于特选之大青铜制钱中提以赐娃娃者也，一名挂挂钱，少至十二文多至四十文，视娃娃之小大亲疏而斟酌等差焉，大底女客所带之小孩较多，故在成都，昔称女客为三多客，谓其吃得少检得多，说得少笑得多，大人少娃娃多也。

搭棚	三千文
看门执票差	一千八百文

抄者按：在昔未办警察前，街市中维持治安者，一为城守衙门所辖之绿营兵，凡要冲及城门，俱有屯驻所，名曰卡子房，统率者，大抵为千百把总，故称曰总爷，外则为隶属成都华阳两县衙门之差人，谓之衙差，不特为贱役，更无定额及住所，大抵穿青短衣，戴冬帽及软胎凉帽，故又谓之乌鸦兵，缙绅家有事，则来看门执役，除火食外，有赏钱，执票差，则不知何职。

茶炊工八个	一千三百文
装烟工一个	三百二十文
裁缝工钱	一百二十文
彩架工及布钱	七百文
盖棕工钱	一百文
整修明角灯	一千五百文
献烧猪赏钱	四百文
来往驮子脚力	二千一百文
围屏铜扣	一千二百文
竹筷	一百八十文
绿色梁山细竹帘六床	五百四十文
布	二百四十六文
旱烟袋二十根	一百文
各色纸	二百文
麻布四匹	五百二十文
河水九十担	七百二十文
阎佃户工	八百文
缸钵	七百一十文
土砖	一百四十文
席子	四百文
谷草草荐	二百四十二文
赁铺盖	一百二十文
买零星器具	六百五十文
钱串手绳	三百文

钉子	二百三十文
明背光	一百八十文

按：背光者，壁灯背置一金属薄片，使灯反射、增加光度者也。

大小金字	二百六十文
硬领	一千一百五十文
扣纬帽	三百五十文

原注：上二项众人。抄者按：大约为众人而买而扣也，在光绪维新前，衣俱无领，若穿袍褂，则别带硬领，玉色缎绷面，前后皆有一牛舌形，布胎垂下，以便压于衣内，领前开口，戴上，再抄扣于铜丝纽上，前幅布胎，亦分为两片，有纽扣，其作用与西装硬领同，不过西装硬领白而直，此则蓝而扁平。西装者，别绽于衬衫上，此则衬衫变为牛舌形胎子，并固著于领上耳，纬帽者，夏礼帽之硬胎者也，缨则为朱红丝线捋成之细须，以别于玉草软胎马尾长缨之凉帽。

老师失盗	九百文

抄者按：此笔不明，绝非教书先生被盗，被窃去九百文，意者：老师因热闹而失去物事，由主家偿其九百文耳。

清油蜡十斤半	一千一百零三文
香油三斤	四百八十文
麻油三十五斤	一千四百文
大头菜酱菜	七百三十六文
供果三盘	二百二十文
石榴梨儿	四百四十八文
瓜子三斤	四百文
花生米三斤	一百八十文

盐蛋	三百二十文
海带	四百文
豆粉二斤半	一百二十文
蹄筋二斤	六百九十文
笋子十六斤	三百八十四文
韭黄十一斤	五百五十五文
小菜（经李五爷手）	二千五百文
鸡一百二十斤	九千零三十七文
鸡蛋五十个	二百六十文
羊杂羊肉	一千二百二十文
猪肚廿一个	二千五百四十文
猪腰十一个	二百二十五文
筒骨	七百二十文
猪肉七十二斤	五千六百一十六文
面叶一百二十六斤	四千零三十二文
岚炭二包	一千六百文
草纸二十刀	一千三百文
封泥酒十斤	二百四十文

抄者按：零沽老酒每老秤二十两作一斤，名曰双提子。

纸煤二十五	三百八十五文
叶烟十斤	六百文
零用	六百九十文
串底	二百五十四文

抄者按：昔用铜钱，每九十八文作一百，曰九八钱，少者至九五，倘成百付出，例不满百，若折零用之，必凑足，故在钱铺中换钱

若干串，（每串千文，串以麻绳为之，至今犹名曰钱串）折零用出，出入帐必不敷，此不足之数，即名串底，或曰扣底子钱。

荷包四对	五百六十文
鲜加六页金寿连封四百	四千七百一十五文
鲜加单帖二百张	四百五十文
十全加单帖二百封	三百八十文
手片二百张	一百六十文
连史席金七十掉	二百八十文
对方皮纸宫红木红	三百一十五文
水烟十斤	一千四百文
安化茶五斤	一千一百文
武彝茶一斤四两	三百五十文
老茶四斤	二百文

以上共支钱一百四十七千二百四十三文　收屏金钱二十四千三百二十文

除收屏纸外　实用百二十二千九百二十三文　银一两换钱一千三百九十文折合银八十八两四钱三分

抄者按：看本帐簿上卷，在道光十八年六月时，即由此上溯二年二个月，每银一两换制钱一千五百八十文，时过二年，钱涨一百九十文。据老人言，太平天国事件发生后，钱价愈涨，每两几在一千文以下，而金价亦曾跌到七八换，即在前四十八九年间，抄者也曾记得，每银一两，仅换得九七钱一千二百文也。

〔第二项〕道光二十一年八月十一日母亲六旬做生用银帐

润古斋做寿屏（画工写字百

本做寿对一付一并在内）　　　　　一十七两零四分

　　海菜席五十四桌　　　　　　每桌一两四钱　七十五两六钱

　　甜菜席八桌　　　　　　　　每桌六钱　四两八钱

　　抄者按：无海菜者，谓之甜菜席。

　　早饭中席五十四桌　每桌二钱八分　一十五两一钱二分

　　抄者按：中席无围碟点心，又称肉八碗，待仆役等人。

　　女客早面十桌　每桌四钱三分　　　四两三钱

　　添十一日早面蹄筋二斤半　　　　六钱四分

　　烧猪一条　　　　　　　　　　七钱二分

　　大小厨工三十三个　　　　　　三两

　　午中席三十七桌　　　　　　一十四两八钱

　　牛油烛四十五斤　　　　　　三两三钱七分

　　烧酒七五斤　每斤七分　　　五两零八分

　　木炭重一百五十斤　　　　　三两二钱三分

　　乌参八斤　　　　　　　　　五两

　　火腿六支三十九斤半　　　　四两四钱五分

　　鱼翅一斤　　　　　　　　　七钱二分

　　蜇皮三斤　　　　　　　　　三钱六分

　　瑞利一斤　　　　　　　　　六钱六分

　　孙儿七人赏封　　　　　　　二两一钱

　　帮忙爷们赏封　　　　　　　三两二钱

　　湖绉帕七张　　　　　　　　二两七钱

　　朱红缎三丈一尺　　　　　　一十两零二钱三分

　　杭线绉单裑　　　　　　　　六两二钱八分

紫色平绉单裙	二两七钱四分
玉色摹本缎单衫	四两八钱四分
三二元青缎三尺五寸	一两八钱
金栏杆一丈八尺	二钱四分
京圆纽扣一付	一钱九分
岚炭一包	五钱九分
白口芼二斤半	二两六钱六分
金钩四斤	一两二钱四分
笋尖二斤	二钱五分
瓜子四斤	三钱三分
木耳金针各一斤	三钱二分
槟榔二斤	二钱三分
胭脂豆粉花胡椒	三两二钱
大伏封泥酒十二坛	三两六钱二分
汉红火炮一封	四钱六分
平金裙花	一两八钱
春绸挽袖	一两三钱四分

抄者按：女服袖口之宽边谓之挽袖。

以上共用银二百零六两三钱七分　收屏金银三十三两九钱二分收文折堂银七十七两三钱八分

抄者按：此笔大概由商号上，或放债月息收入，而非由家库中支出，故特提于此。

除收上二笔外实用银九十五两零七分　第一第二两项合计实用银一百八十三两五钱

抄者按：太君做生，较之修职佐郎的办丧事，就奢侈多了。且不言三天大戏，三天洋琴，单就席桌而言，便大大不同；丧事席桌，是雇工自办，而做生的，则由包席馆包做外，还雇了厨工自办。大概由于家境更好了一些，只管鸦片烟战事已在酝酿，到底因为交通不便，又无报纸传递消息，就北京广州而言，四川为笃远之区，成都更僻处西陲，民间当然不识不知，歌舞升平的了。

甲部：　席单

抄者按：王太君的丧帐，与修职佐郎的，排列相同，故按照上卷抄例，仍分甲乙丙丁四部分，而分别抄录，不过略有差异之处：一为乙部原底残缺，并未将流水用帐总记录毕，且无总帐；二为丙部无点主、仪仗；三为祭文古文化，不及上卷时调体之有趣，而余□文底页失去，不克以称全璧。至于笔迹已易，字更恭整，经考出，上卷帐底及王太君做生帐底，系抄者第三位外曾祖，即讳焕南廪生的手笔。其他，皆抄者第一位外曾祖讳煜南秀才手笔。再考出下卷丁部两篇古文，皆秀才手作。而上卷之时调体者，则不知秀才作，抑廪生作。然就四位先后之娘家姓氏考之，长二四房皆一一表明其姓，独三房之崔太君，始终不见于祝文，可以证明是文或系廪生之作也。

同治元年岁次壬戌（按：即西历一千八百六十二年，由今一九四五年算上去为八十四年，正英法联军破北京，火烧圆明园之第二年，长江流域太平天国战事亦正紧急时也）三月初三日丑时，母亲大人辞世起至安葬止，所用一切银钱开列于后：

四天上供	便饭一桌
首七成服	席二十七桌
成服早饭	五桌
五七上供	席二桌
六七上供	席一桌
请帮忙	席四桌
请知客	席七桌
四月十六日展奠	席二十八桌
二、三、四七上供	便饭一桌
正奠日早饭	三十桌
两夜酒碟	三十四桌
奠期供席	一桌
十八日送殡	早饭九桌
十七日	席六十一桌
十八日午	便饭十六桌
二十日复山	供席　桌（原文"桌"字前为一空白——编者按）
二十五安葬祠堂	席四桌

一、成服席单

抄者按：上卷席单，先大菜后围碟，系正宗开法，此处前后颠倒以为改正派开法。且前后二十五年，食单已有小小变更矣，对照看之，可知吃之不居。再，此仍在关正兴厨师入川革命前之正宗川菜食单。

围碟八个：花生米　瓜子　甘蔗　慈菇　高丽肉　熏蛋　鸡杂排骨

京品一个：大杂办（鸡条　肚条　笋尖　滑肉　鸡卷　蹄筋）

大菜：大杂会　菜头鸭子　慈菇鸡　海带　大酥肉　茗笋肉　烧白　红肉　清汤

点心四道：金钱饼——萝卜饼　肉包子——喇嘛糕

二、成服早饭单

猪杂　笋子肉　炒猪肝　韭黄肉　肉丝攒汤　小菜四样

三、请帮忙席单

围碟八个：花生米　瓜子　甘蔗　地梨　鸡杂　酥鱼　排骨皮渣

京品一个：大杂办

大菜：杂会　慈菇　松子肉　烧白　海带肉　茗笋肉　清肘子蒸肉　红肉　清汤

点心二道：方包子　竹节包子

四、请知客席单

围碟八个：鸡杂　皮渣　酥鱼　醉鲜笋　火腿丝　芥末肚丝　甘蔗　慈菇　中芝麻酱拌洋菜　每人瓜子花生

热吃四个：光参杂办　清汤蹄筋　生爆虾仁　椒盐子□

大菜：洋菜鸽蛋　光参杂会　清汤鱼肚　鲜笋鸭子　慈菇鸡清肘子　烧白　红肉　清汤

点心四道：七字饼——萝卜饼　金钱酥——饺子酥　洗沙包——小肉包　方包子——陕卷子

中点：大肉包子

五、展奠席单

围碟八个：核桃仁　花生米　甘蔗　樱桃　熏蛋　排骨　高丽肉香干肉丝

大菜：　大杂会　慈菇鸡　大酥肉　海带肉　茗笋肉　蒸肉　烧白　红肉　清汤

点心：包卷

六、奠期席单

围碟八个：桃仁　花生　甘蔗　慈菇　鸡杂　皮渣　金钱羊尾　香干肉丝

大菜：　光参杂会　清汤鱼肚　卤鸭　慈菇鸡　清炖羊肉　海带肉　茗笋肉　烧白　红肉　清汤

七、奠期早饭单

红炖猪杂　千张肉丝　茗笋肉　烘猪头　　肉丝鸭血豌豆尖汤　小菜四样

八、奠期供席单

围碟十二个：蜜枣　瓜片　核桃仁　花生米　火腿　鸡杂　羊尾　皮渣　香干丝　肚丝　樱桃　慈菇

热吃六个：　光参杂办　酿香菌　金银□□　□腰片　椒盐子□　卤蹄筋

大菜：　鱼翅　海参　鱼肚　海带　羊肉　卤鸭　红鸡　烧白　红肉

点心四盘：　芙蓉糕　绿豆糕　提糖饼　蓑衣饼

九、十六、十七夜酒碟单：

皮蛋　香干丝　花生　桃仁　甘蔗　樱桃　中一平古随配

抄者按：照前所列，尚有送殡早饭午饭复山供席安葬席四项，俱无菜单，不明何故。

乙部：　用钱花帐开列于后

钱纸十斤	七百二十八文
纸扎　四人轿一乘 男女跟随四名	一千四百文
朱红缎灵位蛋青绫子引魂幡	一千三百文
麻冠二顶	五十文
削寿鞋底并零碎	八十六文
麻	一百三十文
做棕垫工钱	一百文
报终脚力	一百一十文
封棺漆匠礼	四十文
阴阳禳解	二百四十文

抄者按：阴阳者，地师与巫之流，人死或值日时不利，或与生人之八字相冲，乃召阴阳先生诵咒禳解。

三月初三日起至初十日止

蒙孝鞋工钱	三百文
当日姑娘等轿钱	一千一百文
水烟一斤	二百七十文
草纸二刀	一百二十文
藏香五根	一百文
扫帚一把	一百一十文
青布小帽六顶	四百一十文
麻鞋二双	六十五文

片带	二十文
纸对一付	二百四十文
包子三十个	一百一十文
纸桶纸灯一对　大门灯一个	一百五十文
下成服帖脚力	一百八十文
成服日吹手六名	五百零二文

抄者按：实则系一篇通帐□，中间并看不出时间起讫，且无总结，大约事后抄录，有不尽记得处也。

取铺垫孝衣脚力	五十四文
河水缸一口	三百三十文
针	六十文
烟纸煤草纸	八百二十二文
河水十四挑	一百四十文
旱烟袋二十根	一百六十文
茶炊人工一个	一百六十文
水烟工一个	一百文
吹手烟钱	三十六文
供盘香花	一百文
赁白毡五床连二桌围一条	四百三十文
蒙轿垫边青布	一百七十文
送猪进城脚力厘金	二百文

抄者按：厘金者，逐处设立关卡，百货通过，值两抽十一厘。是从太平天国事件起后，清军饷需不济，乃由胡林翼奏请设厘助饷，事平停收。然事平后七十年，犹征如前，人民视为苛政之一。民国二十年始明令罢免。然至民国三十一年，海关代收之消费税，其重其苛其

扰更在厘金之上，而各机关之变相厘金，犹不记焉。

洗猪工钱	二百文
猪油二十斤零二两	一千二百四十一文
猪肚十个	一千五百一十文
猪腰十八个	四百三十二文
猪肝二付	三百三十二文
鸡四十斤	三千六百六十一文
鸭十一只	三千三百六十六文
鸡鸭蛋一百九十八个	一千二百零二文
蹄筋一百根	五百文
花生米四斤	二百四十文
豆粉五斤	七百文
盐菜十斤	二百四十文
慈菇三千三	一千四百八十五文
小菜	九百一十文
席点二十桌	一千七百文
酱油十八斤	七百二十文
封泥酒十坛	四千文
甘蔗一捆	一百七十五文
洗鸭子工钱	一百文
厨工大工九个小工七个	二千一百四十文
赁大小吊子四个	一百六十文
赁碗二十桌	八百文
泥色五全单帖二百封　封□	九百文

三十手　片一百

席纸二十桌　　　　　　　　　　七十五文

男女客轿钱　　　　　　　　　　五千二百八十文

封小封　　　　　　　　　　　　一千六百八十文

胭脂三张　　　　　　　　　　　五十四文

黄头绳四两　　　　　　　　　　一百六十文

简盐七斤　　　　　　　　　　　三百五十文

抄者按：原帐簿此处空二行。

包寿枕裁缝工钱

抄者按：原帐簿此笔无钱数。

串底落帐　　　　　　　　　　　九十一文

抄者按：原帐簿此处空二行。

萧先生两次轿钱　　　　　　　　二百四十文

送期单脚力　　　　　　　　　　四十八文

抬龙杠进城脚力　　　　　　　　一百六十文

换钱脚力　　　　　　　　　　　九十五文

土坯子四百块（打灶）　　　　　一百九十二文

鸡五只十八斤　　　　　　　　　一千四百七十六文

原注：自上笔以下共二十四笔皆请知客用

鸭二只　　　　　　　　　　　　五百五十文

猪肉五十八斤四两　猪油九　　　六千文

斤六两　猪肚二个

猪肚三个猪腰二个　　　　　　　六百一十一文

蹄筋一百根　　　　　　　　　　四百一十文

豆粉三斤	一百四十四文
甘蔗十根	一百三十五文
白夹笋四斤	八十文
小鱼三斤半	二百一十七文
口笔五钱	六十文
虾子三斤	二百□十文
豆油皮八张	四十文
笋子七斤	二百四十二文
慈菇一千二百个	五百五十八文
小菜	二百一十七文
包卷十二斤　包皮六十斤	六百六十文
席点七桌（三道）	八百七十五文
花生米三斤	一百二十文
牛油烛一斤半	一百八十文
知客轿钱	一千二百八十文
厨子烟钱	三十六文
厨子大工七个小工四个	一千五百二十文
老姜二斤	二十二文
做讣闻三百五十封	四千七百二十五文
清油一挑脚税厘金	一百六十四文
红土脸盆五个茶壶三把	九十文
大有黄草纸十五刀	一千五百文
原注：下葬护棺用十二刀	
火麻二十斤	一千零七十文
原注：系打龙杠上麻瓣	

送麻进城脚税	四十六文
菜砧二个	一百六十文
水瓢饭勺筲箕撮箕提筐圆簸	
小扫帚	一千六百五十文
扫帚十把	七十文
灶桥二个　灶门灶桥二根	六百六十六文
葛巾十张	四百二十文
竹筷一千一百六十双	三百四十八文
包葛师棚匠	六千八百文
鸡鸭蛋二十五个	一百四十九文
原注：连上一笔及下共八笔系五七用	
请女客用猪肉二十斤零半斤	一千七百七十一文
蹄花二个　猪腰二个	一百零六文
豌豆十斤樱桃一斤	二百零一文
小菜	二百三十五文
河水兼赁碗	七十七文
猪肚一个	一百五十文
女客轿钱	七百三十八文
席子十五床	一千九百八十一文
点心（供席用系看样的）	一百六十文
叶子烟七斤	七百九十五文
棉烟三斤半　金秋烟一斤	八百三十八文
草纸一刀	一百二十文
纸捻三千	三百九十文

桃仁二十五斤	二千三百文
花生米二十五斤	一千四百零七文
脚力	一十二文
旱烟袋十根	八十文
米面十斤	一百六十文
缸子六口	一千三百二十文
钱花瓦盆十个	五百文
大小满堂红四个	三百六十文
壁灯五个	八十文
土茶杯一付	一百文
大小碗及盘子各一付	五百文
铁灯碗二个	一百二十文
青棉线、铁丝、石黄	六十二文
功布亚牌纸扎童子四个（条魁纸衣蛋青纸裤二个青纸衣条魁纸裤二个）	一千五百文
高照二对　手灯二个　火罐子十二个	五百一十六文
明背光三对	一百二十文
针一包棉线五钱	八十文
羊肉一百零七斤	一十二千文
推猪四条进城脚税厘金酒钱	七百七十六文
洗猪四条工钱	九百文
奠期添猪肉七十七斤半	七千三百二十文

猪油十四斤　　　　　　　　一千五百一十二文

猪肚二十二个　　　　　　　三千一百九十八文

猪腰十二个　　　　　　　　三百二十四文

鸡五十一只一百六十斤零

四两　　　　　　　　　　　一十三千二百九十五文

鸭二十八只　　　　　　　　八千九百零二文

鸡蛋二百四十个　　　　　　一千四百五十一文

鸭蛋一百个　　　　　　　　七百二十五文

赶场买鸡鸭茶钱脚力　　　　二百七十文

慈菇七千九百个　　　　　　三千八百五十文

甘蔗六十根　　　　　　　　一千零六十文

樱桃十七斤　　　　　　　　四百七十六文

豌豆二十一斤　　　　　　　一百八十四文

展奠日包卷三十斤　　五七日

包卷四斤　　　　　　　　　一千一百四十八文

香干三百二十块　　　　　　八百九十六文

抄者按：香干者，五香豆腐干也。

千张皮一百九十五张　　　　四百六十八文

皮蛋四十个　　　　　　　　四百文

灰面五斤　　　　　　　　　一百八十文

豆粉五十斤　　　　　　　　二千文

小菜零碎　　　　　　　　　一千七百三十四文

胭脂五张　　　　　　　　　八十文

火把五十根　　　　　　　　一百二十文

洗鸭子二十三只工钱	二百二十文
水笔四支　香肥皂二匣	六十四文
堆翅二两	四百四十文
蜜枣瓜片各半斤	一百二十八文
鸽蛋六十一个（请知客用）	五百四十九文
做孝裙纽门用头绳七两七钱	二百六十文
黄头绳串子	七十文
礼生三位（十六日早饭后来	六百文

十七日行礼后止）

南院看门何头	二千六百文

抄者按：此等作用不悉。南院应是当时总督衙门。

赁茶碗一百一十个	三百三十文
赁帐十杆、猪羊架、连二桌	

围二条方桌围八条八所牌、耳帐　　　　六千五百六十文

黑炭二百九十二斤（**请知客用**）	六千一百六十文
奠期大小厨工四十六个（十	

五日大工三个小工一个，十六日

大工十三个小工九个，夜大工六

个，小工三个。十七日大工十八

个小工十六个，十八日大工三个

小工一个）　　　　　　　　　　九千八百八十文

赁大桶缸四个元头四个平古

子十六个　　　　　　　　　　　四百文

赁碗七十五桌京品碗一百个

（请知客用十桌十六日二十桌十

七日三十桌十八日十五桌）	三千二百文
赔偿打碗	四百七十文
寄殡大通寺人夫吹手（并开奠日吹手在内）一百八十二名（每名八十文）	一十四千五百六十文
吹手夫子酒钱（十八日大工九十七名每名十二文小工三十一名每名八文）	一千四百一十二文
赁玻璃棺罩（因先不用未记在价内，故要算赁钱）	一千四百文
复山轿子八乘	九百六十文
点主吹手小封	一百二十文
送灵柩过兴佛寺坟上共用人工四十一名（每名二百七十文）	一十千零八十文
大通寺寄柩	一千文
在大通寺伴灵时零用	二百七十一文
捆灵及出城用	一百文
大通寺捆灵夫子酒钱	一百二十八文
送殡茶钱零用	二百一十五文
取物件脚力	二百三十五文
雒阴阳礼金	四百文
水烟四斤半	五百四十文
河水四十二担	三百七十八文

竹子	一百五十文
谷子一斗（喂鸡鸭用）	三百二十文
挑酒下祠堂脚力	二百三十文
洗猪头工钱	七十八文
裁缝工钱	一十一千八百一十六文
添漆一斤半	二千三百六十四文
石膏二斤	四十文
岚炭三百六十六斤	二千二百二十一文
男女客轿钱	六千二百零一文
奠期小封	二千二百零八同
帮忙小礼封十七个	一千七百同
赏眉署差萧升帮忙	四百同

抄者按：王太君第三子焕南先于王太君病故江津，署至眉州（今眉山县）儒学，则不知是否焕南任过，然官衔牌上，又有此一个官衔。此处所言眉署，更不知是否眉州学署，盖一学署中照例只有一门斗，而无学差，所谓眉署差，或眉州学署之下人，不则为州署之差人也。

方连史长连史黄白土连史纸	一千文
席纸一百桌	二百五十文
酱油十斤此下三笔皆请知	
客用	四百文
大头菜三斤	一百六十八文
玉丰号封泥酒二坛	九百文
五七用酱油五斤	二百文

上等酱油六十斤　　　　　　二千四百文

此下五笔奠期用

次酱油二十斤　　　　　　　六百四十文

大菜叶二十四斤　　　　　　一千四百零八文

盐姜五斤　　　　　　　　　二百文

玉丰封泥酒四坛　廖玉丰封

泥酒四坛　中兴加大绍酒八坛　八千二百文

豆腐干菜叶带祠堂用　　　　一百二十一文

简盐二十一斤　　　　　　　一千文

茶叶　　　　　　　　　　　六百六十文

抄者按：此处空五行

峡石墓志石一合连刻字工在内　三千五百文

抄者按：成都用石大抵取自东方五十里外之龙泉山，但为红砂石最易风化，故较坚之石则多取自青神县属平羌峡中，谓之峡石，须不及雅州石之坚，但一水之便，路程亦较短，重庆所用峡石，则为北碚一带三峡石，更为坚致美观。现打铜街中交通银行之门面即峡石，其美观似不亚于外国花岗石。

石匠金师酒钱　　　　　　　四十文

仝上烟钱　　　　　　　　　二十一文

捶墓志五十五张工钱　　　　五百五十文

砌坟石匠工二十四个并刻碑

上字　　　　　　　　　　　一千九百二十文

砌郭砖二城刀口五百二十块

（在柴家坝刘姓窑上定烧）　一十千零九一二十文

送信脚力　　　　　　　　　三千文

烧酒二坛	一千零八十四文
石灰九百三十斤	三千零八十七文
黑炭七百三十斤	三千七百二十三文
谷草	一百六十五文
合灰用酒米一斗	六百九十文
上碑墨四锭	五十二文
猪肉	四千九百五十八文
贴碑字飞金八十张	一百六十四文
填碑字银朱二包	一百六十文
小菜	一千二百八十八文
胡豆一斗	三百九十文
豆芽七十八斤	五百四十六文
鸡蛋四十个鸭蛋十三个	三百二十文
鸡二只	四百五十二文
盐八斤	四百五十二文
厨工赁碗	五百文
推墓志车脚力	四百文
起土乡工四个	四百文
丧夫轿夫四十名酒钱	八百文
祭龙酒钱	一百四十文
押龙鸡一只	二百四十文
来往轿钱	五千二百二十文
来往挑脚	七百六十二文
来往路上用	五百四十一文

萧先生轿钱	八百二十文
轿夫住店钱	九十六文
葬坟泥土工八十八个	五千二百八十文
匠工来去路费	二百文
为匠工赁铺盖	四百九十二文
叶子烟十三斤半	一千零三十二文
水烟一斤	二百一十文
雄黄五斤	一千二百文
下圹抬灵酒钱	三百九十文
石匠立碑酒钱	一百二十文
手绳，串子，零布，旱烟袋，蜡烛，整理火铲	一百一十二文
钉子，烟子	三百二十五文
赔偿张佃锄头	一百二十文
谢土用	二百文
扣墓志铁扣三个一斤半	一百五十文

抄者按：花帐止于是，无总帐，尤其不知一两银换若干钱。三十三年前，问之九十六岁之曾祖母云：闹蓝大顺与李短搭搭时，银价顶低，每两只换几百钱，王太君丧事正其时也。抄者又按：上下卷花帐中，皆无棺木帐，大概系早已买就。又据另帐，王太君之第二子及长子媳早故，皆系建板棺材，每具在三十两四十两之间，足证太君与修职佐郎必系建板，其价值必在百两之上也。

丙部：　仪仗

抄者按：下卷此部无上卷热闹，第一，无迎接点主官之执事队，第二，讣闻亦只一篇。但亦有较修职佐出丧时为优者，乃仪仗中之官衔牌俱货真价实，并不再借别人光风以装自己门面。

四月十六日展奠　　　大小吹手三处共一十八名　　　穿白马衣戴孝帽

十七日正奠　　　大小吹手三处共一十八名　　　穿戴如昨

十八日辰时送灵柩到大通寺寄殡人夫

铭旌亭	四名	白衣白帽
大苏锣一对	二名	锣衣帽旗
肃静牌	二名	戴红帽
回避牌	二名	仝
特授江津县儒学正堂牌	二名	仝
特授眉州儒学正堂牌	二名	仝
赐进士出身牌	二名	仝
貤赠修职郎牌	二名	仝
貤封八品孺人牌	二名	仝
清道旗	二名	仝
飞龙旗	二名	仝
飞凤旗	二名	仝
飞虎旗	二名	仝
大乐	六名	白衣孝帽
灵亭	四名	白马褂白帽
红缎伞	一名	青衣红帽

新掌扇	一名	仝
新日照	一名	仝
神主四轿	四名	红帽号衣鞋袜全
路祭抬盒	二名	红帽青衣
路祭官轿	二名	红帽号衣
细乐	六名	孝帽白衣
影亭	四名	白帽白马褂
亚牌	二名	仝
功布	二名	仝
香盘	十架	请知客端
清音乐	六名	孝帽白衣
锣夫	一名	白帽白马褂
玻璃棺罩	三十二名	仝
小轿	十二乘	俱挂孝
十六夜出纸吹手		
十七夜行礼吹手	共折半算一十八名	

以上共用人夫一百八十名　每名价八十文,所有小封俱在价内

四月二十四日由大通寺启灵送至文家场兴佛寺坟地人夫

吹乐	六名	以下俱白衣白帽
影亭	四名	
锣夫	一名	
自备龙杠	十六名	
小轿六乘	十二名	
空夫	一名	

以上共用人夫四十名　每名价二百七十文并无缴费亦无路上烟

酒钱

附讣闻

> 不孝　煜南　等罪孽深重弗自殒灭祸延显妣
>
> 皇清琭封（**按：此四字朱印**）八品太孺人
> 　　　　　　　　　　　　　　杨母王太孺
> 覃恩晋封（**按：此四字朱印**）七品太孺人
>
> 人恸于同治（**按：二字朱印**）壬戌年三月初三日
>
> 　　丑时寿终内寝距生于乾隆（**按：二字朱印**）壬宣年八月
>
> 十一日子时享年八十有一兹择期于本年四月十六日酉时家奠
>
> 十七日辰时展奠申时止奠十八日晨时发引□寄于南关外大通
>
> 寺另卜吉期合葬于温江县文家场兴佛寺祖茔之侧凡属
>
> 寅
> 世　谊届期
> 亲
> 友
>
> 光　（**按寅时亲友四字
> 及此光字□朱印**）　顾殁存均　　感哀此讣
>
> 闻（**按此字朱印**）
>
> 孤哀子　煜　南泣血稽颡
> 　　　　炤
>
> 齐衰期服孙　柄　杰　芩　楷　栋　材　拭泪稽首
> 　　　　　　植　楠　楗　棋　权
>
> 　　　　　　　　　　　　　　　肖　品
> 　　　　　　齐衰五月曾孙　希　世　贤　拭泪叩
> 　　　　　　　　　　　　　　达　殿　贤
> 　　　　　　　　　　　　　　体　化
>
> 　　　　　　　　大功服夫弟　晖　拭泪拜
> 　　　　　　　　　　　　　　喧
>
> 　　　　　　　　　　　　　　熙
> 　　　　　　缌麻服侄　焯　南拭泪叩
> 　　　　　　　　　　　煦

　　抄者按：余嫡系外公即第四位外曾祖炤南公之次子炤，号爽亭，在大排行中为第八，至宣统二年庚戌，以心脏病，于半小时内逝世，其亲兄楗，排行第六，余已不及见。其亲弟植排行第十，余二岁时见过，犹仿佛记其风裁甚俊整也，卒于湖北荆门州州丞任内。此外，在他属外公辈内，只见及名材者，排行第十一，其号则已忘之。犹记余三岁时（大约尚未满三岁），一日，母亲率余到外家大堂屋，在祖宗前点大烛一对，请幺外公为余发蒙，照例磕头后，幺外公以红单页写三字经四句，就茶几上教二次曰：幼而学，壮而行，上致君，下泽民。并笑曰："好：上进，莫要学我当我一辈子老童生"。大约不多几年，这位启蒙师便西逝了。余真正蒙师，则为十三舅父赞贤，号襄如，温江县学秀才，死才五年，已七十余近八十矣。余之亲舅父行十八硕贤，号彦如，字砚愚、尚健在已七十矣，现居雅安，为爽亭公独子。讣闻上之八位舅父，余及见者，为三舅肖贤，号悦如；为四舅，体贤，号申如；为八舅化贤，号雨如。四与八舅皆出于第五位外公，以四舅为最著，科名是温江县廪生，书画诗文皆能，而为人又方正，幽默，光绪二十五年病故，计抄者舅父辈共二十人，姨母辈二十人，抄者幼读于外家私塾时，式微之象未著，尚及躬逢热闹，今则七零八落（五世而斩），其信然欤！

丁部：祭文

　　抄者按：上卷的祭文是时调体，在当时，算是顶通俗的文字，因为家祭文章，是念给家中人听的，要家中一切人都听得懂，而且懂了还能感，而一个大家庭的构成，本不单属于男性；即以男性而论，教育的程度不齐，对于文字的感受，当然有参差；何况在昔一般的女性，又因了男子们别有见地的口号"女子无才便是德"的影响，更视读书学文为异端，为不正派的举动，非有大勇，谁不安于只能念《天雨花》《再生缘（滴水珠）》为已满足？从《天雨花》《再生缘》等十一字调或七字调十字调所淘育出来的文字感受性，岂但对于古文，不知所云，恐即对于无韵的语体文，也未必能够欣赏——当时的读书人的确也不长于写语体文，所以能够拟通一篇白话告示，真非大手笔不可，寻常的绍兴师爷，绝对不敢捉笔，这是我亲眼看见过来。——所以，我相信上卷时调体的家祭文实是当时祭文中的正宗文字，是作者用了心的作品，他本不要什么通品来听来看，更何尝料到百年后被李姓外裔抄来传播！而下卷这篇文字，则是作者稍稍带了一点客气作的。幸而好古文的笔调，只在开头一段，其后也就不甚古，而多处还渗入了些语体；到末了还照样以一段十一字调结穴。第二篇告灵文，略略提到了一点时事，即是蓝大顺李短搭搭之乱，业以影响到成都，使诗礼人家也不能不从权而赶快将老丧抬出，只可惜失落了一半。成为美中不足。

维大清同治元年，岁次壬戌，四月乙巳十六日戊辰，宜祭之吉，不孝男煜南炤南孙棻杰柄楷栋楗械棣权植材曾孙希贤远达贤肖贤体贤世贤殿贤品贤化贤右暨阖家孝眷人等，谨以羊一豕一。清酌庶羞。明香净帛之仪。致祭于显妣皇清貤封八品太孺人覃恩晋封七品太孺人杨母王老太君之灵前而泣曰。呜呼。儿母之逝也。其真耶。其梦耶。抑将去而复返耶。儿不知儿母之已死也。儿不知儿母之已死而不能复生也。痛儿母辛苦一生。德行芮端。宜乎天假以年令儿母多享一日福。使儿等多尽一片心。胡天不吊。儿等无依。致使死者长已矣。生者实哀哀。悉数平生事。问之亦痛怀。自儿母过门。曾祖父年纪已迈。儿母殷勤侍奉。不敢稍离。饮食起居。总善体高年之嗜好。代祖父祖母之劳。以默慰其心。至于祖父祖母之前。儿母克供妇职。竭情尽慎。实得祖母之欢心焉，曾祖父箔配严太君生叔祖父姑祖母二人。俱幼。儿母保抱携持。极其爱敬，比时（原文如此——**本书编者按**），家庭和乐。聚处一门，人孰不啧啧称羡也。谁料数年间。祖母病。儿母侍奉汤药。一刻不敢稍懈。总望祖母好。竟病不一起。飘然长逝。且逾年祖父又相继而亡。念及此，儿母之心力已早俱瘁矣。曾祖父虽在，而年已七旬。将家务尽委之儿父。尝对儿父说。你得此内助。家道自必能兴。我心亦可以放。胡天不禄。曾祖父又去世。斯时也儿父茕茕独立。终鲜兄弟。每有一事。必向儿母相商。是以儿父操持于外。儿母辅助于内。不数年间。田产房屋。无不加增焉。此儿母之顾儿孙。费心于家计者。至矣尽矣，又况叔祖父年仅十二。经营家事。亦靠儿父一人，又遵遗嘱。以侄教叔。儿父生平天性刚方。每逢难事之时。必加规劝，儿母又惟恐稍有参商。务必从中调停，不知若何排难，若何解纷。卒能相安于无事。以故家门称和顺焉。此儿母之扶助于儿父者多端矣。不意儿父于戊戌年辞世。至今又数十年，寒俭家计。幸犹如旧。此非儿等之能运筹。实由儿母之训诲使然也。念及此，儿母之苦心。真令人痛心疾首而不能忘者矣。如癸亥年生煜南。儿母于儿之疾病痛痒。无微不至。及儿长。又尝勉励儿。好生读书。以偿尔父尊师重道之心，幸儿叨祖宗余德。侥幸入泮。又为儿娶随母亲。儿妇屡生不育。儿母时刻忧心。幸而得一子一女。子名械，儿母望孙甚切。于未得械之前，先为儿们娶张氏，仅生一女，不数年。儿妇及张氏相继而亡。儿母又为儿再娶陈氏。复添一子名材。□□儿身之事累及儿母之心。未尝稍报于万一。真儿之□□，莫大于此也。乙丑时生儿一弟炯南。幼患足疾。儿母求神拜佛。延医调治，费尽苦心，百般不效。长遂乐儒业而使理家务。完婚龚氏，生四子长名菜次名杰，杰承嗣儿。次名柄，次名楷，并得三女。不料龙氏忽故。又为续娶吴氏。添一子名权。儿母为炯费尽心血。反不能送儿母终。竟先儿母而殁，此炯之不孝。莫大于此也。丙寅年生三弟焕南。身体薄弱。亦尝以疾病贻儿母忧。与儿一同读书。长为婚崔氏。生一子二女。子名栋。焕尝得痢疾。几不能生。托儿母福庇。幸而得瘥。后入学补廪。得授江津县教谕。咸丰元年，乃得为儿父儿母请封典。非敢以此为报。聊将借此以荣亲。惜乎中年不禄。竟殁于江津县学署。呜呼，抛儿母而远游。其罪已重矣。何况抛儿母而长逝于千里之外耶。是焕之不孝，莫大于此也。戊辰年。生四弟绍南。幼虽读书。长即贸易。娶张氏。仅生二女。未几而张氏殁。复为娶李氏。生三子二女。子名楗，名槑，名植。儿母见绍已生子。更觉欢心。以为儿孙满堂。一门共爨，真家庭之了乐也，然为绍又费尽苦心。未曾图报、儿母竟去世，绍之不孝，莫大于此也。以及大妹二妹三妹四妹母皆抚育成人。大妹于归张府。二妹于归周府。四妹于归刘府。三妹字冯氏未及过门而殂。其生平性格。较儿姊妹等更觉聪敏。读书写字。不异男儿。侍奉双亲。尤能孝顺。皆儿母之教训使然。儿母一生。为儿姊妹等。不知费许多精神。念及此。焉得不抱恨终天乎。孙十一人。虽各有成业。悉赖儿母之不时勉励。随事丁宁。纵每夜团聚儿母房中闲谈。儿母亦皆施以教化。或谈家务。或论世情。读书者教以极力发愤，早得功名。贸易者教以善为经营，帮补家务。总要孙等弟兄好生撑持门户。体量尔伯叔操持家务之苦衷。倘或夜间一孙未见母面。儿母必谆谆究问曰。有何事情。某尚未来见我。我必个个都见。心里才得安放。至孙媳孙女，教训亦周。勤习针黹。固不必说。而勉以妇道。无时不然。下及重孙儿重孙女，爱惜焉。痛痒焉。或在家。或在外。亦无不魂梦以相关焉。个个挂儿母心。实实加儿等罪。儿等之罪如山矣。儿母之恩似海矣。此济济一门。森森四代。皆儿母福庇所致。方谓吉人天相。永享遐龄。使儿等长依膝下。稍报劬劳罔极之恩，如去岁儿母八旬介旦。早拟捧觞上寿。聊博儿母之欢心，孰意军务戒严。时势处此。不敢妄动。兼之儿母精神渐衰。饮食渐减。亦尝谕儿等曰。我今岁不知如何与往年不同。身体总觉不安。心绪亦觉不静。我之生期。切勿举动。儿等闻之。心甚歉然。忽于七月内吐泻交作。元气大亏。延至九月。其疾益笃。请医调治，加减无常，及至年终。遂觉言语不清。梦寐不宁。昏昏沉沉。朝夕在床。彼时医卜星相，算命祈神。无非欲儿母寿数少□。俾儿等有所托庇。乃于今岁三月初一日。忽将儿等呼至床前。遗嘱曰，我将去矣。尔弟兄二人。善为保养。又嘱阖家人等。总要和气。我照应尔等数十年。我生也不能不死。我死后。尔等务各如我在生时一样。纵然我死，又何尝不犹生也。儿等闻及此言。五内皆裂，犹贸贸无知。还望儿母有万一生机。而无如于初三日丑时。竟抛儿等阖家而长逝矣。呜呼。儿母去。痛伤心，儿等罪孽实非轻。儿母去。痛伤心。教训子孙费尽神。儿母去，痛伤心，从今以后靠何人。儿母去。痛伤心。呼天抢地恨难平。当此日。是奠辰。儿备尊酒献母灵。望儿母。来格歆。领略儿等一片心。自此后。母遐升。肝肠两断骨肉分。念及此。痛伤心。儿泪焉得不满襟。伏维尚飨。

抄者按：所有圈点，悉依原稿，又按中右系奠期祭文。下篇为辞灵文。

维大清同治元年岁次壬戌，四月乙巳十七日己巳夜止奠。不孝男煜南炤南下暨阖家人等。以明羹清醴。香帛钱为之仪。致饯于儿母之灵前而泣曰。呜呼。儿母之殡期已定矣。即儿母之葬期亦定矣。今当明早出枢。敢不尽诚尽哀。以诉衷肠。自儿母去后。儿等俯仰无依。

莫可名状。惟有痛哭流涕。不知所为而已。乃日月如流。忽忽已数十日矣。本欲长留母柩。见柩如见母也。但因古礼所载。丧不可久停家中。总以得土为安。兼之世道纷纷。军务四起，万有不测。有惊儿母于九泉。更加儿等之罪矣。只得从□卜吉。择于本月内。大利。若过此期。必得后年方可。故不得已于明晨扶榇。□寄于南关外大通寺。俟于二十五日与儿父合葬于温江县文家场兴佛寺祖茔之侧。今当奠礼已毕。儿等聊含泪为文，以当一哭。呜呼。儿等从此不能见母矣。非惟不能见母，因即母之柩亦不可见矣。儿母在生时。家中起居自如也。

抄者按：此后数页之帐簿，系携至抄者之家，裂为片片后失去，以致至此文不全，但记得全文不长，也一样的做得不大好，可是后面系的一篇五言排律，却做得不错，在前还能多背诵几句，现在忘记了，只记得两句是："难求不死药，莫觅返魂香"。

又按：抄至于此，帐簿失矣，余情未尽，再作一跋。

（跋文另篇发表）

民国三十三年九月抄毕

说方言

四川成都，1917 年。摄影：［美］西德尼·甘博

蜀语考释^①

（近、现代为主，兼及当代）

世态语汇

撒葱花：犹之灌米汤，是当面恭维的意思。

冲壳子：也是四川人尤其是成都人的语汇谓说大话和夸口为"冲壳子"，更无边际的为"冲天壳子"。

歪号、采儿：成都人把歪字念成歪字的上声。采儿：字连念为一个字，是向你喝倒彩以恶意招呼你的意思。不是名词，而是动词。

柿子园：即今成都北校场地方。在一八九〇年以前，是土娼麇集之处。十数年后，只管地名已易，人事全非，但一提到土娼和卖淫事情，柿子园一词犹在人口。

碧游宫：见旧小说《封神榜》。据说，是通天教主所住的地方。通天教主是有教无类的大神，在碧游宫进出的，甚么品类的东西都有。成都人便用这名词来讥诮那些门禁不严宾客甚杂之所。

黄的、装蟒吃象："黄的"是"黄不酥酥的"省文，是门外汉的意思。"装蟒吃象"是假装糊涂的意思。两者都是当时成都市井语，

---

① 李劼人为自己作品中的四川方言写了大量的注释，极具学术价值和趣味性，本书编者特分门别类，加以汇总；此处的标题及分类标题均为编者所加。

是不是从四川哥老会的术语而来，未曾查考。

强：在四川人的语言中念成"将官"、"将校"的将字音，意思是小孩不听大人教训，性子倔强。有的便写成"犟"字。

邛、蒲、大的刀刀客：邛、蒲、大，即邛州（今为邛崃县）、蒲江县、大邑县三地的简称。三地大都多山区，人民向来强悍，一言不合，拔刀相向者，便称为刀刀客。

二郎腿：把一只腿架到另一只腿上，名为跷二郎腿。这是四川人的语汇之一。

豚尾：清朝自征服汉族，曾下令改服制，凡男子都须照满洲人打扮，将头发剃去一转，余发编成辫子，拖于脑后。到光绪维新时，日本人首先讥讽那发辫为豚尾，一般志士深恨清朝，遂也采用了这个名词。

散谈子：即开顽笑的意思，是四川人至今还在用的习用语。

言子：是成都人的语汇，所包甚广，凡方语、土语、谚语、歇后语、某一些术语，都叫言子。

捡魁头：音欺。捡魁头，即捡便宜的意思。古人出丧时，除用一具纸扎大鬼叫方相的导于前外，还要用米麦粉做成一些鬼头模样的东西，撒于道上，与方相作用一样，谓能避邪。这就叫魁头。使人捡食之。后世虽无此举，但名词却流传下来了。

伸抖：丰姿出众的意思，有时叫做伸展。是四川尤其川西一带的习用语。

苏气：四川人习用语言中，凡是称道一个人的态度大方，打扮漂亮，都叫做苏气。苏是苏州，气是气象。与此相反的叫做土气，苕气，或土头土脑。

晏子：晏，音姬，字书收有此字，解云，将男作女。别处叫做兔子，或名兔崽。亦即文言之娈童。在清朝统治时期，四川各地此风甚盛，即在辛亥革命以后，此风犹未泯灭。在成都，娈子一称相公，专门干此业的，称为"吃相公饭的"，省言之，为"吃相饭的"。有人穿凿一点，写作"象姑"，并不妥当。

莫奈何：木制的小儿顽具，很像一个捣花椒胡椒的木臼。只是那只木杵却永远陷在臼里，可以旋转，莫奈何把它拔出来。

汉仗：即身体，即身材。（如《大波》：他龟儿汉仗又大，背不动，只好挽着走。——本书编者引）

方人：四川人常用的一种语汇，含意广泛，用在这里（指《大波》中："敝内真是多事，不应该这样方人！"——本书编者引），是"当众予人难堪"的意思。

侈嘴：侈音渣。明朝蜀人李实所作的《蜀语》，即有此字，解为开张。音又与今悉同。

蛐蛐：即蟋蟀的俗称。

退油丹：在一九一一年以前，成都一般人家尚不能使用上海运到的肥皂。作为涤垢去污剂的，是本地生产的皂角与槵子，以及一种从丘陵地上挖出的白泥。退油丹即是以白泥作原料，略加一些草灰，捏成球形，晒干便成。

默道：即暗谓，即心里以为，这是四川相当普遍的语汇，至今犹在使。

方向：即希望，即着落。

老几：是成都社会上流行的一种语汇，并没有确切意思。有时，称自己为"我老几"，称人曰"你老几"。若单纯用老几一词，则多半作为打招呼之用，如"喂"、"嗨"等。

弯酸：即和人为难的意思。是这两个字音，却不敢必是否这两字。四川人直到现在还在使用这句成语。

老庚：同年出生的人，以前称为同庚，在口头讲起来就叫老庚。

煮屎：是川西一带常用的一句成语，意思是抱怨，说闲话。

跶：据明朝时候四川人李实著的"蜀语"说，是其遮切，音茄。若以现在成都方音读之，读为"卡"字音，倒比"茄"字音为近。"蜀语"又云：急行曰大跶。其实跶即行义，不分大步小步。同时倒还有"跨"字意义，如言跶门限，即跨过门限是也。

柁子：四川人的语汇，把拳头叫做锭子，又叫柁子。

不撤火：四川人的语汇，把不畏惧、不怯懦，都叫做不撤火。

唥个：即"怎么"，比"咋个"尤地方化。差不多川西平原的人百分之百都说"唥个"而很少说"咋个"。只有文化比较高的人才说"怎么"。

烹缸：是四川人的语汇，意思是一开口先就严辞厉色责怪你一番，即一般所谓"下马威"，亦即普通话里常用的那个"轰"字。是这两个音，却不知是否这两个字。或有此一词，而读音稍变，现在还查不出来。

门限汉儿：是四川家庭中最常使用的语汇。意思是只在家屋里对自己人充好汉，却不敢对外人称豪杰也。

瓜瓜：即普通话所谓的傻子。不过在四川人使用的这个名词涵义中，又不完全指的是傻子，但凡一个人不太狡猾，说话老实，做事有些傻劲，大家也呼之为瓜瓜。

瘥鱼："瘥"字本来是"药"字，在前，我亦曾写作"药"字，还加过注解。后见明朝蜀人李实所著《蜀语》有一条云："以毒药药人曰瘥。"又引《扬子方言》亦曰："凡饮药而毒……谓之瘥。"既然字有来历，而读音又较确切，因从之。

饮花：这个饮字，如其用为"我饮水"、"你饮汤"、"他饮酒"之类的饮字，则读为四声中的上声，若"隐"字声音。再如"我用水来饮花"、"你去把那畦菜饮一下"、"叫他们把那几株树多饮一点水"之类的"饮"字，则应读为四声中的去声，若"荫"字声音。这里所用的"饮"字，便应读成"荫"字声音。

局面：即齐整，即漂亮的意思，在清朝末年，这个词颇为流行，现在只偶尔使用一下。

展劲：即努力的意思。四川人在口头，不常说努力，而说的是"展劲"或"鼓劲"。

煞果：即结果，即末了的意思，是四川人的常用语。"果"念成"阁"字音。

蠚麻：即荨麻。"蠚"字念成"合"字音。并且这个"蠚"字还可当动词用，比如说："毛虫是蠚人的。"

经佑：即伺候，即服侍，即照料的意思。这是四川人的语汇。

毪皮：是四川人的习用语，意思是伤了面子。四川言子中有这么一句："王大娘的狗，毪皮了。"

拉稀：是成都的市井语，意思是泄气，是软劲。它的对语是乘火，乘硬火，乘得住火。拉稀是拉屎的省文。

理抹："抹"字读为"麻"字音。理抹即理落，即清理。这是四川人常用的语言。

使佯：四川方言，含有不甚认真的意思，也含有装腔作势意思。

巴适：四川话的"巴适"，即普通话的"巴结"。但同时也有合适、适应等意思。比如说："这件衣裳你穿起来很巴适。"那就说是"很合适了"。

皮护书：等于后来的皮制公事包。作用同，形式却是两样，是一种拿在手上的三叠皮夹。主要是放名片、手本和公事。而且是交跟丁拿着，主人不自拿。

没佯：就是没意思，是四川人常用的语汇。

帽根儿：即发辫。抓帽根儿，即是容易被人捉住的意思。

按："按"字本是以手抚物的意思。这里却当做"扑"字解。是四川人的语汇，至今犹在使用。

弜：弜音渊，"广韵"解为弓势，即是说把一种东西屈成弓的样子。四川人把一种竹编的像撮箕而有提柄的东西叫做弜箢，有些人写作冤箢，或箢箢，都不对。再，这个字又可作为动词用，比如说："把这根竹子弜成一张弓。"不过动词的"弜"字，须念为入声。

地皮风：即是耸人听闻、使人茫然奔避的谣言。"风"字不是"风雨"的"风"，而是医学名词的"风"。

地皮风：是说毫无事故，忽然发生了一种惊人谣言，使安定的秩序，一下便扰乱了。这是成都人的语汇。全词为"扯地皮风"。

打滥仗：是从前四川社会上一种流话，意思是无以为生。

棒老二：四川人呼明火抢劫的强盗为棒客，棒老二即棒客。

撮撮钱：也是从前四川社会上通常用语，意思是所入极少，不过小钱一撮。

疒：疒即发生影响之意。明朝蜀人李实所撰《蜀语》云：音幸，寒热结块曰疒疬子。疬音羊。《集韵》云：音炘，疮中次序冷。

土老肥：四川话的土老肥，即其他地方称为土财主，或曰老财者，是也。

煮屎、倒坛子：煮屎者，说臭话也；倒坛子者，倾囊倒匣而出之也。这两句四川"言子"，都是背地道人是非之意。

作个请请：四川以前的小儿语，称"作揖"为"作个请请"。

说话带汤：是四川人常用的一句成语。意思是话言中有不妥当的地方。

相手方：这是清末民初时候，一般人常用的一个由日本引进的名词，即对手是也，亦即后世所用的对象。

心里有个打米碗：是四川人常用的一句成语，意若曰心中有把握，不致为情况所迷惑。

抄手：四川人叫馄饨为抄手。但这里所说的抄手，意思是把两手抄在袖管里，无事可做也。

访员：当时又名访事，即后世所谓外勤记者。

背榜：即列在毕业榜上最后一名。

冲柁子：是四川人惯用的一句成语，意思是专门道人的短处，亦即文言说的"进谗"是也。

撤火：与拉稀是同义词。不过比较普遍，现犹通用。

孬：四川人通用的一个俗字，音丕。其实就是"否"字，意思仅仅是不好而已，却又非怎么坏。"否"字作为"孬"字用，本来应该读为丕字音。因一般都读为阜字音，故四川人造出一个"孬"字以代之。

偏花儿：即指一只眼睛有毛病的人，含有轻薄意思的一种名词。

嗜好：当时用嗜好一词，是专指吸食鸦片烟的不良行为，或曰恶嗜好。在一九四九年解放前，这名词尚在通用。

贴心豆瓣：以前四川流行于城市平民阶层的一种成语，意思即是效忠于某一个人，甘愿为其驱使也。

铃：音御，损坏的意思。

几爷子：四川人至今还在使用的一种成语，意思是"那一些警察"或"那一伙人"。

旺几：是很多的意思。这是四川老早以来就在使用的形容词。全句是旺几带肥。几字是语助词。

相应：即便宜。有人写作相因，恐不如相应二字尚能表出相应于钱包的意思。这是四川人至今习用的一种方言。

撵：音樘，走撵是移动的意思，在有些地方又作通融解，是至今尚在使用的四川方言。

奶：是四川人创造的新字，大约有近百年的过程。音郎字的阳平声。意义是小或者是弱。合为一词，意义也是小或者是弱。这是四川的方言，迄今尚在使用。

恍：是恍恍惚惚这句成语的简词，形容一个人凡事都不细心的样子。

脱另：即另外、另自的意思。在四川人口中，脱字字音还接近于通字字音。

洁酌候光、不速之客：在旧时代，请客帖子上经常有这么一句："洁酌候光"。若是未经邀请，走来碰着，被邀入席，一般人遂讽之为"闯酌候光"。至"不速之客"，本出于"易经"。"速"字当做邀请或催请解。旧时代的请柬上，也经常有这么一句："便章恕速"。意思是："请别穿礼服，并原谅不再遣人来催请啦！"

关火：疑为是关合，到底该写成哪两个字，不清楚。这是那时才在成都社会偶尔用到的新名词，意指能负完全责任，把所说之事办好。以后，此词流行于各阶层人物之口。

揎盘子：梳发辫代修面，谓之揎盘子。盘子，脸之代名词也。直到今天，四川人犹谓修脸为揎盘子。

开红山：即见人便杀的意思，也是那时的一种黑话。

炚：炚字也是新创的字，读成"怕"字的阳平声，用途甚广泛，有软柔意思。这爬字的创作年代，与"搞"字"垮"字差不多相同，但被采用，还是近七八年的事。爬耳朵是怕老婆的代名词。

打捶：打降、打架，文言所云斗殴。角逐即相争、相骂，也含有斗殴的意思。皆四川人的语言。

狗：以前成都人讥诮悭吝的人，大抵叫之为狗屎。因为狗屎每每是干屎橛，又干又臭，令人讨厌。狗就是狗屎的省文。

抓了萝卜缨：只要抓住萝卜缨，便可随意地把萝卜提来提去。因此，这句话就变成被人愚弄的意思。在赌博场合上，与烫毛子同义。

白头帖子：不署姓名的通告，文言叫做匿名帖子。当时内地没有印刷处所，更没有报纸，凡有什么民间言论，便用白纸写好了，贴在通衢大道的墙壁上，让人誊抄流传。也有雕了板，印刷散发的，不过很少。

凑和：同一样的字，倘若把凑字读为阴平声，那吗，凑和便是恭维的意思。倘若读成去声。它就含有帮助和应付两种意思。

整倒注：四川话，即整得彻底的意思。

麻：蒙字的转音，也是蒙蔽的意思。

饮食语汇

红锅饭店：即普通饭店外加煎炒之谓。红锅就是火旺油热，铁锅快要红了的意思，表示随时都可以煎炒，随时都在煎炒。

潲水：潲字并非臆造。《康熙字典》载"广韵"、"集韵"并云：读成稍字去声，义为汛潀以食豕。我们现在喂猪的潲水，还是要掺和米汤的，米汤便是潀。

炒脿子：脿字，也非臆造。《康熙字典》载"广韵"云，苏吊切，义为切。"集韵"云，先吊切，音啸，义为。又载"五音集韵"云，私妙切，音笑，义为切肉合糅。现在一般都写作膲字了。因为膲字的意义到底不同，所以我仍写作腩字，即肉字偏旁，从肃字得音。

八个的，腩子面：这是成都人在前常用的一句口头话。清朝时候，成都卖面条的市价是，只放佐料的素面，每碗制钱六个，再加有肉末的腩子面，每碗制钱八个。这里并非明指面条价值，只是借"咋个""八个"略近谐音的字，作为调侃而已。"腩"字即一般写作的"膲"字。

打牙祭：是四川人用来代替吃肉的一个名词。据说，古代有这样一个制度：每月初二、十六，军营中必杀牲以祭牙旗，因而人得食肉。在昔，四川一般人也只在每月初二、十六各食肉一次，故相习于吃肉即谓之打牙祭。打者，即动词的为字。

照水碗：从前，成都卖烧鸭的铺子，大抵兼卖热老酒，两文制钱一大碗，老酒酒精很轻，平常人都可喝上几碗，不致甚醉，只是把肚子灌胀而已。此种喝酒法，名曰照水碗，又曰胀死狗。前者以质言，后者以量言。

锅块：即烙饼。四川的锅块做法从陕西传入，在陕西叫做馍，一部分人叫锅块。"块"字稍稍一转，遂变为"魁"字音，于是许多年来，锅魁一直代替了锅块。

宫保鸡丁：清光绪年间，四川总督丁宝桢原籍贵州，在四川时，喜欢吃他家乡人做的一种油糊辣子炒鸡丁。四川人接受了这个食单。因为丁宝桢官封太子少保，一般称为宫保，故曰宫保鸡丁。

帽儿头：是四川一般饭馆里用的专门名词。一个帽儿头即是一大碗盛得堆尖尖的白米饭。大约一个帽儿头，可抵两平碗之量。

席点：从前四川，尤其是成都地方，正式筵席，除了看馔之外，未上席前，还有一道点心，谓之中点；上席之后，也有一道或二道点心，叫做席点。

火房：在昔，成都人家所雇用的厨子称为"火房"。火房做菜的艺术一般也不及厨子，他的工资也较低。

焯豆腐："焯"字有两个音读，一读"酌"，一读"笃"。用在这里，应读"笃"字音。

姑姑筵儿：小儿女戏扮筵席，在四川语汇里，便叫做扮姑姑筵儿。

帽结子：是将猪小肠挽成一个大疙瘩，颇有点像从前瓜皮帽顶上的帽结。这是成都的名物之一，而今只叫做疙瘩肠，形象也简单化了。

油大：是四川最通用的语汇之一。但凡荤腥菜肴，都称油大，包括筵席在内。

煨、炕、薣、焴、炢、熮、炰、灿：煨炕二字，通常在写用，大家自然明了。字从火从草从卓，韵书从直教切，成都人则读若靠字音，意在靠在火旁，使其继续增热，但又与煨少异。字，韵书从户感切，应读为额，成都人读为邯字音，即含之阳平音，意为菜已做好，火候亦到，不妨让其在微火上稍留片刻，或令再加软烂，或使汁水更为浓缩。此外，尚有炢字，读为川，例如炢汤。熮字，读为聊，例如将青菜炢一炢，或熮一熮，便可做冲菜做辣菜。炰字，本读袍字音，成都人则读跑字音，意比爆字还要迅急，常言只须在油锅内一炰即得。此数字，皆成都厨房内常用之字而难得写用者。尚有灿字或写作煠，皆通，但多少人写作炸，比如鱼，写作炸鱼，义近爆炸，望之骇然。

明油、二六芡者：菜已做好，于起锅之际，格外加上一汤勺之热猪油，表示油大之意；刻下一般红锅饭馆和乡厨，依然秉此师承。二六芡者，以二成芡实粉，和以六成之水，调为稀糊，无论何种菜蔬，在下了佐料之后，必加此糊一大勺，问其何以？答曰老师傅所授，谓不如此，则味道巴不上也。刻下芡粉云云，已只名存而已，其实皆豌豆所打之粉，近已渐去芡粉之名，而直呼豆粉，除豆粉外，洋芋粉尤佳，西洋多用之。有些菜，确乎需用此种粉糊，不过不应色色之菜皆用之。

桴楂：草与木一作为燃料，名字也改了，叫柴即薪。煤是由矿内取出，直接可作燃料者。炭必须加工。由煤加工者为焦炭，四川叫枫炭；以生木加工者为木炭，四川人叫钢炭，木质不坚者叫泡炭，又叫桴炭，成都人家则叫桴楂。

牛肺片：大概在一九二○年前后，牛脑壳皮肉和入牛杂碎；其后，几乎以牛杂碎为主，故易此称谓。疑肺片为废片之讹。

和糖油糕、黄散：也是从前成都回民特制的点心。黄散，汉人叫做油酥。

两头望：体面人要吃这种平民化的美味（指牛肺片），必两头一望，不见熟人，方敢下箸，故有此诨名。

南馆：在昔，成都除了包席馆外，只有红锅饭馆。在清朝光绪末叶，就是在一八九○年前不久，才有所谓南馆。不仅有蒸笼蒸菜、红锅炒菜，还备有鱼虾海味、上等的花雕绍兴酒，座头也要好些。吃一顿南馆，要花好几两银子，多半要官场中人和大绅粮们才花得起，也才能常去，所以能吃南馆的，总一定是阔人。南馆是南方馆子的省文，表明它是江南派头。

袍哥语汇

码头、舵把子、五爷、吃通：四川哥老会堂口极多，堂口所在，通称为码头，并非通商大埠那种码头。舵把子即某一堂口总揽大权的头子，一般称为大爷。管事的权也大，排列第五，故称五爷。吃通，原是赌场上术语，意思为把各方都赢了，及至普通化了，便转为到处都行得通，与吃得开同一意义。

龙头大爷：四川哥老会旧分仁义礼智信五个字号，也就是五等，仁字号最高，大抵限于知识分子和有地位的人参加，又称老人堂。义字号最为普遍。以下三个字号，在清朝末叶，已成虚设，辛亥以后，几乎没有等分。龙头大爷即是一个山堂的头子，一般称为大爷。

下黄手：四川哥老会的一种黑话。意思是口是心非，行不顾言；也有乘人不备，一边好说，一边就干了起来的意思。

跑滩匠：本是四川哥老会的术语，后来竟普遍化了。打流，是流荡的意思，跑滩，是飘流各处的意思。以跑滩为职业的，叫做跑滩匠。

袍皮老儿：是成都人以前称呼袍哥的名词。在口齿间含有种鄙薄意思。

丢海誓：即赌咒意思，本来是袍哥的黑话，后来却变成社会上一句常用语了。

扎起：本是哥老会的黑话，后来便广泛使用了。是大力相助，是袒护等意思。

海顽：是从前哥老会的流话，意思是闹派，恣意顽耍。海字应念成四声中的平声。

　　汉流：即哥老会的另一名称。民初时候，有人解释所谓汉流，便是汉族人民反抗清朝统治的一种流派。

　　凑摆：是当时哥老会的黑话，即赞助帮忙、呐喊助威等意思。

　　撒豪：即恃强仗势、胡行乱为的意思。原本是四川哥老会的黑话，辛亥以后渐成了通用语言。

　　上服：是四川哥老会的术语，即托付、嘱咐、请托等意思。

　　上服：一直是哥老会的黑话，就是通知的意思。

　　烧袍哥：即烧香礼拜加入哥老会。

　　宰子：即下决断。这个尚在四川流行的成词，可能出自哥老会的黑话。

　　识向、收刀捡卦：识向是认清方向，即看风色懂规矩的意思。收刀捡卦是约束自己，不准胡行乱为的意思。这都是四川哥老会的术语而后来普通化了。

　　义字：四川哥老会门一般称作袍哥，自己称为汉流，分仁义礼智信五等。仁字最高，称老人堂，大抵读书人参加，虽尊而无势力。有势力的在义字，其中又分清水浑水，清水只是不显明的打家劫舍罢了。

　　《海底》：记录哥老会会章行为和各式各样秘密术语的一本书，凡入会的袍哥从幺满十排起，都须背诵得出，随时使用。海底言其无所不包而又深不可测的意思。

　　戳到锅铲：四川哥老会术语而普通化了。锅铲是铁做的，戳到锅铲，等于碰上硬东西，不但抢不到手，反而有后患的意思。

　　搭手：四川哥老会术语，后来也普通化了。搭手就是帮助之意。来源是：上木船时，船家以篙竿搭个扶手相助，省去一个字，便是搭手。

对识：四川哥老会的术语，称"介绍"为"对识"，即对了面而又互相认识的意思。

通皮：四川哥老会术语，通皮是和袍哥会门中人有交往，甚至就是会门中的人。皮指皮会，代替袍哥的那个袍子。

栽了：四川哥老会术语，栽了，就是落马的意思，也就是栽了筋斗的省文。

乘火：四川哥老会术语，负责任叫做乘住，有担当叫做乘火。乘字有担任意思。火字指事情重要得火辣辣的。

豪：四川哥老会术语而普通化了。恃强仗势，胡行乱为，都叫做豪。豪是豪强，撒有行为的意思。

水涨了：四川哥老会术语，风声紧急或是什么危险临头，都叫水涨了。

烊和：这也是四川哥老会的术语。烊和，就是大吃大喝、胡乱花费的意思。

妇女语汇

囚皮汉：或曰囚脸汉，也就是囚皮花脸。俱是从前流行在妇女口中的语汇。所谓囚皮汉，就是殷殷勤勤、纠缠在妇女身边、打不知疼、骂不知羞、一定博得妇女欢心的那种无赖子。至于"囚皮"一词从何而来？则不知之。或者音同而字异，也说不定，等将来再加考察。

红纱罩眼：旧社会一种传说，说男女订婚之前，倘若姻缘分定，则乾造人家无论是谁，看见了坤造人家的姑娘，都会感到有天仙之美，有孟光之贤。但是等到"乾坤定矣"、"钟鼓乐之"之后方才发觉前此所见的美女，才是一个媒母，前此所遇的贤德，才是一个泼辣货。何以有此错觉？据说，是月下老人用"红纱"把乾造人家那些相亲人的"眼"睛"罩"住了的原故。

红蛋：以往，四川也和全国一样，有这种风俗。妇女第一次生育，无论是男是女，都要用红色染一些鸡蛋送给至亲好友，谓之报喜。有钱人家而又遇合头胎是男，鸡蛋总以千计。贫穷人家当然不能如此阔气，但送给外家用红蛋，至少也在十数以上。

槵子水：四川人所谓的槵子树，即无患子树。一说，就是菩提树。此树无虫害，并能杀虫，故云无患。它的果实煮水浣衣，可去汗腻。尤其适合于丝质衣服。四川妇女用它来洗头发，说是比皂角粉好。因为含有毒质，故所煮了之水不能入口。

不胎孩：即不成器或没出息的意思。这是川西一带，尤其是成都妇女，常使用的一种方言。

扁毛儿：或曰否（此字读为"丕"字音）毛儿，是从前成都妇女口中常用的一种语汇，而现在的妇女已很少用了。意思是毛病、缺点、瑕疵等。

闪电娘娘：电母俗称闪电娘娘。她的形象是一个漂亮女人，每手持一柄镜子，若是在画面上，便有两道毫光从镜中射出。因此，世俗上凡谓一个女人用两面镜子前后照映自己的，为闪电娘娘。

阑干：在光绪中叶，即是在一八九〇年前后，四川女人服装是上衣下裙。上衣除青缎驼肩、绣花颜色缎挽袖外，还要通身缘一道缎锦辫子。这辫子，便叫阑干，是博古花样的，便叫响古。

听墙根儿：凡在窗前壁下偷听别人私语的，叫做听墙根儿。是当时妇女当中最为人嗤议的一种恶劣行为。这语汇，至今在成都家庭中还在使用。

风物语汇

中秋望月华：成都平原空气潮湿，即在八月中秋夜，亦少见月；至于月华，在平常月夜已不易见，更不必说在八月中秋之夜了。故四川人常说难见之事，每每以此为喻。川戏"杨八郎回营"，八郎之妻的唱词中，便有这么两句："十八载，夫归家；好似中秋望月华"。

加冠：在前，四川许多地方，给儿子娶妻时，称为"为子加冠"。好像在这天才能戴大帽似的。然而又非古人的冠礼。古人冠礼，在男子生当二十岁时候，不管结婚与否。结婚是另有婚礼的。

桤树：桤音栖，是四川特有的一种树木。最初见于杜甫在草堂"觅桤木栽"诗云："饱闻桤树三年大，为致溪边十亩阴。"因而这种只能遮阴和当柴烧的树，在中国旧诗词上，竟占了相当大的地位。

出天方：出天方是阴历正月初一日，天色黎明时候，燃香明烛，敬祀天神地祇和五方之神的专名词。在前，成都人家都有这种习俗，并认为是一年之始的一种不可违反的重要仪式。但凡讨债的人，必须在出天方之前坐索到手，若到出天方时候，就不能再讨了，并且尚须向欠债的人致贺，祝其新年纳福而别。

抬快：四川方言谓犯忌讳为抬快。是这两个字音，却不知是否这样写。再四川当时的习俗：每月初一十五这两天，都要燃点香烛祀神，谓为大日子，清晨忌讳说不好的名词，要是犯了，便要出祸事。

九里三分：成都旧城墙周二十二华里余。从东门到西门为华里九里三分，从北门到南门为华里七里七分。但一般概括成都城区大小，多取东西里数不取南北里数。

青羊宫诗：张问陶《船山诗草》青羊宫七绝二首的第一首："石

坛风乱礼寒星，仿佛云车槛外停；尝为吾家神故物，铜羊一角瘦通灵！"（自注云：铜羊为先文端公故物，自京师移归，施于青羊宫，今甚灵异。）

看坝坝戏、挤台口：清末，成都纵兴起了戏园，但城内很多庙宇、会馆、公所，仍常有酬神戏的演出。站在广场上看戏，便叫做看坝坝戏。为了看得明白，听得清楚，必须用力站在戏台跟前，便叫做挤台口，都非有一把气力的人，是不敢尝试的。

刘十四打叉戏：即目连戏，从前在外县颇为流行，每每连台演到四十本之多。

阿侬袋：一写作"卧龙袋"，一写作"阿娘带"，来源如何，各说不同。这种衣着辛亥革命以后，业已名实并亡了。它是男子服用的一种衣着，穿在长袍上面，类似马褂，而又大襟、小袖口、底襟有袋，可以盛物，不但比马褂方便，并且不择材料和颜色。仅止不能用来代替马褂在正式场所穿它而已。自从小袖对襟带高领的马褂（后来一称短褂）兴起，阿侬袋固然无形废除，即对襟大袖无高领的马褂和大襟大袖可以带高领的马褂，也逐渐地没人穿了。

磬棰包袱：形容包袱之小，小如敲磬的棒棰，故又称为棒棰包袱。一个旅客的行李只有这样一个小包袱，则此旅客之寒伧可知，何况连这样一个包袱都没有。

马札子：一种旧式折叠椅的名称。也就是古时所谓的胡床。

阿瓦：即缅甸的瓦城。民国初年以前，成都的丝绸每年都有一批输去。

白墨：当时叫白墨，后世称粉笔。

蓝大顺、李短褡褡：一八五九年（清咸丰九年）云南人蓝朝柱、四川人李永和响应太平天国号召，在云南起义，后来进入四川，连占了数十州县，后被当时四川总督骆秉璋派兵兜屠，先后灭亡。四川人民称蓝朝柱为蓝大顺，称李永和为李短褡褡。

牵藤火把：从前川江里未行轮船的时候，民船多，用废了的竹片牵藤也多。许多地方把这种不能再用来拉上水船的东西，斩成三尺来长的段子，每段卖二文制钱，夜里点燃当火把，非常方便。

半头船：是航行在从成都到乐山县一段河流中的木船的名称。

私烟馆：清朝末年下诏禁吸鸦片烟之前，烟馆是公开的。以成都而言，几乎每条街都有。禁烟之后，成都城区内外确已没有烟馆。而乡场及外州县尚有之。不过都是半隐蔽的私烟馆了。

癞疙疤躲端午："癞疙疤"三个字音，四川人一般都念成"癞格保"。癞疙疤是虾蟆的俗称。大约因为虾蟆满身浆包，故以癞疙疤形容之。癞疙疤躲端午，也是四川人一句口头话。原因是从前中药铺每于阴历五月初五日广买活的大的虾蟆，将其浆包挤破，取浆以制蝉酥。虾蟆取浆之后，多难再活，揣想虾蟆为了求生，每年必要躲过这一灾难。所谓躲得了初五，躲不了十五者，因阴历五月十五日俗称大端午，如初五日端午节未能取得蝉酥，则延至十五日大端午再取，也同样有效。一句话说完，癞疙疤始终躲不了这一劫也。

监视户：即娼户，也是清朝光绪三十一年周善培在成都开办警察时，才有的这个名称。

三三猴儿：用三枚骰子赌输赢之谓。其赌法，除两枚骰子同色外，只就一枚骰子比大小。

驷马桥：西汉武帝时候，四川在历史上第一个大文学家司马相如（成都人）由成都去当时首都长安，行经此桥，发下宏誓大愿说："不乘高车驷马，不过此桥。"后来奉使还蜀，果然如愿以偿。后世遂称此桥为驷马桥。但是成都城郭屡有变更，一千九百多年前司马相如经行的桥，不见得在今天这个地方，更不是今天这道石拱桥。所谓古迹，也只是想当然的事情，其实不足为凭的。

二簸簸粮户：粮户即地主，簸簸即盛谷物的簸箕，二簸簸即二号簸箕，非头号簸箕。簸箕不大，盛谷物不多，则此地主便是小地主了。这语汇现在虽尚流行，但流行面已不甚广，将来可能消灭，缘土地改革以后，粮户这个名词已经少用了。

增广：清朝时代，四川许多私塾训蒙读本，除"三字经"、"百家姓"、"千字文"、"千家诗"所谓三百千千外，还常采用一本"训蒙模范句读增广"。开篇四句："昔时贤文，诲汝谆谆，集韵增广，多见多闻。"就说明了这书无异一种处世哲学。例如"逢人且说三分话，未可全抛一片心"，足以窥见一斑。因此，这书在当时流行颇广，许多人说话，都当成圣经贤传，时时引用之。一般称呼这书，就叫"增广"。

新化街：清朝光绪三十一年（一九〇五年）周善培作四川警察局总办时，将成都娼妓聚集在这里，以便管理。

既丽且崇：是晋朝文人左思所作蜀都赋上咏三国时候少城的一句。

云台司：清朝年间，四川有一种行话，管抬轿子的叫"云台司"。是这三个字音，却不知道是否这样写。这一名词的根源，也未查考出来。

喜煞冤家：当时一个姓萧的男旦角，相貌身材非常的丑，却有一副又高又响的好喉咙，骂媒介是他拿手戏。在坝坝戏场中唱出了名，但进到戏园便黑了，由于声音太高太响，听众都有些受不了。诨名喜煞冤家，一般讹为洗沙箢篼。

师、哥：陕西省三原县人，大抵从清初起，就有组织地到四川各地经营工商业。资本家并不亲来，来的，全是伙计。其间分师、哥、大、相、娃，五等。师又分大、二、三，三级。师相当于后世的经理，哥相当于后世科股级，娃即徒弟。必须升到师哥二级，始有资格几年准许回去一次报帐；必须先到资本家家中，将帐目算清，并将行李检查后，方准回到自己家中暂住若干时日，听候本家调遣或作升降开除的处理。

　　走广：广是湖广省的广，不一定专指广东省而言。在从前，交通极为不便的四川，但凡出了夔门、三峡、到了沙市，就谓之到上广，沙市以下，全谓之到下广。走过广的人，大都见多识广，又谓之见过世面。走广一云"打广"。

　　端公：巫师的尊称。打保符、送花盘，是端公禳鬼术之一。

　　整猪、烫毛子：在赌博场合上，不以正派手段，把别人银钱弄光，叫做整猪、剥狗皮。烫毛子，就是用开水将猪毛烫去，即是整猪的意思。这是四川通用的一句成语。

　　光禄寺大夫、见缸倒：在当时一般称呼厨子为光禄寺大夫，不知道是讽刺或是恭维。见缸倒是挑水夫，建昌道三字谐音。建昌道是当时四川省分巡道之一，所辖有雅州府、宁远府、邛州直隶州。雅、宁二府，即今西康省雅安、西昌两专区，邛州为今四川省邛崃县，辛亥革命后，直隶州制废除，邛州改名，便不辖县。

　　倒抬、踩左踩右：倒抬与道台二字谐音。顺抬，因倒抬而引伸出来的笑谈。踩左踩右，是当时轿夫经常使用的口号，只须一提说踩左踩右，便知所指的是轿夫。当时做官人家专用的轿夫称大班，地位确乎比打杂挑水的高些，所挣的工钱也确乎要多些。

　　捶手：四川以前坐轿子时代，抬轿的称轿夫，又称夫子。定额以外的轿夫预备换班赶路的，叫捶手。乡间叫加班匠。捶字念为衰字的上声。

官场语汇

清朝官制：赵次帅即赵尔巽，号次珊，又号次山，是赵尔丰的胞兄，是最能左右赵尔丰的一个人。辛亥前一年，清朝把当时的奉天（即今的辽宁省）、吉林、黑龙江三处将军裁撤，改为三个行省，和其他省份一样，每省设巡抚一人，为这一省的最高军事行政长官。三省之上，又设总督一人，其职位也和其他几个省的总督一样。因为总督有军权在握，故称制军，又称制台，又有"帅"的称号。辛亥春，赵尔巽由四川总督（清朝制度：总督多辖两省，也有辖三省或一省的。四川总督便只辖四川一省。并且四川总督兼管巡抚事，其下就不再设巡抚。）调任东三省总督，遗缺以他们胞弟、川滇边务大臣赵尔丰署理。赵尔巽既去，赵尔丰未到成都接任之前，又把四川布政使（清朝制度：总督、巡抚的官职虽然崇高，但说起来，却是一种临时设置的差使，所以用的印信不是四四方方的印，而是长方形的关防；一省的最高官吏，名义上要算布政使。布政使等于今天的省长兼管民政、财政职务；好像古时的一方之伯，故尊称为方伯，又好像古时的天子的屏藩，故又称为藩台。但是总督、巡抚成为固定官职之后，布政使的职位便小了，甚至降下来，和专管司法提法使也即是按察使，专管教育的提学使也即是学政，专管盐政的盐运使也即是改制前的盐茶道平列，称为各司之一，为总督、巡抚的僚属。）去南人王人文号采臣的提长上来，暂时护理总督职务。不久便正式升任王人文继赵尔丰之后为川滇边务大臣。再，总督所驻之处为总督衙门，又称督院，或简称之曰院，曰院上。又因四川制台衙门偏在成都城南，故成都人又呼之为南院。兹再附带注释一下：布政使在辛亥年春改行官制前，全称为布政使司布政使，提法使全称为按察使司按察使，故称二司。按察为古时的陈臬，故又称臬台。学政称学台。各省都有这三个官，互不相辖，官阶平等。清朝的官阶分九品，每一品又分"正""从"二级。总督大抵为一品，巡抚为二品，司为三品，其下是道为四品，其下是知府为五品，其下是同知通判为六品七品，其下是知县为七品，其下是佐杂小官和教官为八品九品。

各省官吏，叫做外官。外官中有"道"这一级。九品中道员居于四品，恰是承上启下的一级。一般称之道台，当于赵宋朝的观察使，所以官场中便尊称道台为观察。那时，四川分为川西道，川东道，川北道，下川南道，包括后来分出去的西康省一部分，即是说包括今天四川省的雅安专区、西昌专区地方的，叫做上川南道。这是四川的分巡道、兵备道。但是这一级的官"道台"，又不一定都是分巡道、兵备道。像辛亥春新官制未颁发前的四川省的盐茶道，其他省份的粮道，普遍新设的巡警道（由各省警察总局改设的）、劝业道（由各省商业局或工业局改设的），与分巡道、兵备道是同一级的。

此外，便是候补道。顾名思义，便知它的官吏，都是闲着在那里等"候"缺额出来，才能"补"上的人员。在清朝末叶，用钱捐官的风气大开，不管什么出身的人，只要有钱，都可以捐一笔钱给吏部（当时吏、户、礼、兵、刑、工六个部的头一部。新官制制定后，才屈居于外交部之下），买一个官来做。最大的官，只能买到候补道，价钱不过一万多两白银。就连一些花样加上去，比如加捐二品顶戴、赏戴单眼花翎，那便可以不戴亮蓝宝石的四品帽顶，而戴粉红珊瑚的二品帽戴，并在帽子后面拖上一匹一只眼的孔雀尾毛，同时还可把蓝呢四人轿改为绿呢四人轿；轿子前面，还可加一个人撑一柄长柄红绸大伞，叫做红日照；轿子后面，还可跟一个戴大帽、穿大褂的骑马随从，叫做跟班大爷；把这些虚伪仪式全加上去，也还不到两万两白银。有钱的人多，因此各省——尤其南方几省的候补道也便多了。道台的缺额只有那几个，绝大多数候补道不可能补缺。为了安顿这般人，只好多设一些临时差事，大抵每月支薪在白银二百两以上的，都是候补道或低一级候补知府等的差事。

成都府：清朝时候，地方行政层次极多，一省当中分几道；一道之下管几个府，几个直隶厅和直隶州；府之下又管几个厅、州、县（为府所管辖的厅、州，等于县，谓之单厅、单州）。直隶厅和州也要管辖几个县。当时四川省成都府管辖十六个州县。

乡试：从前每逢子、卯、午、酉，即是隔三年一次，将全省秀才集中到省城考取举人，谓之乡试，又谓之秋闱，因考期定在阴历八月上中旬故也。

点名：当时在贡院龙门点名时，以府为单位。每开点一府，以放一铁炮为号。成都府居首，先点；顺庆府居末，后点。

杀枪：代人作文，叫做杀枪。这是科举时代遗留下来的名词。

大令：清朝官场中互相以官职尊称，都喜欢用古代的官职，而不用今名，所以称知县为"令"或"大令"。

西宾、东翁：清朝时候，凡是为正印官私人聘请的幕友，一般都以西宾自居。与西宾相对的为东家。东家尊称西宾曰老夫子，西宾称东家则曰东翁。

帽盖子：从前学习当刑名师爷的人，叫做帽盖子。刑名师爷，即是从前官吏聘去，专门代之办理民事案件的幕僚。是一种专门职业。浙江绍兴府的人操此业的最多，各有师承，各有可以引据的例案秘本，为其他地方习刑名者所不及。故聘刑名，必聘绍兴籍人，而习此业的人，遂亦称为绍兴师爷。

换帖、拜把：从前有种风气，两个人或者几个人意气相投，便互换庚帖，结为异姓兄弟，名曰换帖。此风官场尤盛，并非由于意气投合，却是借此发生关系，以便互相提携。官场中换帖，名为拜把，彼此以把兄把弟相称，表示亲密。

岑公祠：东汉光武帝刘秀命大将岑彭伐蜀，被公孙述所遣刺客刺死于彭亡山。后世以为彭亡山即今彭山县。又传岑彭葬于华阳县中兴场，这里去成都只水程四十华里。清光绪二十八年，岑春煊升任四川总督，认岑彭为其祖先，曾就中兴场岑彭墓所，建立祠堂一所，称为岑公祠。岑春煊去川以后，渐就颓圮，辛亥年八月初赵尔丰派员修理是实。

四门：那时成都城墙只辟了东南西北四道城门。西门划入满城，只许住在满城中的旗人进出，城门启闭，由副都统掌管，汉人进出，只有东南北三门。

打杵：清朝时候，三人以上的官轿，都有杵杖。凡轿子停不落地，便以杵杖撑住，这就叫做打杵。因而凡是表示事情停顿，或办不下去，都叫做打杵。这语汇至今还在使用。

鸭儿凫水：是清朝问官问案时一种逼供的非刑。（凡不载于大清律列上的刑法，都叫非刑）非刑都是非常残酷的，鸭儿凫水只是其中的一种。办法是用粗麻绳四根，紧紧扎住一个人的两手拇指，两脚大趾，凭空将人吊起，使人痛彻心腹，求死不得。甚者，还在吊起人的背上加一块石头。

剃头发：清朝制度，男子头发四周都须剃光，刑事犯人却不准剃，大概为了容易识别的原故罢。这里说的剃头发，便是将应剃的剃去，恢复平常人样子，并非剃成和尚头，叫他去东山出家也。

打千：屈一膝，行半跪礼。